FEDERICA DE CESCO

Die goldene Kriegerin

Buch

Japan im 12. Jahrhundert. Als Kind einer Fürstenfamilie lernt Tomoe die edle Kriegskunst. Bald nimmt sie es im Schwertkampf, Reiten und Bogenschießen mit jedem auf – allein ihr Ziehbruder Yoshinaka ist ihr gewachsen. Als dieser von seiner wahren Herkunft erfährt, verlässt er seine Familie, um für sein Geburtsrecht zu kämpfen. Tomoe und ihre Geschwister begleiten Yoshinaka, der sich bald zu einem ehrgeizigen jungen Feldherrn entwickelt. Obwohl Tomoe ihm dank ihrer Kampfkunst Sieg um Sieg bringt, gilt seine Zuneigung seit Langem Tomoes Schwester Yamabuki. Doch als Unheil über Yoshinaka hereinbricht, ist Tomoe die Einzige, die es aufhalten kann …

Autorin

Federica de Cesco, geboren in der Nähe von Venedig, wuchs in verschiedenen Ländern mehrsprachig auf und studierte in Belgien Kunstgeschichte und Psychologie. Heute lebt sie mit ihrem Mann, einem japanischen Fotografen, in der französischen Schweiz. Sie hatte bereits über fünfzig höchst erfolgreiche Romane für Kinder und Jugendliche (z. B. *Der rote Seidenschal*) sowie mehrere Sachbücher verfasst, als ihr mit dem Roman *Silbermuschel* ein fulminantes Debüt in der Erwachsenen-Belletristik gelang.

Von Federica de Cesco bereits erschienen:

Die Augen des Schmetterlings (36750) · Feuerfrau (36077) · Wüstenmond (36868) · Muschelseide (37275) · Silbermuschel (35659)

Federica de Cesco

Die goldene Kriegerin

blanvalet

FSC
Mix
Produktgruppe aus vorbildlich
bewirtschafteten Wäldern und
anderen kontrollierten Herkünften

Zert.-Nr. SGS-COC-001940
www.fsc.org
© 1996 Forest Stewardship Council

Verlagsgruppe Random House FSC-DEU-0100
Das FSC-zertifizierte Papier *Holmen Book Cream*
für dieses Buch liefert Holmen Paper, Hallstavik, Schweden

1. Auflage
Taschenbuchausgabe April 2010 bei Blanvalet, einem Unternehmen
der Verlagsgruppe Random House GmbH, München.

Umschlaggestaltung: HildenDesign, München
Umschlagmotiv: © Artwork Johannes Wiebel / HildenDesign
unter Verwendung von Motiven von Nassyrov Ruslan / Shutterstock;
Luba V Nel / Shutterstock
ED · Herstellung: sam
Druck und Einband: GGP Media GmbH, Pößneck
Printed in Germany
ISBN: 978-3-442-37426-7

www.blanvalet.de

Für Sophie Reck

Hauptpersonen

DIE FAMILIE NAKAHARA

Nakahara Kanetoo	*Fürst des Landes Kiso*
Chizu	*Seine Gemahlin »Tausend Kraniche«*
Tomoe Gozen	*Die Goldene Kriegerin, Tochter Kanetoos, »Wildstrudel«*
Yamabuki Gozen	*Ihre Schwester, »Bergrose«*
Nakahara Kanehira	*Ihr Bruder, »Vollendung«*
Nakahara Kanemitsu	*Ihr Bruder, »Leuchtkraft«*
Komao-maru	*Ihr Ziehbruder, »Kleiner Pferdekönig« (siehe auch Yoshinaka)*

Hauptsitz der Familie Nakahara ist die Provinz Kiso.

DER CLAN DER MINAMOTO

MINAMOTO YOSHINAKA	*Erbe der Minamoto-Familie*
FÜRSTIN SAE	*Seine Mutter*
FÜRST MINAMOTO YOSHIKATA	*Sein verstorbener Vater*
MINAMOTO YOSHIHIRA	*Der Fürst von Kamakura und Cousin Yoshinakas*
HIEDA NO MAROKO	*Priesterin und Halbschwester Yoshihiras*
MINAMOTO YORITOMO	*Statthalter des Kaisers und Cousin Yoshinakas*

Die Minamoto-Familie herrscht über die Provinzen Musashi, Echigo und Honshu; ihr Hauptsitz ist Kamakura.

DER CLAN DER HAIKE

TAIRA NO KIYOMORI	*General und oberster Befehlshaber des Kaisers*
SOSEKA KAEDE	*Eine Dame der Halbwelt*
DANKAN	*»Meister Schwalbe«, Priester und Spion des Kaisers*

KAISERLICHE FAMILIE AUS DEM SEIWA-GESCHLECHT

Go-Shirakawa	*Altkaiser oder Klosterkaiser, nominell zurückgetreten*
Prinz Mochihito	*Erbe des Altkaisers*
Prinzessin Tokiko	*Tochter des Altkaisers*

Kyoto ist Hauptstadt des Inselreiches und Hauptsitz des Kaisers und des kaiserlichen Hofes.

WEITERE FIGUREN

Genzoo Asano	*Einsiedler und Arzt*
Soran	*Fechtmeister und Mönch*
Taro	*Ein junger Bauer*
Uchida Ieyoshi	*Hauptmann der kaiserlichen Leibgarde*
Fubuki & Hayate	*»Schneesturm« und »Windstoß«; Tomoes und Yoshinakas Reittiere*

Prolog

Je nach Licht und Jahreszeit verändern sich die Wälder. Unsere Dichter haben schöne Worte für den Frühlingsabend, für den blanken Sommermond, für das rote Herbstlaub oder die Schneeflocken im Wind. Ich war eine schlechte Dichterin und noch immer macht mich der Anblick schöner Dinge sprachlos.

Verglichen mit meinen Geschwistern war ich eigentlich die Dümmste. Und weil ich nicht wollte, dass sie über mich lachten, unterdrückte ich rücksichtslos jeden Impuls, meine Gefühle zu zeigen, und sei es auch nur in der Dichtkunst. Unsere Lehrer verglichen mich kopfschüttelnd mit meiner Schwester Yamabuki, die Unvergessliche. Ich nahm den Tadel demütig hin, bewunderte stillschweigend Yamabukis mühelose Gabe, Gedichte zu verfassen. Man musste sie selbst gehört haben, um den Eindruck zu verstehen, den sie auf uns machte. Obschon meine Schwester weder Gegenwart noch Zukunft kennt, ist ihre Schönheit immer noch lebendig.

Auch ich gehöre ja der Vergangenheit an. Die Bauern, die in den Bergwäldern leben, erkennen mich nicht, wenn ich ihnen helfe, Reisig zu sammeln. Sie staunen, wenn ich – eine alte Frau – schwer beladen mit ihnen wandere und sie bis in ihre Dörfer begleite, wo ich ihr einfaches Mahl teile. Ich pflege ihre Tiere, wenn sie krank oder verletzt sind, helfe den Stuten, wenn sie ihre Fohlen zur Welt bringen. Manchmal setze ich mich zu den Frauen, die ihren Webstuhl ans Fenster rücken und das Schiffchen werfen: Meine Hände sind stark und flink und draußen singt die Nachtigall zum Klang der surrenden Räder und dem Stampfen. Ich bringe den Männern bei, sich ihre Schwerter zu schmieden. Die Männer hämmern das Eisen, wie ich es ihnen sage, und das Werk gelingt. Ich lehre sie auch, mit ihren Waffen umzugehen, damit sie Räuber und Plünderer verjagen können, denn wir leben in unruhigen Zeiten.

Die Leute nennen mich respektvoll die »Alt-Weise der Berge«. Sie fragen mich manchmal, wer ich denn wirklich bin, woher ich denn komme. Doch ich gebe mich nur ganz selten zu erkennen. Obwohl ich noch in der Welt und mit der Welt lebe, bin ich in Wahrheit schon weit weg. Wenn ich nachts allein durch die Berge streife, mit den Tieren spreche oder einer einsamen Drossel lausche, tauchen aus dem Nebel Gestalten auf. Ich höre Geräusche und Klänge von einst, und aus der Ferne eine Stimme, die mir vertraut ist. Wie man es oft in Träumen erlebt, ist es meine eigene Stimme, die ich höre; jene Stimme, die ich einst hatte, hell und schneidend wie die Stimme eines Vogels. Ich erkenne auch den Namen wieder, den ich rufe:

»Komao-Maru!«

Und wie ein Echo aus fernen, verblassten Zeiten erreicht die Antwort mein Ohr.

»Tomoe! Wo bist du? Ich kann dich nicht finden!«

»Komao-Maru«, sage ich dann. »Nun warte doch, ich komme schon.«

Dabei ertappe ich mich, wie ich Verwünschungen vor mich hin brummele. Er ist noch so ungeduldig wie früher. Daran wird sich wohl nie etwas ändern. Es ist auch nicht mehr wichtig – der Kummer des Verlustes ist verblasst. Zurück bleibt nur die Erinnerung. Ich bewahre sie in mir, obwohl ich sie selten betrachte.

Den gestrigen Tag vergesse ich manchmal. Doch die weit zurückliegenden Dinge stehen vor mir, als wären sie gerade erst geschehen. Und oft, wenn mir ein Ereignis durch den Kopf geht, blitzt die Erinnerung wie ein Sonnenstrahl vor mir auf. Eine Landschaft, die heute nicht mehr besteht, nimmt die scharfen Umrisse der Wirklichkeit an. Wasser rauscht über blanke Steine, es riecht nach Baumrinden und Wildblumen, und über das Tal gleiten die Schatten vereinzelter Wolken. Das Laub wispert in den sanften Farben des Sommers, der Himmel leuchtet hell und ich bin wieder jung.

KISO

1. Kapitel

Ich denke viel über mein Leben nach, über die guten und die schlechten Tage; über die Menschen, die ich gekannt habe und die jetzt nur noch Asche sind. Ich betrachte die Bilder wie in einem Bronzespiegel, sehe sie klar und ungetrübt und vollkommener als jemals zuvor, weil sie gewesen sind und sich nie mehr ändern werden, weder heute noch in tausend Jahren.

Da erscheinen mir auch schon meine Brüder Kanehira und Kanemitsu – »Vollendung« und »Leuchtkraft« –, die wir Hira und Mitsu nannten. Beide waren groß von Gestalt, mit der gleichen schönen Kopfform, dem leicht abgeflachten Profil, den vollen Lippen. Sie trugen ihr sprödes Haar streng nach hinten in Flechten gezwängt. Ihre Augen waren klar und kastanienbraun und scharf wie die eines Falken.

Sie sahen wie Zwillinge aus, meine Brüder, und waren auch fast unzertrennlich. Sie unterschieden sich nur darin, dass Hira großen Wissensdurst besaß, während Mitsu nur glücklich war, wenn er zu Pferd in die Berge ausreißen konnte. Dabei legte er viel Wert auf schöne Kleider, sodass man ihn für eitler hielt, als er eigentlich war. Er hatte zwar viele Fehler, aber er war auch edelmütig und frohsinnig.

Übertrugen ihm meine Eltern Verantwortung, gab er stets sein Bestes. Hira hingegen neigte dazu, sich in irgendeiner Träumerei zu verlieren. Er war ein Junge, der viel Schlaf brauchte und wenig sprach. Mutters Strenge konnte den heftigen Charakter der Söhne dämpfen, aber noch mehr hatte die väterliche Erziehung zustande gebracht, sodass beide sich in Gegenwart der Eltern recht gut und wohlerzogen zu benehmen wussten.

Meine Brüder hatten im Grunde die Gesinnung von Menschen, die zwar ein raues Leben führen, aber trotzdem Handlungsfreiheit besitzen, sowohl zum Guten wie auch zum Bösen. Meine kleine Schwester Yamabuki – »Bergrose« – zeigte, so sanft und freundlich sie auch war, einen ähnlich freien Willen. Sie hatte dabei ein Lächeln von unwiderstehlicher Anziehungskraft, das alle Menschen bezauberte.

Ich dagegen, herb und verschlossen, sprach wenig, lächelte selten und hatte den Kopf voll heroischer Fantasien. Neben den Freunden und Verwandten der Eltern und den Gästen aus der Umgebung waren es vor allem die Dienstboten, die durch ihre Schilderungen ruhmreicher Kriegszüge und Heldentaten meine Begeisterung entflammten. Sie besaßen einen schier unerschöpflichen Schatz alter Sagen und absonderlicher Geschichten über Geisterwölfe, Fuchsfrauen und Bärengötter, sodass ich und meine Geschwister oft das Gefühl hatten, sie weilten mitten unter uns.

Wir fürchteten uns nicht, im Gegenteil. Wir waren unerschrocken, wagemutig, stets bereit, Widersacher oder böse Geister in die Flucht zu jagen. Auf diese Weise taten wir beständig etwas, das nach städtischer Sitte schroff und unhöflich war. Daneben hatten wir Spiele für jede Jahreszeit, ließen auch die Kinder der Knechte daran teilnehmen, prügelten uns mit ihnen im Pferdedung und Stroh. Besucher mussten sich oft fragen, ob uns überhaupt irgendeine Erziehung zuteilwurde.

Indessen, der Schein trügte. Vergaßen wir auch gelegentlich, dass wir Kinder vornehmer Abstammung waren, unsere Eltern vergaßen es nie. Sie nannten in jener Zeit eines der bedeutendsten Vermögen des Inselreiches ihr Eigen, nicht zuletzt dank der zahlreichen Silbergruben in unseren Tälern. Später sollte ich erfahren, dass mein Vater sogar der Regierung gelegentlich Geld lieh. In der Tat brachte unsere Verwandtschaft mit dem Seiwa-Kaisergeschlecht zwar viele Pflichten mit sich, machte es aber auch möglich, dass wir – Knaben wie Mädchen – eines Tages die höchsten Stellen erreichen konnten, die unser Land seinem Adel anzubieten hatte. Undenkbar, dass wir in vornehmen Kreisen wie Bauerntölpel auftraten! Und so lernten wir früh die richtige Art, uns zu verbeugen, jede Person mit der richtigen Anrede zu begrüßen und welche Kleider und Farben den Anlässen entsprechend zu tragen waren.

Mit großem Nachdruck wurde uns eingepaukt, der Grundsatz der Schicklichkeit sei die Ehrfurcht, die sich im praktischen Leben als Harmonie in den Beziehungen auswirke. Wenn wir zum Beispiel mit Menschen von hohem Rang verkehrten, so sollte unser Betragen schlicht und natürlich, nie aber unterwürfig sein. Saßen wir mit einfachen Leuten zusammen, so mussten wir höflich mit ihnen sprechen und kein Gefühl unserer eigenen Bedeutung aufkommen lassen. Auch wurden wir früh mit unserer Mythologie und mit dem Leben der großen Persönlichkeiten unserer Geschichte vertraut gemacht.

Unsere Eltern sorgten auch dafür, dass uns nur die besten Lehrer unterrichteten. Sie ließen diese an bestimmten Tagen des Mondkalenders kommen, entschädigten sie reichlich für die beschwerliche Reise. Ein Priester, der uns in den chinesischen Klassikern unterwies, ist mir am stärksten in Erinnerung geblieben. Seine stattliche Erscheinung, sein feierliches Auftreten machte uns Bange, wir wagten kaum, den Mund aufzumachen. Er unterrichtete uns aus den Vier Büchern des Konfuzius mit der gleichen Hingabe, die er seiner Religion entgegen brachte. Wir kauerten vor niedrigen Schreibpulten und übten mit dem Schreibpinsel und beschmierten dabei Gesicht und Hände mit Tusche. Weil wir das Stillsitzen nicht gewohnt waren, tadelte uns der Lehrer häufig mit barschen Worten: »Ihr wilden Kinder, wollt ihr nicht Frieden geben! Setzt euch hin, tut eure Pflicht!«

Auch Komao-Maru – unser Ziehbruder – zeigte sich im Unterricht nicht im Geringsten ehrgeizig, und ich merkte bald, dass die Eltern eine wirkliche und tiefe Sorge empfanden, weil er so wenig Bereitschaft aufbrachte zu lernen. Weil es den Lehrern gestattet war, uns mit einem Bambusstock zu schlagen, fiel uns bald auf, dass bei Komao-Maru diese Strafe selten angewendet wurde. Und wenn, dann ging der Lehrer mit seinen Stockschlägen recht zaghaft um. Außerdem bekam Komao-Maru sein Essen immer als Erster. Wir fanden das ungerecht und ließen es ihn auch spüren. Doch im Grunde konnten wir ihm nichts nachtragen. Er brauchte uns nur mit seinen Augen anzusehen, die so kühn und golden blitzten, und unsere Herzen flogen ihm zu. Komao-Maru musste man lieben, ob er im Recht war oder im Unrecht. Er war wild, aber von großer Güte, sodass er vor Mitgefühl weinen konnte, wenn eines von uns Kindern erkrankte oder sich verletzte. Damals schon spürte ich es: Wir würden ihm folgen, wohin er uns auch rief, unsere Träume an seinen Träumen entzünden.

Komao-Maru! Noch heute erfüllt mich sein Kindername – »Kleiner Pferdekönig« – mit Wehmut. Woher er eigentlich kam, wussten wir Kinder nicht. Man hatte ihn im Alter von zwei Jahren der Familie anvertraut. Obwohl wir uns der Nacht deutlich entsinnen konnten, in der er gebracht wurde, war die Erinnerung an das, was vorher und unmittelbar danach geschah, verschwommen. Gewiss war es im Laufe der Jahre vorgekommen, dass wir Fragen stellten. Dann antworteten die Eltern jeweils, dass Komao-Maru von den Göttern zu irgendeinem weisen Zweck gekennzeichnet sei. Und sie schlossen ihre Erklärung, die eigentlich keine war, fast immer mit einer erbaulichen Ermahnung: »Bedenkt, dass es keinen Sinn hat, sich nicht dankbar dem Willen der Götter zu beugen. Was beschlossen wurde, dem muss man gehorchen.«

Für gewöhnlich genügte diese Zurechtweisung, denn zu jener Zeit wäre kein Kind so vorlaut gewesen, mehr wissen zu wollen. Von den Lippen der Dienerschaft kam auch nie ein Wort. Sie hatte in der Familie ihren festen Platz und war ihr durch Treue verbunden. Überdies hatte sie, wie uns später gesagt wurde, in jener Nacht einen Eid geschworen.

2. Kapitel

Es geschah in einer Nacht, als die Septembersterne leuchteten, bis zu den fernen Wäldern und über die Gipfel hinweg. Gegen Mitternacht wurde heftig an das Tor geschlagen und die Diener, aus dem Schlaf gerissen, eilten nach draußen und zündeten die Laternen an. Ich war damals vier Jahre alt und hatte einen tiefen Schlaf, aber es war dieses tanzende Licht, das mich weckte.

Unser Haus war im Grunde eine Festung, mit einer Mauer aus Felsblöcken und Höfen und Gärten im Innern. Alle Fenster waren mit Holzstäben versehen, und als ich neugierig nach draußen spähte, sah ich Vater, wie er über den Fußweg schritt, der zum Tor führte. Er war vollständig angekleidet und hatte, wie es sein Vorrecht war, beide Schwerter – das kurze und das lange – umgegürtet. Ich wunderte mich, dass er mitten in der Nacht so feierlich auftrat, und rüttelte Hira und Mitsu wach.

Yamabuki, die noch zu klein war, schlief bei der Kinderfrau Aki und wurde nicht geweckt. Wir bemühten uns indessen, so wenig Lärm wie möglich zu machen, schlichen aus unserem Zimmer und durch die lange Halle nach draußen. Die Torflügel standen weit offen. Dahinter konnten wir im Sternenlicht den gepflasterten Weg sehen und die Pferde, die unter den Bäumen warteten und auf Vaters Befehl in den Hof geführt wurden. Eines der Pferde wurde in die Nähe des Steinpfeilers gebracht, auf dem Reisende beim Auf- und Absteigen ihren Fuß setzen konnten. Dort half ein stattlicher Mann einer Frau aus dem Sattel. Ihre Bewegungen waren langsam, ungeschickt. Sie war in einen weiten Reisemantel gehüllt, Haar und Gesicht unter einer Kapuze verborgen. Sie trug ein Bündel im Arm, das sie fest an ihre Brust drückte.

Mein Vater verneigte sich tief, gab Anweisungen. Man geleitete die Ankömmlinge in das Wohngemach, zündete Feuer an. Die Dienstboten bewirteten sie mit allen Zeichen der Ehrerbietung. Auch meine Mutter kam, ihr Schlafkleid unter einem wattierten Gewand aus flockiger Seide verborgen. Sie hatte sich kämmen lassen; man hatte ihr die Schminke des Tages entfernt und die Farben für die Nacht aufgelegt, die weniger grell waren. Eine Dame ihres Standes zeigte sich nie mit nacktem Gesicht. Als sie durch die Halle in das Wohngemach trat, bemerkte sie uns und sagte leise und verärgert:

»Geht sofort wieder schlafen!«

Wir wichen eingeschüchtert zurück. Weil uns aber die Neugierde keine Ruhe ließ, versteckten wir uns hinter den polierten Pfeilern, um zu lauschen. Doch im Raum wurde so leise gesprochen, dass kein Wort an unsere Ohren gelang. Schließlich befeuchtete Mitsu, der sehr erfinderisch war, seinen Finger mit Spucke und schmolz ein kleines Loch in die Papierwand, die das Wohngemach abtrennte. Auf diese Weise gelang es uns, einen Blick auf die geheimnisvollen Besucher zu werfen. Um besser zu sehen, schubsten wir uns gegenseitig mit Schimpfworten weg, versetzten uns Stöße und Fußtritte, sahen allerdings nur wenig. Doch als für ein paar Atemzüge die Frau in meinen Blickwinkel geriet, bemerkte ich, dass sie wunderschön war, aber so blass und abgezehrt, dass mich ein Phantom fast weniger erschreckt hätte. In jeder ihrer Gesten lag eine Steifheit, die nicht bloß von der Müdigkeit herrührte. Sie trug ein schlafendes Kind in ihrem Bündel; es schien, als fehle ihr die Kraft, es zu halten. Und als Mutter die Hände nach dem Kind ausstreckte, überließ die Fremde es ihr mit tränennassem Gesicht.

Wir kamen nicht dazu, mehr zu sehen, denn in diesem Augenblick erschien unsere Kinderfrau, die uns überall gesucht hatte. Unter fortwährend gemurmeltem »Unhöfliche Kinder, unhöfliche Kinder!« riss sie uns hoch und zerrte uns in unser Gemach zurück.

Als wir am Morgen erwachten, waren alle Spuren der Besucher beseitigt worden; doch neben Yamabuki lag, warm und bequem in den Kissen vergraben, ein schlafender kleiner Junge.

Beim Frühstück nannte uns Mutter seinen Namen: Komao-Maru. Er sei, erzählte sie, das Kind einer Verwandten, die, plötzlich Witwe geworden, ihr Leben fortan in einem Kloster verbringen wollte. Vater fügte hinzu, Komao-Maru würde von jetzt an unser Bruder sein. Wir gaben uns mit dieser Erklärung zufrieden, und nach einigen Wochen war es so, als hätte er schon immer zur Familie gehört. Und er selbst konnte nicht wissen – denn er würde immer nur vorwärts blicken und nie zurück –, dass, während er noch ein Kind war, sein Zauber bereits in uns wirkte.

3. Kapitel

Unweit unserer Burg dehnte sich im Schatten der Hügel eine gewaltige und flache Ebene, die früher einmal mit einem See bedeckt gewesen war. Hier stand das Gras hoch, mit Feldblumen und Schilfrohr durchsetzt, und bot Wildpferden von unbekannter Abstammung eine Heimat. Ihre riesige Herde breitete sich im ganzen Tal aus. Das Wiehern, Stampfen und Kämpfen der Pferde erzeugten einen steten Strom von Bewegung, die sich auf die Landschaft übertrug.

Niemand hatte jemals die Herkunft dieser hochgewachsenen, starken Pferde erfahren. Die Farbe ihres Fells wechselte von Dunkelgrau bis zu einem Weiß, das fast grünlich schimmerte. Bei gewissen Tieren zeigte sich ein scheckiges Muster, das sich wie kleine Wolken auf Brust und Flanken verteilte. Der Kopf mit den langen, spitzen Ohren war im Verhältnis zum Rumpf etwas zu klein, doch wohlgeformt. Die weit auseinanderliegenden Augen zeugten von Intelligenz. Der Hals war kräftig geschwungen, und sie trugen ihren Kopf sehr hoch, was auf Neugierde und Wachsamkeit schließen ließ. Der Rücken war lang und beweglich, die Muskeln ausgeprägt. Die Hufe waren abgerundet wie Muscheln und von schöner schiefergrauer Farbe. Die Mähne war stoppelartig kurz, der Schweif dagegen üppig und sehr lang.

Wir nannten diese ungewöhnlichen Pferde »Schilf-Drachen«. So schnell und stark waren sie, dass man sich erzählte, zur Paarung kämen Drachen zu den Stuten. Einmal gezähmt waren diese erstaunlichen Tiere willig, treu und anhänglich. Sie liebten die Menschen; es war, als ob sie ihre Gedanken spürten. Wie konnten sie sonst, ohne den geringsten Wink von Zügel oder Knie, vom entfesselten Galopp zum Stand übergehen, von Flucht zu Verfolgung, vom listigen Ausweichen zum offenen Angriff wechseln? Im Kampf stellten sie sich schützend über die Verletzten, verteidigten sie mit Zähnen und Huftritten. Doch war es nicht leicht, ihr Vertrauen zu gewinnen.

Fubuki war der schönste und größte Hengst dieser Herde. Ich war neun, als ich das Füllen zum ersten Mal sah und ihm diesen Namen, der »Schneesturm« bedeutet, gegeben hatte. Ich hatte beobachtet, wie er zur vollen Kraft und Größe heranwuchs, und ich war auch dabei gewesen, als er schließlich die Macht an sich riss. Die Schilf-Drachen kämpften so heftig gegeneinander, dass manche Tiere ihren Verletzungen erlagen. Dabei ging es um die Führung der Herde und die Herrschaft über die Stuten. Fubuki hatte sämtliche Rivalen in die Flucht gejagt. Sein Mut allein hätte schon genügt, dass ich ihn liebte.

Im Frühling, als mein Vater mit seinem Gefolge in das Tal kam, um junge Pferde für seine Krieger auszusuchen, ließ Fubuki zunächst keinen Mann an sich heran.

»Ein prachtvolles Tier, zu jung noch«, hatte Vater gesagt. »Er wird nicht dulden, dass ein Reiter sich auf seinen Rücken schwingt. Er hat gerade erst die Stuten erobert, lassen wir ihm Zeit. Später wird es einfacher sein, ihn zu zähmen.«

Ich hatte kein Wort gesagt. Doch schon damals hatte ich mir vorgenommen, dass der wundervolle Hengst mir gehören sollte. Wir würden zusammen eine beeindruckende Erscheinung abgeben, Fubuki und ich, sofern ich das Pferd richtig in die Hand zu nehmen verstand.

Das konnte nicht allzu schwer sein, meinte ich, denn dass Tiere mich liebten, wusste ich. Ich sprach so zu ihnen, als seien sie meine Verwandten. Ich pfiff Vögel herbei, die sich auf meine Hand setzten, und brachte Tiere aller Art ins Haus, Wildtauben, Eichhörnchen, Fasane, Rehe und sogar eine verletzte Eule.

Einmal fand ich ein verirrtes Bärenkind. Es hatte blaue Augen, saß aufrecht vor mir auf dem Waldboden und weinte. Ich suchte die Fährte seiner Mutter und streute Waldbeeren auf den Boden. Auf diese Weise fand sie zu ihrem Kind zurück. Die Tiere vertrauten mir – vielleicht, weil ich ihnen nie etwas Böses getan hatte. Ich hörte ihre Stimmen, wo andere nur Brummen, Quaken, Zirpen und Schnabelklappern vernahmen. Warum das so war, wusste ich nicht. Ich war mit dieser Gabe geboren worden.

Täglich hatte ich mich in die hohen Gräser nahe bei der Herde gesetzt, stets ein wenig näher an den großen Hengst heran. Zunächst hatte das Pferd so getan, als sei ich nicht anwesend. Aber Pferde sind sehr neugierige Geschöpfe. Männern auf zwei Beinen traute Fubuki nicht, doch weil ich auf dem Boden kauerte, war ich nach einer gewissen Zeit kein Menschenwesen mehr für ihn. Und er wollte wissen, wer ich war und was ich in der Nähe der Herde zu suchen hatte.

Eines Morgens kam ich mit meiner Flöte. Ich setzte mich auf den gewohnten Platz, hob die Flöte an meine Lippen und begann zu spielen. Beim ersten Ton wandte mir Fubuki heftig den Kopf zu. Ich sah, wie seine Ohren sich aufrichteten. Er zitterte ein wenig, doch langsam wich der Argwohn von ihm. Ich spielte weiter, eine sanfte, melodische Weise. Wie von einer unsichtbaren Macht gelenkt, näherte sich das Tier. Erst einen Schritt, dann noch einen. Als er bei mir stand, nahm ich die Flöte vom Mund und richtete mich langsam auf. Behutsam streckte ich den Arm aus, öffnete meine Finger. Er betrachtete, was ich mitgebracht hatte, und leckte den Klumpen Salz aus meiner Handfläche.

Ich sah die klaren Augen unter den dichten Wimpern ganz aus der Nähe. Seine Nüstern waren feucht, er stülpte die schwarze Oberlippe zurück, zeigte die großen, gefährlichen Zähne. Sein Gebiss hätte ohne Weiteres mein Handgelenk zermalmen können. Mit seinen hohen, spitzen Ohren glich er wirklich einem Drachen. Nun, war er ein Drache, so waren wir Verbündete, mehr noch: Geschwister. Trug ich selbst nicht Drachenblut in den Adern? Das hatte meine Mutter mir oft genug erzählt. Damals glaubte ich noch halbwegs daran.

Leise sprach ich nun zu dem Pferd.

»Hat dir meine Musik gefallen? Ich bin deine Schwester, weißt du das? Wenn du willst, bringe ich dir morgen wieder Salz und spiele dir etwas vor.«

Fubuki beugte seinen Hals, um mit den Nüstern meine Wange zu berühren. Seine Mähne, die nach nassem Fell und Gräsern roch, strich über mein Gesicht, bevor er sich abwandte und mit wehendem Schweif zu den Stuten zurücktrabte.

Seit diesem Tag kam Fubuki jedes Mal zu mir, ganz wie zugerittene Pferde es tun. Es würde nicht mehr lange dauern, bis er mir ganz vertraute und mich auf seinen Rücken ließ. Aber weil er noch zu selten stillhielt, war Vorsicht geboten. Immer wieder redete ich sanft auf ihn ein, damit er sich an meine Stimme gewöhnte. Ich erzählte ihm, dass wir bald zusammen reiten würden, im gestreckten Galopp, ganz wie es ihm gefiel, ungestüm und übermütig. Der bloße Gedanke daran ließ mein Herz höherschlagen.

4. Kapitel

Doch man hatte mich bei den Wildpferden gesehen und berichtete es meiner Mutter. Noch in der gleichen Stunde ließ sie mich rufen. Sie saß wie gewohnt vor ihrem Webstuhl. Umsichtig wie sie war, kümmerte sie sich bereits im Frühsommer um unsere Kleider für die kalte Jahreszeit. Mutter begann schon frühmorgens mit der Arbeit. Wenn sie den Webstuhl an die Fenstertür rückte und das Schiffchen zu werfen begann, hörte sie draußen die ersten Vögel zum Klang des Rades zwitschern.

Mutters Name lautete Chizu – »Tausend Kraniche« – und sie kam von der nordwestlichen Küste des Landes. Chizus Eltern nannten eine Anzahl Reisfelder ihr Eigen. Sie waren nicht reich, hatten aber viel Einfluss; daneben waren sie für ihren Geiz bekannt. »Ein Reiskorn ist ein Schweißtropfen«, sagt ein Sprichwort. Chizu hatte schon als Kind hart arbeiten müssen. Sie tat es gerne und war sehr ausdauernd. Ihre Hände, die nie ruhten, besaßen auch beim Weben einen präzisen, federnden Rhythmus.

»Tomoe«, sagte sie im strengen Tonfall. »Du solltest dem Hengst fernbleiben.«

»Aber Fubuki ist doch mein Bruder!«, rief ich.

»Fubuki?«

»Ja, Mutter. Findest du nicht, dass der Name gut zu ihm passt?«

Chizu hatte fünf Kinder auf die Welt gebracht, von denen nur der Erstgeborene gestorben war. Sie war eine schöne Frau, die alles gut und richtig machte und dabei auch gerne lachte. Doch was die Pferde betraf, blieb sie unerbittlich.

»Eine Mutterstute könnte dir den Schädel spalten. Ich verbiete dir, wieder hinzugehen, solange die Stuten Fohlen haben.«

Mir kam nicht in den Sinn, mich gegen das Verbot aufzulehnen. Mutter war die Herrin, man legte sich besser nicht mit ihr an. So verneigte ich mich demütig, bevor ich schmollend aus dem Gemach stapfte.

Meine Brüder waren nicht da, doch vor dem Haus traf ich Yamabuki und Komao-Maru. Beide trugen Strohmatten mit den Abfällen der Seidenraupen, die wir im Haus züchteten. Unter dem Dach lagen große, luftige Räume, vollgestellt mit Bambusrahmen, an denen netzartige Geflechte befestigt waren, bedeckt mit Tausenden von Seidenraupen. Ihr ständiges Nagen erfüllte unser Haus mit leisem Rascheln, wie das Geräusch von Regentropfen auf Blättern. Jedes Kind trug Sorge für fünf Kästen Seidenraupen, aus denen wir täglich die Futterrückstände entfernen mussten. Wir warfen sie auf einen Haufen im Hof, wo die Gärtner sie abholten. Der Abfall ergab nämlich den besten Dünger der Welt.

Meine Brüder und ich verrichteten die Arbeit nur, weil sie zu unseren Pflichten gehörte. Tatsächlich wurde erwartet, dass wir uns – nicht anders als die Dienstboten – auf vielerlei Weise nützlich machten. Wir versorgten die Pferde, misteten die Ställe aus, holten Wasser aus dem Brunnen, waren bei der Reisernte auf den Feldern. Die Knaben spalteten Holz, halfen den Handwerkern bei der Arbeit. Wir Mädchen sammelten Reisig, wuschen die Seidengewänder im Bach, lernten Weben und Spinnen. Im Herbst sah man uns auf dem Boden sitzen, mit ausgestrecktem Fuß, zwischen unseren Zehen hielten wir das Ende eines Taues, das wir aus Reisstroh drehten. Auf diese Weise fertigten wir, wie jedes Bauernkind, unsere Schneestiefel an. Der Winter brachte schwere Schneefälle und ohne diese Stiefel konnten wir nicht aus dem Haus.

Was die Seidenraupen betraf, nun, ich fand sie langweilig. Yamabuki indessen liebte es sehr, sie zu pflegen, und Komao-Maru half ihr, weil er gerne bei ihr war.

Als sie mich am Eingang der Vorhalle sitzen sahen, blieben beide stehen. Sie hatten die Ärmel hochgekrempelt, ihre nackten Füße steckten in Strohsandalen.

»Du hast deine Kästen nicht gereinigt«, sagte Yamabuki in vorwurfsvollem Tonfall.

»Ach, später!«, murmelte ich. Sie sahen, dass ich wütend war, und setzten sich zu mir. Ich erzählte, was sich zugetragen hatte. Wir Kinder stritten uns häufig, doch wenn es darauf ankam, hielten wir zusammen. Die Eltern klagten oft, dass sie gegen uns nicht ankamen.

»Wirklich?« Komao-Maru war sehr beeindruckt. »Der große Hengst hat aus deiner Hand gefressen?«

»Er heißt Fubuki«, sagte ich.

»Fubuki!«, rief meine Schwester »Der Name passt gut zu ihm. Ach, er ist wunderschön!«

»Ja, und schon fast zahm«, seufzte ich. »Bald hätte er mich auf seinen Rücken gelassen. Aber jetzt darf ich nicht mehr auf die Weide! Und bis alle Fohlen gesäugt sind, hat mich Fubuki vergessen.«

»Wenn Mutter es dir verboten hat, musst du gehorchen«, sagte Yamabuki im vernünftigem Tonfall, und ich hätte sie am liebsten verprügelt. Doch da sagte Komao-Maru: »Mir hat sie nichts verboten.«

Ich konnte mit dieser Bemerkung nichts anfangen und starrte ihn verständnislos an; durch seine schwarzen Strähnen erwiderten seine Augen meinen Blick, schalkhaft und etwas verschlagen. Mir kam nicht in den Sinn, dass er mich hintergehen könnte. Ich war ein aufrichtiges Kind. Wie hätte ich ahnen sollen, dass Komao-Maru, schlau wie er war, sich seinen Plan bereits zurechtlegte?

Zum ersten Mal in meinem Leben erfuhr ich, was es bedeutet, verraten zu werden. Komao-Maru wusste eigentlich nicht, was er tat, und mich schüchterte sein Handeln ein, weil ich meinen Weg noch suchte. Doch er verlor den seinen, und das wusste ich schon damals besser als er. Als Folge seiner Tat würde ich ihm in späteren Jahren sagen, was er zu tun hatte, und er würde stets auf mich hören.

Die Bilder jener Nacht aber sind mir geblieben, umgeben von Düsterkeit und Aufregung. Es waren Bilder des Schreckens und der Magie. Ich erlebte sie mit klarem Bewusstsein und ohne Erstaunen, weil es damals eine andere Welt für mich überhaupt nicht gab.

5. Kapitel

An jenem Abend kündigte die drückend schwüle Luft ein Gewitter an. Wir Kinder konnten nicht einschlafen, machten Lärm, warfen uns die Bettkissen zu. Durch die offene Schiebewand strömte der herbe Geruch des Waldes, das kräftige Aroma der Maulbeerblätter. Endlich konnte Aki, die immer sehr geduldig war, unsere Liegematten wieder Seite an Seite zurechtlegen. Darauf das Geräusch einer Tür, die zugeschoben wurde, Flüstern und endlich – Schweigen. Nur noch die üblichen Geräusche waren hörbar: das Nagen der Seidenraupen, das vertraute Waffenklirren der diensthabenden Wachleute und ab und zu das Schnauben der Pferde in den Stallungen. Nach einer Weile rührten sich meine Geschwister nicht mehr. Ich hörte ihren gleichmäßigen Atem, sah ihre schwarzen Haare auf dem Kissen. Auch Komao-Maru lag still. Wäre ich erfahrener gewesen, hätte ich gemerkt, dass seine Ruhe unnatürlich war.

Irgendwann schlief auch ich ein, doch nicht sehr lange. Auf einmal war ich wieder wach. In der Ferne vernahm ich ein dumpfes Grummeln. Nicht dieses Geräusch war es, das mich geweckt hatte, sondern das Gefühl, dass irgendetwas nicht war, wie es sein sollte. Ich richtete mich auf, warf einen Blick um mich. Meine Brüder und Yamabuki schliefen tief und fest. Komao-Maru aber war verschwunden.

Mein Herz stand still, bevor es mir in der Kehle schlug. Ich wusste, wo ich ihn finden würde.

Du elender Verräter!, dachte ich, zitternd vor Wut. Hastig kleidete ich mich an, stieß leise die Schiebetür zurück und glitt nach draußen. Zum Glück kannten wir Kinder jeden Winkel der Burg, denn die Wachposten hätten mich unverzüglich wieder schlafen geschickt. So aber kroch ich unbemerkt an ihnen vorbei.

Der Mond schwebte zwischen Wolkenfetzen wie ein silbernes Schiff durch schwarze Wellentäler. Im Wald regte sich kein Windhauch. Nur Grillen zirpten und unter den Büschen schimmerten die Leuchtkäfer. Es roch nach Harz und modrigen Wurzeln. Die Luft war so schwer, dass ich sie wie eine Berührung auf der Haut empfand.

Als ich den Wald durchquert hatte, näherten sich bereits mächtige Wolken dem Mond. Ich beachtete kaum, was am Himmel vor sich ging, lief um einen Hügel herum, überquerte einen Sumpf und erklomm eine Anhöhe, von wo aus ich die Pferde im Tal sehen konnte. Von meinem Aussichtspunkt aus bemerkte ich bald die Wellenbewegung, die sich von außen, wo schützend die Hengste standen, zu den Stuten und Fohlen in der Mitte übertrug. Und ich bemerkte auch die kleine, schattenhafte Gestalt, die sich Fubuki näherte. Der Hengst, perlmuttweiß im Mondlicht, stand in wachsamer Bereitschaft abseits. Komao-Maru mochte für sein Alter ein gewandter Reiter sein, aber es gab Dinge, die ich besser wusste als er. Und dass er sich an Fubuki heranmachte, verletzte mich auf heftige, schmerzhafte Art.

Als ich mich den Hang hinabgleiten ließ, stand Komao-Maru schon in kurzer Entfernung von dem Hengst. Fubuki scharrte unruhig mit den Hufen. Seine Ohren waren wie Dolche gespitzt, er wirkte sprungbereit, voll feindlicher Abwehr. Ich hoffte, das Pferd ließe sich von Komao-Maru nicht anrühren. Dann sah ich, wie der Junge die Hand ausstreckte und Fubuki Salz anbot, genau wie ich es getan hatte. Und Fubuki, der das Salz bereits gekostet hatte und den Geruch wiedererkannte, kam näher und leckte das Salz aus Komao-Marus Hand.

Ich stand still, während das Wetterleuchten immer greller zuckte. Ein gewaltiges Elend breitete sich vom Kopf in meinem Körper aus. Hoch über dem Tal wirbelten die Wolken wie Strudel. Plötzlich fegte ein Windstoß durch die Büsche, das Schilf sang und zischte. Von einem Atemzug zum nächsten schien der ganze Wald von Seufzen und Knirschen erfüllt. Die Baumkronen begannen zu rauschen, es klang gewaltig und feierlich. Und ebenso plötzlich funkelten Glanzlichter auf, das ganze Tal schien Funken zu sprühen.

Da krachte ein gewaltiger Donnerschlag, ein violetter Lichtschein wehte von Wolke zu Wolke. Und gleichzeitig sah ich, dass Komao-Maru ein paar Schritte zurücktrat, bevor er auf den Hengst losrannte. Kalter Schrecken fuhr mir in alle Glieder. Ich wollte schreien:

»Komao-Maru, bleib ihm vom Leib!«

Doch meine Zunge war wie gelähmt. Schon machte Komao-Maru einen Satz, schwang sich hoch, warf ein

Bein über Fubukis Rücken und musste nur ein bisschen vorrutschen, um richtig zu sitzen. Da endlich fand ich meine Stimme und stieß einen Warnschrei aus, wusste ich doch, dass es viel zu früh war: Fubuki würde die ungewohnte Last auf seinem Rücken mit dem Unwetter in Verbindung bringen und sich zur Wehr setzen. Blitze zuckten bereits von allen Seiten des Himmels. Unter den aufflammenden Wolken richtete Fubuki sich auf, schüttelte wild die bebenden Flanken. Ich begann zu laufen.

»Nein!«, schrie ich. »Nein, Fubuki! Tu ihm nichts!«

Wieder krachte ein Donnerschlag. Für einen Augenblick ließen die Blitze vor meinen Augen nur glühende Spuren zurück. Dann klärte sich meine Sicht. Ich sah, wie Fubuki sich in wildem Zorn um die eigene Achse drehte. Schaum trat aus seinen Nüstern, und es war, als ob aus seiner Mähne Feuerzungen loderten. Voller Panik klammerte sich Komao-Maru an seinem Rücken fest. Auf einmal blieb das Pferd so unvermittelt stehen, dass seine Hufe sich in das Gras zu bohren schienen. Er senkte den Kopf und schlug mit aller Kraft aus. Wie von einer Schleuder geschnellt, flog Komao-Maru durch die Luft und stürzte kopfüber zu Boden. Fubuki trabte im Halbkreis, wieherte zornig und schrill. Er schüttelte wild den Kopf, sprengte auf die kleine Gestalt zu, die hilflos im Gras kroch, vergeblich bemüht, sich in Sicherheit zu bringen. Doch ich kam dem Pferd zuvor, warf mich vor Komao-Maru, schützte ihn mit meinen Körper.

»Geh weg, Fubuki!«, kreischte ich. »Fort mit dir!«

Im vollen Schwung machte der Hengst eine Wendung. Die Hufe fielen schwer auf den Boden zurück. Mit wütendem Schnauben drehte der Hengst ab, galoppierte der

Herde entgegen. Und gleichzeitig mit ihm setzten sich alle Pferde in Bewegung, donnerten durch das Tal, der Schlucht entgegen, während schwer und warm die ersten Regentropfen fielen. Ich kauerte mich, klebrig vor Schweiß, neben Komao-Maru nieder. Er sah mich verwirrt an. Aus einer tiefen Stirnwunde tropfte Blut und mischte sich mit dem Regenwasser auf seinem Gesicht. Ich packte ihn unter den Armen und zerrte ihn hoch.

»Kannst du gehen?«

Er machte stolpernd einen Schritt. Dann knickte er mit schmerzverzerrtem Gesicht ein.

»Mein … mein Fuß!«

Der Knöchel war blutunterlaufen, dick angeschwollen. Ich stützte Komao-Maru mit der Kraft, die mir verblieb, zerrte ihn dem Wald entgegen.

Donnerschläge erschütterten den Himmel, die Wolken verdichteten sich zu wirbelnden Ungeheuern. Wie Drachen brausten sie aus allen vier Himmelsrichtungen heran, jagten uns mit flammenden Blitzen von Schrecken zu Schrecken. Bis auf die Haut durchnässt, zitternd vor Kälte, erreichten wir endlich das Dickicht. Der Bach, der für gewöhnlich friedlich plätscherte, schäumte und gurgelte. Mit gewaltiger Anstrengung wateten wir hindurch; unsere Strohsandalen rutschten auf den glitschigen Steinen aus. Endlich erreichten wir eine Felswand, pressten uns im Schutz der Steine aneinander.

In unserer Verwirrung merkten wir erst allmählich, wie sich das Unwetter entfernte. Die Welt wurde wieder ruhig; nur noch der Bach schäumte. Eine Weile saßen wir, ohne uns zu rühren. Wir waren verschlammt und blutig, erstarrt bis ins Mark, und jeder Knochen tat uns weh. Endlich brach ich mit zitternder Stimme das Schweigen.

»Du hast Mutters Verbot missachtet. Die Drachen waren zornig.«

Komao-Marus Zähne klapperten, mühsam stieß er die Worte hervor.

»Bitte … sag Mutter nicht, dass ich bei den Pferden war.«

Trotz meines elenden Zustandes merkte ich, dass er Angst vor mir hatte.

»Wenn du nicht willst, dass Mutter es von mir erfährt, musst du mir ein Versprechen geben. Denke daran, dass ich dich gerettet habe!«

Mit einem letzten fernen Grollen beruhigte sich das Gewitter. In den Himmelslöchern rollten sich die Drachen fest in ihre Schwingen ein, schlossen ihre grünen Augen und schliefen. Von irgendwoher hörte ich Komao-Marus Stimme, die mir sein Versprechen gab. Und das war alles.

Der Streit zwischen uns raubte uns beiden eine Zeit lang den Schlaf, bevor ich Komao-Maru seine unredliche Tat vergab. Unsere Verletzungen heilten schnell, während Komao-Marus Gewissensbisse mehr Zeit brauchten. Die Sache hatte immerhin zur Folge, dass unser Ansehen bei den Geschwistern stieg. Mutter klagte zwar, dass sie ständig schlimme Geschichten von uns hören musste. In Wirklichkeit war sie stolz auf mich, weil mein Verhalten ganz besondere Erinnerungen in ihr weckten, die mit meiner Geburt zusammenhingen. Aber das war etwas, das ich erst später verstand.

Der Zwischenfall hatte indes zur Folge, dass Komao-Maru der Reiter des einen oder anderen Pferdes wurde, ohne dass je eines auf Dauer sein Herz eroberte. Ich glaube, der Neid hat ihn jeden Tag begleitet, bis das Schicksal ihm Hayate bescherte. Da erst verschwand sein innerer Groll. Das aber geschah erst viele Jahre später, als Komao-Maru nicht mehr diesen Namen trug. Von dem Tag an konnten wir Seite an Seite kämpfen, ohne dass wir auch nur einen Kratzer erlitten. Die Leute sagten, die Schilf-Drachen würden uns mit einem Zauber beschützen, den sie aus dem Boden stampften. Ich für meinen Teil glaube, dass diese Pferde unsere besten Freunde waren. Weil sie unsere Körper spürten, ihre Wärme und unsere Wärme sich mischten, kannten sie uns so gut wie wir uns selbst. Womöglich sogar besser.

6. Kapitel

Vielschichtige Bilder regen sich in meinen Tagträumen. Die Vergangenheit ist gleichsam nichts – weil sie alles ist. Man kann die Dinge sehen und berühren, bevor die unergründliche und unsichtbare Zeit sie verwischt. Obwohl Fubukis Knochen längst zu Staub geworden sind, macht mich seine verschwundene Schönheit nach wie vor froh. Wir hatten in einer Zeitspanne gelebt, die uns beide mit einschloss, mögen sich auch unsere Umrisse im Dunkeln verlieren.

Ich kann mich noch gut daran erinnern, wie es war, als damals die jungen Fohlen herangewachsen waren und es mich wieder zu den Wildpferden trieb. Mit der Flöte hatte ich Fubuki zu mir gelockt, ihm Salz aus meiner Hand angeboten. Es stimmte schon, dass der Hengst seit dem Frühling ruhiger geworden war. Er tänzelte nicht mehr, wie junge Pferde das tun, sondern stand wachsam da, betrachtete mich mit scharfen, stolzen Augen. Ich hatte mit ihm gesprochen, ihm tausend Dinge erzählt, damit er sich wieder an meine Stimme gewöhnte.

Danach hatte ich viele Tage gebraucht, bis ich mit Zügeln und einem selbst geflochtenen Lederriemen dicht an ihn herantreten konnte. Ich musste den Riemen über die Zunge des Hengstes legen und unter seinem Kinn verschnüren. Ich ging ruhig und sorgfältig dabei vor, sodass Fubuki ganz entspannt das Maul öffnete. Ich hatte bei jeder Gelegenheit beobachtet, wie die Reiter es machten, und kannte die richtigen Handgriffe. Als ich es geschafft hatte, strich ich mit den Nägeln leicht und zärtlich über Fubukis Stirn, legte mein Gesicht an seines und sprach leise zu ihm:

»Bitte, wirf mich nicht ab! Du bist doch mein Bruder, ja?«

Das Aufsitzen ist schwierig, wenn man noch ein Kind ist und keine Steigbügel hat. Eigentlich war das Tier viel zu groß für mich. Aber ich hatte bereits andere Pferde ohne Sattel geritten. Folglich verlagerte ich mein Gewicht auf das linke Bein, legte die rechte Hand, die den Zügel hielt, auf den Pferdehals. Dann schwang ich das rechte Bein – so weit es ging – nach hinten und sprang. Irgendwie gelang es mir beim ersten Versuch. Schon lag ich oben auf dem Bauch, das Gesicht an den klopfenden Hals des Hengstes gepresst. Fubuki schnaubte, trat heftig zur Seite, doch ich saß bereits oben und hielt die Zügel. Ich fand auch recht bald die Vertiefung hinter dem Schulterblatt, wo die Beine gut anliegen.

Fubuki stand jetzt ganz ruhig, die Ohren mir zugewandt. Noch ein wenig ängstlich drückte ich ihm leicht die Fersen in die Flanken. Fubuki setzte sich in Bewegung. Sein Schritt war etwas unbeholfen, denn noch war mein Gewicht für ihn ungewohnt. Doch er gehorchte dem Kniedruck und der festen Hand am Zügel.

Die Herde graste in weiter Ferne. Es fühlte sich an,

als ob Fubuki und ich allein in der Ebene waren, allein auf der ganzen Welt. Ich konnte spüren, wie sich Fubukis Muskeln zwischen meinen Schenkeln bewegten, und fühlte, wie ich selbst mit dem Rhythmus des Pferdes mitschwang, wie ich eins wurde mit dem herrlichen, kraftvollen Tier. Ich ließ das Pferd zuerst traben, lenkte es dann im leichten Galopp. Jedes Klopfen der Hufe hallte in mir wider, als ob mein Herz bei jedem Schlag doppelt dröhnte. Vor uns teilte der Wind die hohen Gräser, Schmetterlinge und Schwärme von Libellen in allen Farben des Regenbogens tanzten empor. Ein warmer Duft nach Herbstblumen stieg auf, herb und würzig.

Mir war, als ob ich flog, nicht hoch am Himmel, sondern nahe über dem Erdboden, und auf einmal sah ich auf den Graswellen einen Schatten, der nicht von meiner Seite wich. Wie der Schatten eines Drachen kam er mir vor. Da stieg eine Erinnerung in mir auf und sie war mit einer Erzählung meiner Mutter verwoben.

Ich war vielleicht acht Jahre alt, als ich eines Tages zu meiner Mutter mit der Frage kam:

»Warum, Verehrungswürdige Mutter, werde ich das ›Drachenkind‹ genannt?«

Es kam gelegentlich vor, dass wir Fragen stellten, die ausgefallen oder vorwitzig waren. Meine Eltern antworteten dann, wir sollten nicht versuchen, schlauer als die Großen zu sein. Doch zu meinem Erstaunen antwortete sie diesmal entgegenkommend:

»Als ich deinen Vater heiratete und als Schlossherrin nach Kiso zog, war ich ein ungebildetes junges Ding mit grobem Betragen. Meine Erziehung im Heim meiner Eltern war nachlässig gewesen, ich konnte weder lesen noch schreiben. Meine Geschwister und ich mussten die Schweine füttern und die Ziegen hüten. Doch wir lachten viel und dachten, es sei gut, so zu leben. Dein ehrwürdiger Vater war nicht gleicher Ansicht, störte sich aber nicht daran. Er kam aus einer Familie, in der vornehmere Bräuche herrschten, aber seine Jugend hatte den Pulsschlag der Freude entbehrt. Ausgerechnet meine ungezwungene Art war es, die Kanetoo an mir liebte. Sobald er sich von seinen Pflichten lösen konnte, ritt er mit mir in die Berge und auf die Jagd. Diese Ausflüge wehten in sein Herz den Wind gesunder Unbekümmertheit.«

Sie sprach wie zu sich selbst, mit einem Lächeln auf den Lippen, das ich selten bei ihr sah, schien es doch mit tieferen Erinnerungen vermischt.

»Dass ich Kinder gebar, änderte nichts an meiner Tatkraft und meinem Bewegungsdrang. Wie du jedoch weißt, fiel mein innig geliebter Kanetomo, unser Erstgeborener, einem bösen Fieber zum Opfer. Kanetoo und ich trauerten sehr, bevor uns zwei Söhne über den Verlust hinwegtrösteten. Nun wünschten wir uns ein drittes Kind, ein Mädchen.« Chizu sah mich an, doch sie sah mich nicht wirklich. Ihre Augen schimmerten traumbefangen.

»In dieser Zeit pflegte ich täglich im Gebirgsbach zu baden. Ich war eine gute, gewandte Schwimmerin, wie du es heute bist. Stieg ich zum Wasser hinunter, dachte ich oft, dass der Fluss einem goldenen Drachen glich, der im Schilf mit mächtigen Lungen atmete.«

Ich nickte gespannt und Chizu fuhr fort:

»Du darfst nicht vergessen, Kind, der Strom lebt seit Jahrtausenden. Er hat Täler geformt und Gipfel weggetragen, Berge verdrängt und eine tiefe Schlucht gegraben.«

Es war heiß in der Vorhalle. Meine Mutter griff nach einem Fächer, bewegte ihn vor ihrem Gesicht hin und her. Ihre Stimme hatte plötzlich einen rauen Klang, etwas Mädchenhaftes, als wäre sie schüchtern und versuche, das zu verbergen.

»Als ich eines Tages in die Schlucht kam, vernahm ich den Gesang einer Flöte. Die reine, klare Melodie erfüllte die Landschaft wie Sonnenlicht. Ich spürte ein seltsames Flattern im Magen. Nie hatte ich etwas Ähnliches gehört. Es war weit weg und doch ganz nahe. Wie von einer unsichtbaren Macht getrieben, ging ich den Tönen nach. Der herbe Geruch der Schilfrohre mischte sich mit dem feuchten, schweren Duft des Wassers. Dieser Duft drang mir in den Kopf, ich fühlte mich schwindelig. Und da bemerkte ich …« Meine Mutter stockte; der weit geöffnete Schirm ihres Elfenbeinfächers legte sich kurz auf ihren Mund, bevor er sich wieder regelmäßig bewegte.

»Da bemerkte ich, dass es der Fluss war, der sang! Der Wind bläst manchmal durch die Schlucht, wie durch eine steinerne Flöte, hast du ihn nie gehört?«

Ich schüttelte verwirrt den Kopf, doch sie sprach weiter, wie zu sich selbst.

»Damals vernahm ich es zum ersten Mal. Der Klang kam zu mir mit all jener unbestimmbaren Sanftheit und dem Geheimnis von Waldluft, von funkelndem Wasser, von warmen Steinen und Blütenzweigen. Einmal hat mich dieser Klang berührt und ich sollte ihn für alle Zeiten im Herzen tragen …«

Sie stockte erneut; ein feuchter Schimmer überzog ihre Augen, in denen die Pupillen leicht schwankten.

»Ich warf meine Kleider ab und watete in den Strom.

Die grünen Wellen umarmten mich. Es war, als ob die Flöte nun mit tausend Stimmen sang. Ich überließ mich dem Wasser und die Strömung trug mich einem Strudel zu. Ich merkte es erst, als der Himmel über mir zu kreisen begann. Ich spürte die Kälte, als der Sog mich erfasste. Die Strömung trug mich fort, wirbelte mich umher und drückte mich in die Tiefe. Ich überließ mich dem Wasser, das mich seitwärts an die Felsen presste, während alle Geräusche zurückblieben, schwächer wurden, bis sie ganz verschwanden. Und unten …«

Sie stockte erneut. Der Fächer bewegte sich langsam vor ihrem Gesicht, wie ein Falter. Die Farben auf dem Fächer verwandelten auch die Farben ihres Gesichtes, das abwechselnd blass und rosig leuchtete.

»Und unten … da sah ich ihn.«

Ich beugte mich vor, neugierig und erwartungsvoll. Sie erschauerte leicht.

»Ich sah den Drachen, meine ich. Er lag zwischen den Felsen am Grunde des Flusses und schlief, doch als ich an seinem Antlitz vorbeiglitt, öffnete er träge die glitzernden Augen.«

Wieder ein Schweigen. Ich starrte sie an.

»Ehrwürdige Mutter, hattest du Angst?«

»Angst?«

Sie schüttelte leicht den Kopf.

»Nein, es war wie ein Traum. Der Drache lag im Schatten der Steine, seine Schuppen glänzten in unendlichen Formen, erzeugten im Wasser blitzende Spuren, Bahnen aus Blau und funkelndem Licht. Und auf einmal – auf einmal begann der Drache sein Zauberwerk, verwandelte sich in einen Menschen. Aus seinem ungeheuren

Kopf bildete sich ein Gesicht mit lächelnden Augen und wirbelndem Haar. Die schuppigen Ringe lösten sich in Glitzerteilchen auf, formten sich zu der nackten Gestalt eines Mannes. Er schwebte vor mir im Wasser auf und ab, streckte beide Arme nach mir aus, zog mich in seine Umarmung…«

Sie verstummte erneut, ganz ihrer Vision hingegeben. Ich wartete atemlos, bis meine Neugierde unerträglich wurde.

»Und dann?«, platzte ich heraus.

Sie fuhr leicht zusammen.

»Kind, sei nicht so vorlaut! Was dann geschah? Ach, ich glaube, ich habe das Bewusstsein verloren. Der Strudel ließ mich nicht los. Ich wäre fast ertrunken.«

»Aber du bist doch gerettet worden!«

Sie straffte sich. Ihre Stimme klang wieder gefasst und kühl. Auf beiden Seiten ihres Mundes erschienen plötzlich Schatten, die sie älter machten.

»Jaja, ich hatte Glück. Ein junger Bauer war es, der mir zu Hilfe kam. Er war gerade dabei gewesen, das Rohr zu schneiden. Das Rohr eben, aus dem man Flöten macht. Er hatte gesehen, wie mich der Strudel erfasste, sprang in den Fluss und zog mich an Land. Doch ich war lange unter Wasser geblieben, ich konnte mich weder rühren noch sprechen. In mir kreiste das Blut wie flüssiges Eis.«

Ich sah zu ihr auf. Sie hielt ihren Fächer auf den Knien. Ihre Finger hatten sich um den Stiel gekrümmt, als ob sie ihn zerbrechen wollte.

»Er… er machte Feuer, damit ich mich wärmen konnte, rieb meine Glieder trocken, bis das Blut wieder warm wurde. Er holte mein Gewand, das im Schilf hing, ja er warf sogar seine eigenen Kleider auf mich, damit sie mich wärmten. Als ich wieder sprechen konnte, erzählte ich, was ich gesehen hatte. Er sagte: ›Sicherlich hat Euch der Drache mit seinem giftigen Atem gestreift.‹ Zur Stärkung gab er mir süßen Reis zu essen, doch lange Zeit blieb die feuchte Kugel an meiner Zunge kleben, bis ich sie schlucken konnte. Er holte Wasser für mich aus dem Fluss. Als ich wieder bei Kräften war, brachte er mich zu deinem Vater zurück. Es dunkelte bereits; Kanetoos Erleichterung war groß, als er mich, von dem Bauern gestützt, durch das große Tor wanken sah. Er dankte meinem Retter und wollte ihn reich belohnen, doch der junge Bauer wies das Geld zurück. Seine Haltung war vorbildlich und Kanetoo war sehr von ihm angetan. Als er erfuhr, dass der junge Mann sich auf das Waffenhandwerk verstand, bot er ihm eine Stelle in seiner Leibgarde an. Danach sah ich ihn manchmal, wenn er mit den Kriegern übte …«

Sie biss sich auf die Lippen. Ihre Augen blickten verwirrt und etwas argwöhnisch, als ob sie etwas zu verbergen hatte.

Ich fragte: »Und was wurde aus ihm?«

Sie klappte ihren Fächer so plötzlich zusammen, dass es in der Stille ein störendes Geräusch verursachte.

»Nichts. Er wurde getötet. Feinde gibt es überall.«

»Und den Drachen?«, fragte ich, »hast du ihn jemals wiedergesehen?«

»Nein. Ich sprach zu Kanetoo: ›Ich bade nicht mehr im Fluss, weil auch du nicht willst, dass ich es tue.‹ Fortan blieb ich dem Gebirgsbach fern, nicht zuletzt deshalb, weil ich wieder schwanger war. Und als du auf die Welt kamst, sagte Kanetoo, glücklich und halb im Scherz: ›Dies ist das Kind des Drachen! Sieh nur, wie gesund und kräftig sie ist!‹«

»Ach«, rief ich so aufgeregt, dass meine Stimme sich fast überschlug, »heiße ich deswegen Tomoe – ›Wildstrudel‹?«

»Ja, deswegen. Aber zu solch einem Geschrei ist kein Anlass.«

Natürlich berührte mein Kopf im nächsten Augenblick den Boden, und obwohl Mutter lächelte, als ich ihn wieder erhob, spürte ich in ihrem Lächeln eine leichte Trübung, eine Befangenheit. Kinder haben ein feines Gefühl für ungesagte Dinge. Mutters Lächeln war nicht wirklich aufrichtig.

Die Sonne sank. Gedämpft klangen die Geräusche auf dem Hof in die Vorhalle. Chizu hatte den Kopf zur Seite geneigt und war mit ihren Gedanken weit weg. Unvermittelt schien sie sich auf meine Anwesenheit zu besinnen, stieß die Luft mit einem kleinen Seufzer aus und sprach:

»So, nun kennst du die Geschichte und ich werde sie dir nicht wieder erzählen. Geh jetzt, es ist spät genug.«

Eine ungeduldige Handbewegung: Ich war entlassen. Ich verbeugte mich, bevor ich sie nachdenklich verließ. Das Leben in Kiso war rau, aber voller Entdeckungen und Wunder. Dass im Strom ein Drache lebte, der mein Vater sein sollte, kam mir nicht seltsam vor. Da ich so viele ungewöhnliche Geschichten hörte, konnte ich einfach nicht anders, als Chizus Worten Glauben zu schenken. Der Drache war kein Geheimnis, das nicht zu begreifen war. Ich fürchtete mich auch nicht vor ihm, sondern wollte ihn mit eigenen Augen sehen.

7. Kapitel

Als ich die Schlucht hinab zum Gebirgsbach kletterte, verschwanden Vögel wie hüpfende kleine Herzen in den Büschen. Dort wo das Schilf wuchs, musste die Stelle sein, von der meine Mutter gesprochen hatte. Hier waren die Felsen abgeschliffen und glatt. Schaum sprudelte und verbreitete einen weißlichen Schleier. Ich zog mich aus und watete über die Steine in das kalte Wasser. Die Strömung war reißend. Während ich noch unschlüssig dastand und das Wasser auf meiner Haut grünlich leuchtete, sah ich Kraniche in ruhigem Flug über die Schlucht hinwegziehen. Ein glückliches Omen! Ich zögerte nicht mehr länger und warf mich in den Bach.

Zunächst trug mich die Strömung willig, doch als ich gegen sie ankämpfte, da wurde sie grausam und stark. Ich sah die Felswand vorbeigleiten und erschrak, wie schnell mich der Bach talabwärts trug. Das Wasser kreiste mich ein, schleuderte mich hin und her. Ich versuchte vergeblich, mich an den Steinen festzuhalten, immer wieder glitten meine Hände ab. Ich begann zu ermüden. Das kalte, helle Dröhnen der Strömung erfüllte mich ganz. Ich dachte: »Gewiss ist der Drache zornig, weil ich in sein Reich eindringe. Jetzt wird er mich strafen!« Panik und Erschöpfung lähmten mich. Schon zog mich das gurgelnde Wasser in die Tiefe. Ich drehte mich abwärts wie ein Blatt in einem Trichter, bis grünes Licht in Dämmerung umschlug. Aus Löchern im Gestein wuchsen Gräser, die über meinen Körper strichen, als wollten sie mich in einem Netz fangen.

Der gewaltige Sog nahm mir jede Kraft, ich dachte, jetzt muss ich sterben. Und als meine Augen zu flimmern begannen, da sah ich den Drachen. Er lag zusammengerollt in einer dunklen Felsspalte; er war hundertmal größer als eine Schlange und sein Körper schien aus uralten Steinen gewachsen. Der Kopf hob sich, knochenfahl, das Maul war geschlossen, und zu beiden Seiten hingen grüne Fasern. Doch er rührte sich, daran war kein Zweifel. Dicke Windungen hoben und krümmten sich. Er hatte Augen wie eine Schlange, starr und glitzernd. Doch er zeigte keinen Zorn und ich empfand auch keine Angst. Worte flossen aus seinem Maul wie kleine Luftbläschen, Worte die ich in meinem Kopf zu hören vermeinte:

»Aber meine Tochter, was tust du hier! Deine Stunde ist noch nicht gekommen. Du hast noch ein langes Leben vor dir.«

Und kaum hatte der Drache das gesagt, als ich auch schon einen heftigen Schlag in den Rücken erhielt. Die Strömung wirbelte mich aufwärts; ich schoss empor in einer Lichtsäule aus Luftbläschen. Ich kam an die Oberfläche, und mir war, als ob das Wasser zerbarst. Ein schwarzer Blitz zuckte vor meinen Augen, ich atmete stoßweise. Endlich fassten meine Hände ein Bündel Wurzeln, an dem ich mich hochziehen konnte. Keuchend fiel ich in eine schlammigen Tümpel, den das Wasser gegraben hatte.

Ich kam taumelnd wieder auf die Beine, machte mich auf den Weg zurück durch die Schlucht. Als ich meine Kleider fand, hatte mich die Sonne wieder getrocknet. Mein Körper war mit Schrammen und Blutergüssen bedeckt und doch fühlte ich mich auf besondere Art unbeschwert und froh. Mutter hatte die Wahrheit gesprochen; im Strom lebte ein Drache, der mein Vater war. War ich ihm nicht begegnet? Hatte er nicht zu mir gesprochen?

So dachte ich damals. Kinder haben einen starken Glauben. Heute, da ich die Welt besser kenne, weiß ich, dass wir unsere Träume selbst formen, in einem Anderswo, zwischen Raum und Zeit, in Leidenschaft und manchmal in Verzweiflung. Dann erscheinen sie uns in der Gestalt, die wir wünschen, bestimmen unser Schicksal und geben uns Kraft.

Aber natürlich hatte ich ja noch einen Vater, der ein Fürst war. Ich sehe ihn oft im Bronzespiegel der Erinnerung, mit seiner hohen Stirn, der scharfen Nase, dem fest zusammengezogenen Mund, der selten Weichheit zeigte. Bartlos, doch mit starkem Flaum auf beiden Wangen, wies sein Gesicht die Merkmale einer großen Klugheit auf. Seine Augen konnten, je nach Gemütsverfassung, die eines Mönches oder die eines Kriegers sein. Nakahara Kanetoo war ein Mann, dem an Machtinteressen wenig lag, der aber mit eiserner Faust seine Provinz Kiso und seine Lehnsgüter verwaltete. Wir sahen ihn eigentlich nur im Familienkreis lachen. Waren Besucher anwesend, wurde sein Gesicht ausdruckslos, er verbarg seine Gefühle.

Ich jedoch kannte ihn von einer anderen Seite. Er hatte mir einen kleinen Bogen und Pfeile anfertigen lassen. Nichts liebte ich mehr, als ihn frühmorgens auf die Jagd zu begleiten. Schon als kleines Kind hatte er mich vor sich auf sein Pferd genommen. Ritt er im vollen Galopp, schrie ich »Schneller, schneller!« vor Vergnügen. Oft nahm er mich bei der Hand und zeigte mir die Sterne. Bald kannte ich ihre Namen auswendig und wusste genau, wo sie am Himmel aufgingen. Ja, er sprach sogar mit mir über seine Staatsgeschäfte. Ich habe erst später verstanden, dass er sich in meiner Gegenwart einfach gestattete, laut zu denken. Beschäftigte ihn eine Sache, erzählte er sie dem Schein nach mir. Es war einfach seine Art, ein Problem darzulegen und eine Lösung zu finden. Ich hatte natürlich nicht das geringste Verständnis für seine Reden, nickte aber beflissen dazu. Doch in den Jahren, die seitdem vergangen sind, erkannte ich nach und nach die Zusammenhänge seiner Worte. Und später, wenn ich vor schwierigen Entscheidungen stand, dachte ich immer »Wie hätte Vater es gemacht?« und traf erstaunlich oft die richtige Entscheidung.

Man mag es als sonderbar ansehen, dass er mich derart bevorzugte, so störrisch und wild, wie ich war. Ich hatte wenig Sinn für die schönen Künste, die in vornehmen Häusern gepflegt wurden. Auch das Verfassen von Gedichten machte mir Kopfzerbrechen. Mutter fiel angesichts der Pflaumenblüten, dem Herbstlaub oder dem ersten Schnee sofort das passende Gedicht ein; Yamabuki hatte ihre Begabung geerbt, war flink und schlagfertig im Austausch von Versen. Ach, wie beneidete ich sie! Sogar meine Brüder kannten die festen Regeln der Dichtkunst. Mir aber fielen nur Silben ein, die selbst für meine Ohren plump und steif klangen.

Weil ich beim Dichten viel Spott erntete, schlug und trat ich wie ein ungezogener Junge. Jähzornig wie ich war, vermochte ich meine Gefühle nur in Handlungen auszudrücken. Mutter schalt mich deswegen sehr. Nur Vater schien mich zu verstehen. Er sprach oft die Bitte aus, ich solle Flöte für ihn spielen, und meinte, dass keiner es so gut könne wie ich. Mutter widersprach ihm nie.

Heute weiß ich, der Klang der Flöte ist Heil bringend, Menschen wie Tiere erliegen ihrem Zauber. Es findet ein Austausch statt zwischen der Welt und ihren Wesen. Das Böse verharrt in Unterwerfung, während die guten Geister uns beschirmen. Wenn ich spielte, saß mir mein Vater gegenüber, versunken wie im Gebet. Mir aber fiel auf, dass Mutter stets den Raum verließ und sich in ihre Gemächer zurückzog.

Obwohl in unserer abgelegenen Provinz Kiso alles ruhig war, hörten wir schlimme Geschichten aus den anderen Gebieten. Die verschiedenen Fürstenhäuser wetteiferten in trotziger Rivalität um die Gunst des Kaiserhofes. Je nach Zweckmäßigkeit wurden Bündnisse geschlossen oder gebrochen. Meine Eltern hielten sich, soweit sie es vermochten, abseits. Das gelang nicht immer. Angehörige der Militärregierung oder verbündete Fürsten suchten unser Haus mit ihrem prächtigen Gefolge auf. Eine Zimmerflucht stand immer zu ihrer Unterkunft bereit und die Stallungen boten ausreichend Platz für ihre Reittiere. Als reicher Burgherr hatte Vater viel Einfluss. Doch er schenkte sein Vertrauen keineswegs jedem. Schmeicheleien glitten an ihm ab wie Wasser von den Blättern der Seerosen. Militärische Veränderungen aber verfolgte er stets sehr aufmerksam, war er ja nicht frei von den hundert Fesseln der Verpflichtungen und der Ehre.

Dies zeigte sich auch in unserer Erziehung. Als wir in ein bestimmtes Alter kamen, wurde es unerlässlich, dass wir im Handhaben der Waffen unterrichtet wurden. Dafür ließ Vater einen Meister aus der Hauptstadt Kyoto kommen. Dieser entstammte dem mächtigen Geschlecht der Haike und unterrichtete außerdem im Kloster Rokuhara die Mönchssoldaten in der Kunst des Schwertfechtens. Meister Soran – so lautete sein Name – war ein seltsamer Mann, schmalgliedrig, straff und sehnig, mit Augen von einem vergoldeten Grau, die nie seine Gedanken verrieten. Er hatte einen Blick, der uns bis ins Mark erschütterte. Nach Art der Mönchskrieger war er weiß gekleidet. Beim Fechten schob er die Ärmel hoch und band sie mit Lederriemen fest, die im Rücken verknotet wurden. Er bewegte sich träge wie eine Schlange, die plötzlich vorschnellt und ihre Beute verschlingt. Seine verborgenen Kräfte waren uns zunächst unheimlich, mit der Zeit aber vertrauten wir ihm. Nie brachte er uns etwas Unredliches bei, um dessentwillen wir uns später hätten schämen müssen.

Unser ehrwürdiger Lehrer hatte fünf recht selbstbewusste Wildfänge unterschiedlichen Alters vor sich, die sich einbildeten, weil sie Krieger und Jäger von klein auf beobachtet hatten, dass allein Kraft und Geschicklichkeit zählten. Wir mussten schleunigst umdenken. Das Waffenführen war unbeugsamen Gesetzen unterworfen. Kein Kämpfer, der etwas auf sich hielt, freute sich, wenn er den Sieg nicht nach feststehenden Regeln errungen hatte. Man durfte den Gegner weder an den Kleidern noch an den Haaren packen. Stolperte er, musste man ihm helfen, wieder auf die Beine zu kommen. Das Langschwert selbst durfte nur vier Stellen treffen: den Wirbel des Kopfes, die Knöchel der Hand, die Seiten und den Unterschenkel. Der Kogai jedoch, der kleine Wurfdolch, musste sein Ziel gerade wie ein Pfeil verfolgen und unmittelbar die Stirn, die Kehle oder den Handknochen treffen.

Wir übten mit Holzschwertern, die unserer Größe immer wieder angepasst wurden. Daneben legte Meister Soran, was Yamabuki und mich betraf, großen Wert darauf, dass wir das Schwingen der Naginata beherrschten. Diese wurde auch von Kriegern verwendet, galt aber – und gilt noch immer – als Waffe der Frau. Es handelt sich um eine Lanze, die mit einer messerscharfen Klinge versehen ist. Diese Klinge ist ebenso scharf und gefährlich wie ein Schwert. Sie vermag, Seidenstoff zu zerschneiden wie auch eine Hand vom Körper zu trennen. Die Männer fürchten die Naginata sehr, weil ihr Schwert kürzer ist. Um die Frau zu treffen, müssen sie sich ihr nähern, was eine geschickte Kämpferin durchaus zu verhindern weiß. Zwar kann der Gegner den Dolch oder das Schwert auch werfen, aber eine gute Fechterin ist durchaus in der Lage, den Wurf im Flug abzufangen. Wie viel Gleichgewicht und Gelenkigkeit die Waffe erforderte, merkten meine Schwester und ich, als wir jede Bewegung aufs Genaueste erlernten.

Soran tadelte uns nie, doch beim geringsten Abweichen von der fundamentalen Technik genügte ein Wimpernzucken seiner Augen, und unser Kopf berührte den Boden. Auf diese Weise zwang er uns seine Disziplin auf, die unseren Willen und unsere Kräfte bis an den Rand der Erschöpfung brachte. Wir hatten oft den Eindruck, dass wir auf der Stelle traten und nicht weiterkamen.

Oft hielt uns nichts mehr in Bewegung als der Glaube an unseren Lehrer. Soran lebte uns das innere Werk vor und überzeugte durch nichts anderes als durch seine Meisterschaft. Wie weit wir kommen würden, meinte er, entzöge sich seiner Sorge. Er würde uns, sobald er uns den rechten Weg gewiesen hatte, allein weitergehen lassen. Doch stets ermahnte er uns humorvoll, »auf seine Schultern zu steigen«. Er meinte damit, dass wir besser werden sollten als er.

»Dass ihr Ansprüche an euch selbst stellt«, sagte er, »ist nicht vermessen. Ihr könnt nicht lernen, ohne euch immer wieder zu fragen: Kann ich mehr erreichen? Doch wartet geduldig ab, was kommt und wie es kommt! Die Kunst muss aus dem Unbewussten wachsen.«

Als Gleichnis erzählte er uns von Fudo, der Gottheit des unbewegten Begreifens, die ein Schwert in ihrer Rechten und ein Fangseil in ihrer Linken hält. Ihr Ausdruck ist grimmig, ihre Augen brennen vor Zorn. Sie bedroht die bösen Geister, die dem Guten Schaden tun möchten. Diese Gottheit ist nicht wirklich vorhanden und wohnt auch nicht irgendwo auf Erden, sie nimmt bloß diese Erscheinung an, um die Gerechtigkeit zu verteidigen.

»Gewöhnliche Menschen«, meinte Soran, »können die

Bedeutung dieser Gestalt nicht begreifen. Nur Kinder mit reinem Herzen spüren ihre Gegenwart in ihrem eigenen Wesen.«

Soran unterrichtete uns fünf Jahre lang. Ach, wie oft plagte uns in dieser Zeit das trostlose Gefühl, er verlange Unmögliches von uns! Ich denke dabei an unseren Starrsinn, den wir überwinden mussten, an unsere Eitelkeit, die uns im Weg stand, bevor es uns endlich gelang, dem Meister ein wenig Ehre zu machen. Dann wurde ihm eine wichtige Stellung im Kaiserpalast angeboten, als Lehrer des jungen Prinzen selbst. Bevor er Abschied nahm, überprüfte er ein letztes Mal unser Können und gab jedem von uns einen persönlichen Ratschlag mit auf den Weg.

Zu Kanehira sprach er:

»Verschließ allen Gedanken das Tor, dann wirst du Großes vollbringen.«

Zu Kanemitsu sprach er:

»Was immer für Dinge der Welt dich beschäftigen, nimm sie als Anlass, um dich selber besser zu kennen.«

Zu Yamabuki sprach er:

»Versuche, dich zu erinnern, dass du deine Gegner auch waffenlos besiegen kannst.«

Zu Komao-Maru sprach er:

»Gehe mit deinem Schicksal, doch denke daran, dass du die Sonne nicht löschen kannst. Versuchst du es trotzdem, verbrennst du dir die Augen.«

Zu mir aber sprach er:

»Das Drachenkind kämpft wie der Drache. Wecke das Drachenblut in dir! Hast du das vollbracht, werde ich dich wiedersehen.«

Während wir still und ehrfurchtsvoll vor ihm knieten, überreichte er jedem von uns ein Holztäfelchen aus dem Tempel Rokuhara, eingenäht in ein kleines Stück kostbaren Brokat.

»Dieser Talisman ist Fudo geweiht und mit einem Segenswunsch beschriftet. Tragt ihn immer bei euch und ihr werdet in jeder Schlacht unverwundbar sein.«

Anschließend machte er sich für die Reise bereit. Sein Gefolge wartete schon vor dem Tor. Wir traten mit den Eltern in die Vorhalle, um ihm Lebewohl zu sagen. Er ging zwischen zwei Reihen sich verneigender Dienstboten und schwang sich jugendlich in den Sattel. Und als sich die Pferde in Bewegung setzten, fühlten wir uns verlassen und traurig.

Eine Sache ließ mir keine Ruhe. Daher suchte ich nach dem Abendessen Mutter in ihrem Gemach auf. Sie war gerade in der Badestube gewesen. Neben ihr stand ein Lacktischchen mit Kämmen, Haarspangen und einem Bronzespiegel. Die Zofe hatte ihre Haut mit dem Saft der Sanddornfrüchte eingerieben, sodass sie rosig schimmerte. Ihr frisch duftendes Haar, noch schwer von Feuchtigkeit, fiel ihr bis zu den Hüften hinab. Die Zofe war dabei, ihr ein Nachtgewand aus leichter Seide über die Schultern zu ziehen und die Schärpe locker zu verknoten. Nachdem ich meine Verbeugung gemacht hatte, schickte Mutter die Zofe hinaus.

»Nun, Tomoe?«

Ich erzählte von den Worten, die Soran beim Abschied zu uns gesprochen hatte.

»Und du hast mich etwas zu fragen?«

Ich zögerte, bevor ich sagte:

»Ja, ehrwürdige Mutter. Woher wusste der Meister, dass ich die Tochter des Drachen bin?«

Eine Spur Überraschung zuckte um ihren Mund. Da wusste ich, dass Chizu ihm das Geheimnis meiner Geburt nicht anvertraut hatte. Doch sie griff, als ob nichts wäre, zu dem bronzenen Spiegel und prüfte ihr Gesicht. Ihre Antwort klang heiter.

»Ach, er kennt euch gut und seine Augen trügen ihn nicht. Sieht er die Drachenkraft in dir, so sieht er auch die Aufgabe, für die du gemacht bist.«

»Aber ich selbst? Wie kann ich sie sehen?«

Sie senkte ihren Spiegel.

»Die Götter werden dir ein Zeichen senden.«

»Was für ein Zeichen, ehrwürdige Mutter?«

Doch sie hatte meine Fragerei satt, warf ihr Haar mit ungeduldiger Bewegung aus der Stirn.

»Das kann ich dir nicht sagen. Sobald du bereit bist, zweifelsohne, nicht vorher. Nun geh und nimm dein Bad, du riechst nach Pferdestall!«

Über dieses Gespräch musste ich oft nachdenken, obwohl die Zeit verging und nichts Weiteres geschah. Mein Vater befürchtete, dass wir Sorans Lehre vergessen würden, und fand einen neuen, jüngeren Meister, der uns unterrichtete. Zunächst begegneten wir ihm mit Abneigung; seine hochmütige, geschniegelte Art missfiel uns. Doch wie gut Vater ihn ausgewählt hatte, zeigte sich bald. Saigyo Dokan hatte das Festland bereist, die große Mauer gesehen, die das chinesische Reich vor den räuberischen Mongolen schützte. Dort waren ihm Mönche begegnet, die das Geheimnis eines uralten Kampfstils hüteten. Diese Kampfart erlaubte ihnen, bewaffnete Gegner mit bloßen Händen zu besiegen. Dokan war in einem ihrer Klöster drei Jahre lang ausgebildet worden. Heute hat sich dieser Kampfstil im ganzen Inselreich verbreitet, und man muss wirklich sehr gut sein, wenn man es zu etwas bringen will. Aber damals war es für uns neu, dass die Menschen vom Festland sich in diesen Dingen so gut auskannten.

Dokan brachte uns Kniffe bei, die sogar Kinder fähig machten, doppelt so schwere Erwachsene zu Boden zu werfen. Wir hatten großen Spaß dabei. Sogar Vaters Krieger kamen und sahen zu, wenn wir übten. Mit einigen ließ sich Dokan gerne auf einen Kampf ein. Natürlich behielt er immer die Oberhand. Den einen oder anderen seiner Handgriffe gab er an die Offiziere weiter, aber die meisten lehrte er uns und einige behielt er für sich, denn es ist nicht gut, wenn ein Mensch zu viele Geheimnisse preisgibt.

Klug, wie wir waren, wussten wir bald genug. Ein Gedanke führte schnell zum nächsten und später entwickelten wir unsere eigenen Kniffe. Ich selbst habe im Laufe meines Lebens zahlreiche Kämpfer ausgebildet und alle gehören zu den besten.

Ungefähr in dieser Zeit war es, dass wir unser Bündnis fürs Leben schlossen.

8. Kapitel

Es war Hochsommer, wir waren weit in die Berge ausgeritten, hatten Kleinwild nachgespürt, doch nichts erlegt. Noch war ein letztes goldenes Licht auf den Höhen, doch die Berge warfen bereits ihre Schatten auf die Täler. Aus vereinzelten Dörfern stieg schwach und bläulich Rauch. Der Waldboden roch herb nach Brombeeren und trockener Erde. Nichts regte sich in der schwülen Luft. Die Stimmung war düster, selbst die abendliche Rufe der Vögel klangen matt. Hira, der immer vernünftig war, sagte:

»Es wird bald dunkel, wir sollten heimkehren.«

Die Unruhe der Pferde hätte uns warnen müssen, aber damals waren wir noch halbe Kinder, die alles zu wissen glaubten und kaum etwas wussten. Wir ritten den Hang zwischen den Bäumen hinab und auf einmal hörten wir im Gestrüpp ein seltsames Geräusch, eine Art wütendes Schnaufen. Die Pferde, nass vor Schweiß, wieherten erschrocken, als sich in unmittelbarer Nähe ein Felsblock zu bewegen schien.

Da merkten wir, dass wir aus Versehen die Fährte eines Ebers gekreuzt hatten, der hier im Unterholz sein Lager hatte. Bereit, sein Revier zu verteidigen, scharrte der Eber mit den Hufen und senkte wütend den Kopf. Er war alt, erfahren und gefährlich. Die Hauer in der langen Schnauze glänzten wie blanke Dolche. Wir rissen unsere Reittiere zurück, im vergeblichen Versuch, uns rechtzeitig zurückzuziehen. Doch wir waren schon zu nahe an den Eber herangekommen, der sich bedroht fühlte und angriff. Er stürmte heran, ein ganzes Gewirr von Zweigen mit sich schleppend, und war – ehe wir uns versahen – mitten unter uns.

In wilder Panik bäumte sich Fubuki auf, rutschte auf dem Waldboden aus, doch es gelang mir, im Sattel zu bleiben. Der Eber donnerte mit gesenktem Kopf an mir vorbei und bohrte seine Hauer in die Flanke von Mitsus Rappen. Er war so stark, dass er das Pferd seitwärts hochhob und Mitsu aus dem Sattel kippte. Als der Eber seine Hauer aus den Wunden riss, zog er gleichzeitig ein Knäuel Gedärme mit heraus.

Mitsu war kopfüber zu Boden gefallen. Der Eber sah den Jungen, der benommen auf die Knie kam, ließ vom Pferd ab und fegte wild grunzend heran. Im gleichen Atemzug schoss Yamabuki einen Pfeil ab und traf ihn in den Hals. Der Pfeil verletzte den Eber, verlangsamte jedoch kaum seinen Angriff. Schon war Komao-Maru aus dem Sattel gesprungen, hatte sich mit seiner Lanze schützend vor Mitsu geworfen. Als das Tier heranstürmte, rammte ihm Komao-Maru die Lanze unter der Schulter in die Brust. Die Waffe stieß auf einen Knochen – und zerbrach! Im gleichen Atemzug stand Hira neben Komao-Maru. Er stieß mit seiner eigenen Lanze zu und brauchte seine ganze Kraft, um den Eber aufzuhalten. Das Tier wich mit heftigem Schwung zur Seite, sodass Hiras Arm fast aus dem Gelenk sprang. Da schoss Yamabuki, immer noch zu Pferd, ihren zweiten Pfeil ab, der diesmal den Eber in der Nähe des Herzens traf. Der Eber stolperte, ein Blutstrom schoss aus seinem Maul. Die Beine gaben unter ihm nach, doch seine Kraft war noch immer so gewaltig, dass er Hira die Lanze aus der Hand riss und sie hochschleuderte. Ich glitt bereits aus dem Sattel, rannte ganz nahe an das Kampfgetümmel heran. Der Eber wirbelte herum, setzte abermals zum Stoß an, doch ich war schneller, hob mit beiden Händen mein Schwert und schlug dem Tier den Hals durch. Dabei riss mich mein eigener Schwung fast zu Boden. Der Eber indessen fiel auf die Seite, rutschte über den Hang. Äste zerbrachen mit lautem Krachen, als der mächtige Körper gegen einen Felsen schlug, es regnete Blätter und weiße Splitter. Wir standen mit fliegendem Atem, während der Eber im Todeskampf zuckte und endlich still lag.

Zunächst waren wir zu erschöpft und benommen, um irgendetwas zu sagen oder zu fühlen. Mit mächtiger Anstrengung kam Mitsu wieder auf die Beine, am ganzen Körper zerschrammt, weil er in ein Dornengestrüpp gefallen war. Unterdessen versuchte ich, Mitsus verletzten Rappen am Zügel zu packen, doch er war toll vor Schmerz und ließ mich nicht an sich heran. Ich rief verzweifelt:

»Wir können das Tier nicht retten. Wir müssen es erlösen. Wer will es tun?«

Mitsu schüttelte wirr den Kopf. Ein dicker Bluterguss über dem Auge machte ihn halb blind. Hira griff ungeschickt nach seinem Dolch und ließ ihn fallen. Es stellte sich heraus, dass er einen Finger gebrochen hatte und weder Lanze noch Dolch führen konnte.

Ich schluckte und sagte zu Mitsu:

»Bruder, wenn du erlaubst, will ich es für dich tun…«

Mitsu machte ein zustimmendes Zeichen. Er liebte sein Pferd über alles und konnte nicht ertragen, dass es litt. Er wollte das Tier ein letztes Mal streicheln, doch der Rappe, zitternd am ganzen Leib, taumelte immer wieder vom ihm weg. Da stellte ich mich auf einen erhöhten Stein und zog einen Pfeil aus dem Köcher. Ich legte den Pfeil an die Sehne, spannte den Bogen und schoss. Der Pfeil traf genau die Halsschlagader. Der Rappe fiel auf die Knie, kippte schwer auf den Waldboden und war sofort tot. Keiner wunderte sich, dass Mitsu sich neben sein Pferd kauerte, es ein letztes Mal liebkoste und bitterlich dabei weinte. Ja, auch uns kamen bei diesem Anblick die Tränen. Als wir uns wieder gefasst hatten, brach Hira als Erster das Schweigen.

»Wir haben Schweres erlebt, aber wir sind füreinander da gewesen. Das war gut. Und es sollte immer so bleiben.«

Wir nickten einander zu. Und ich fragte Hira:

»Sag uns, was du von uns erwartest.«

Er antwortete:

»Wir sollten einen Eid ablegen.«

»Was für einen Eid?«, fragte Yamabuki.

Mitsu stand auf und rief:

»Unser Eid soll lauten: Einer für alle, und alle für einen!«

Alle jubelten, sogar Mitsu, obwohl er sich elend fühlte. Dann trat Hira vor.

»Wir brauchen einen Anführer. Das ist bei wichtigen Entscheidungen besser. Nun, wer soll der Anführer sein?«

Wir sahen uns an und überlegten. Yamabuki sprach als Erste, mit ihrer sanften Stimme:

»Komao-Maru war der Tapferste! Er hat sich vor Mitsu gestellt und sich dabei in höchste Gefahr gebracht!«

»Das ist wahr«, sagte Mitsu mit ungewohnter Bescheidenheit. »Ich schulde Komao-Maru mein Leben. Ich stimme für ihn!«

»Ich stimme auch für ihn«, sagte Hira, »obwohl er jünger ist als ich.«

Alle wandten sich mir zu. Mein ganzer Körper war erhitzt, doch mein Herz spürte auf einmal einen Schatten. Es war, als fiele, leicht und still, ein Netz auf meine Schultern, das ich nicht abschütteln konnte. Unversehens zuckte ich zusammen, als hätte ich das Gewebe nicht nur in meiner Vorstellung gesehen, sondern auch die flüchtige Berührung eines Fadens an meiner Wange gespürt. Doch es war nur eine Mücke, die an meinem Gesicht vorbeisummte.

Unterdessen wartete Komao-Maru darauf, dass ich sprach. Wie er so dasaß, umgab ihn etwas Ruhiges, das ihn von uns allen abhob. Ich scheuchte die Mücke weg und sagte:

»Ich stimme für dich!«

Eine leichte Röte überzog Komao-Marus Gesicht. Er deutete verlegen eine Verbeugung an. Yamabuki lächelte ihm strahlend zu, als ob sie es gewesen wäre, die ihn zum Sieger gemacht hatte.

»Jetzt musst du eine Rede halten!«

Komao-Maru lächelte ein wenig verlegen, bewegte unbeholfen die Schultern.

»Was soll ich denn sagen?«

»Wenn er nicht weiß, was er sagen soll, warum habt ihr dann nicht für mich gestimmt?«, fragte Hira, der von allen die lockerste Zunge hatte. Wir lachten. Da hob Komao-Maru die Hand, um Stille zu gebieten.

»Hört, was ich zu sagen habe! Ich bin der Anführer und werde euch jetzt ein Gesetz geben. Was auch immer geschieht, wir müssen füreinander da sein. Ab heute teilen wir Freud und Leid. Auch wenn wir später Männer und Frauen sind, darf unser Eid nie gebrochen werden! Seid ihr bereit, dies zu schwören?«

Wir schworen es, und Komao-Maru sagte:

»So sei es denn, im Namen der Ehre!«

»So sei es!«, wiederholten wir feierlich.

Wir hatten schon fast vergessen, wie furchtbar der Kampf gegen den Eber gewesen war. Doch Komao-Maru rief ihn uns wieder in Erinnerung, indem er sagte:

»Wir haben das Ungetüm gemeinsam besiegt. Zur Erinnerung an diesen Tag verleihe ich euch heute einen Namen: Ihr werdet ab sofort die Vier Himmelskönige sein!«

Bei diesen Worten sprangen wir jauchzend auf und schwangen unsere Waffen. Doch Komao-Maru verlangte erneut Ruhe.

»Der Name ist nur für uns bestimmt. Kein Fremder soll ihn je erfahren, sonst verliert er seine Kraft.«

Wir schworen, den Namen geheim zu halten, im prächtigen Rot der untergehenden Sonne. Danach nahmen wir Mitsus Rappen das kostbare Zaumzeug ab und bedeckten ihn, so gut es ging, mit Erde und Steinen, damit er von den wilden Tieren verschont blieb. Als wir das erledigt hatten, nahm ich meinen Bruder hinter mir aufs Pferd.

Unterdessen war es stockdunkel im Wald geworden und der Abstieg war gefährlich. Die Pferde senkten den Kopf, untersuchten aufmerksam den Boden und bewegten sich mit äußerster Vorsicht talabwärts. Wir pressten unsere Schenkel gegen ihre Flanken, überließen es ihnen, den richtigen Weg zu finden, und sie führten uns mit sicherem Tritt in die Ebene. Die Dörfer kamen bald näher und der Wind brachte uns den vertrauten Geruch der abendlichen Herdfeuer entgegen. Wir ritten schneller, glücklich darüber, bald wieder bei den Menschen zu sein.

Ich kann mich zwar daran erinnern, wie wir uns fühlten, warum wir aber Komao-Maru als Anführer gewählt hatten, begriff keiner von uns. Auch im Märchen erscheint der Prinz als Bauernsohn verkleidet, doch alle spüren das Magische an ihm. Alle außer er selbst. Ihm zwingt das Schicksal Rätsel auf, spricht mit dunkler Stimme zu ihm, stellt Fragen, die er nicht beantworten kann. Wir aber hatten Treue geschworen. Und als wir später dem Bösen begegneten, umso listiger und gefährlicher, da es uns als Lichtgestalt vor Augen trat, da war nur diese Treue, die uns zusammenhielt.

9. Kapitel

Mit dreizehn galten Kanehira und Kanemitsu als dem Kindesalter entwachsen. Jeder erhielt sein eigenes Haus und seine eigene Dienerschaft. Die Zeremonie, die aus einem Kind einen Erwachsenen machte, wurde bewusst feierlich gehalten und mit Riten untermalt, die einen bleibenden Eindruck hinterließen und dem jungen Menschen seine Verantwortung bewusst machten.

Das Gleiche galt auch für Yamabuki und für mich, sobald wir die »Erste Blüte« – die erste Menstruation also – hatten, die als geweihter Vorgang im Familienkreis gefeiert wurde. Wir Mädchen konnten von diesem Alter an die Mutter beerben und erhielten auch den größeren Teil der väterlichen Besitztümer.

Als Komao-Maru – ein Jahr früher als Yamabuki – dreizehn wurde, ließ mein Vater nicht nur, wie allgemein üblich, die nahen Verwandten kommen, sondern auch Lehnsmänner und Offiziere seiner Leibgarde, nur jene allerdings, denen er vertraute. Sie waren alle aus vornehmer Familie, wohlerzogen, von stattlichem Aussehen, und verliehen der Zeremonie viel Glanz. Trotzdem war uns ihre Anwesenheit ein Rätsel.

Es war ein heißer Tag im Hochsommer und Komao-Maru trug zum ersten Mal die Kleider eines Mannes. Sein langes Haar war mit Kamelienöl eingerieben worden und hochgesteckt, damit er den Kriegshelm aufsetzen konnte. Dem Brauch entsprechend, trug er statt seines weißen Untergewandes ein scharlachrotes, Symbol seiner Wiedergeburt als Erwachsener. Das Schulterstück und das Obergewand mit dem Familienwappen würden ihm später bei der Zeremonie überreicht werden.

In seinen neuen Kleidern kam mir Komao-Maru fremd und wunderschön vor. Sein Gesicht war mit einem leichten Schweißfilm überzogen. Ich sah, dass er vor Aufregung hastig atmete. Unterdessen legte sich die feierliche, gleichsam rätselhafte Stimmung beklemmend auf uns, obwohl es doch eigentlich ein freudiger Tag hätte sein sollen.

Der Ablauf der Zeremonie schrieb vor, dass wir zunächst vor dem Hausaltar niederknieten und den ehrwürdigen Ahnen unsere Aufwartung machten. Doch als Komao-Maru an der Reihe war, hielt ihn Vater mit kaum angedeuteter Handbewegung zurück.

»Komao-Maru, bitte den Geist unserer Ahnen um Verzeihung und sage ihnen Lebewohl.«

Diesen unerhörten Worten folgte entsetzte Stille. Man tuschelte und tauschte Blicke. Meine Brüder und ich saßen wie erstarrt, und ich bemerkte, wie Yamabuki sich auf die Lippen biss, als hielte sie ihre Tränen zurück. Ich war fassungslos. Was mochte vorgefallen sein, dass Komao-Maru aus der Familie gestoßen wurde?

Inzwischen saß Vater unbeweglich, den Kopf hoch erhoben, der Ausdruck steinern. Mutters prachtvolles

Festgewand leuchtete wie ein Rubin. Sie kniete in aufrechter Haltung, die Hände im Schoß verschränkt, undurchdringliche Ruhe lag auf ihrem Gesicht. Einige Atemzüge lang wurde es wieder so still im Raum, dass ich mich selbst atmen hörte. Da lief ein leichter Schauer über Komao-Marus Gestalt. Er verbeugte sich demütig, zunächst vor meinen Eltern, dann vor dem Hausaltar, sprach leise, aber deutlich, die vorgeschriebenen Worte. Er war zu jung, um seine Gefühle zu verbergen. Als er sein Gesicht wieder erhob, zeigte es Verwirrung und Trauer. Zögernd schickte er sich an, seinen angestammten Platz wieder einzunehmen.

Abermals hinderte ihn Vater daran, deutete stattdessen auf ein seidenes Kissen neben sich.

»Nein, mein Sohn. Die Rangstufe, die dir gebührt, ist von nun an eine andere.«

Wir trauten unseren Augen nicht, als wir feststellten, dass das Kissen höher als Vaters Kissen lag! Alle im Raum hielten den Atem an, während Komao-Maru, linkisch und rot vor Verlegenheit, an Vaters Seite Platz nahm. Da verbeugte sich Kanetoo tief vor ihm und sprach mit fester, ruhiger Stimme, als ob nichts Ungewöhnliches geschehen wäre:

»Komao-Maru, höre ein letztes Mal diesen Namen und die Worte, die ich als Vater zu dir spreche: Ab heute besitze ich nur zwei Söhne, einen dritten nicht. Denn in Wahrheit entstammst du dem Geschlecht der Minamoto aus der erhabenen Linie der Seiwa-Kaiser. Und es sind die ehrwürdigen Ahnen dieses Geschlechts, vor denen du dich fortan zu verneigen hast.«

Niemand rührte sich, nicht ein Ärmel raschelte. Ja

sogar die Vögel draußen im Garten schwiegen. Und in diese Stille hinein erzählte Vater, was sich elf Jahre zuvor zugetragen hatte. Und während er sprach, entsann ich mich wieder jener Nacht, als Pferde in den Hof geführt wurden und eine erschöpfte Frau mit einem Kind im Arm unser Haus betrat...

Die Minamoto-Familie, die neben den Haike zu den alteingesessenen Sippen des Inselreichs gehörte, hatte von einer Generation zur nächsten ihre Stellung am Kaiserhof gefestigt, indem sie Mitglieder in hohe Ämter brachte und ihre Töchter mit Prinzen verheirateten. Doch sie pflegten eine sorglose Lebensart; nichts interessierte sie außer erlesene Kleidung, elegante Feste und Liebesaffären. In ihren Augen war alles Praktische unfein. Sie vernachlässigten die ländlichen Gebiete, stellten sich taub, wenn die letzte Ernte gar zu kläglich ausfiel, und griffen nicht ein, wenn Räuberbanden ihr Unwesen trieben. Unruhen brachen aus, der Landadel sah sich bedroht und entwickelte seine eigene Militärmacht.

Angesichts der schwankenden Macht der Minamoto sahen die Haike ihre Stunde gekommen, machten sich beliebt und gewannen am Kaiserhof zunehmend Einfluss. Die Minamoto zogen sich daraufhin beleidigt aus der Hauptstadt Kyoto zurück. Sie etablierten ihre Verwaltung in der kleinen Hafenstadt Kamakura, verwandelten sie nach ihrem Geschmack und errichteten in der nahen Provinz Musashi eine Reihe von Burgen, eine schweigende Drohung für ihre Gegner. Sie warben nur die besten Söldner an, die in strenger Zucht gehalten, aber gut besoldet wurden.

Auf diese Weise bewahrten sie ihre Macht, verkehrten nach wie vor am Kaiserhof, und alles ging, wie es immer gegangen war, auch die Feste. Die Haike-Familie machte gute Miene zum bösen Spiel, schmiedete aber insgeheim ihre Pläne.

In dieser Zeit geschah es, dass aufgrund der Erbfolge innerhalb der Verwandtschaft der Minamoto ein heftiger Streit ausbrach und Komao-Marus Vater Yoshikata von seinem habgierigen Neffen Yoshihira in den Selbstmord getrieben wurde. Der Vater starb, als er auf der Schwelle seines Gemachs seine Frau verteidigte, schwer verletzt wurde und nur noch ein einziges Mittel sah, um nicht in die Hände der Feinde zu fallen. Seine Gemahlin, Fürstin Sae, ergriff das Schwert des Sterbenden und kämpfte, bevor auch sie schwer verwundet zusammenbrach. Die Mörder sahen das viele Blut, und in der Meinung, ihr Handwerk gründlich erledigt zu haben, zogen sie ab, auf der Suche nach dem Kind.

Doch die treue Kammerfrau der Fürstin hatte auf Geheiß ihrer Herrin das Kind bereits in ihrem Heimatdorf in Sicherheit bringen lassen. Als die Kammerfrau sah, dass die ehrwürdige Fürstin noch lebte, ließ sie die Verletzte in aller Heimlichkeit in ihr Haus bringen. Sie war in der Heilkunde erfahren und wendete ihr ganzes Wissen an, um die Verwundete zu retten. Indes, es dauerte lange, bis Sae genas. Ihr Gedächtnis hatte zudem von einem Schlag auf den Kopf Schaden genommen.

Doch im Dorf konnte sie bald nicht mehr bleiben: Yoshihira hatte in Erfahrung gebracht, dass die Fürstin überlebt hatte. Er schickte seine Komplizen aus, um die Zeugin an seinem Mord zu beseitigen. Unter dem Schutz zweier Krieger und umgeben von einigen Dienstboten machte sich Sae mit ihrem Kind auf den Weg. Nur die Klöster gewährten der Verfolgten Obdach, denn die Lehnsfürsten fürchteten Yoshihiras Rache.

Schließlich brachte ein ausgesandter Bote den Bescheid, dass Nakahara Kanetoo, Fürst des Landes Kiso, die Flüchtenden bei sich aufnehmen würde. Kanetoo ließ die edle Dame wissen, ihn verbinde eine Ehrenschuld mit ihrem verstorbenen Gemahl und er sei bereit, sie und ihr Kind mit dem Schwert zu verteidigen. Sae willigte ein, ihren Sohn mit den Kindern des Fürsten aufwachsen zu lassen. Sie selbst zog sich in einen Tempel in den Bergen zurück.

Als Yoshihira gemeldet wurde, dass sich der Sohn seines verhassten Onkels beim Fürsten in Kiso befand, rührte er sich nicht mehr. Er konnte es sich nicht leisten, Kanetoo zu verärgern, denn eine kriegerische Auseinandersetzung brachte die Gefahr mit sich, dass der Zugang zu den wichtigen Silberminen auf Jahre versperrt war. Yoshihira zog es vor, zu warten: Zeit bringt Rat. Fürstin Sae lebte, gewiss, hatte aber ihr Gedächtnis verloren. Und Komao-Maru würde erst Jahre später in der Lage sein, sein Geburtsrecht zu fordern und Vergeltung zu üben.

Komao-Maru lauschte Vaters Erzählung, als ob er seine Worte kaum verstand. Doch ich, die ihn gut kannte, sah, wie er unter der anerzogenen Gelassenheit mit Staunen, Schrecken und Zorn kämpfte. Schweiß glitzerte auf seiner Stirn, er ließ die Schultern leicht hängen. Nie hatte ich ihn halb so erschüttert gesehen.

Vater hatte sich, während er erzählte, kaum gerührt; nur seine Lippen bewegten sich und seine Hände. Als er alles gesagt hatte, nickte er Komao-Maru zu und sprach die abschließende Formel:

»Es hat sich alles so abgespielt!«

Tiefe Stille. Keiner wagte, sich zu bewegen oder etwas zu sagen. Endlich brach Komao-Maru mit rauer Stimme das Schweigen.

»Kann ich meine Mutter sehen? Wird sie mich erkennen?«

Zum ersten Mal zeigte Vater den Anflug eines Lächelns.

»Viermal im Jahr schickte ich einen Boten zum Tempel, mit dem Auftrag, der ehrwürdigen Dame von dir zu erzählen. Nach und nach erlangte sie ihr Gedächtnis wieder. Heute ist sie vollkommen genesen. Ja, du kannst sie sehen. Doch ihr Aufenthalt und ebenso deine Reise zu ihr müssen geheim bleiben. Sonst ist das Leben vieler Menschen gefährdet.«

Dann wurde sein Gesicht wieder ausdruckslos. Er legte beide Hände an seinen Schwertgriff und sprach:

»Komao-Maru, du bist jetzt ein Mann. Kraft meiner Befugnis als Ziehvater bestimme ich, dass du ab heute den Namen Yoshinaka – »Fürst der Mitte« – tragen sollst, der deinen Platz in der ehrwürdigen Ahnenlinie der Minamoto bekundet.«

Alle verneigten sich tief, bevor Mutter aus einem viereckig gefalteten Seidentuch ein kleines weißes Täfelchen mit dem Minamoto-Familienwappen, einer Enzian-Blüte, hervorzog. Sie überreichte es meinem Bruder und dieser hob das Wappen ehrfurchtsvoll an seine Stirn. Ferner befanden sich auf einem Tablett ein zusammengefalteter Fächer, ein prächtiges Schulterstück und ein wundervolles Obergewand mit dem gleichen Wappen. Als Yoshinaka mit Mutters Hilfe fertig angekleidet war, sprach sie mit bewegter Stimme:

»Yoshinaka, du bist jetzt erwachsen. Höre ein letztes Mal meinen Rat: Führe dein Leben, wie du dein Reittier führen würdest. Doch lasse es in diesen schweren Zeiten nie zu, dass dein Pferd dich irgendwohin trägt. Auf diese Weise wirst du dein Leben meistern.«

Er verbeugte sich tief und sie erwiderte seine Verbeugung. Sie tat es lächelnd, obwohl ihre Pupillen feucht glänzten. Da richtete Yoshinaka sich auf. Seine Haltung, sein Ausdruck hatten sich auf seltsame Weise verwandelt. Es war, als ob er in dieser kurzen Zeitspanne erwachsen geworden war. Stolz und Kühnheit blitzten in seinen Augen. Und als er sich vor meinem Vater verbeugte, war es nicht mehr die unterwürfige Verneigung eines Sohns, sondern die respektvolle Haltung, die ein junger Fürst einem älteren zollt. Und Yoshinaka, der stets etwas konfus geredet hatte, wie Jungen das tun, hatte plötzlich eine Stimme, die ganz anders klang, ernst und ruhig.

»Ich danke Euch, Fürst Nakahara. Ihr habt meiner Familie unendlich viel Gutes erwiesen. Ich will mein Bestes tun, um mich Eurer Güte würdig zu erweisen.«

Meine Eltern erwiderten seine Verbeugung, auch sie in veränderter Weise.

Meine Geschwister und ich sahen zu, still und ergriffen. Keiner wagte, laut zu atmen, geschweige denn, sich die Nase zu kratzen. Und als mein Vater uns aufforderte:

»Meine Kinder, verneigt euch vor dem geehrten Gast«, da wusste ich, dass von nun an unser Leben ein anderes sein würde. Das Schicksal oder eine geheimnisvolle Kraft hatten zwischen uns ein Band geknüpft, das stärker war als ein übliches Geschwisterband. Doch die Zeit der Spiele, der ungebundenen Freiheit war unwiderruflich vorbei. Noch während mein Vater sprach, sah ich fünf Kinder vor meinem inneren Auge. Fünf Kinder, die durch einen Wald liefen, eingehüllt in das Gold der Abendsonne. Sie bückten sich, bewarfen sich mit Tannenzapfen, verschwanden in einer Bodensenke. Ihre Gestalten zeigten sich ein letztes Mal, bunte Farbtupfer zwischen Laub und Farnen. Dann entfernte sich ihr Lachen, nicht einmal ein Echo blieb zurück. Sie tauchten in einen flimmernden Hitzeschleier und waren für immer verschwunden.

10. Kapitel

Der Herbst kam, mit rotem Laub unter stahlblauem Himmel. Yoshinakas Haus befand sich, wie auch mein eigenes und das meiner Brüder, innerhalb der Befestigungsmauern. Yoshinaka hatte nun seine eigenen Dienstboten, einen Koch und eigene Lehrer. In dieser Zeit war Yamabuki die Einzige, die noch in der Omoya – im Mutterhaus – lebte. Im Nachhinein hatten wir alle das Empfinden, dass wir den Zeitraum unserer Kindheit zu eilig durchjagt hatten. Wir vermissten einander sehr.

Yoshinaka gestand es mir beinahe, als ich ihn an diesem Morgen aufsuchte. Ich brachte ihm eine Schärpe mit dem Muster der sieben Herbstgräser, die Yamabuki für ihn gewebt und bestickt hatte. Aus Bescheidenheit wagte sie nicht, ihm eigenhändig das Geschenk zu überreichen, und hatte stattdessen mich geschickt. Yamabuki war ganz anders als ich, die herb und voll wilden Lebens war. Sie verstand nur zu geben, zu schenken. Sie fand immer die richtigen Worte, ohne zu übertreiben, die richtigen Gesten, die nie aufdringlich waren. Ich hatte wenig für Bescheidenheit übrig, zog die Prahlerei vor. Mutter klagte oft, dass ich wie ein Junge angab. Yamabuki hingegen besaß eine wunschlose Freude am Leben und an der Natur; ihre Schlichtheit spiegelte sich in ihren Versen wider. Ihre Begabung kam aus einem Herzen, das rein, heiter und frei war. Sie hatte etwas sehr Behutsames an sich. Ihr Gang war leicht und anmutig, sie hielt den schlanken Hals vorgestreckt und trug den Kopf sehr hoch. Ihr Haar war fein, aber füllig, schimmernd wie schwarze Seide. Daneben war sie schnell und geschickt im Umgang mit den Waffen und eine ebenso gute Reiterin wie wir alle.

Yoshinaka bewunderte Yamabukis kostbare Arbeit sehr, hatte sie doch viele Abende dafür geopfert.

»Sie ist mir wohlgesonnen«, meinte er, versonnen lächelnd. Und er versprach, ihr bald einen Dankesbesuch abzustatten. Ich erzählte ihm, dass Yamabuki oft unglücklich wirkte, mir aber nie den Grund ihres Kummers gestand. Es war nicht mehr wie einst, es gab unsichtbare Schranken zwischen uns. Unsere Gefühle suchten Orte, um sich zu verbergen. Es überraschte mich damals sehr, dass ich in Zorn geriet über ihren Kummer. War ich die Einzige, die in Yamabukis Nähe in einen Zustand geriet, der eine Mischung aus Bewunderung und Eifersucht war? Ich hatte für Yamabuki Trostworte gebraucht: Noch etwas Geduld, bald wirst auch du die Omoya verlassen. Doch sie schien darin kein Zeichen von Freude zu sehen:

»Dann werde ich nur noch einsamer sein.«

Ich dachte im Stillen: Du fügst mir Unrecht zu. Was bildest du dir ein? Komao-Maru liebt nur mich! Ich kann ihm geben, was niemand sonst ihm geben kann, wie keine sonst stehe ich ihm zur Seite. Du wirst ihn nicht bekommen, kleine Schwester. Du bist ein Traum, eine Vorstellung. Eines Tages muss er dich vergessen, er wird dich vergessen! Und obwohl es mir schwerfiel, ehrlich zu sein, gab ich ihre Worte an Yoshinaka weiter. Er sah mich lange an, bevor er es endlich aussprach.

»Am Anfang, da war auch ich traurig.«

»Traurig? Warum?«

Da war wieder mein lästiger Zug von Großmut, den ich mir aufzwang, der nicht zu mir gehörte, weil ich in Wirklichkeit eine andere war. Komao-Maru nahm das Ganze einfach viel zu ernst. Yamabuki war anmutig und sanft, sie weckte seinen Beschützertrieb. Er konnte nicht sie und mich zugleich lieben.

Nein? Oder doch? Der Gedanke erschreckte mich.

Yoshinaka indessen antwortete schlicht:

»Ich weiß es nicht. Meine Zieheltern hatten mich ehrenvoll verabschiedet. Ich war mein eigener Herr, in meinem eigenen Haus. Doch in der ersten Nacht, als der Mond in mein Zimmer schien, da habe ich geweint, bis zum Morgen.«

Ich merkte, wie ich verschlagen wurde, hinterlistig wie eine Feindin, und ebenso geschickt. Ich erwiderte leise:

»Hira und Mitsu scheinen nichts dergleichen erlebt zu haben. Ich glaube, sie sind mit ihrem Leben zufrieden. Aber dir kann ich es ja sagen: Auch ich habe geweint …«

»Wer sah deine Tränen?«, fragte er.

»Nur Fubuki. Sonst keiner …«

Es musste in der gleichen Nacht gewesen sein wie bei Yoshinaka. Ich entsann mich, dass ich den Hengst gesattelt hatte und durch den nächtlichen Wald geritten war. Der Mond stand allein am Himmel, Fubukis Flanken waren silbergebadet, die hohen Gräser schimmerten bläulich. Doch ich erkannte den Wald nicht, auch die Welt gab es nicht mehr. Es gab nur diesen Schmerz, und ich wusste nicht, was für ein Schmerz es war.

Yoshinaka ging nicht auf Fubuki ein, über Fubuki sprach er nie mit mir.

»Warum hast du geweint? Meinetwegen?«

Ich wandte die Augen ab.

»Vielleicht.«

Er holte gepresst Atem.

»Ein Weg lag vor mir.«

»Ja, dein Fuß betrat ihn schon.« Wir tauschten einen Blick, ein kleines Schulterzucken, ein Lächeln. Yoshinaka konnte mit Yamabuki unmöglich so sprechen wie mit mir.

Yoshinaka unterdessen sprach weiter, als ob er laut dachte.

»Ich sehe von Tag zu Tag weiter in die Zukunft. Genugtuung und Rache sind erstrebenswerte Ziele. Das verstehst du doch?«

Ich nickte.

»Was hast du vor?«

»Ich habe gut nachgedacht. Zunächst will ich meine Mutter im Eihei-Ji-Tempel aufsuchen und ihren Segen erbeten. Da unsere Begegnung geheim bleiben muss, empfahl mir dein verehrungswürdiger Vater, die Reise erst im April anzutreten. Ein großes Fest findet dann statt und ich kann mich unerkannt unter die Pilger mischen.«

»Du wirst nicht alleine gehen«, antwortete ich mit einem Lächeln. »Die Himmelskönige werden dir Geleit geben. Erinnerst du dich an unseren Schwur?«

Er erwiderte mein Lächeln, bevor sein bewegliches Gesicht wieder ernst wurde, eine frühreife Härte zeigte.

»Ich entsinne mich. »Einer für alle, alle für einen.«

»So soll es sein«, sagte ich. »Es ist beschlossene Sache!«

Der Winter kam. Heftige Schneestürme fegten über die Täler hinweg. Die Bäume zeigten starr und grau in den Himmel. Wie ein hoher Wall überragte der Schnee die dunklen Giebel der Bauernhäuser. Und nach den drei Neujahrstagen, die klirrend kalt, aber sonnig waren, feierte Yamabuki ihre »Erste Blüte« und bezog ihr eigenes Haus. Verwandte, Familienfreunde und alte Diener kamen, mit ihren besten Gewändern angetan, brachten Geschenke und beglückwünschten sie. Zugleich mit den Speisen wurde ein besonderer Reiswein aufgetragen, den man nur an Geburtsfesten und zu Neujahr trank. Es galt als besonders Glück bringend, dass Yamabuki in der Neujahrszeit zur Frau wurde. Ein älterer Onkel, bereits angeheitert, zitierte eine Stelle aus dem Kojiki, unserer Heiligen Schrift, in der Prinzessin Miyazu, die gerade ihre Blutung hat, von ihrem Verlobten, Prinz Yamato Takeru, mit folgendem Gedicht begrüßt wird:

»Vor dem heiligen Berg Kagu, lichtbeschienen
Gleitet ein Kranich wie eine blanke Sichel
Und am Saum deines Gewandes, siehe, geht
der Neumond auf.«

Alle freuten sich über dieses Zitat und Yamabuki, durchaus nicht auf den Mund gefallen, dankte für die Huldigung, indem sie die Antwort der Prinzessin vortrug:

»Oh Prinz der leuchtenden Sonne
Der neue Mond kommt und geht
Lang und mühsam war mein Warten auf dich
Nun aber scheint am Saum meines Gewandes
Der segenspendende Neumond.«

Nach der Schneeschmelze, zur Zeit der ersten Pflaumenblüte, schickte Yoshinaka jenen vertrauenswürdigen Boten meines Vaters zum Eihei-Ji-Tempel, um Fürstin Sae von seinem bevorstehenden Besuch zu unterrichten. Meine Eltern lobten Yoshinakas Vorsicht sehr, denn die Prinzessin lebte schon lange in Abgeschiedenheit. Aus Rücksicht auf ihr empfindsames Gemüt mochte es für ihn nicht ratsam sein, ihr unversehens vor Augen zu treten. Zu gegebener Zeit kam der Bote mit der Meldung zurück, die edle Dame sei unterrichtet. Und zu Yoshinakas Freude berichtete der Bote, er habe sie bei guter Gesundheit angetroffen.

Im März machten wir uns also auf den Weg zum Eihei-Ji-Tempel, der in der Provinz Shinano lag. Damit wir nicht auffielen, beschlossen wir, uns als Bauern zu verkleiden. Wir trugen unser Haar offen und färbten uns das Gesicht mit braunem Nusssaft, denn unsere Haut war heller als die Haut der Landbevölkerung. Weil das Wetter noch kalt war, trugen wir über unserer Kleidung Mäntel aus Stroh, die den Regen abhielten, und als Kopfbedeckung breite Hüte mit herabgezogenen Krempen. Jeder von uns hatte seine Habseligkeiten in einem Bündel dabei. Wir waren nur mit Dolchen bewaffnet, die wir unter unseren Strohmänteln verbargen.

Auf dem Weg achteten Yamabuki und ich darauf, dass

wir mit den Zehen nach außen gerichtet gingen, wie es die Bauern tun. Nach einigen Tagen fiel es uns nicht mehr schwer. Unser vertrauter Umgang mit den Landkindern hatte bewirkt, dass wir sprechen konnten wie diese, und somit fielen wir nicht auf. Wir übernachteten in einfachen Herbergen, in Klöstern und manchmal auch in gastfreundlichen Bauernhäusern.

Die Reise dauerte fast dreißig Tage. Als wir unserem Ziel näher kamen, übergoss die rosa Pracht der Kirschblüte die Täler. Aus allen Teilen des Inselreichs waren bereits Pilger eingetroffen, um den Geburtstag des Heiligen Buddhas zu ehren. Zu jeder Tageszeit strömten die Menschen aus den Dörfern und Städten und benachbarten Bergen. Männer waren mit großen Bündeln beladen, die Geschenke für den Tempel enthielten. Frauen gingen gebeugt unter dem Gewicht von Seiden- oder Baumwollpacken. Die Zahl der Pilger war gewaltig, alle Herbergen und Klöster überfüllt. Zu allem Unglück hatte auch das Wetter gewechselt. Brannte die Frühlingssonne zunächst heiß, fiel jetzt ein harter, schwerer Regen. Die Erde war aufgeweicht und wir wateten knöcheltief durch den Schlamm. Aus Mangel an Unterkünften übernachteten wir in Grotten oder bauten uns kleine Hütten aus Buschwerk und Zweigen. Gelang es uns, ein Feuer zu entfachen, legten wir uns in die Asche, drängten uns wie Vieh zusammen, um uns vor der Kälte zu schützen. Doch bald fanden wir keine Zweige mehr, die trocken waren. Wir waren durchnässt bis auf die Knochen, unser Proviant verschimmelte.

Alle waren erkältet, doch Yoshinaka hatte es am schlimmsten getroffen. Er musste ständig husten, sein Hals war geschwollen und er glühte vor Fieber. Er brauchte dringend eine trockene Unterkunft, doch wir befanden uns auf einer Passhöhe, fern von allen Menschen, und kamen nur mühsam vorwärts. Als die Dämmerung kam, suchten wir einen Ort, wo wir rasten konnten, und fanden eine Lichtung, von hohen Felsen geschützt. Unter der Felswand entdeckten wir eine Stelle, in der sich etwas Trockenheit gehalten hatte. Wir sammelten Reisig, versuchten, ein Feuer zu entfachen. Doch das Holz war so nass, dass nur ein Rauchfaden hochstieg. Yoshinakas Haut war inzwischen von Schüttelfrost überzogen. Wir kauerten uns dicht neben ihn, breiteten unsere Strohmäntel über ihn aus. Wir waren selten in unserem Leben krank gewesen und hatten nicht die geringste Ahnung, was wir tun sollten. Wir alle fühlten uns unendlich schwach und froren bis aufs Mark. Allmählich wurden wir ruhiger, nahe daran, in den tiefen Schlaf der Erschöpfung zu fallen, als uns ganz in der Nähe ein Geräusch aufschreckte. Ein Zweig knackte, das nasse Laub raschelte. Sofort waren wir hellwach.

»Ein wildes Tier?«, flüsterte Yamabuki.

Hira zog langsam seinen Dolch hervor.

»Nein, ein Mensch!«

Mitsu kniff ihn in den Arm.

»Still! Er kommt näher …«

Da ertönte eine seltsame Stimme, rau und zärtlich, heiser und weich zugleich, die aus der Dunkelheit besänftigende Worte zu uns sprach.

»Friede sei mit euch, Kinder, die ihr fern von den Wohnungen der Menschen die Nacht zur Behausung habt.«

Die Stimme näherte sich. Und aus der Finsternis trat eine hohe Gestalt, spindeldürr und aufrecht, die sich mit leichten, ruhigen Schritten bewegte. Es war ein Mann mit langem Haar, das seine Schultern wie ein Mantel bedeckte. Hier und da hatten sich die Wolken geteilt und im Licht vereinzelter Sterne sahen wir ihn deutlicher. Er trug einen Umhang aus gutem Stoff und seine hohen Strohstiefel schützten seine Füße vor der Nässe. Seine Haltung, seine Sprache, waren vornehm. Und so erhoben wir uns und grüßten, wie es die Höflichkeit verlangte. Nur Yoshinaka, der kaum wahrnahm, was um ihn herum geschah, blieb liegen und hustete.

»Wer seid ihr, Kinder?«, fragte der Mann. Diese Anrede war bitter für unsere neu entdeckte Würde, doch sein Alter gestattete es ihm. Sein knochiges, mit tiefen Falten durchzogenes Gesicht strahlte Güte aus. Dennoch, die Eltern hatten uns eindringlich gewarnt, niemandem zu trauen und unser Geheimnis zu wahren. Weil Hira der Älteste war, überließen wir es ihm, zu antworten.

»Wir sind Pilger, auf dem Weg zum Eihei-Ji-Tempel. Wir wollten hier rasten. Doch wir können kein Feuer machen. Das nasse Holz brennt nicht.«

»Ihr jungen Wanderer«, sprach freundlich der Mann, »verbringt die Nacht in meiner warmen Hütte. Ich habe alles, was ich zum Leben brauche.«

»Wem können wir für all diese Güte danken?«, fragte Hira.

»Mein Name ist Asano Genzoo«, erwiderte der alte Mann.

Wir nahmen sein Anerbieten dankbar und mit großer Erleichterung an. Als wir Yoshinaka auf die Beine helfen wollten, konnte er sich nicht aufrichten. Asano Genzoo beugte sich zu ihm herab, warf einen Blick auf sein gerötetes Gesicht und sagte:

»Du bist krank, mein Sohn. Sehr krank.«

Aus seinen Worten klang keine übertriebene Teilnahme, er schien lediglich eine Tatsache festzustellen.

»Die Mäntel sind schwer ...«, stammelte Yoshinaka, kaum hörbar. Aber wenn ich sie fortnehme ... friere ich.«

»Komm!«, sagte Asano Genzoo. »Ich habe Mittel, die dir helfen werden.«

Hira und Mitsu nahmen Yoshinaka in ihre Mitte und stützten ihn, während Yamabuki und ich das Gepäck trugen. Durch Pfützen und Buschwerk folgten wir dem alten Mann, der sich zielstrebig in der Dunkelheit bewegte. Endlich erreichten wir einen mit Unkraut überwucherten Weg, der zu einer Hütte führte. Gleichzeitig hörten wir ein Wiehern und Stampfen und sahen neben der Behausung einen jungen Mann, der sich mit beiden Händen an das Zaumzeug eines Pferdes klammerte.

»Rasch, bereite ein Schwitzbad vor und wärme den Reis!«, rief Asano Genzoo.

Doch der Bursche antwortete:

»Herr, ich kann Hayate nicht loslassen. Seht nur, wie sie zittert!«

Hayate – »Windstoß« – war also der Name des Pferdes. Zunächst traute ich meinen Augen nicht. Um sicher zu sein, trat ich ein paar Schritte näher. Da stockte mir der Atem. Denn das Pferd war ein Schilf-Drache, ungefähr im gleichen Alter wie Fubuki, und stand wie sein Ebenbild vor mir! Mit dem einzigen Unterschied, dass dieses Pferd eine Stute war. Hayate zeigte die gleiche, vibrierende Wachsamkeit, die gleichen kohlschwarzen Augen. Aus diesen Augen, die so wild und so klar blickten, leuchtete etwas Unerklärliches, wie eine Ankündigung. Das Pferd schaute mich an, schaute durch mich hindurch und gleichsam in mich hinein. Leichter Schwindel stieg in mir auf, eine verschwommene Erinnerung. Ich rieb mir die Stirn. Statt weiter in mir zu forschen, wandte ich mich mit leichter Verbeugung an unseren Gastgeber.

»Herr, sagt Eurem Diener, er möge das Pferd loslassen. Ich werde es beruhigen.«

»Wie willst du das machen?«, erwiderte der alte Mann mit einem Zucken um die Mundwinkel. »Es kennt dich doch gar nicht.«

»Das macht nichts«, erwiderte ich.

Asano Genzoo sprach zu dem Diener:

»Nun, Yasuo, tu, was die junge Dame dir sagt.«

Der Bursche nahm seine Hand von Hayates Nüstern und trat widerwillig zur Seite. Ich stand vollkommen ruhig, versuchte, trotz Erschöpfung und Hunger, mir Zugang zu dem Geist des Pferdes zu verschaffen. Ich führte meine Flöte, die ich stets bei mir hatte, an meine Lippen, stieß einen Ton aus, deutlich, aber ohne Schärfe:

»Hör zu!«

Sofort richteten sich Hayates Ohren auf. Ich pfiff weiter, leiser und sanfter, und nach einer Weile schnaubte das Pferd und entspannte sich.

»Du bist ein prächtiges Tier«, sagte ich im Geiste zu ihm. »Ja, würdig, einen Herrscher zu tragen! Ein solcher Herrscher ist hier, doch keiner weiß es. Nur du. Hab keine Angst mehr. Komm näher! Komm zu mir …«

So sprach ich innerlich zu der Stute, in zärtlich lockendem Ton. Und nach einer Weile, wie von einer unsichtbaren Macht gezogen, näherte sich das wundervolle Tier. Erst einen Schritt, dann noch einen, bis Hayate endlich vor mir stand. Die Stute beugte ihren langen, muskulösen Hals, um mit ihren Nüstern meine Wange zu berühren. Ich strich ihr leicht und zärtlich über die Stirn, als Yasuo erschrocken rief:

»Das ist Hexerei! Oh, Herr, Ihr habt Dämonenkinder in Euer Haus eingeladen!«

Doch Asano Genzoo schüttelte lächelnd den Kopf.

»Beruhige dich, Yasuo. Aus der uralten Zauberei zwischen Mensch und Tier kann nur Gutes entstehen, niemals Böses. Tu jetzt deine Pflicht. Unsere Gäste sind hungrig und müde.«

Wir befreiten uns von unseren durchnässten Mänteln und Kopfbedeckungen und traten in der Hütte, die einfach, aber geräumig war. Die angenehm trockenen Matten federten unter den Füßen. An der Herdstelle war der Boden aus Lehm und ein kräftiges Feuer brannte. Darüber hing an einem Balken eine Kette mit verschiedenen Kesseln und Töpfen. Der Rauch zog durch eine Öffnung ab, über der ein kleines Holzdach den Regen abhielt.

In einem angrenzenden Raum befand sich das Schwitzbad. Als die Steine in der Vertiefung heiß waren und das Wasser dampfte, zogen wir unsere klammen Kleider aus. Nur mit einem Lendentuch bekleidet, setzten wir uns nebeneinander in die Schwitzhütte. Yasuo goss mehr Wasser auf die zischend dampfenden Steine. Die wohltuende Hitze des Dampfes stieg auf, wir versanken in eine träge Schwere, wie die am Rande des Schlafes. Einzig Yoshinakas trockene Hustenkrämpfe verhinderten, dass wir uns vollkommen entspannten.

Inzwischen hatte unser Gastgeber saubere Gewänder für uns vorbereitet. Als wir das Schwitzbad verließen, hüllte Asano Genzoo Yoshinaka eigenhändig in ein warmes Gewand, führte ihn zu der Feuerstelle und half ihm, sich niederzulegen. Yoshinakas Atem rasselte, doch das Schwitzbad hatte seinen Husten gelöst und er konnte wieder sprechen.

»Wo bin ich?«

»In meinem Haus«, erwiderte gütig Asano Genzoo. »Du brauchst jetzt sorgsame Pflege.«

Yoshinakas fiebertrübe Augen schweiften umher.

»Sah ich nicht ein Pferd? Hörte ich nicht eine Flöte?«

Ich beugte mich lächelnd über ihn.

»Hier ist wahrhaftig ein Pferd. Es hatte Angst und ich habe es mit meiner Flöte beruhigt.«

Er zog die Stirn kraus.

»Sah ich dieses Pferd nicht schon früher?«

»Das wird kaum möglich sein, Herr!«, meinte der junge Gehilfe. »Es ist das einzige, das hier geboren wurde. Seine Mutter war eine braune Stute, seinen Vater allerdings haben wir nie gesehen. Nun, vielleicht war es der Sturmwind?«

Yoshinaka ließ sich auf die Matte zurückfallen.

»Einst wollte mich ein solches Pferd töten ...«

»Auch das ist wahr«, erwiderte ich.

Yamabuki, die neben ihm kniete, legte die Hand auf seine Stirn. Sie konnte fühlen, wie das Fieber stieg, und sagte besorgt zu mir:

»Nee-san … ältere Schwester – du solltest jetzt nicht davon reden. Er braucht Ruhe …«

»Mir ist heiß …«, flüsterte Yoshinaka.

Ein einfaches, aber reichliches Mahl wurde uns auf erlesenen Lacktischchen angeboten. Diese Aufmerksamkeit sagte uns einiges über den hohen Rang unseres Gastgebers, ließ uns gleichzeitig spüren, dass er auch unseren Rang erkannte und ehrte. Trotz unseres Heißhungers bewahrten wir gute Sitten, stopfen den Reis nicht in uns hinein und lobten unseren Gastgeber für seine Großzügigkeit. Yoshinaka indessen rührte die Speisen kaum an, nahm nur etwas Suppe zu sich. Daraufhin sagte der alte Mann, der ihn aufmerksam beobachtete:

»Dein Husten kann böse Folgen haben.«

Yoshinaka schämte sich offensichtlich ein wenig seiner Krankheit und schüttelte matt den Kopf.

»Ach, mir geht es schon wieder gut.«

»Junger Herr, ich bin Arzt«, erwiderte Asano Genzoo. »Erlaube mir zu sagen, dass ich mich in diesen Dingen besser auskenne.«

Er nahm aus einem Kästchen einige trockene Blätter, mischte sie mit einer braunen Paste, die er im Feuer weich gemacht hatte, formte sie zu Kügelchen und sprach:

»Schluck diese Kugeln mit ein wenig Tee herunter. Dann wirst du tief schlafen und dein Schlaf wird heilend sein.«

Yoshinaka gehorchte. Tatsächlich dauerte es nicht lange und sein Husten beruhigte sich. Er schlief ein. Auch wir legten uns nieder; bald schloss uns die Müdigkeit die Augen. Da war mir, als gleite die Zeit zurück und zeigte mir eine Erinnerung, die näher kam. Auf einmal sprach ich im Traum zu Komao-Maru.

»Du hast mich verraten, damals! Es ging um das Pferd, erinnerst du dich? Ich vertraute dir. Warum hast du das getan?«

»Ich … ich weiß es nicht mehr. Da war etwas in mir …«

»Ja, da ist etwas in dir. Das war eine Weisung des Schicksals, ein ganz besonderes Zeichen.«

»Ich verstehe nichts von diesen Dingen«, sagte Komao Maru. »Ich wollte ja nur das Pferd.«

»Nein. Das war es nicht. Ich kenne dich, Komao-Maru.«

»Du kennst mich?«

»Ich kenne dich besser, als du glaubst. Es war die Gefahr, die dich anzog. Du warst schon damals in die Gefahr verliebt. Und weil ich dich liebte, lernte ich ebenfalls, die Gefahr zu lieben. So einfach ist das.«

»Liebst du mich immer noch, Tomoe?«

»Ja, ich liebe dich. Aber ich spreche nie darüber, das weißt du doch.«

Im Traum sagte Komao-Maru zu mir:

»Ich liebe dich nicht. Ich liebe Yamabuki.«

Und im Traum sah ich, wie er mit ihr wegging, ohne mich zu sehen. Ich folgte ihnen barfuß, mit aufgelöstem Haar, stolpernd, und wünschte, dass Yamabuki bald sterben würde. Träume sagen die Wahrheit. Wir weinen und hassen einander im Traum.

»Nein, nein!«, murmelte ich zu mir selbst. Das war ein Gedanke, den ich einfach nicht zulassen durfte, nicht einmal im Traum! Ich wollte erwachen, schnell, ehe ich mir das Schlimmste ausdachte, irgendetwas unvorstellbar Schreckliches. Ich riss die Augen auf, die ich fest geschlossen hatte, und sah im Aufruhr von Luftholen und Pulsschlag, dass es hell wurde. Dann, vor meinem starrenden Blick, veränderte sich das Licht. Alle Umrisse wuchsen aus dem Grau des anbrechenden Tages und draußen schöpfte Yasuo Wasser.

Ich aber wollte den Traum vergessen, der so quälend und beunruhigend war. Ich warf mich herum, lag mit dem Gesicht nach unten und ganz still, bis die als Bilder empfundenen Gedanken sich auflösten und verschwanden. Dann erst beruhigte sich mein Atem und das Herzklopfen ließ nach.

11. Kapitel

Der Tag war windstill und ohne Regen. Alles war noch in Nebel gehüllt. Dämpfe und Spiralen zogen durch den Wald; auch die Bäume waren nur in Umrissen erkennbar. Durch die nassen Zweige leuchtete die Sonne wie eine ferne weiße Kugel. Als meine Geschwister und ich die Schlafstellen verließen, hörten wir das Klirren der Kette, an dem der Wasserkessel hing. Yasuo, der sich am Herd zu schaffen machte, begrüßte uns mit einer freundlichen Guten-Morgen-Verbeugung. Während wir schliefen, hatte er unsere Kleider gesäubert und sorgfältig ausgebessert. Mitsu, hocherfreut, bezahlte ihn großzügig. Ihm lag viel daran, auch als Bauer eine gute Figur zu machen.

Yoshinaka lag immer noch still auf seiner Schlafstätte, mit friedlichem Gesicht. Er hatte in der Nacht ruhig geschlafen. Bald öffnete auch er die Augen und sah Yamabuki und mich gewaschen und gekämmt neben ihm knien. Er setzte sich auf und sagte mit erstaunter Stimme:

»Ich habe keinen Husten mehr!«

»Das ist kein Wunder!«, meinte Yasuo, der sich an den Schlafstellen zu schaffen gemacht hatte. »Mein Herr ist ein großer Arzt und kennt viele Mittel. Er hat auch schon Fürsten von schlimmen Krankheiten befreit.«

»Wo ist er jetzt?«, fragte Hira.

»Ach, er ist frühzeitig zum Tempel aufgebrochen. Die ehrwürdigen Mönche und Nonnen beanspruchen oft seine Hilfe.«

Yasuo bewirtete uns mit Reiskleie in brauner Rettichsoße. In dunkelblauen Schalen schlug er Tee für uns zu Schaum. Der Tee, von der grobkörnigen Sorte, schmeckte wunderbar herb und schenkte uns neue Kräfte. Yoshinaka trank eine Schale Tee nach der anderen. Dann schlief er eine Weile, verlangte wieder zu essen. Yasuo hockte sich vor ihn auf den Boden, und bei jedem Bissen, jedem Schluck, nickte er glücklich, zeigte sich doch in Yoshinakas schneller Genesung die ganze Kunst seines Meisters.

Tatsächlich erholte sich Yoshinaka erstaunlich rasch. Sein gesunder, natürlicher Hunger machte auch uns froh. Sein Husten war geheilt, sein Hals war nicht mehr geschwollen und das Fieber gesunken. So ging der Tag vorbei. Wir wunderten uns, dass Asano Genzoo nicht zurückkam. Doch das Fortbleiben unseres Gastgebers schien den jungen Gehilfen nicht im Geringsten zu beunruhigen.

»Zu Buddhas Geburtstag besuchen viele Pilger den Tempel. Man wird ihn wohl aufgehalten haben.«

»Könnte er sich nicht im Nebel verirrt haben?«, fragte ich, als es anfing, dunkel zu werden.

»Niemals!«, rief Yasuo. »Hayate kennt den Weg. Und glaubt mir, edle Dame, Hayate ist noch klüger als der Meister selbst!«

Er schlug sich auf die Schenkel, lachte schallend über seinen eigenen Witz. Wir nahmen uns zusammen und lachten mit ihm. Und nach einem reichlichen Essen und einem wohltuenden Schwitzbad schliefen wir traumlos und gut – diesmal auch ich.

Wir erwachten, als helles Licht auf unser Gesicht schien, und setzten uns blinzelnd hoch. Sonnenlicht hatte die Nebel aufgelöst, der Boden dampfte und trocknete bereits. Der ganze Wald glänzte, funkelte und strahlte. Rings um die Hütte sangen Vögel; nur unter den Tannen wogte noch ein letzter Nebelschleier, der bald entschwand.

»Da, kochend heiß ist der Tee!«, rief Yasuo, als wir uns an die Herdstelle setzten. »Und der Reis ist ganz frisch. Mein Meister wird gleich hier sein und gewiss Hunger haben.«

Kaum hatte er das gesagt, als wir auch schon fernes Hufschlagen vernahmen. Es klang wie das heimliche Rollen kleiner Kiesel und kam rasch näher. Einen Augenblick später ritt Asano Genzoo den Waldweg hinauf. Unter dem goldenen Blätterdach war der aufrechte, hell gekleidete Mann auf seinem prachtvollen Pferd ein eindrucksvoller Anblick. Sein schwarz-weißes, hüftlanges Haar wippte im Wind und schien mit Hayates Mähne wie verflochten. Sein Anblick prägte sich mir so tief ein wie selten etwas zuvor. Auch Yoshinaka hatte sich aufgerichtet und betrachtete beide, den Reiter und das Pferd. Auf seinen Zügen lag nichts Kindliches mehr; die Krankheit hatte sein Gesicht verändert, ließ das Ernste, Erfahrene hervortreten. Er sagte mit rauer Stimme:

»Er reitet das Pferd eines Kriegers!«

Und obgleich er dabei einen Ausdruck von Gleichgültigkeit zu bewahren wusste, spürte ich seine Bitterkeit. Es gab kaum etwas, das sich mit der Freude vergleichen konnte, ein solches Pferd sein Eigen zu nennen. Doch was tun? Er konnte das Pferd nicht kaufen. Ein schönes Pferd gehört, wie eine schöne Frau, dem, der es am meisten liebt. Zum Pferdedieb konnte er sich schließlich auch nicht machen; Stolz und Ehre wehrten sich heftig dagegen.

Inzwischen glitt Asano Genzoo geschmeidig aus dem Sattel. Während Yasuo sich um das Wohlergehen der Stute kümmerte, kam uns der Arzt freundlich lächelnd entgegen.

»Ihr habt, wie ich sehe, gut gegessen und geschlafen!«

Wir verneigten uns glücklich. Hira, der stets die größte Höflichkeit zeigte, sprach für uns alle.

»Wir werden Euch nie genug für Eure Gastfreundschaft danken können.«

Lächelnd wandte sich der Arzt an Yoshinaka.

»Jetzt kann ich beruhigt sein. So tief war Euer Schlaf, dass Ihr gar nicht gemerkt habt, wie das Mittel wirkte.«

Seine Stimme klang weich wie ehedem. Trotzdem nahm ich mit wachsendem Interesse wahr, dass er anders, nicht mehr so vertraulich, zu uns sprach. Zuneigung äußerte er nunmehr auf zurückhaltende Art, durch Lächeln oder kleine Gebärden. Yoshinaka schien es nicht aufzufallen. Er dankte Asano mit einer Erkenntlichkeit, die von Herzen kam. Der Arzt setzte sich und schlürfte den Tee, der auf einem Lacktablett für ihn bereitstand.

»Verehrungswürdiger Meister«, sagte ich, »lasst uns wissen, was wir Euch schuldig sind.«

Asano Genzoo hielt die Schale in seinen feingliedrigen Händen.

»Edle Dame, ich verließ die Hauptstadt nicht, um mich zu bereichern, sondern um mich an der einfachen Lebensart zu erfreuen. Ich lebe gerne in meiner einsamen Hütte, beobachte die Natur, nutze ihre wundervollen Gaben, um andere Menschen zu heilen. Dabei höre ich gerne zu, wenn sie berichten, und erfahre auf diese Weise mancherlei wundersame Geschichten.«

Wir warteten, dass er weitersprach. Der alte Mann trank gemächlich seinen Tee, stellte die schöne blaue Schale mit behutsamen Gesten auf das Tablett zurück. Dann sagte er:

»Es hilft euch nichts, dass ihr vor mir verbergen wollt, wer ihr seid. Die mir gegenübersitzen, sind Nakahara Kanetoos noble Kinder. Und der junge Herr, dessen Husten ich heilen konnte, ist niemand anderes als Minamoto Yoshinaka aus dem heiligen Geschlecht der Seiwa-Kaiser.«

Wir tauschten erschrockene Blicke. Woher nahm der Arzt sein Wissen?

Asano Genzoo sprach lächelnd weiter.

»Mein langes Fortbleiben hatte einen Grund. Weil ich selten ein Gesicht vergesse, bemerkte ich die Ähnlichkeit meines jungen Gastes mit der Ehrwürdigen Dame Sae, die seit vielen Jahren im Nonnenkloster lebt. Ich war es, der die Ehre hatte, sie zu heilen. Sie belohnte mich dafür mit ihrem Vertrauen, sodass mir ihr tragisches Schicksal bekannt wurde. Sobald der Regen nachließ, ritt ich zum Kloster. Ich fand die edle Dame im Garten und bemerkte auf ihrem Antlitz einen ungewohnten Ausdruck von Glück. Ich äußerte meine Freude, sie in so guter Verfassung anzutreffen.

›Ach, mein lieber Freund‹, antwortete sie, ›wie Ihr bereits wisst, brachte mir ein Mann aus Kiso unlängst die Botschaft, dass mein Sohn Yoshinaka sich bald auf den Weg zu mir machen würde. Und in dieser Nacht sah ich im Traum einen schönen jungen Krieger, der mir auf einem edlen Pferd unter Kirschblüten entgegenritt. Und seht – alle Kirschbäume sind an diesem Morgen erblüht!‹

Da erwiderte ich lächelnd:

›Die Träume einer Mutter ahnen das Ungeschehene. Was Ihr gesehen habt, Ehrwürdige Dame, kann morgen bereits wahr werden.‹

›Treuer Freund‹, seufzte sie, ›noch schwebt mein Traum im duftenden Morgenlicht. Aber die Helle nimmt zu und ich fürchte die grellen Farben der Wirklichkeit!‹

Da erzählte ich ihr von den fünf Kindern edler Herkunft, die in meiner Hütte schliefen. Ich berichtete, dass einer dieser jungen Fremden ein Gesicht zeigte, das auf erstaunliche Weise dem ihren glich. Wir verglichen das Alter, die Fakten, und am Ende unseres Gespräches rief die Dame Sae weinend:

›Dies kann nur mein Sohn sein.‹

Doch ich sagte zu ihr:

›Trocknet eure Tränen! Noch ist er von der langen Reise erschöpft. Verzeiht mir, wenn ich als strenger Arzt für ihn noch einen Tag Ruhe beanspruche. Doch findet Euch morgen am gleichen Ort zur gleichen Stunde ein. Der Frühling ist da und Euer Sohn kommt mit dem Frühlingslicht.‹«

Der Arzt schloss seinen Bericht mit den Worten:

»Und so bringe ich Euch, Minamoto Yoshinaka, die glückliche Botschaft, dass Eure Verehrenswürdige Mutter Euch im Klostergarten voller Ungeduld erwartet.«

Yoshinaka hatte sich bisher mit mächtiger Anstrengung beherrscht, doch jetzt konnte er nicht mehr an sich halten und rief:

»Ehrwürdiger Meister, beschreibt mir den Weg, damit ich jetzt gleich zu ihr aufbrechen kann!«

Dann biss er sich auf die Lippen, blickte wehmütig lächelnd an sich herab.

»Als Krieger auf einem edlen Pferd sah sie mich im Traum. Doch ich komme zu Fuß und als Bauer verkleidet. Dennoch: Ihr Herz wird mich erkennen!«

Der alte Mann erhob sich, eine weiche, fließende Bewegung.

»Dem kann ohne Weiteres abgeholfen werden. Fehlt Euch ein schönes Pferd? Nehmt Hayate, mein gutes Tier. Es soll von nun an Euch gehören.«

Yoshinaka und ich tauschten einen Blick, der fast erschrocken war. Fassungslos schauten wir wieder den alten Mann an. Seine tiefgründigen Augen hatten etwas verhalten Belustigtes an sich. Der bloße Gedanken dass der Arzt ahnen konnte, wie es zwischen Yoshinaka und mir stand, was die Schilf-Drachen betraf, berührte uns zutiefst. Da war etwas an ihm, das wir nicht verstanden.

Endlich stammelte Yoshinaka:

»Meister, solch eines Geschenkes bin ich unwürdig!«

»Hört zu«, antwortete Asano Genzoo. »Hayate ist eine Stute edelster Zucht, die kein Schlachtgetümmel scheut. Sie ist in dem Alter, da sie beginnt, die Wünsche ihres

Reiters zu spüren. Die edle Dame hier – er verneigte sich vor mir – erkannte es auf den ersten Blick. Hayates eigenwillige Natur wird bald aufs Beste geformt sein. Ich selbst aber habe für ihre wunderbaren Fähigkeiten keine Verwendung. Hayate lebt für eine bestimmte Aufgabe. Sie wird Euch helfen, Euch selbst zu erkennen, denn sie verschenkt ihre Freundschaft in vollkommener Uneigennützigkeit. Darum bitte ich Euch, für dieses Pferd gut zu sorgen. Auf dem Weg zu Eurer Mutter wird Hayate schon viel von Euch lernen.«

Yoshinaka brachte kein Wort mehr über die Lippen. Es war nur seine tiefe, innige Verbeugung, viel tiefer, als sein Rang es erforderte, die seine Dankbarkeit zum Ausdruck brachte.

Ich und Yoshinaka aber saßen still, im Bewusstsein, dass sich etwas zwischen uns verändert hatte. Eine von Selbstsucht geprägte Rivalität war nicht mehr angemessen. Wir blickten auf ein Erbe von tausend Jahren Ehre zurück, auf eine einzige Geschichte, und sie handelte von Treue. Vertrauten wir einander, waren wir stark. Ehre war ein Teil von uns und wir mussten dieser Ehre gerecht werden.

12. Kapitel

Asano Genzoo befahl Yasuo, die Stute zu satteln, was der junge Gehilfe sofort tat, doch sein Gesicht drückte Trauer aus. Hayate hingegen zeigte nicht mehr den geringsten Argwohn. Yoshinaka war so stolz und beschwingt, dass er sich mit einer einzigen leichten und sicheren Bewegung auf ihren Rücken schwang und die Zügel hielt. Alles an ihm, selbst seine schlichten Kleider, schien im neuen Glanz zu erstrahlen.

Bei diesem Anblick verfasste Yamabuki ein Gedicht. Mühelos glitten die Silben über ihre Lippen.

»Lange Zeit schlief das Saatkorn in der Erde.
Jetzt aber stehen wir
In Rüstung und bewaffnet,
Bereit, für den Schönsten zu kämpfen.«

Ach, wie machte sie es nur? Wohl spürte ich im Herzen, was ich sagen wollte, vermochte es aber nie in Worte zu kleiden. Gedanken und Gefühle blieben ungesagt und verborgen. Meine Schwester aber hatte mit diesem Reim viel mehr von sich preisgegeben, als sie wollte.

Mir wurde es plötzlich schwer ums Herz. Es war, als ob

sich das Morgenlicht verdunkelte. Vielleicht kam es daher, weil ich im Schatten stand, während Yamabuki und Yoshinaka einander anlächelten. Ich erkenne jetzt, viele Jahre danach, dass beide in jenen fernen Tagen in der Blüte ihrer Jugend und Schönheit standen. Zum ersten Mal fühlte ich Einsamkeit, gestand sie mir zu. Denn auch mein Herz hatte bei Yoshinakas Anblick gebebt. Ich aber war die Tochter des Drachen. Mein Geist kehrte zu den grünen Felsen zurück, die ich unten im Strudel gesehen hatte, und ich schuf eine Steinwand um mein Herz.

Yoshinaka ritt alleine zum Kloster. Das Wiedersehen von Mutter und Sohn vollzog sich fern von meinen Augen. Außer den Vögeln, den Bienen und den Gräsern hatte ihre Begegnung keine Zeugen. Doch ich hatte viel Fantasie und sah in meiner Vorstellung das Bild, das Fürstin Sae im Traum erlebt hatte, Yoshinakas Erscheinung im rosa Licht der Kirschblüten. Ich glaubte zu sehen, wie sie sich innig umarmten und leise zueinander sprachen, die immer noch schöne Frau in Nonnengewand und der ungestüme junge Mann, der mit Mühe seine Tränen zurückhielt.

Später berichtete Yoshinaka Folgendes: Als er sich bei der ersten Begegnung bereit erklärte, für sein Geburtsrecht zu kämpfen und seine verehrte Mutter als Schlossherrin in ihren alten Stand zu erheben, da plagte ihn die edle Dame nicht mit Mahnungen sondern warnte ihn lediglich mit den Worten:

»Mein geliebter Sohn, lass deine Augen nicht blind sein. Unser Feind Yoshihira ist listig und grausam. Ja, er vermochte sogar den Heiligen Kaiser selbst und seine weisen Ratgeber zu täuschen.«

Es war unter Yoshinakas Würde, zuzugeben, Yoshihira könne ihm womöglich gefährlich werden. Stattdessen meinte er hochmütig:

»Ehrwürdige Mutter, wie kann ich mich fürchten? Vier Himmelskönige begleiten mich! Und die Tochter des Drachen erkennt sehenden Auges jede Gefahr.«

Die Fürstin lächelte nachsichtig, sagte jedoch:

»Warte, ich will dir etwas geben.«

Sie ging in ihr Gemach und kam etwas später mit einem in flockige Seide eingewickelten Gegenstand zurück. Behutsam schlug sie die Seide auseinander: Ein prachtvolles Langschwert mit dem Wappen der Minamoto kam zum Vorschein.

»Dieses Langschwert gehörte deinem Vater Yoshikata. Damit er nicht schwer verletzt in die Hände seiner Feinde fiel, gab er sich selbst mit dieser Waffe den Todesstoß. Sie soll jetzt dir gehören. Trage sie an seiner statt und halte sie in Ehren!«

»Als ich das Schwert in den Händen hielt«, beendete Yoshinaka seine Erzählung, »da spürte ich, wie es erwachte. Als ob ihm das Sonnenlicht, das es seit vielen Jahren zum ersten Mal wieder beleuchtete, eine magische Kraft verlieh.«

Yoshinaka verbrachte von nun an täglich viele Stunden bei seiner Mutter und seine Bewunderung wuchs beständig. Trotz ihrer Abgeschiedenheit wusste Dame Sae so viele Dinge, die Yoshinaka, in seiner doch recht unwissenden Jugend, nie erfahren hatte, und sie war ihm eine kluge Beraterin. Aus Yoshinakas Berichten gewann ich jedoch den Eindruck, dass Dame Sae zwar mit inniger Liebe zu ihrem Sohn erfüllt war, sie aber die Gedanken an Vergeltung und Wiedergutmachung nie aus ihrem Herzen verbannt hatte. Dabei verstand sie es vortrefflich, Geduld zu wahren und jede Handlung minutiös im Voraus zu planen.

Zwei Tage vor dem Fest des Buddhas empfing sie Yoshinaka wie immer, doch ihr Gesicht war seltsam erstarrt und in ihren Augen zeigte sich ein ungewohntes Funkeln.

Sie nahm ihn beiseite, sprach noch leiser zu ihm. Gerüchte waren ihr zu Ohren gekommen, denen zufolge ein großer Fürst aus der Hafenstadt Kamakura auf dem Weg zum Eihei-Ji-Tempel sei, um dem Sonnenbuddha rechtzeitig zu seinem Geburtstag zu huldigen. Der hohe Besucher hatte längere Zeit in der Hauptstadt Kyoto verbracht, wo er sich als Ratgeber der Gunst des jugendlichen Kaisers erfreute.

»Dieser Fürst«, flüsterte Yoshinaka. »Sein Name?«

Dame Sae sah ihn an, mit einem kalten Glanz in den Augen.

»Sein Name lautet Minamoto Yoshihira.«

Yoshinaka wurde bleich.

»Der Mörder meines Vaters«, zischte er.

Dame Sae machte ein bejahendes Zeichen.

»Diese Nachricht«, sprach sie, »ist unbedingt zuverlässig.«

Dass die Fürstin so gut unterrichtet sein konnte, war nicht ungewöhnlich. Die Nonnen waren keiner Klausur unterworfen; Gerüchte sprachen sich schnell herum und erwiesen sich oftmals als wahr. Beide, Mutter und der Sohn, besprachen lange und ausgiebig die Lage. Dann kam Yoshinaka zurück und redete mit uns.

»Was!«, rief Mitsu. »Yoshihira, hier? Yoshinaka, die Götter treiben ihren Scherz mit dir! Wie kannst du ihn stellen? Du bist nicht bereit. Er wird mit einem großen Gefolge und vielen Soldaten kommen.«

Yoshinaka verzog verächtlich den Mund.

»Umso besser! Das Geld meiner Eltern hat ihn reich gemacht. Jetzt komme ich und fordere die Zinsen.«

Wir starrten ihn an, als sei er verrückt geworden.

Ich verkniff mir mit Mühe, ihm zu sagen: »Spar dir deine Heldenpose!«, und wandte lediglich ein:

»Ja, aber wie willst du ihn bekämpfen? Wo ist dein Heer? Du hast nur das Schwert deines Vaters!«

Yoshinaka lachte leicht.

»Dort, wo der Feigling morgen sein wird, lasse ich ihm keine Wahl. Da er sich sicher fühlt, wird er leichtsinnig sein.«

»Bedenke die Sache gut«, meinte Hira, der stets einen kühlen Kopf behielt. »Mit diesem Schwert auf ihn zu zielen – das wäre ein schöner Schlag, der käme von Herzen! Aber vor Buddhas milden Augen – nein! Das würde dir keiner verzeihen.«

Yoshinakas Augen funkelten ihn an.

»Achte ich meines Vaters Schwert so gering? Das Fest des Heiligen Buddhas soll nicht mit dem Blut eines Verräters besudelt werden.«

Mitsu wurde ungeduldig.

»Ja, ja, aber was hast du vor? Du kommst nicht zur Sache!«

Yoshinaka antwortete mit Nachdruck:

»Ich werde mich dem Volk zu erkennen geben und vor allen, die anwesend sind, Vergeltung fordern!«

Verblüfftes Schweigen. Dass er den Mut dazu aufbrachte, machte uns sprachlos. Yoshihira wäre an einer empfindlichen Stelle getroffen, würde sich angesichts der Priester aber nicht zu rühren wagen. Und für Feiglinge hatte das Volk nichts übrig, stattdessen würden sie Yoshinaka lieben. Yamabuki warf ihr schimmerndes Haar zurück und rief Yoshinaka glücklich zu:

»Du hast eine große Sorge von uns genommen. Wir sind froh, dass wir im Tempel nicht um dich bangen müssen.«

Es war ein einfacher, aber effektiver Plan. Ich aber fragte mich, wer hinter dem Einfall stecken mochte. Dame Sae vielleicht? Nach alldem, was ich über sie erfahren hatte, sähe ihr das ähnlich. Ich sagte:

»Es hört sich an, als wenn es funktionieren könnte. Aber erzähle uns mehr. Deine edle Mutter? Wie denkt sie darüber?«

Da lächelte er voller Stolz.

»Ich habe mit ihr schon alles beredet.«

»Wirklich?«

»Ja, wirklich! Was auch immer sich ereignen mag, sie wird an meiner Seite stehen!«

Am nächsten Tag bat uns Yoshinaka, ihn zu seiner Mutter zu begleiten. Sie hatte den Wunsch ausgesprochen, die Verbündeten ihres Sohnes zu treffen. Als wir in unseren Bauernkleidern, das Gesicht unter Strohhüten verborgen, den Klostergarten betraten, kniete Dame Sae auf einem Kissen im Schatten der Vorhalle. Sie trug das bescheidene Leinengewand der Nonnen, obwohl sie Buddha ihr Haar nicht geopfert hatte. Der Schleier in sanftem Weiß lag in ruhigen Falten um ihren Kopf.

Die Brauen aber waren schwarz nachgezogen, die Lippen kirschrot geschminkt. In der Tracht einer Klosterfrau blickte uns bereits die Fürstin entgegen, einem Schmetterling ähnlich, der im Begriff ist, ihren Kokon abzustreifen. Wir huldigten dem Beginn der Verwandlung mit tiefer Verbeugung und klopfenden Herzen, bis die edle Dame lächelnd unserer Befangenheit ein Ende setzte.

»Hier sind sie also, die Vier Himmelskönige, über die mein Sohn viel Schönes berichtete! Doch ich werde alt, mein Augenlicht lässt nach. Kommt zu mir, hohe Besucher, damit ich euch gebührend bewundern kann!«

Es lag ein gewisser Spott in ihrer Stimme, doch nichts, was uns verärgert hätte. Sie bat uns an ihre Seite, ließ eine junge Novizin Tee und Süßigkeiten bringen. Sie wollte, dass wir von unserer Kindheit erzählten. Weder Angst noch Tod hatten unser Dasein bisher beschattet, das machte sie glücklich. Sie meinte, wer in der Jugend das brutale Leben auf Armeslänge zurückhalten konnte, nähme es später tapfer in Angriff und erfülle seine Pflicht.

Beim Sprechen betrachtete Dame Sae Yoshinaka voller Liebe. Ich aber spürte, dass sie im Grunde ihres Wesens unnachgiebig war, dass sie von ihrem Sohn viel – möglicherweise zu viel – erwartete. Nun, dachte ich, draußen im Kampf wird er ein echter Krieger sein. Und als ob sie in meinen Gedanken las, sagte die Fürstin, mit einer Stimme, die sonderbar hart klang:

»Mit solchen Beschützern hat mein Sohn nichts zu fürchten! Das ist gewiss vom Himmel so bestimmt worden.«

Hira straffte seine hohe, schmale Gestalt.

»Wir sind stark und klug. Und wenn der eine nicht weiterweiß, hilft der andere.«

Und natürlich konnte es Mitsu nicht lassen, den Bruder zu übertrumpfen:

»Wir werden zusammen in die Schlacht ziehen! Und zusammen sterben! Gleich morgen, wenn es sein muss!«

»Zu solcher Hast ist kein Anlass«, erwiderte heiter die Fürstin, während Yamabuki versonnen schwieg und zwischen ihren zarten Fingern eine Blume am Stiel drehte. Ich aber legte meine Hand auf den Griff meines Messers.

»Ich bin Tomoe, die Tochter des Drachen. Mein Vater gab mir den Auftrag, für Yoshinaka zu kämpfen. Wir leisteten einen Eid.«

Das Lächeln auf Dame Saes Gesicht wurde schärfer.

»Ist dieser Eid geheim? Oder duldet er, genannt zu werden?«

Wir wechselten Blicke, schüttelten stumm den Kopf. Sie lächelte nach wie vor; doch dahinter war ein stahlharter Geist zu spüren.

»Es ist gut, dass ihr schweigt. Die Drachenkraft begünstigt nur ehrliche Herzen. Sie ist die urtümliche Erd- und Wasserkraft, die unseren Planeten zum Schwingen bringt und gelegentlich auch erschüttert. Ein Kämpfer, ob Mann oder Frau, der sich im Namen der Drachenkraft bindet, kennt nur eine Pflicht: Treue seines Schwurs, und Tapferkeit in der Verteidigung der eigenen Ehre!«

13. Kapitel

Seit Sonnenaufgang strömten die Besucher die Wege zum Tempel hinauf. Der ganze Bezirk zog sich bis zum Waldrand und bestand aus größeren und kleineren Gebäuden, alle aus erlesenen Hölzern errichtet. Vor dem riesigen dunkelroten Tor wartete bereits ein Ochsenkarren mit dem golden und schwarz lackierten Altarschrein, in dem die hohe Gestalt des Sonnenbuddhas mit gefalteten Händen stand. Die Statue aus Sandelholz war viele Hundert Jahre alt und galt als wundertätig. Den Fuß des Altars umgab ein bemaltes Schnitzwerk, das die fünffarbigen Wolken des Paradieses darstellte. Lotosblüten aus Gold- und Silber-Filigran waren in die geschnitzten Wolken hineingewebt worden und schienen in der Luft zu schweben. Die beiden prachtvollen Ochsen wurden fast vollständig verdeckt von den wehenden bunten Wimpeln aus Seide, die von Hörnern und Geschirr herunterflatterten.

In den engen Straßen wimmelte es von Menschen. Alle Feudalherren der Gegend waren mit ihren Edelleuten erschienen. Unentwegt sagten die Bettelpriester ihre Gebete auf, hielten leere Schalen vor sich, baten um Almosen oder Nahrung, die ihnen an diesem Tag besonders reichlich zukamen. Während ich und meine Geschwister uns mühsam durch die Menge zwängten, erschienen plötzlich Männer, mit großen Stöcken bewaffnet, und drängten die einfachen Leute zurück. Fahnenträger hielten Banner hoch. Yoshinaka ballte die Fäuste, als er die Enzianblüte auf dem Wappen erkannte. In dichten Reihen folgten die fürstlichen Soldaten in ihrer Rüstung. Auch sie schafften Platz für die edlen und festlich gekleideten Besucher, die hoch zu Ross die ganze Straße für sich beanspruchten.

Das Volk mochte die hohen Besucher nicht. Ich hörte, wie eine Frau böse zu ihrer Begleiterin sagte:

»Sie nehmen immer den mittleren Weg. Sie glauben, es könnte ihnen Unheil bringen, wenn sie es nicht tun.«

»Ja«, murmelte die andere. »Ein Dachziegel … wer weiß?«

Hinter den Reitern kamen Diener, alle in Livree, welche die für den Tempel bestimmten Geschenke trugen. Das Brausen unzähliger Stimmen und das Murmeln der Gebete mischte sich mit den Schlagen der großen Trommel und dem schrillen Pfeifen der Flöten. Ein Mann erklärte uns, dass zum ersten Mal seit dreizehn Jahren Amida Nyorai – der »Sonnenbuddha« – seinen Tempelaltar verließ, um auf Segenreise zu gehen.

Wir entsannen uns jener Nacht, als die Fremde mit dem schlafenden Kind in den Armen in unsere Burg gekommen war. Wir zählten nach. Und zählten noch einmal. Es war genau vor dreizehn Jahren gewesen.

»Ein besonderer Tag!«, flüsterte Yamabuki, mit einem langen Blick auf Yoshinaka.

Der nickte kurz.

»Ein Tag, der allen im Gedächtnis bleiben wird!«

Sein Gesicht glühte von innen, zeigte jene mächtige Ausstrahlung und jenen Zauber, der uns alle gefangen nahm. Ich vergaß oft, wer er eigentlich war; mir nahe, aber gleichzeitig unerreichbar.

Inzwischen standen wir auf einem erhöhten Platz und konnten sehen, wie die Ochsen sich in die hölzernen Joche legten. Langsam setzte sich der knarrende Wagen mit dem Altarschrein in Bewegung, allen voran die singenden Priester. Ein Anruf stieg aus der Menge.

»Namu Amida Butsu!«, murmelten tausend Stimmen. In tiefer Ehrfurcht beugten die Menschen das Haupt, falteten ihre Hände. Zwei lange Taue, aus weißem und rotem Stoff gedreht, waren an den Vorderseiten des breiten Wagens befestigt und wurden von zahlreichen eifrigen Händen mitgezogen. Auf geölten Rädern umkreiste der schwankende Ochsenwagen den Tempelbezirk, bevor er langsam durch das Städtchen wanderte. Überall sah man Menschen in Gruppen knien. Sobald der Wagen vorbeizog, wurde das Gemurmel durch ehrfürchtiges Schweigen unterbrochen. Die Leute wagten kaum, ihre Blicke zu der wundertätigen Statue zu heben.

Endlich kehrte der Heilige Buddha zu seinem Tempel zurück, wo die Priester bereits angekommen waren und Gebete sangen. Andere Priester hoben Zimbeln über ihre Köpfe und schlugen die Begleitung zu dem gedämpften Pochen hölzerner Trommeln. Inzwischen stand die Sonne hoch; der Himmel, blau wie ein Edelstein, funkelte rein und klar. Priester und Edelleute hatten einen ihnen eigens vorbehaltenen Eingang zum Tempel. Alle übrigen drängten sich durch das Tor in den Vorhof.

Hier bildeten große mit Reisstroh umwickelte Bambuszweige mehrere Triumphbögen, die gleichzeitig Schatten spendeten. Zu der Vorhalle, in der die Priester die fürstlichen Glückwünsche entgegennehmen würden, führten fünf Stufen aus Tannenholz, so sorgfältig poliert, dass sie wie Bernstein glänzten. Die Vorhalle war vom Altarraum selbst durch ein Geflecht aus Bambus getrennt, an dem die Wappen des Tempels befestigt waren. Bemalte Pfosten stützten die Deckenbalken mit ihren zahlreichen Figuren, die Feen, Fabeltiere und Engel darstellten.

Der Hohepriester, dessen Name Junshin lautete, thronte auf einem erhöhten Polstersitz, der kostbar vergoldet und lackiert war. Zu beiden Seiten standen die Priester und im Hintergrund, in stillen Reihen, die Mönche und Nonnen. Einer nach dem anderen traten die Edelleute nun vor, sprachen ihre frommen Wünsche aus, wiesen auf die mitgebrachten Geschenke. Diese wurden auf die rechte und linke Seite der Vorhalle gestellt, damit alle sie bewundern konnten. Die Zuschauer erkannten die noblen Gäste an ihren Familienwappen, flüsterten sich gegenseitig die Namen zu: die Fürsten von Echigo, Sendai, Satsuma, Nagato und viele andere.

Im Gedränge gab uns Yoshinaka verstohlen ein Zeichen: Folgt mir! Langsam und beharrlich schoben wir uns durch die Menge, bis wir die erste Reihe der Zuschauer erreichten. Dort starrten uns die fürstlichen Leibwächter grimmig an und drängten uns zurück. Doch wir standen nahe genug. Denn gerade in diesem Augenblick trat Minamoto Yoshihira im blauen Prachtgewand vor den Hohepriester. Sein Hochmut, den Neureiche sich oft mühsam erwerben müssen, war angeboren. Keine ungeschickte Bewegung unterlief dem Fürsten von Kamakura, er sprach mit kühler, leichter Stimme, die er dem Anlass entsprechend gedämpft hielt:

»Gütiger Meister, ich bin gekommen, um dem Heiligen Tempel die Glückwünsche des Kaiserhauses zu überbringen. Seine Heilige Majestät sandte mich mit einer persönlichen Botschaft zu Euch.«

Er winkte einen Beamten herbei, der unter Verbeugungen eine Schriftrolle überreichte. Ein ehrfürchtiges Raunen ging durch den Saal, als die Anwesenden auf der Schriftrolle das kaiserliche Chrysanthemensiegel erkannten. Yoshihira hob die Schriftrolle ehrehrbietig an seine Stirn und schickte sich an, das Siegel zu brechen, als eine weibliche Stimme die andächtige Stille brach. Sie kam von einer der weiß verhüllten Gestalten, die sich bescheiden im Hintergrund aufhielten.

»Wage es nicht, Minamoto Yoshihira, im Namen Seiner Heiligen Majestät hier zu sprechen!«

Eine Art entsetzter Ruck ging durch die Zuschauer. Alle wandten den Kopf der Nonne zu, die soeben das Wort ergriffen hatte. Von allen unbemerkt, war diese Frau, die zuvor ganz hinten stand, in den Vordergrund getreten. Die Leute hielten den Atem an, während ein hoher Beamter des Tempeldienstes ihr bestürzt flüsternd entgegenlief:

»Weib! Seid Ihr von Sinnen? Was erdreistet Ihr Euch, die Zeremonie zu stören?«

Erregt fuchtelnd rief er die Wachen, die in großer Zahl hinter den Fürsten standen:

»Man ergreife diese Frau und führe sie zu einem Arzt!«

Speere rasselten. Die Wachen liefen auf die Unbekannte zu und wollten sie packen, doch die Frau zeigte nicht die geringste Furcht.

»Aus dem Weg!«

Sie erhob nicht einmal die Stimme, aber die Wachen nahmen ihre Hände von ihr fort und glitten zurück wie Jagdhunde beim Anblick einer Wölfin. Die Frau indessen trat sicheren Schrittes nach vorn, bis alle sie sehen konnten. Vor dem Hohepriester Junshin verbeugte sie sich mit vollendeter Eleganz und eiskalter Ruhe. Das Murmeln verstummte jählings, als die Frau sich aufrichtete und sprach.

»Gütiger Meister und alle, die hier anwesend sind, schenkt mir Vergebung! Angesichts des Heiligen Buddhas ist keine Lüge gestattet. Möge ich in der Hölle verdursten, wenn ein einziges unwahres Wort über meine Lippen kommt! Ja, ich gestehe meine Unverschämtheit ein! Ich gestehe sie umso bereitwilliger, da solche unter uns weilen, die lügen.«

Junshin betrachtete sie mit ungerührtem Antlitz. Er wusste natürlich, wer die Nonne war, und zeigte sein Entgegenkommen, indem er sie mit leichter Gebärde zum Sprechen aufforderte.

»Edle Dame, sagt, was Euch bewegt. Der Heilige Buddha hört zu und tröstet.«

»Habt Dank, gütiger Meister.«

Dame Sae verneigte sich, bevor sie ihren Schleier mit langsamer Bewegung hob. Tödliche Stille herrschte, während die Sonne auf ihrem lackschwarzen Haar glänzte. Der Scheitel war rot nachgezogen, auch die Lippen leuchteten purpurn. Sie ließ den weißen Umhang über die Schulter gleiten. Einige schnelle, geschickte Bewegungen – und die Fürstin erschien in scharlachrotem Staatsgewand. Darunter trug sie ein Unterkleid in den hellgrünen Farben der Jahreszeit. Die Gürtelschärpe zeigte das blau-rot-goldene Enzianwappen der Minamoto. Und in diesem Gürtel steckte ein Kurzschwert.

Die Anwesenden bewahrten ihre Haltung nur mit Mühe. Der Fürst von Kamakura erbleichte beim Anblick der Waffe und zuckte unmerklich zusammen. Dame Sae wandte sich ihm zu und zog mit blitzschneller Bewegung den linken Arm aus dem Ärmel des Obergewandes, sodass sie nur mit dem grünseidenen Untergewand bekleidet war. Dann gab sie auch diesem Ärmel einen Ruck, damit er sich senkte. Die Anwesenden zogen zischend den Atem ein, als sie an ihrem entblößten Rücken die wulstige rote Narbe sahen, die über die linke Schulter bis zum Haaransatz verlief. Rundum standen alle wie erstarrt, bis Dame Sae mit schneidender Stimme das Schweigen brach:

»Nun, Minamoto Yoshihira, erkennst du diese Narbe?«

Der Fürst von Kamakura zwang sich widerwillig hinzusehen. Er war ein Mann in den Vierzigern, vornehm und straff in der Haltung, mit kantigem Kiefer und vollen, sinnlichen Lippen. Von meinem Platz aus konnte ich erkennen, dass es ein heikler Augenblick für ihn war, nach den empörten Gesichtern der Anwesenden zu urteilen. Doch ich zweifelte nicht daran, dass ihm etwas einfallen würde. Tatsächlich wandte er sich ab, als ob ihm der Anblick der halb nackten Frau wenig bedeutete, und richtete seine Antwort über ihren Kopf hinweg direkt an den Hohepriester.

»Barmherziger Meister Yunshin, Euch dürfte bekannt sein, dass Jahre zuvor ein Verrat innerhalb der Familie uns zwang, Unsere Ehre mit dem Schwert zu rächen. Die bitteren Umstände durften Wir Seiner Majestät, dem Altkaiser Go-Shirakawa, nicht vorenthalten. Die Heilige Autorität enthob Uns jeglicher Schuld und beglaubigte das Schreiben mit ihrem kaiserlichen Siegel.«

Dame Sae hatte, während er sprach, ihre Gewänder wieder in Ordnung gebracht. Jetzt wirbelte sie herum. Ihre Stimme zischte wie ein Schwerthieb.

»Und wo ist das Schreiben, das deine Worte bestätigt?«

Yoshihira antwortete wie ein Mann, der die Unverschämtheiten reichlich satthat, aber gleichwohl die Höflichkeit zu wahren versteht.

»Die Schriftrolle befindet sich an einem sicheren Ort, in Unserem Heimatland Musashi. Wir tragen sie gewiss nicht bei Uns, denn Wir brachen zu einer Wallfahrt auf, nicht zu einem Verhör.«

Die Augen der Fürstin verengten sich, ihre Lippen wurden schmal. Welche Verachtung, welche Überlegenheit stand plötzlich in ihrem Gesicht! Und schon kamen die Worte:

»Du stehst vor uns und erzählst! Und wir lauschen dir, als wärst du ein Märchenerzähler. Ja, das kaiserliche Schreiben erwähnt die Fakten, billigt sie jedoch keineswegs! Du feiger Mörder, schweig oder lass uns die Wahrheit hören.«

Entsetztes Gemurmel erhob sich. Yoshihira stand wie ein Steinbild, bevor er sich laut räusperte.

»Ich bin Edelmann genug, um eine Beleidigung zu fühlen. Weil sie aber von einer Frau kommt, deren Geist vom Schmerz getrübt ist, werde ich sie hinnehmen.«

Da lachte die Fürstin schrill auf.

»Was heutzutage nicht alles ein Edelmann sein will! Nun, wenn du nicht kämpfen willst, andere werden es für mich tun, und du wirst es schwer haben.«

Yoshihira beherrschte sich offensichtlich mit Mühe.

»Edle Dame, habt Ihr das Schreiben gesehen?«

Sie antwortete eiskalt.

»Nicht mit eigenen Augen.«

Der Fürst von Kamakura wurde ein wenig sicherer und näselte:

»Wie! Ihr sagt über ein Dokument aus, dass Ihr selbst nie gesehen habt? Darf ich zumindest Überraschung zeigen?«

Sie betrachtete ihn angewidert.

»Durch ein Handschreiben erfuhr ich, welchem Verrat ich zum Opfer gefallen war.«

»Ach, durch ein Handschreiben?«, murmelte er höhnisch. »Von wem?«

»Genug!«, rief sie, durch und durch Fürstin. »Was erdreistest du dich zu fragen? Ich weiß und bezeuge, dass es die Wahrheit ist. Du Feigling, bildest du dir ein, dass deine Lügen Glauben finden?«

Alle standen wie vom Blitz getroffen. Yoshihira lief dunkelrot an.

»Edle Dame, ich will Euch aufklären. Nur kaiserlicher Wille mag bestimmen, ob Sein Schreiben gezeigt werden kann oder nicht. Wisst Ihr das? Seine Majestät aber bevorzugt schon lange die Ruhe und Meditation eines heiligen Lebens. Es wäre ungehörig, ihm solche Nichtigkeiten in Erinnerung zu rufen.«

Da lächelte die Fürstin maliziös.

»Das wird, Minamoto Yoshihira, auch nicht nötig sein.«

Ich hatte wie meine Geschwister mit gespannter Aufmerksamkeit zur Vorhalle emporgeschaut und spürte jetzt an Yoshinakas hastigen Atemzügen, dass sich gleich etwas ereignen würde. Und schon reckte die Fürstin den Arm himmelwärts; ihr Ärmel hob sich wie ein purpurner Flügel. Yoshinaka, der auf dieses Zeichen gewartet hatte, warf seinen Umhang von den Schultern. Mühelos drängte er die Wachen zur Seite, sprang mit einem Satz die Stufen zur Vorhalle hinauf. Den Zuschauern blieb der Mund offen stehen, als sie in der schlichten Schärpe eines jungen Bauern zwei Schwerter stecken sahen, ein kurzes und ein langes, dessen Tragen nur adeligen Kriegern gestattet war.

Leichtfüßig trat Yoshinaka vor den Hohepriester, machte eine lange und tiefe Verbeugung, bevor er sich vor seiner Mutter verneigte. Dann stellte er sich neben sie, wobei er sie um Haupteslänge überragte. Er hatte nach wie vor sein jugendliches Antlitz, das Freundlichkeit und Güte zeigte, doch gleichzeitig las man darin jene Unbeugsamkeit, die für die Familie seiner Mutter so charakteristisch war. Rascher Atem hob und senkte seine Brust, als die Menge aufgeregt und neugierig zu murmeln begann. Und Dame Sae sprach zum Hohepriester, indem sie den Fürsten aus Kamakura keines Blickes mehr würdigte:

»Alle, die hier anwesend sind, sollen wissen, dass Minamoto Yoshinaka, mein einziger Sohn und rechtmäßiger Erbe, das kaiserliche Schreiben in seinen Besitz nehmen wird, um es der Welt zu zeigen. Ihr alle wart Zeugen, dass mein Schwager Yoshihira im feigen Bestreben, seine Schandtat zu vertuschen, den heiligen Namen Seiner Majestät besudelte. Es ist nicht nur meine Ehre, die mein Sohn rächen wird, es ist die geheiligte Ehre des Kaisers!«

Und da, getragen von ihren Worten, neigten alle Fürsten und Würdenträger ihrem Rang entsprechend das Antlitz. Der Fürst von Kamakura aber stand wie versteinert. Ich konnte mir vorstellen, was er dachte – es war ein unverzeihlicher Fehler gewesen, Yoshikatas Sohn in Fürst Nakaharas Obhut zu wissen und ihn am Leben zu lassen.

Doch sein Gesicht blieb eine höfliche Maske. Er sah weder die Dame Sae noch ihren Sohn an, sondern einzig den Hohepriester, an den er seine Antwort richtete.

»Oh gerechter Meister, es ziemt sich nicht, dass Wir, auf diese Weise aufs Gröbste beleidigt, die Festlichkeiten noch länger stören. Die Zukunft wird entscheiden, ob unsere Ehre geopfert werden soll und Wir mit ihr – oder ob Wir uns vor den Augen der Welt Genugtuung verschaffen können. Ist der Augenblick da, vertrauen Wir auf ein loyales Urteil. Wir gehen jetzt nach Hause. Der Segen Buddhas stärkt unser Herz.«

Er verneigte sich vor den Priestern, den Würdenträgern und den Mönchen, bevor er, umgeben von seinen Gefolgsleuten, mit schnellen Schritten die Vorhalle verließ.

Durch die weit offenen Schiebetüren konnte ich sehen,

wie die Stallburschen herbeiliefen und kostbar gesäumte Pferde brachten. Ein prachtvoller Brauner mit langen Beinen und einem seidigen Fell erwartete Yoshihira, der sich gewandt in den Sattel schwang. Der große Hengst, noch jung und empfindsam, wollte sich aufbäumen, doch obwohl Yoshihiras Füße noch nicht im Steigbügel steckten, rutschte er nicht einen Fingerbreit zurück. Er zog mit einem grimmigen Ruck am Zügel und gab das Zeichen zum Aufbruch. Als sich die Reiter in Bewegung setzten, blähten sich die Banner mit knatterndem Geräusch. Flüsternd und eingeschüchtert machten ihnen die Leute Platz. So ritt Yoshihira fort, begleitet von einem langen Zug bewaffneter Männer. Von Staubwolken umgeben, entfernten sie sich im raschen Trab, und binnen einiger Augenblicke waren alle verschwunden.

14. Kapitel

Yoshinaka flogen alle Herzen zu. Der Fürst von Kamakura war den Leuten schon lange verhasst. Obwohl Blutfehden innerhalb edler Familien wie die der Minamoto ungern gesehen wurden, da sie oft für das Volk böse Folgen hatten, wurde gerechte Vergeltung gutgeheißen und bewundert. Wir rechneten damit, dass Yoshihira, öffentlich beleidigt, keine Ruhe geben würde. Für Yoshinaka war jetzt die Zeit gekommen, seine Feinde zu zählen, die von allen Seiten drohten. So konnte der Fürst von Kamakura im Falle eines Konfliktes auf die mächtige Familie der Haike zählen. Sie regierte in Kyoto im Dienst des Kaisers und war durch Heiraten und Lehnsverpflichtungen nach wie vor mit den Minamoto und insbesondere mit Yoshihira verknüpft. Auch nicht zu unterschätzen war dessen Einfluss auf den jungen Erbprinzen Mochihito. Doch noch wichtiger war dessen Vater Go-Shirakawa, der als Klosterkaiser zurückgetreten war, jedoch im Schatten weiterhin alle Fäden zog. Folglich galt es für Yoshinaka, das Vertrauen des Altkaisers zu gewinnen, bevor Verleumdungen über ihn in Umlauf kamen.

Ein Kriegszug verlangt nach Soldaten, nach Schwertern, Speeren, Pfeilen und gut ausgerüsteten Pferden. Für die Fürstin Sae und ihren verstorbenen Gatten war das Unheil damals nicht aus heiterem Himmel gekommen. Ihr persönliches Vermögen konnten sie rechtzeitig in Sicherheit bringen. Ein treuer Verwalter hatte es in seine Obhut genommen und nach dreizehn Jahren sogar vermehrt. Nun setzte die Fürstin ihr Geld ein, um ein Heer zu rüsten und Waffen zu kaufen. Vertrauenswürdige Männer hielten vor den gefüllten Lagerhäusern Wache. Söldner fand man überall, denn ein Feldzug bedeutete guten Lohn. Einige Kämpfer aus angesehenen Kriegerkasten kamen mit ihren eigenen Waffen. An ihrer Treue war nicht zu zweifeln. Dame Sae gab Yoshinaka den Rat, solche Männer stets in seiner Nähe zu behalten.

Während Yoshinaka und seine Mutter den Feldzug vorbereiteten, wohnten wir im Kloster. Doch es wurde Zeit, die Eltern von den Ereignissen in Kenntnis zu setzen, und so brachen wir bald auf nach Kiso. Man hatte uns Pferde gegeben, damit wir schneller vorankamen, und die Reise verlief ohne Zwischenfall. Kaum waren wir in Sicht der Burg, als die Wächter »Ehrenvolle Rückkehr!« riefen und die Eltern uns vor der Pforte erwarteten. Die Vier Himmelskönige übergaben ihre Reittiere den Stallburschen und verbeugten sich ehrerbietig vor Vater und Mutter. Gleich danach kam das Wichtigste: Wir wuschen uns Hände und Füße und knieten vor dem Altarschrein, wo wir die Geister der Ahnen begrüßten. Am Abend wurde in Mutters schönstem Zimmer ein großes Festessen aufgetragen. Alle nahen Verwandten waren da, und es gab die Speisen, die wir am liebsten mochten. Wir mussten erzählen, die Unterhaltung war zwanglos und lebhaft. Die Eltern lächelten, mit einem weichen Schimmer in den Augen, vergaßen aber nicht, was die Lehnspflicht verlangte: Gleich am nächsten Tag gaben sie Rüstungen für uns in Auftrag, mit Brustpanzerplatten aus lackierten seidenverschnürten Schuppen.

Ich holte Fubuki von der Weide, erzählte ihm, dass wir zusammen fortgehen würden, dass ich eine wunderbare Gefährtin für ihn gefunden hatte. Ich freute mich, dass wir nicht auf gewöhnlichen Pferden in den Krieg reiten mussten, sondern auf furchtlosen Reittieren, die im Kampfgetümmel nicht scheuten. Ich wusste, dass sich kein anderes Pferd, Hayate ausgenommen, mit Fubuki messen konnte.

Ungefähr in dieser Zeit brachte mir der Gärtner einen verletzten Wanderfalken. Er hatte eine Schwungfeder gebrochen, war erschöpft und ausgehungert. Der Gärtner wusste, wie gut ich mit Tieren umgehen konnte. Behutsam nahm ich den Falken, der zwischen meinen Handflächen zitterte. Ich betrachtete sein dunkel leuchtendes Auge, das Intelligenz zeigte, die beweglichen Krallen und den grünlichen Glanz seiner Rückenfedern. Ich flößte dem Vogel Nahrung ein, indem ich meinen Finger in Reiskleie tauchte und ihm zu trinken gab. Als er mir vertraute, trennte ich mit einem kleinen Messerschnitt den Federkiel an der Bruchstelle, führte einen Bambusspan in die freiliegende Röhre und drückte die beiden Federteile zusammen. Dabei sprach ich dem Vogel ununterbrochen Mut zu. Der Falke hielt völlig still, bis ich die Trennstelle mit etwas Seidengarn verschnürt hatte. Da der Vogel jung war, würde sich bald neuer Knorpel bilden und die Bruchstelle verwachsen.

Ich befahl dem Gärtner, das Tier vorläufig in einem

Käfig zu halten und gut zu füttern. Ich besuchte ihn täglich und sprach zu ihm. Es dauerte nicht lange, da konnte ich ihn aus dem Käfig lassen, und er saß furchtlos auf meiner behandschuhten Faust. Nach zehn Tagen konnte er wieder fliegen, täglich ein wenig höher, mit zunehmend kräftigerem Flügelschlag. Doch er kam immer wieder zurück, sobald ich auf besondere Art pfiff, und setzte sich auf meine Faust oder auf meine Schulter, wo er ziemlich schmerzhaft die Krallen in meine Haut bohrte. Ich gab dem jungen Falken den Namen Taka. Ich ahnte, dass er uns im Krieg gute Dienste leisten würde.

Am Tag vor unserer Abreise baten die Eltern eine Priesterin des nahen Shinto-Schreins, uns zu segnen. Die heilige Frau empfing uns in ihrem weißen, wappengeschmückten Gewand vor dem Bronzespiegel der Sonnengöttin. Sie sprach Gebete und schwang eine Rute aus Weißholz über unsere Köpfe, an der lange Streifen aus heiligem Papier hingen. Es war ein sehr gewichtiger Segen und unsere Eltern machten eine Stiftung an den Schrein.

Am nächsten Morgen brachen wir auf. Wir sagten den Eltern, die uns bis ans Tor brachten, Lebewohl. Weder Vater noch Mutter zeigten irgendwelche Unruhe oder Kummer. Doch Vaters würdevolle Verbeugung und Mutters mit inniger Stimme gesagtes »Tragt Sorge um euch!« ließen mich die Tiefe der verborgenen Empfindungen deutlich fühlen. Auch wir verneigten uns und machten uns dann mit unserem Gefolge und den Packpferden auf den Weg. Und als wir durch die engen Täler von Kiso ritten, sah ich oft, in weiter Ferne hoch über uns kreisend, den Wanderfalken Taka, der mir die Treue hielt.

15. Kapitel

Inzwischen hatte die Nachricht, dass Yoshinaka gegen seinen Onkel in den Krieg zog, weite Kreise gezogen. Bei unserer Rückkehr meinte Dame Sae, dass die Gerüchte die Hauptstadt längst erreicht hatten. Doch vom Kaiserhof kam kein Zeichen, was Yoshinakas Mutter als gutes Omen deutete. Die Fürstin vermutete, Go-Shirakawa wollte seine Getreuen erkennen und wartete ab, zu wessen Gunsten sich die Lage entscheiden würde.

Der junge Feldherr Yoshinaka hatte eine schwere Aufgabe vor sich. Yoshihira nannte in Musashi, dem Heimatland der Minamoto, eine Anzahl von Festungen sein Eigen, sodass man nicht wissen konnte, wo der Fürst das kaiserliche Schreiben aufbewahrte. Und natürlich konnte er es jederzeit an einen anderen Ort bringen lassen. Dazu kam, dass Musashi ein mächtiges Land war, das man – wenn überhaupt – nur mit einer großen Zahl von Kriegern erobern konnte. Doch dafür standen uns nicht genug Männer zur Verfügung und noch konnte Yoshinaka nicht auf die Unterstützung der auch mit ihm verwandten Minamoto zählen.

Doch seine Mutter, keineswegs entmutigt, drängte

unentwegt zur Eile. Sie wusste, dass jeder Zeitverlust dem Fürsten von Kamakura zugutekam. Wie wenig sie sich darin täuschte, erwies sich, als wir wieder einmal einen Abend in ihrer Gesellschaft verbrachten. Ein unangekündigter Reiter aus Kamakura traf ein, ein junger Krieger in ärmlicher Rüstung. Er überbrachte Dame Sae einen Brief, der eine Warnung enthielt: Yoshihira war dabei, ein Heer zu rüsten, das über zweitausend Mann umfasste. Auch füllte er sämtliche Burgen in Musashi mit Waffen und Nahrungsmitteln und verbrachte selten zwei Nächte am gleichen Ort. Seine Feinde, von denen es außer Yoshinaka genug gab, wussten nie, wo er sich gerade aufhielt. Auf diese Weise kämpften sie um Burgen, die zu erobern nicht der Mühe wert waren, und nutzten sich in vergeblichen Angriffen ab.

Aus der Botschaft ging nicht hervor, wer der Schreiber war. Der Brief war dem jungen Krieger zur Nachtstunde von einem verhüllten Mann übergeben worden.

Dame Sae betrachtete nachdenklich die Schriftzeichen, die eindeutig aus adliger Hand stammten. Sie hob den Blick und sah dem Boten fest in die Augen.

»Schwöre bei dem Namen deiner Mutter, dass du die Wahrheit sprichst!«

Der junge Mann legte feierlich die Hand an sein Herz.

»Bei dem Namen meiner Mutter, ich schwöre es, Dame!«

»Weil du geschworen hast, werde ich dir trauen«, sagte Yoshinakas Mutter. Sie glaubte ihm wohl; der Fürst von Kamakura hatte viele Feinde.

Sie gab Yoshinaka den Rat, keinen Tag länger als nötig zu warten. Er würde losziehen müssen mit dem, was er eben hatte. Wir hielten die schlechte Nachricht geheim; sie hätte zu viele unserer Verbündeten abgeschreckt.

In der Nacht bevor wir aufbrachen, bat Yamabuki eine Nonne um Pinsel und Tinte. Als die Tempelglocke Mitternacht schlug, schrieb sie ein Gedicht. Ich sah sie – wie so oft – über ihr winziges Schreibpult gebeugt, eine schmale Gestalt in korallenrotem Gewand. Die Öllampe flackerte, in ihrem Haar schimmerten blaue Funken. Ihre kleine Hand führte den Pinsel im Rhythmus ihrer Atemzüge. Es war, als ob er tanzte und die Schriftzeichen sich wie von selbst formten. Und schon war sie fertig, wandte mir ihr wehmütiges Gesicht zu. Ich beugte mich über ihre Schulter. Meine Lippen sprachen leise die Silben nach.

»Das Schicksal ruft
den Einzelnen.
Wer aufgerufen wird,
Ist vom Nichts umgeben.
Es gibt auf der Welt
Keine größere Einsamkeit.«

»Das ist ein trauriges Gedicht«, sagte ich.

»Ich empfinde es nicht so.«

Jetzt war auf ihrer Wange ein Schatten, als ob sie lächelte.

»Ich will das Gleiche auf mich nehmen, was Yoshinaka erdulden muss, sei es, was es sei.«

Ich antwortete nicht; gegen diese Entscheidung gab

es keinen Einspruch. Eine Pflicht lag vor uns, die unbegrenzt war und Opfer verlangte. Doch wir hatten unsere Zustimmung gegeben.

So dachte ich, als die Müdigkeit mir die Augen schloss. Ich schlief und ich träumte. Mir war, als weckte mich ein gewaltiges Schlachtgetöse. Ich ritt Fubuki und sah Gestalten in purpurnem Nebel kämpfen. Ich fühlte, dass Yoshinaka in Gefahr war, und schrie: »Hier bin ich!« Pfeile und Speere flogen an mir vorbei. Das Abendrot leuchtete, als ob die Wälder in Flammen standen. Ich sprengte einen Hügel hinunter und schützte mich mit meinem Schild. Plötzlich krachte ein Gegenstand an meinen Kopf, mir war, als ob mein Schädel sich spaltete. Fubuki stolperte, ich hörte einen langen, schweren Atemzug und sah, dass wir in einem Sumpf steckten. Die Oberfläche war reglos, doch darunter saugte uns der Schlamm in eiskalte, erstickende Finsternis. Bald schaute nur noch Fubukis Kopf mit den weit aufgerissenen Augen aus dem Morast. In unbeschreiblicher Panik wollte ich schreien, doch nur ein gurgelnder Laut drang aus meiner Kehle, als ich plötzlich erwachte. Jemand schüttelte sanft meine Schulter. Ich schlug die Augen auf, sah im Morgengrauen Yamabukis besorgtes Gesicht über mir. Ich richtete mich verstört auf.

»Habe ich gesprochen?«

Aus einem Krug goss sie Wasser in eine Schale, die sie mir reichte.

»Sei ruhig, Nee-San. Nein, du hast nur geseufzt. Diese Nacht ist eine besondere Nacht und beschert uns seltsame Träume.«

Während ich gierig trank, setzte sie sich vor den Bronzespiegel, legte ihr Unterkleid an, über das die Zofe ihre Rüstung schnüren würde. Ich hielt die Schale und sah, dass meine Hände zitterten.

»Hattest du auch einen Traum?«

Sie wandte ihr Gesicht ab, griff nach ihrem lackierten Schminkkästchen.

»Ach, ich entsinne mich nicht mehr.«

In den Gärten zwitscherten noch verschlafen die Vögel. Die Ruhe des frühen Morgens währte nur kurz. Das Schwatzen der Krieger, die Stimmen der Offiziere, die Befehle riefen, und das Scharren der Pferdehufe erfüllten bald sämtliche Innenhöfe. Als die Sonne hinter den Bäumen funkelte und alles bereit war, trat die Dame Sae in die Vorhalle. Sie trug ein Gewand mit scharlachrotem Futter und wattiertem Saum. Ein Kurzschwert steckte in ihrer Schärpe, die mit einem Orangenblütenmuster bestickt war. Die schmale, gebieterische Gestalt glänzte wie Gold und Feuer. Yoshinaka kniete vor ihr, in voller Rüstung, berührte mit der Stirn den Boden und empfing ihren Segen. Dann befestigten die Träger die Banner mit dem Enzianwappen an ihren Rücken und die Pferde sprengten den Hügel hinab. Sie lachten und prahlten, wie es unter jungen Männern üblich ist. Yoshinaka, umgeben von den Vier Himmelskönigen, ritt gleich hinter den Bannerträgern. Wir waren die Einzigen, die ihn noch Komao-Maru nannten: Es war ein Kosename, der Vertrautheit schuf und auf den er Wert legte.

Viele bewundernde Blicke trafen uns. Wir ritten Schilfdrachen, bebende, nervöse Geschöpfe, mit einem feurigen Leuchten in den Augen, das zeigte, dass ein Tier gefährlich werden konnte. Wir ritten mit langen Steigbügeln und gestreckten Beinen, saßen fest und sicher im Sattel. Starrten die Leute zu uns empor, war es, als betrachteten sie eine Erscheinung, an deren Wirklichkeit sie kaum glauben konnten.

Nachdem unser Heer die Provinz Shinano verlassen hatte, wandte es sich nach Nordosten, der Provinz Musashi entgegen. Wir ritten durch ein bewaldetes Tal, immer den Fluss entlang. Kamen wir durch Dörfer, jubelten die Bewohner uns zu, brachten Lebensmittel und Holz. Eine große Anzahl junger Männer, zumeist dürftig bewaffnet, aber voller Begeisterung, schloss sich uns an, sodass sich die Zahl der Soldaten recht schnell vergrößerte.

Immer weiter ritten wir das Flusstal hinunter. Bald wurden hinter den Hügeln Berge sichtbar, die steil und gefährlich waren. Schattige Wälder bedeckten alle Hänge. Hier lebten Rehe und starke, schnelle Hirsche. Es gab auch Bären, die weisesten Geschöpfe auf Erden. Und manchmal bargen die Wälder andere Geheimnisse, dunkel und beunruhigend, Geheimnisse, die man hinter sich bringen musste, wenn man weiterleben wollte.

In einer warmen Nacht erwachte ich plötzlich und sah, dass Yamabuki ihr Lager verlassen hatte. Jählings erfüllte mich eine tiefe Unruhe. Ich streifte ein Gewand über, schlug die Zeltklappe zurück und trat nach draußen. Im Lager war alles still; die Krieger schliefen. Nur die Wachen saßen oder standen an den Feuern, dunkel glänzenden Statuen gleich. Kein Windhauch regte sich. Die Luft schien vom Zirpen der Grillen zu vibrieren und unter den Büschen leuchteten Glühwürmchen. Der Mond schimmerte matt, noch schwärzlich an den Rändern. Es hatte geregnet; Tropfen hingen an den Zweigen, glitzernd wie winzige Sternenbündel. Die ganze Welt schwamm im warmen, fruchtbaren Wasser.

Ich glitt durch die Nacht, gewichtslos wie ein Geist auf dem Seegrund. Der Geruch von Harz, wildem Wein und Brombeeren machte mich fast schwindlig. Nachtfalter streiften mich mit samtenen Flügeln. Irgendwo bellte ein Fuchs. Es war, als ob meine geschärften Sinne jeden Geruch, jede Klangvibration unterscheiden konnten. Ich witterte Tierfährten, roch bittersüße Säfte und den Modergeruch der Wurzeln, hörte Blätter knistern, Wasser über Steine tropfen.

Ich ging dem Klang nach, dem Bach entgegen, und erreichte einen Ort, an dem eine Felswand steil in die Höhe ragte. Hier waren die Sterne nur als milchiger Schleier erkennbar und unter dem Felseinschnitt war es fast vollkommen dunkel. Aus einer Höhlenöffnung, hoch oben, stürzte ein schmaler Wasserfall in eine Art Kessel, der von Bambus und Farnkräutern bewachsen war. Als ich behutsam näher ging, vernahm ich unvermittelt ein Geräusch, das weder zum Wasser noch zur Tierwelt gehörte. Mein Atem stockte, bevor er sich beschleunigte. Fast ohne dass ich es merkte, bewegten sich meine Füße in die Richtung, aus der das Geräusch kam. Auf einmal zuckte ich zusammen: Ein Lachen ertönte, hell und klar, wie der Klang eines Glöckchens in der Dunkelheit. Und das Lachen, das ihm antwortete, war, obwohl erstickt, ebenso unbeschwert und glücklich.

Einige Atemzüge lang stand ich wie gelähmt, ein

seltsames Erstarren schwächte meine Gedanken, bevor ich, wie von unsichtbarer Hand gezogen, dem zweifachen Lachen entgegenging. Das Dickicht um den Kessel raubte mir zunächst die Sicht. Ich schob Dornenranken auseinander und sah im Mondlicht, wie schwarzes Blut von meinen Händen tropfte. Endlich lichtete sich das Gestrüpp; über mir rauschte der Wasserfall. Vor mir lag ein tiefes Becken, das der Strom im Laufe vieler Jahrtausende ausgehöhlt hatte. Das Wasser schäumte in grünen und blauen Funken. Einige flache Steine ragten aus der Oberfläche und glänzten weißlich.

Kaum hatte ich das alles mit einem Blick überflogen, als zwei Gestalten aus der Dunkelheit traten. Sie hielten sich an der Hand und liefen über die flachen Steine, dem Wasser entgegen, wo sie einen Augenblick lang lachend und zögernd verweilten. Es waren Yamabuki und Yoshinaka. Beide waren vollkommen nackt. Eng umschlungen standen sie am Rand des Beckens, bevor sie sich voneinander lösten. Es gab ein Plätschern, kaum lauter, als Fische es verursachen würden, als sie mit einem Sprung in das Becken glitten. Beide bewegten sich leicht und sicher, schwammen unter den Wasserfall, tauchten, drehten und umarmten sich, glücklich und frei, wie Traumgeister es sein mögen. Jedes Mal wenn sie aus dem Sprudelregen auftauchten, war es, als ob ihre Körper bündelweise Funken schleuderten.

Nach einer Weile schwammen sie auf die Steine zu. Yoshinaka half seiner Gefährtin, aus dem Becken zu steigen. Einen kurzen Moment standen beide dann voreinander, nackt in der warmen Nachtluft, tropfend und vor Nässe glänzend. Yamabukis emporgewandtes

Antlitz reichte Yoshinaka kaum bis zur Brust. Er neigte den Kopf, sodass ihr wunderbares Haar dicht unter seinen Lippen lag. Ohne sich von ihr zu lösen, bog er sie zurück, hielt ihren Kopf in beiden Händen. Er hatte in diesem Augenblick ein Gesicht, das mir fremd war, ein Gesicht voller Sanftmut und Zärtlichkeit. Und doch war es das Gesicht, das ich stets in meinen Träumen sah. Ich erbebte, als sein Arm die Schultern meiner Schwester umfasste. Wie kühl und glatt musste sich seine Haut anfühlen und wie warm sein lebendiges Blut! Jetzt wanderten beide eng umschlungen den hohen Gräsern entgegen. Ihre Kleider, die sie aufgelesen hatten, hingen von ihren Händen herab. Für einen Atemzug schimmerten ihre hellen Körper in der Dunkelheit. Und etwas sah ich noch: Wie er sie mit beiden Armen umfing und zu Boden gleiten ließ, bevor die Büsche sie verbargen.

Das weiß ich noch, ich sehe das Bild vor mir, und dann weiß ich eigentlich nichts mehr. Meine Erinnerungen an diesen Augenblick sind sonderbar wirr. Ich glaube, dass ich mich sehr schämte. Duldete ich bestimmte Gefühle, bedeutete es Unglück für alle. Ich entsinne mich, dass ich mich wieder auf den Weg ins Lager machte. So lautlos war mein Gang, dass die Wachen, die die Feuer schürten, mich nicht bemerkten. In der Erinnerung sehe ich mich in mein Zelt kriechen, mich entkleiden, mich auf der Matte ausstrecken, die nach Kamelienöl und frischen Gräsern duftete. Ach Yamabuki, warum kam das Glück von selbst zu dir? Warum kam das Leben zu dir, mit dem Glanz der Schönheit und der Süße des Schmerzes? Lag ich schlaflos oder träumte ich von Zärtlichkeiten und geflüsterten Worten? Träumte ich, dass Yoshinaka bei mir lag und mich liebte, oder streichelte ich mich selbst in den Schlaf? Auch das weiß ich nicht mehr. Die Nacht schwebte über meinen Geheimnissen, doch der Tag verwehte die Schleier. Als die Morgenröte kam und Yamabuki leise in das Zelt schlüpfte, roch ich ihren Duft nach Wasser und warmer Erde. Doch ich rührte mich nicht und sie schlief sofort ein. Als kurz darauf das Lager erwachte und die Muschelhörner dröhnten, kniete ich bereits aufrecht, angekleidet, mit Schulterstück und fest geschnürter Rüstung. Der Kriegshelm neben mir funkelte in der Frühsonne, ich konnte die Augen nicht von ihm lösen. Und dann ergriff ich meine Hellebarde, gab der schlafenden Gestalt mit dem Speerblatt einen Stoß.

»Wach auf, Yamabuki! Ich bin schon bereit.«

16. Kapitel

Der Weg nach Musashi war noch weit. Doch inzwischen ritten wir auf der großen Handelsstraße und die Bewohner in den Dörfern jubelten uns zu. Die Nachricht, dass Minamoto Yoshinaka die Ehre des Kaisers verteidigte, hatte sich in Windeseile verbreitet. Die Sympathie der Bevölkerung war uns sicher, denn der »Tenno« – der Kaiser – verkörperte das wesentliche Symbol: die Sonnengöttin selbst. Wer den Kaiser beleidigte, beleidigte auch die Sonnengöttin. Zudem hatten Yoshinakas Männer den Befehl, sich anständig zu benehmen und alles, was sie erwarben, zu bezahlen, denn es hätte Yoshinaka wenig genützt, wenn eine verschreckte Bevölkerung aus Angst vor plündernden Soldaten in die Berge geflohen wäre. Außerdem verabscheute Yoshinaka rohe Gewalt. Er wollte nichts zerstören, ohne etwas Besseres anzubieten. Er hatte noch nicht gelernt, dass sein Kampf für das Gute ein Trugbild war. Stets fragte er nach den Heiligtümern am Ort, die meist einsam in den Bergen standen. Er bat die Priesterinnen um ihren Segen und brachte Geschenke.

Eines Abends ersuchte eine »Miko« – eine Schreindienerin –, vorgelassen zu werden. Sie war rotwangig und kräftig gebaut wie ein Bauernmädchen und trug Sandalen aus Stroh, doch ihr Benehmen war vorbildlich, und ihre Sprache zeigte, dass sie zur Priesterin ausgebildet wurde.

»Ich bringe eine Botschaft von meiner Herrin, der Verehrungswürdigen Priesterin Hieda no Maroko. Sie bittet Seine Hoheit Minamoto Yoshinaka und seine vier Getreuen mir zu folgen. Ich habe den Auftrag, die hohen Gäste zu ihrem Schrein zu geleiten.«

Der Name dieser Priesterin war uns nicht unbekannt. Sie war eine berühmte Seherin, von hoher Geburt und sehr einflussreich. Es gab Fürsten, die nichts unternahmen, ohne sich zuvor mit ihr zu beraten. Ihre Bitte war Befehl und wir machten uns auf den Weg. Die junge Miko lief mit der Ausdauer eines Rehs neben den Pferden her. Das Heiligtum lag fernab des Dorfes in einem Zedernwald, von dem es hieß, er sei über tausend Jahre alt. Bald ließen wir die Pferde in der Obhut eines Reitknechtes zurück und folgten einem Pfad, der tief ins Dickicht führte, bis er in einer Lichtung mündete. Hier war der Himmel weit offen und schimmerte blau-golden. Der Schrein stand in der Mitte, auf Pfählen errichtet. Er war – wie die Schreindienerin uns versicherte – ebenso alt wie der Wald und der Sonnengöttin geweiht. Im Laufe der Zeit hatte das verwitterte Gebälk eine dunkle Färbung angenommen. Das Dach aus gepresstem Stroh war mit Moos bedeckt.

Nachdem wir unsere Hände in einem steinernen Becken gewaschen hatten, stiegen wir die alten Steinstufen hinauf. Hieda no Maroko erwartete uns in der Vorhalle. Über ihrem Kopf hing die Schnur der Läuterung – ein armdickes Tau aus geflochtenem Reisstroh, an dem Votivbänder baumelten. Immergrüne Sakaki-Zweige schmückten den hölzernen Altar und der heilige Bronzespiegel war mit seltsamen Zeichen beschriftet. Ich hatte mir die Priesterin hochgewachsen und gebieterisch vorgestellt, doch sie war rundlich, mit einer glatten Haut wie Sandelholz. Ihr bereits ergrautes Haar war kräftig und gelockt. Die Augen leuchteten gelb wie Bernstein: Es gibt Wildkatzen, die solche Augen haben. Doch der Blick war sanft und auf merkwürdige Weise umwölkt; sie schien uns zu sehen und gleichzeitig durch uns hindurchzublicken.

Nach der Begrüßung, die lang und feierlich war, ließen wir uns auf Kissen in der Vorhalle nieder. Die noch leicht grünlichen Binsenmatten verströmten einen Geruch, der würzig und schwer war, wie der von frisch geschnittenem Heu. Die Miko brachte grünen Tee, der schaumig geschlagen war, bevor sie sich unter Verbeugungen zurückzog. Wir warteten in angemessenem Schweigen, bis die Priesterin mit leichter, freundlicher Stimme das Wort ergriff.

»Ich kenne euch dem Namen nach. Wer ihr seid, sehe ich wohl. Ihr empfindet stark und wahr. Auf diese Weise kann euch niemand davon abhalten, verwegene Dinge zu tun. Heldenmut bringt Ruhm, aber auch bisweilen ein hartes Schicksal mit sich; es mag ja sein, dass ihr damit einverstanden seid.«

Wir senkten höflich die Augen, wobei wir versuchten, nicht allzu eingeschüchtert zu wirken. Hieda no Maroko fuhr fort:

»Mir kam zu Ohren, ihr hättet einander Treue geschworen.«

Wir hoben den Blick, überrascht und etwas verstört. Wir hatten bisher geglaubt, der Schwur sei nur uns bekannt. Sie indessen sprach gleichmütig weiter.

»Nach altem Brauch ist es der Fürstendienst, der diese Treue fordert. Doch wo es um die Ehre des Kaisers geht, sehen die Dinge anders aus. Der heilige Spiegel beansprucht den Vorrang, auch wenn das Gesicht im Spiegel ein hässliches ist. In euren Augen aber soll dieses Gesicht stets ein schönes sein. Der Himmel muss unversehrt bleiben, sonst bricht die Erde in Chaos auseinander …«

Sie sprach langsam, als ob sie wollte, dass wir uns diese seltsamen Worte einprägten. Ihr Gesicht zeigte dabei einen Ausdruck von Kummer. Dann seufzte sie kurz auf. Als sie weitersprach, war der schmerzliche Ausdruck verflogen, und ihre Stimme klang wieder ganz sachlich.

»So hört also. Das Pergament im Besitz des Fürsten liegt in einer Kammer verborgen, in der Festung Kuroda-Jo. Dort, wo er seine Schätze aufbewahrt und sich auch selbst befindet.«

Das kam so unerwartet, dass wir unwillkürlich zusammenzuckten und Yoshinaka zu widersprechen wagte.

»Verehrungswürdige Herrin, man sagte uns, er übernachte nie am gleichen Ort.«

Sie nickte belustigt.

»Oh ja, das glauben die meisten. In Wirklichkeit sucht er nach Leuten, die ihm ähnlich sehen, kleidet sie in seine Gewänder und lässt sie auch die gleichen Rüstungen tragen. Droht Gefahr, setzt er seine Doppelgänger ein. Dieses Spiel treibt er schon seit Jahren. Habt ihr das nicht gewusst? Ach, er wird euch noch in Erstaunen versetzen!«

Wir starrten sie an, bis Mitsu herausplatze:

»Verehrungswürdige Herrin, woher habt Ihr Kenntnis von diesen Dingen?«

Sie lächelte, statt ihn zurechtzuweisen. In ihrem Lächeln zeigte sich die anmutige Frau, die sie gewesen war.

»Woher? Nun, einst war ich Prinzessin in dieser Burg. Der Fürst von Kamakura ist mein Halbbruder. Fürstin Sae und ich wuchsen zusammen auf und stehen einander sehr nahe. Sie ist meine geliebte Cousine. Als sie in tiefer Verzweiflung den Ehrentod suchte, war es eine Botschaft von mir, die ihr die Kraft gab, zu warten.«

Ich verstand jetzt, warum Fürstin Sae trotz mangelnder Truppenstärke so siegessicher gewesen war. Warum hatte sie ihre Verbindung zu der Priesterin nie erwähnt? Ich nahm an, dass sie ihre Gründe hatte. Unterdessen sprach Yoshinaka mit einer stummen, innigen Verbeugung Hieda no Maroko seinen Dank aus, bevor er im nächsten Atemzug die Frage stellte:

»Können wir einen Angriff wagen? Und wie lange würde eine Belagerung dauern?«

Die Priesterin antwortete sachlich.

»Als ich Kind war, erschütterte ein starkes Erdbeben die Mauern. An manchen Stellen hat sich das Gestein gelockert. Und noch etwas: Es gibt einen Geheimweg. Der Eingang liegt in der nördlichen Böschung. Der Gang führt durch den Hang, unter der Mauer hindurch, und mündet im Garten, nahe dem Badehaus. Die Stelle ist gut im Buschwerk verborgen.«

»Wer weiß davon?«, fragte Hira.

»Außer dem Fürsten nur der Gärtner, und der ist inzwischen alt und sein Gedächtnis verkalkt. Die Festung selbst ist drittklassig. In seiner geizigen Art hat Yoshihira es nie für nötig gehalten, die Mauern zu befestigen. Die Wahrheit ist, dass er sich sicher fühlt, weil er einen Fluchtweg hat, den meine Vorfahren vor zweihundert Jahren gebaut haben.«

»Er wird die Abrechnung nicht auf sich nehmen wie ein Mann«, setzte sie angewidert hinzu. »Er fürchtet sich auf schändliche Weise vor dem Tod.«

Yoshinaka fragte mit zunehmender Erregung:

»Könnten wir die Burg durch diesen Weg erobern?«

Sie machte ein verneinendes Zeichen.

»Das Erdbeben hat den Gang an manchen Stellen verschüttet. Man muss sich vorwärtsschieben wie ein Kaninchen durch ein Gehege. Die Krieger müssten einzeln gehen, Rüstungen und Waffen würden sie behindern. Man könnte sie auf der anderen Seite abfangen und einzeln abschlachten. Wer diesen Weg wählt, muss sich mit einem Licht und einem Dolch begnügen.«

Ich dachte kurz nach. Dann fragte ich:

»Verehrungswürdige Herrin, kennt Ihr die Festung gut?«

Fältchen bildeten sich um ihre Augenwinkel, sodass sie plötzlich jung und verschmitzt aussah.

»Ich werde doch wohl mein eigenes Haus kennen!«

Ich stammelte verwirrt eine Entschuldigung. Sie bewegte lächelnd die Hand: Ich sollte weitersprechen. Ich schluckte und sagte:

»Wenn ich von Euch erfahren dürfte, wo sich die

Kammer befindet, traue ich mir wohl zu, durch den Geheimweg in die Festung zu gelangen und die Schriftrolle an mich zu nehmen, bevor der Fürst ein anderes Versteck für sie sucht.«

Sie stimmte mit einem Kopfnicken zu.

»Bei dieser Sache ist es gut, du handelst alleine oder mit einem Menschen, dem du vertraust!«

Da brach Yamabuki das Schweigen, das sie bisher bewahrt hatte.

»Nee-San, du kannst auf mich zählen!«

Die freundlichen Augen der Priesterin glitten zu ihr hinüber.

»Ich sehe schon. Eine von euch ist eine Träumerin, die andere eine Wächterin. Doch beide teilen den gleichen Mut.«

Sie klatschte in die Hände. Ihre Gehilfin war sofort zur Stelle. Hieda no Maroko ließ ihre Schreibsachen kommen. Auf dünnem Bambuspapier und mit einem Pinsel, der feiner war als üblich, zeichnete sie den Grundriss und den Plan der Festung. Als wir uns alles genau eingeprägt hatten, vernichtete sie das Papier, indem sie es ins Feuer hielt. Wir verbeugten uns tief und Yoshinaka sagte:

»Dank sei Euch, verehrungswürdige Herrin. Aus Eurem Mund ist jeder Ratschlag ein unermessliches Geschenk.«

Sie lächelte nicht und ihre Antwort klang hart.

»Ich erfülle meine Pflicht im Namen der Vorfahren, dessen Ehre ein Lügner beleidigt. Es gibt einen Namen, den das Volk ihm gibt, wenn Fremde nicht zuhören.«

Sie nannte uns diesen Namen, der unser Herz erkalten ließ. Daraufhin baten wir sie, das Orakel zu befragen. Ob die Geister unser Vorhaben guthießen? Sie willigte ein. Während sie weiße Bänder um Hand- und Fußgelenke wickelte, entzündete ihre Gehilfin ein Feuer in einer Räucherschale und warf Rinden in die Glut. Als der Rauch hochstieg, rieb sie ihre Schläfen und Handgelenke mit einem Kräuterbalsam ein. Dann öffnete sie einen kleinen Beutel und schüttete eine Anzahl kleiner Knochen auf ein weißes Tuch. Sie sprach dabei zu den Knochen, leise und mit großer Vertrautheit, als ob sie zu Verwandten sprach. Dann, als die Rinde glühte, legte sie die Knochen behutsam in die Räucherschale und richtete ihre ganze Aufmerksamkeit auf die züngelnden Flämmchen. Bald sprühten Funken auf, an den Knochen platzten kleine Risse auf.

Hieda no Maroko verharrte im tiefen Schweigen, bis das Feuer verglühte, und auch wir warteten, vollkommen still. Dann wickelte sie das Tuch um ihre Hände und nahm die Knochen aus der Asche. Es nahm einige Zeit in Anspruch, bis sie die Markierungen gedeutet hatte. Sie starrte eine Weile ausdruckslos ins Leere, bevor sie mit den rituellen Worten begann, die jeden Orakelspruch einleiteten:

»Die Knochen bringen euch Grüße von den Geistern.«

Unser Antlitz berührte wieder respektvoll den Boden und die Priesterin sprach:

»Euer Leben ist von der Vergangenheit reich gesegnet. Achtet darauf, auch in späteren Jahren den Schatz nicht zu vergeuden. Geht jetzt fort und reitet schnell. Nützt die günstigen Tage, sie werden nicht ewig dauern. Die

Geister lieben euch. Vielleicht sind sie barmherzig. Wenn nicht, dann nicht.«

Sie federte auf ihre Fersen zurück, bevor sie sich geschmeidig erhob. Das war alles, was sie zu sagen bereit war. Ihr Gesicht zeigte nicht das geringste Gefühl mehr. Wir dankten ihr und spendeten eine bedeutende Summe für den Schrein.

Als wir uns anschickten zu gehen, hielt sie mich mit einer Handbewegung zurück. Sie blickte mich an mit ihren goldenen Augen, in denen sich das sinkende Sonnenlicht spiegelte. Ich vermeinte, darin einen Schimmer von Mitgefühl zu erkennen.

»Oh Tochter des Drachen«, sprach sie. »Bald wirst du einen Mann an deiner Seite haben. Dieser Mann wird dich nie verlassen. Halte seinen Namen in Ehre!«

17. Kapitel

Wir nahmen uns Hieda no Marokos Ratschlag zu Herzen und ritten Tag für Tag in schwingendem Trab. Die Soldaten waren bald müde und murrten. Doch wir gönnten ihnen wenig Zeit zum Ausruhen. Hätten wir ihren Klagen Beachtung geschenkt, hätten sie bald gemeint, dass wir uns alles gefallen ließen. So aber folgten uns die meisten und am Ende lohnte sich die Eile. Der Fürst von Kamakura hatte in bewährter Manier seine Doppelgänger ausgeschickt und uns nicht erwartet. Er hatte, wie uns unsere Spione berichteten, noch nicht einmal das Dickicht auf dem Abhang seiner Bergfestung Kuroda-Jo eingeholt, um es zu verbrennen und Rauch zu erzeugen. Es gefiel uns, dass selbst ein mächtiger Feldherr Fehler machte und unvorsichtig sein konnte. Es freute uns noch mehr, dass die Priesterin uns die Lücke in seinem Denken gezeigt hatte – wenn Yoshihira tatsächlich versäumt hatte, seine Burg nach dem Erdbeben neu zu befestigen. Und wenn von seinem Heer nur ein Teil eingetroffen war, dann hatten wir gute Chancen. Seine Krieger, auf die wir gelegentlich gestoßen waren, hatten uns nicht lange aufhalten können. Sie waren nicht Adels genug, um für ihren Lehnsfürsten zu sterben. Manche waren nicht dumm und ließen erkennen, dass sie auf unserer Seite waren. Es gefiel ihnen besser, für einen neuen Herren zu kämpfen, den das Schicksal begünstigte.

Auf diese Weise brauchten wir nur zehn Tage, um die östliche Grenze der Provinz Musashi zu erreichen. Und als die Burg Kuroda-Jo, vergoldet im Abendlicht, in Sicht kam, da schlug unser Herz hart und schnell. Die Burg stand auf einem Hügel; die Wälle waren hoch und von den Mauerkronen blickten Krieger auf uns herab. Sie sahen winzig aus und ihre Speere dünn wie Drähte. Doch wir durften sie nicht unterschätzen. Dort standen erfahrene Männer, die nicht auseinanderlaufen würden. Diese Krieger würden ihre Pflicht erfüllen. Wir mussten ihnen jetzt Angst einjagen, unsere Kräfte nicht vergeuden und sie wenn möglich aushungern.

Wir schlugen unser Lager westlich des Hügels an einem Bach auf und warteten vorerst ab. Wir konnten sehen, dass die Burg gut bewacht wurde. Tagsüber hielten wir uns außer Reichweite der Pfeile und der geschleuderten Speere. Sobald es dunkel wurde, ließen wir längs der Befestigungsmauer Steine aufhäufen; Kieselsteine zum Schleudern, Steine zum Werfen und Hebel und Stangen, um die Mauern zu lockern. Die Soldaten fällten Bäume, schleppten gekerbte Stämme, die als Leiter vorgesehen waren. Täglich ließen wir die Muschelhörner blasen. Zu bestimmten Stunden befahlen wir den Kriegern, mit Degen oder Speer an die Schilder zu klopfen. Das helle, metallische Geräusch, weithin hörbar, füllte das Tal und scheuchte Schwärme aufgeregter Krähen auf, die ihre Warnungen in den Wind schrien.

Unterdessen lebten die Belagerten von ihren Vorräten, die allmählich zur Neige gehen mussten. Wir aber zündeten viele Feuer an, über denen an einem Dreifuß eiserne Kessel hingen. Darin schmorte Wildbret zusammen mit Reiskleie. Das Reisig prasselte, der Rauch stieg hoch mit dem fröhlichen Lärm der Männer, die genug zu essen hatten.

In der achten Morgendämmerung verkündete Yoshinaka: »Jetzt muss es sein!«

Er trat vor die Männer, zog sein Schwert und hielt es hoch. Und mit lauter Stimme sprach er:

»Dieses Schwert hat mein Vater mir hinterlassen, darinnen ist seine Seele, die bei mir bleiben wird, bis ich den Feind besiegt habe. Tod dem Mörder in diesem Haus!«

Die Krieger jubelten, bevor sie die Festung umzingelten. Im Hintergrund standen die Reiter, die noch nicht kämpften und alles beobachteten. Fest verknotete Leinen mit Greifhaken lagen bereit. Im Schutz der Morgendämmerung kletterten die ersten Krieger aufwärts, zogen sich an den Leitern und den vorspringenden Steinen hoch. Die Posten auf den Mauerkronen bliesen die Hörner und ließen Warnschreie hören. Unsere Krieger, die von allen Seiten den Hang hinaufeilten, duckten sich in Senkungen und schützten sich mit ihren Schilden gegen prasselnde Pfeile und zischende Speere.

Wir hofften, es würde schnell gehen, doch es wurde eine harte Schlacht, und wir verloren eine Anzahl Soldaten. Trotzdem hatten wir an Boden gewonnen und gaben auch am zweiten Morgen keine Ruhe. Vielfältiger Lärm gellte schrill und wild in den Morgen, weckte die

Vögel und die Tiere des Waldes und erschreckte die Bauern, die sich wie verstörte Schafe in ihre Hütten duckten. Trotz der Verluste, die wir erlitten hatten, kletterten die Krieger an den Mauern empor, als trüge eine schützende Macht sie hinauf.

Doch die Verteidiger brachten die Leitern mitsamt den Soldaten, die sich an sie klammerten, zu Fall. Steine krachten und wälzten sich über die Hänge, rissen brüllende Männer mit sich und zermalmten sie. Pfeile und Wurfspieße schwirrten, fielen zu Boden oder bohrten sich in zuckendes Fleisch. Schlachtrufe und Todesschreie mischten sich. Weil es Neumond war, kam die Dunkelheit schnell. Und als wir uns zurückzogen, hatten wir noch mehr Männer verloren, und die Schlacht war nach wie vor unentschieden.

Der dritte Tag erwachte frostig und klar. Vom Tal aus gesehen, schien die Burg kaum einen Steinwurf entfernt zu sein. Die Sonne beleuchtete die viereckigen Mauern und darüber die terrassenförmig angeordneten Schlossdächer. Wir konnten sehen, dass die Mauer an vielen Stellen stark beschädigt war. Der Mörtel hatte sich gelöst, dicke Steinblöcke waren herausgefallen. Der Anblick erfüllte uns mit Zuversicht. Yoshinaka meinte, dass wir es vor Nachteinbruch wohl schaffen würden, und gab die entsprechenden Befehle. Sobald die Mauern erobert waren und das schwere, erzbeschlagene Tor offen stand, würden die Reiter, gedeckt von den Bogenschützen, zum Einsatz kommen. Die Krieger freuten sich und sparten ihre Waffen für den Nahkampf auf.

Doch ich dachte an das, was ich noch zu tun hatte, und begann, eine seltsame, nervöse Unrast zu empfinden.

Eine Wildkatze, die zum Sprung ansetzt, muss die gleiche Anspannung fühlen. Ich sagte zu Yamabuki:

»Wir müssen es heute wagen. Sonst ist es zu spät.«

Sie antwortete schnell und sachlich.

»Ja. Kein Feigling kämpft bis zum letzten Tropfen Blut. Er wird versuchen zu fliehen.«

Wir sahen uns an und lächelten unfroh. Ich sagte:

»Wir werden ihm den Fluchtweg mit Pferdemist verstopfen!«

18. Kapitel

Der Himmel, der blau gewesen war, als der Kampf begann, hatte sich überzogen. Die diesige Luft kam uns zugute. Zielstrebig krochen wir empor, suchten Deckung hinter jedem Stein. Wir trugen eng anliegende Kleider, Gamaschen und eine leichte Rüstung aus Bambus und Bronzeplättchen. Um das festgesteckte Haar hatten wir ein Tuch geschlungen, mit dem wir auch unser Gesicht verhüllen konnten. Den Eingang des Ganges, im Buschwerk verborgen, hatten wir einige Tage zuvor ausfindig gemacht. Das dichte Gestrüpp zeigte, dass der Geheimweg seit Langem nicht benutzt worden war. Vorsichtig zwängten wir uns durch die Ranken und kletterten in den Schacht. Jede von uns führte eine kleine Lampe mit sich, ein gedrehter Docht in einem Gefäß aus Lehm.

In der Finsternis deutete das dünne Licht den Weg mehr an, als dass es ihn zeigte. Aus dem Boden stieg ein kalter, muffiger Geruch. Die Decke war so niedrig, dass wir uns nur mit eingezogenem Kopf vorwärts bewegen konnten. Blieben wir stehen und hielten den Atem an, vernahmen wir aus der Entfernung den Lärm der Schlacht. Die Geräusche wurden allmählich undeutlich, bevor sie vollkommen verstummten und wir uns in stiller, unheimlicher Finsternis bewegten. Es lag etwas Beklemmendes in der Luft; unsere Hände wurden kalt und Schweiß brach uns aus allen Poren.

Nach einer Weile führte der Weg aufwärts, hohe Stufen waren in den Stein gehauen. Und es waren sehr viele Stufen. Zu beiden Seiten berührten wir den rauen Felsen, über den unsere Schatten gespenstisch huschten. Die Wände schwitzten eine Art glitzernde Feuchtigkeit aus, die nach Salpeter roch. Wir kletterten mühsam und stetig empor. Jedes Mal wenn wir zu laut Atem holten und die Bronzeplättchen unserer Rüstung dabei klirrten, hallte und klingelte es von allen Seiten her.

Das Erdbeben hatte Steine gelockert, die den Gang an manchen Stellen fast gänzlich verschütteten. Wir mussten uns seitlich durch enge Spalten zwängen, mit dem bangen Gefühl, dass die Steine in einem gefährlichen Gleichgewicht verkeilt waren und sich jeden Augenblick lockern und uns zerquetschen konnten. Als der Gang noch steiler wurde, entdeckten wir kleine, in den Felsen gehauene Eisenhaken, an denen wir uns hochziehen konnten. Allmählich hörten wir auch wieder Geräusche. Der Ausgang konnte nicht mehr fern sein. Dem Lärm nach zu urteilen, fanden in der Festung bereits Kämpfe statt.

Wir hielten unsere Lampen hoch und nach einer Weile entdeckten wir über unserem Kopf eine dicke Holzluke. Daneben war eine Hebestange angebracht, mit der die Luke von innen geöffnet werden konnte. Wir kauerten auf den Stufen, hielten uns an den Eisenhaken fest und überlegten. Wie kamen wir hier hinaus? Wurde der Ausgang bewacht?

»Heben wir die Luke«, meinte ich, »wird der Wächter wohl kaum nach unseren Namen fragen. Er wird sofort zustechen.«

Yamabuki nagte an ihrer Unterlippe, was sie manchmal tat, wenn sie nachdachte.

»Mit einem einzigen Mann werden wir fertig.«

»Und wenn es zwei oder drei sind?«

»Dann – sofort zurück in den Gang! Wir sind kleiner und geschickter als Männer.«

»Sie werden die Lampen sehen und auf uns zielen.«

»Wir müssen ohne auskommen.«

»Den ganzen Weg zurück?«

»Haben wir eine Wahl?«

Die Aussicht war unerfreulich, aber wir sahen keine andere Lösung. So oder so hing unser Leben von unserer Schnelligkeit ab. Hatte sich der Holzdeckel bewegt, musste sich alles in einem Atemzug abspielen. Also gut! Ich hatte die stärkere Körperkraft, während Yamabukis Treffsicherheit unfehlbar war.

Ich sagte:

»Ich hebe die Stange!«

Yamabuki zog das Messer aus ihrem Gürtel, prüfte die Entfernung und übte ein paar Mal, wobei sie die Bewegungen ihres Körpers mit ihrem Atem in Einklang brachte. Als sie bereit war, nickte sie mir zu. Sofort nachdem wir unsere Lampen gelöscht hatten, packte ich die Stange mit beiden Händen. In völliger Dunkelheit sammelte ich meine Kräfte, bevor ich mit heftigem Schwung den Holzdeckel hob. Die Platte kippte nach außen und krachte zu Boden, als ich mich schon zur Seite warf. Sofort sprang eine Gestalt mit einer Hellebarde bewaffnet vor. Von unten gesehen wirkte sie riesengroß. Doch Yamabuki war schneller. Ihr Messer flog wie ein silberner Vogel an mir vorbei und drang dem Mann oberhalb seiner Rüstung in die Kehle. Der Mann ließ die Hellebarde fallen, fasste sich mit beiden Händen an die Kehle, und ich sah den Griff des Messers zwischen seinen Fingern. Er starrte die beiden schwarz vermummten Gestalten an, als sähe er Gespenster, dann taumelte er zurück. Yamabuki hatte seine Halsschlagader sauber durchtrennt. Ein Blutstrom ergoss sich über seine Rüstung, als er schwerfällig zu Boden stürzte. Als wir nach oben geklettert waren, brauchten wir ihm nicht den Gnadenstoß zu geben, seine Augen verschleierten sich bereits.

Yamabuki zog ihr Messer aus dem Hals des Toten, wischte es im Gras ab. Dann schob sie es wieder in den Gürtel. Wir nahmen die Waffen des Gefallenen an uns, Yamabuki seine Hellebarde und ich sein Schwert, das kurz und handlich war. Den Holzdeckel ließen wir zuklappen und wälzten mit vereinten Kräften einen dicken Zierstein darüber. Es war ein hartes Zerren und Schieben, aber unsere Muskeln waren stärker, als unser zartes Aussehen es vermuten ließ. Die Hebestange versteckten wir im Gebüsch. Dann rannten wir los.

Es wurde höchste Zeit: Yoshinakas Krieger kamen bereits über die Mauern, kletterten in Scharen die Leitern hinauf. Gewaltige Stöße erschütterten das Tor und die dicken Holzbohlen krachten unter der Wucht der Brecheisen. So wie es aussah, hatten die Unsrigen brennende Pfeile abgeschossen, denn das Schloss hatte bereits Feuer gefangen. An vielen Stellen schossen Stichflammen empor. Dahinter flimmerte die Sonne, einer roten Scheibe gleich. Das Feuer fand ausreichend Holz, und der Wind, der sich verstärkt hatte, trug uns glühende Kohleteilchen entgegen. Ob uns noch genug Zeit blieb?

»Schnell!«, meinte ich zu Yamabuki.

Wir benetzten unsere Kleider und Kopftücher mit Wasser aus einem Becken mit Zierkarpfen. Ich hatte mir die Aufzeichnungen der Priesterin gut eingeprägt; zielstrebig liefen wir durch den Vorhof auf das Hauptgebäude zu. Verteidiger stürmten die Treppen hinunter, hoben die Schilde zum Schutz gegen Pfeile und Speere. Doch sie hatten sich die Soldaten zur Zielscheibe genommen. Im Gedränge gab es nur wenige, die uns aufzuhalten versuchten, und wenn, dann war Yamabuki stets die Schnellere. Sie stieß mit ihrer Hellebarde zu; es war, als ob sie einen Blitz schleuderte, jede Bewegung war wie ein Tanz.

Frauen, mit Bündeln beladen, flohen an uns vorüber; sie waren Damen hohen Ranges, die nicht kopflos schrien, sondern ihren Atem sparten und ihre Kräfte schonten. Sie hatten ihre Gewänder geschürzt, um besser laufen zu können. Manche trugen kleine Kinder, die sich an ihren Hals klammerten.

Wir rannten durch die Vorhalle und erreichten ungehindert das Treppenhaus. Ich gab Yamabuki ein Zeichen – dort hinauf! In Festungen sind die Treppen eng und steil, und die Stufen immer sehr hoch, damit sie leichter zu verteidigen sind. Doch hier war niemand mehr außer ein paar Dienstboten, die sich jammernd vor uns duckten. Wir rannten einen Gang entlang und betraten die Audienzhalle, wobei wir unbewusst vermieden, den Fuß auf den geheiligten Schwellenbalken zu setzen. Nie zuvor hatten wir so mächtige Säulen gesehen, doch wir verloren keine Zeit, die Umgebung genauer ins Auge zu fassen; das Rot der Brände warf bereits verworrene Muster auf die kalkweißen Wände. Hustend und keuchend, schleppten wir uns eine weitere Treppe hinauf.

Nach dem, was Hieda no Maroko uns erklärt hatte, befanden wir uns jetzt im Kernstück der Anlage, wo sich die Wohn- und Schlafgemächer befanden. Hier standen alle Wandschränke weit offen, auf den Matten lagen Spiegel, Schminkdöschen und bunte Kissen, Decken und seidene Gewänder. Die Fliehenden hatten nur das Nötigste mitgenommen.

Der nächste Gang, üppig mit Matten ausgelegt, führte im rechten Winkel um die Ecke und endete fünfzig Schritt weiter in einem Schlafgemach mit einem Fenster, das gen Sonnenaufgang wies. Die Balkendecke war mit Blattgold und Türkis bemalt, die Holztäfelung so glatt und glänzend poliert, dass wir unsere Umrisse darin erkennen konnten. Doch hinter den Wänden prasselten bereits die Flammen. Wie seltsam, dachte ich, dass das Feuer von innen kommt!

Yamabuki streckte wortlos die Hand aus, zeigte auf eine Tür. Hieda no Maroko hatte von dieser Tür gesprochen: Sie war aus Gips, wie die Türen der Kornspeicher es sind. Sie war verschlossen und der Eisenriegel schwer zu öffnen, doch mit vereinten Kräften schafften wir es. Dahinter befand sich der Geheimgang, der zu der Kammer führte, in der der Fürst von Kamakura seine Schätze bewahrte. Ich sah auch die beiden Krieger, die diese Kammer schützten. Jeder hatte die Rechte auf dem Schwertgriff, die Linke auf eine Hellebarde gestützt. Reglos und bereit zuzuschlagen standen sie da und starrten uns entgegen.

Yoshihira hatte diese Männer gut ausgewählt. Es waren kaltblütige Kämpfer, die lieber in der brennenden Festung ihr Leben verloren, als auch nur einen Schritt von ihrem Posten zu weichen. Schweigend musterten sie uns, ohne sich im Geringsten zu bewegen. Sie konnten auf den ersten Blick nicht erkennen, ob wir Frauen oder Männer waren. Je schneller wir handelten, umso besser standen unsere Chancen. Soran, unser hochverehrter Fechtmeister, hatte uns beigebracht, Schwert und Lanze im Notfall auch mit dem linken Arm zu führen. Diese Art zu fechten war eine ganz besondere Kunst und nur vereinzelte Lehrer waren in der Lage, diese Technik an ihre Schüler weiterzugeben. Wir hofften, dass uns daraus ein Vorteil erwuchs.

In schneller Folge nahmen wir die Angriffshaltung ein und machten ein paar Finten. Die Wächter reagierten sofort, stürmisch und mit Furcht einflößender Kraft. Doch wir sahen gleich, dass beide, obwohl hervorragende Kämpfer, diese Kunst nicht beherrschten. Das machte uns Mut. Jede unserer sachten, katzengleichen Bewegungen passte sich an ihre Schritte an. Wir beobachteten haargenau ihre Bewegungen, fingen jeden Schlag auf, jeweils mit der rechten oder linken Hand. Wir hielten sie mit Finten in Alarmbereitschaft, kamen ihnen ein Bruchteil eines Atemzuges zuvor. Die ganze Wucht ihrer Angriffe galt unserem rechen Arm. Wir aber stießen mit dem linken zu, was sie nicht erwartet hatten. Und so siegten wir und ihre Waffen fielen rasselnd zu Boden.

Keuchend standen wir da, ehrten ein paar Atemzüge

lang zwei tapfere, aber etwas dümmliche Krieger. Die Geheimtür brauchten wir nicht lange zu suchen. Sie befand sich gleich hinter einer Schiebewand aus schlichter Seide und war ebenfalls aus Gips. Wir hoben den Riegel und betraten einen Raum, an dessen vier Wänden bis zum Rand gefüllte Regale standen. Wir verloren keine Zeit mit dem Durchsehen einzelner Gegenstände, sondern suchten die Stelle, die uns die Priesterin beschrieben hatte – und fanden sie auch. Im Licht, das aus einem vergitterten kleinen Fenstern unter den Dachziegeln fiel, kniete ich nieder und entdeckte in der Bodenmatte aus Goldbrokat ein kleines Fadenkreuz. Ich schlug die Matte zurück, steckte zwei Finger in ein Loch, das in das darunterliegende Holzbrett gebohrt worden war, und hob das Brett hoch. Eine leichte, rechteckige Platte aus Pappelholz kam zum Vorschein und darunter lag, von meiner Hand bequem zu erreichen, ein einzelnes, längliches Sandelholzkästchen, eingehüllt in Seide. Ehrfürchtig nahm ich das Kästchen heraus, hob es an meine Stirn, bevor ich behutsam die Seidenschnur löste und den Deckel hob. Eine Schriftrolle kam zum Vorschein. Wir sahen das kaiserliche Siegel mit der sechzehnblättrigen Chrysantheme.

Inzwischen hatte sich der Qualm verdichtet, Funken wehten über uns und wir hatten Mühe zu atmen. Ich wickelte das Kästchen wieder in seine seidene Hülle, verknotete die Schnur und steckte es in die innere Tasche meines Gewandes. Hier, dicht an meinem Herzen, war es sicher. Dennoch sagte ich zu Yamabuki:

»Falls mir etwas zustößt, denk nicht an mich, sondern rette das Schreiben.«

Wir rannten aus der Schatzkammer, und so schnell wir konnten den Weg zurück. Es war höchste Zeit; das Feuer näherte sich, während der Kampf draußen tobte. Die Unsrigen hatten die Tore aufgebrochen, die Reiter halfen den Soldaten, die zu Fuß kämpften. Die Krieger drängten bereits in die Wohnräume, töteten, wer sich ihnen in den Weg stellte, und rissen ihren Anteil der Beute an sich, bevor sie der Atem des Feuers zum Rückzug zwang.

Der Lärm war ohrenbetäubend. Schon rasten Flammen über die Binsenmatten, sprangen mit gewaltigen Sätzen an den Säulen empor, leckten an den bemalten Deckenbalken. Wir röchelten und würgten, der heiße Qualm brannte uns in den Augen. Mit letzter Kraft erreichten wir das Tor, sogen in gierigen Zügen Luft ein. Gerade als wir über die Stufen nach draußen taumelten, ritt Yoshinaka, gefolgt von meinen Brüdern, in den Hof. Hayate stampfte und wieherte erregt. Yoshinaka hielt sein blankes Schwert in die Höhe, rief den Namen des Burgherrns und schleuderte ihm Beleidigungen entgegen.

»Yoshihira, bist du betrunken oder bist du ein Feigling? Zeige dich, wie es sich für einen Edelmann gehört! Lässt du immer nur andere für dich kämpfen?«

Ich hörte seine Stimme und auch das wirre Kampfgeschrei, das ihm antwortete. Die Belagerten, die noch den Mut hatten, sich zu wehren, kreuzten ihre Schwerter mit den Siegern, schossen ihre letzten Pfeile ab. Andere warfen ihre Waffen von sich, fielen auf die Knie, bettelten um Gnade. Meine Brüder gaben Befehl, diese Männer zu schonen; es gereichte uns nicht zur Ehre, Unbewaffnete und Flehende zu töten.

Allmählich verhallte das Kampfgeheul, der Lärm der Muschelhörner wich einer unheimlichen Stille, in der nur noch die Flammen brausten.

Als der Burgherr nirgendwo aufzufinden war, überfiel mich plötzlich eine Ahnung. Ich rief Mitsu herbei; er sprang sofort vom Pferd und kam auf mich zu. Leise und eilig sagte ich ihm, was ich zu sagen hatte. Mitsu winkte ein paar Kriegern und sie entfernten sich. Es dauerte nicht lange, bevor sie wieder zurückkehrten. An einem Seil zerrten sie eine jämmerliche Gestalt, ein Mann in der Kleidung eines Dienstboten, grau im Gesicht und zitternd vor Furcht. Mit einem heftigen Stoß warf ihn Mitsu vor Yoshinaka zu Boden.

»Sag, Komao-Maru, ob du ihn erkennst!«

»Wo hast du ihn gefunden?«, fragte der junge Feldherr überrascht.

»Hinter dem Badehaus«, antwortete Mitsu angewidert. »Er sah zu, wie zwei Getreue sich mit einem Steinblock abmühten.«

Yamabuki und ich lächelten geringschätzig. Ein Sieg über einen Feigling war kein Sieg.

Weil der Kampf zu Ende war und alle schwiegen, war Yoshinakas ruhige, höhnische Stimme auch durch das Brausen des Feuers gut zu hören, als er von seinem Pferd hinab zu seinem Widersacher sprach:

»Der Tod rettet die Ehre des Besiegten. Mein Vater wusste, wie er zu sterben hatte. Dir aber ist die Schande lieber.«

Der Fürst von Kamakura machte einen letzten Versuch, seine Haut zu retten.

»Cousin, ich diene dem Kaiser. Seine Ehre ist es, die hier

geschändet wurde! Ich ging, um ihm zu berichten. Mehr begehre ich nicht, denn mein Leben ist nichts wert.«

Ich trat vor und sagte:

»Nun aber wollen wir von dem Brief reden. Davon hast du bisher nichts erwähnt.«

Er starrte mich an wie eine Schlange und ich fragte ihn:

»Wo ist Brief Seiner Majestät? Der Brief mit dem heiligen Chrysanthemensiegel?«

Er wies mit leidvoller Miene auf das Schloss, wo das Licht des großen Brandes grell und wild flackerte.

»Edle Dame, ich wollte es vor dem Feuer retten. Doch fiel es bereits den Flammen zum Opfer.«

»Du scheinst zu verzweifeln, dass dein Haus brennt«, antwortete ich höhnisch. »Doch andere könnten meinen, du freust dich. Hast du das Feuer nicht mit eigener Hand gelegt?«

Er fuhr zusammen. Sein graues Gesicht wurde bleich.

»Wie!«, rief er. »Das Haus, das meinem Herzen am nächsten steht?«

Ich hatte ihn langsam satt und rief:

»Du ehrloser Lügner, siehe diese Schriftrolle, die ich aus deiner Schatzkammer barg, bevor das Feuer den Beweis deiner Schuld in Asche verwandelte!«

Ich zog das Kästchen aus meiner Tasche und wickelte die Seide auseinander. Dann hielt ich das Pergament hoch, sodass alle das Siegel des Kaiserhauses sehen konnten. Hira, der neben Yoshinaka auf seinem Pferd wartete, schwang sich aus dem Sattel und rief:

»Auf die Knie!«

Alle knieten nieder, senkten die Stirn in den Staub.

Einzig Yoshinaka saß aufrecht im Sattel. Die Flammen beleuchteten die weißen Banner mit dem Enzianwappen, funkelten auf dem dunklen Gold seiner Rüstung. Wunderschön sah er aus, wie ein Fabelwesen, halb Mensch, halb Hirsch. Ich überreichte ihm die kaiserliche Schriftrolle, bevor ich fünf Schritte zurücktrat, auf die Knie ging wie alle anderen, und mich vor dem Chrysanthemensiegel verneigte.

Angesichts der schweigenden Menge hob Yoshinaka das Pergament an seine Stirn, löste ehrfürchtig die seidene Schnur. Und mit deutlicher Stimme, so klar, dass alle sie hören konnten, las er die Botschaft des Kaisers vor:

»›Dem Minamoto Yoshihira, in seinem Schloss.

Uns ist zu Ohren gekommen, dass du deinen Onkel, den Fürsten Yoshikata, bei nächtlicher Stunde in seinem Haus überfallen und verwundet hast. Angesichts der Schande setzte Fürst Yoshikata seinem Leben ein Ende, während seine Gattin, Fürstin Sae, mit ihrem Sohn Yoshinaka ins Exil ging. Uns ist bekannt, dass die Fehden in deinem Geschlecht weit zurückreichen. Kannst du dem rauen Frost der Vergangenheit so wenig widerstehen? Achte dein Schwert nicht gering und bedenke die hohen Pflichten deines Standes!

Gegeben in Meinem Namen …‹«

Yoshinaka stockte, bevor er den Kopf hob und hinzufügte:

»Der Brief ist mit dem Geheimnamen Seiner Majestät Go-Shirakawa unterzeichnet und eigenhändig versiegelt.«

Tiefes, langes Schweigen folgte. Yoshinaka rollte mit Händen, die leicht zitterten, das Pergament zusammen.

Dann senkte er den Blick auf Yoshihira, der auf den Knien lag und ihn anstarrte wie eine Gestalt aus einem bösen Traum. In der Stille sprach Yoshinaka:

»Cousin, kennst du deinen Spitznamen? Das Volk, das die Wahrheit liebt, nennt dich die ›Quelle des Bösen‹. Cousin, du bist nicht nur ein Mörder. Du hast das Ungeheure gewagt, den Kaiser der Lüge zu bezichtigen. Denn dieser Brief ist keine Billigung, sondern eine klare, eine eindeutige Zurechtweisung! Jetzt liegst du mit schmutziger Nase vor mir, leckst den Staub von den Füßen meines Pferdes. Cousin, dein Angstschweiß stinkt, Hayate ist dieser Geruch zuwider! Mich hält kein Eid zurück, ich könnte dir auf der Stelle den Kopf nehmen. Doch ich will es nicht tun! Der Kaiser selbst soll dein Urteil sprechen!«

Er ließ seine glitzernden Augen über die jubelnden Krieger schweifen. Viele waren verletzt und bluteten, doch der Sieg gab ihnen neue Kräfte.

»Löscht das Feuer und nehmt, was ihr finden könnt. Und dann zerschlagt diese Burg, bis kein Stein mehr auf dem anderen steht. Doch vergreift euch nicht an Frauen und Kindern. Die Männer, die es wünschen, können sich in meinen Dienst stellen. Meine Rache trifft nur verlogenes Pack.«

Ein Raunen ging durch die erschöpften Verteidiger. Sie waren nicht darauf gefasst, dass sie mit dem Leben davonkommen würden. Meine Brüder sorgten dafür, dass nur Yoshihiras enge Offiziere und Vertraute hingerichtet wurden. Und jene, die darum ersuchten, durften ihrem Leben selbst ein Ende setzen.

Inzwischen versuchten unsere Soldaten vergeblich,

das Feuer zu löschen. Doch es war nicht genügend Wasser vorhanden und die Burg brannte noch drei Tage und drei Nächte lang. Von weither sah man das Feuer lodern, wie der Flammenkegel eines Vulkans. Und am Morgen des dritten Tages war alles vorbei: Nur schwarz verkohlte Balken und zerschlagenes Mauerwerk blieben als Zeugen und Mahnung übrig. Die Krieger, die nicht plündern durften, fühlten sich um ihre Beute betrogen und murrten. Doch Yoshinaka sparte nicht mit Sold und am Ende waren alle zufrieden. Und wieder verfasste Yamabuki ein Gedicht:

»Weit über das Land
Hob die Burg ihr Haupt empor
Nun verstreut Wind die Asche,
Und an den Mauern keimen Dornen.«

19. Kapitel

Die Kunde, dass Yoshinaka seinen Cousin besiegt und gefangen genommen hatte, war bereits bis nach Kyoto vorgedrungen. Im Kaiserpalast verbreiteten sich Gerüchte in Windeseile. Edle Damen und elegante Herren tuschelten voller Neugierde. Dieser junge Feldherr, wer war das überhaupt? Ach, der jüngste, verloren geglaubte Sohn des ermordeten Yoshikata? Adelig, doch ohne feine Umgangsformen. Spielte er Flöte oder Laute? Tanzte er, dichtete oder malte er? Wie, nichts von alledem? Sah er zumindest gut aus? Oh weh, er war in den Bergen erzogen worden und führte nur sein Schwert? Ein Wilder gewiss, der raue, ungebildete Spross einer hohen Familie. Bei Hofe rümpfte man diskret die Nase. Die Edelleute hatten für das Kriegshandwerk nur Missachtung übrig. Für sie zählten die feinen Umgangsformen, die Art, wie man sich nach Anlass und Jahreszeit zu kleiden und zu schminken hatte.

Als bekannt wurde, dass zwei bewaffnete Frauen an Yoshinakas Seite ritten, erzählten sich die Damen mit wohligem Schauer, wie hässlich diese Frauen doch seien! Braun gebrannt wie das Bauernvolk, augenscheinlich. Und nicht gepudert, mit starkem Brauenwuchs über der Nase.

Schlimmer noch: Sie kannten den Sud aus Tee und Eisenspan nicht, der die Zähne in schwarze Perlen verwandelte, sondern zeigten ein grobes weißes Gebiss, wie die Tiere!

Die Nachricht, dass Minamoto Yoshinaka auf dem Weg nach Kyoto war, um den Besiegten der kaiserlichen Richtergewalt Mochihitos auszuliefern, löste beim Hofadel viel Gelächter aus. Jeder wusste, dass der junge Erbe Mochihito eine Puppe war, die nach seines Vaters Weise tanzen würde. Trotzdem sorgte Yoshinakas Ungeniertheit für Spannung, während die schnöde Niederlage Yoshihiras wenig Anteilnahme erregte. Seine Verschlagenheit missfiel. Viele wollten ihn plötzlich überhaupt nie gekannt haben. Doch Yoshihira hatte keineswegs nur Feinde. Diese verhielten sich jedoch vorerst still und warteten ab, wie der Altkaiser sich zu der Sache stellen würde.

Solche Gerüchte und ähnliche erreichten uns, während wir uns auf dem Weg nach Kyoto befanden. Trunken vor Siegesfreude machten wir uns wenig Gedanken darüber, bis die Nacht kam, die alle unsere Pläne über den Haufen warf.

Yoshihira schlief jede Nacht gefesselt in einem gut bewachten Zelt und auch tagsüber wurde er an seinen Sattel festgebunden. Welche Versprechungen er in jener Nacht den Wachsoldaten gemacht hatte, konnten wir nicht herausfinden. Jedenfalls fanden die Wachposten, die vor Tagesanbruch ihre Kameraden ablösen wollten, das Zelt des Gefangenen leer. Man hatte seine Fesseln durchschnitten und ihm ein Reittier besorgt. Die zwei Wachsoldaten, die er bestochen hatte, waren mit ihm geflohen. Im Fackelschein fand man Spuren in der aufgeweichten Erde.

Wir berieten in höchster Aufregung, was zu tun sei, und ich meinte zornig:

»Ich habe das beste Pferd. Ich hole ihn ein und bringe ihn zurück!«

»Nimm so viele Männer mit, wie du brauchst«, sagte Yoshinaka.

Doch ich schüttelte den Kopf.

»Sie würden mich nur aufhalten. Er hat zu viel Vorsprung.«

Ich würde ohne Harnisch und Schwert reiten und nur meinen Jagdbogen und den Köcher mit Pfeilen bei mir tragen. Ich verzichtete auch auf das unnötige Gewicht des Sattels. Die Leine, mit der ich den Verräter fesseln wollte, wickelte ich um meine Taille. Ich stärkte Fubuki mit Futter und Wasser, und sagte zu ihm:

»Hilf mir, du musst jetzt dein Bestes geben!«

Auch erfahrene Reiter sagten, sie hätten nie ein schnelleres Pferd als Fubuki gesehen. Weil ich leichter war als ein Mann, bestand Hoffnung, dass ich die Fliehenden einholte. Und Fubuki verstand, was ich von ihm erwartete. Als ich mich auf seinen Rücken schwang, warf er den Kopf in den Nacken, spitzte die Ohren, Mähne und Schweif flatterten im Wind. Mit einem Satz schnellte er vorwärts und raste im gestreckten Galopp an den Zelten vorbei. Seine Hufe wirbelten Erdklumpen auf und ließen prasselnde Staubwolken hinter sich. Es war, als ob ein Orkan uns davontrug.

Die letzten bleichen Sterne schwärmten tief über den Hügeln und den Felsenschluchten im Norden. Im fahlen Frühlicht war das Trommeln der Hufe das einzige Geräusch, das durch die Zedernwälder hallte. Als die ersten

Wolken rosa schimmerten, erblickte ich Taka, meinen Falken. An der Art, wie er flog, würde ich erkennen, ob Menschen unter ihm waren. Im Augenblick aber flog er hin und her, wie ein Hund, der eine verlorene Spur sucht.

Yoshihiras Fährte führte durch eine Anzahl langer, schmaler Schluchten, die südwärts in einem weiten Tal mündeten. An vielen Stellen gab es steile Böschungen, aber Fubuki war schwieriges Gelände gewohnt und trittsicher. Unermüdlich donnerten seine Hufe die nebligen Hügel entlang. Dann und wann ließ ich den Hengst ein wenig verschnaufen, gönnte ihm Wasser, wenn ich eine Quelle sah.

»Mut, Fubuki, Mut!«, rief ich ihm mit sanften Lauten zu. »Dein Herz ist größer als das Hinterteil eines Feiglings!«

Das war gewiss eine Schmeichelei, die Fubuki gefiel. Mit einem arroganten Schnauben beschleunigte er seinen Galopp. Ich half ihm, indem ich die Zügel lockerte und zugleich den Schenkeldruck verstärkte, um den Rhythmus der Bewegung auszugleichen.

Lange Zeit flog Taka uns voraus, mit starken, geraden Flügelschlägen, was bedeutete, dass er nichts unter sich wahrnahm. Unaufhörlich fiel der Pfad hinter uns. Fubuki zeigte keine Müdigkeit. Pötzlich schwebte Taka sehr hoch und bewegte sich kaum von der Stelle. Da wusste ich, dass er unter sich Menschen entdeckt hatte. Es dauerte nicht lange, bis ich weit draußen in der Ebene etwas sah, das sich bewegte. Nur einige Augenblicke später erkannte ich auf der golden überglänzten Fläche drei Reiter. Aus der Entfernung wirkten sie trotz ihrer verlängerten Schatten wie winzige Ameisen. Jetzt wusste ich, dass sie mir nicht mehr entkommen würden. Ich beugte mich weit über Fubukis muskulösen Hals, der klebrig vor Schweiß war.

»Da sind sie, Fubuki! Hast du sie gesehen? Noch etwas Mut! Wir haben es bald geschafft!«

Fubukis Ohren spitzten sich, um meine Stimme aufzufangen, und er blähte die schwarzen Nüstern. Sein stampfender, sich dehnender Körper schien zu schweben, es war, als berührten seine Hufe kaum die wehenden Gräser. Wie schnell, wie ausdauernd war mein wundervoller Schilf-Drache! Und wie langsam und schwerfällig die Pferde der Fliehenden! Als ich näher kam, sah ich, dass Yoshihira und seine Begleiter auf einen Fluss zuhielten, der sich wie eine dunkle Schlange durch das Tal zog. Sie werden Zeit verlieren, dachte ich, beim Überqueren des Flusses. Dicht an Fubukis Hals gepresst, das Gesicht in seiner feuchten Mähne vergraben, ritt ich weiter, bis ich die Gestalten der beiden Wachsoldaten deutlich erkennen konnte. Sie hatten Speere und Schwerter bei sich. Ob der Fürst von Kamakura ebenfalls bewaffnet war, konnte ich nicht ausmachen.

Das starke Wasserrauschen erstickte die Geräusche und die Männer hörten das Donnern der Pferdehufe erst im letzten Augenblick. Sie zogen ihre Waffen, machten sich zum Nahkampf bereit. Ich richtete mich auf, wobei ich Fubuki mit den Knien lenkte, zog einen Pfeil aus dem Köcher und spannte den Bogen. Die Sehne summte wie eine Hornisse. Der Pfeil fuhr dem Mann, auf den ich gezielt hatte, genau zwischen die Augen. Er kippte langsam aus dem Sattel, zuckte noch ein paarmal und lag dann still. Schon sprengte der zweite Wachsoldat vor. Er war klug und warf seinen Speer nicht auf mich, sondern auf mein Pferd. Ich riss den Hengst mit aller Kraft herum; die Waffe verfehlte Fubukis Flanke nur um Haaresbreite und ich zitterte vor Wut.

Inzwischen hatte der Krieger sein Schwert aus der Scheide gerissen und sprengte mir mit großer Geschwindigkeit entgegen. Ich wich aus, umkreiste ihn in sicherer Entfernung und ließ ihn nicht herankommen. Dann täuschte ich ihn mit einer Finte. Er raste mit erhobenem Schwertarm auf mich zu und bot mir seine Achselhöhle. Mein Pfeil, der bereits auf der Sehne lag, bohrte sich in die ungeschützte Stelle.

Der Wachsoldat ließ das Schwert fallen, packte mit beiden Händen den Pfeil und zog daran, wobei er seitwärts vom Pferd stürzte. Seine Gamasche blieb im Steigbügel hängen, und das Pferd schleifte ihn eine ganze Weile mit sich, bevor es mit bebenden Flanken stehen blieb. Ich kümmerte mich nicht um ihn, sondern wirbelte herum und blickte mich suchend nach Yoshihira um. Doch ich sah nur sein Pferd, das mit hängendem Kopf am Flussufer stand. Er hatte die wenigen Augenblicke des Kampfes genutzt und die Flucht ergriffen. Das kann doch nicht wahr sein!, dachte ich, während ich die Böschung hinab- und dem Fluss entgegenpreschte.

Mit fliegendem Atem sprang ich vom Pferd und lief das Ufer entlang. Meine Wangen brannten, das Herz pochte wild gegen die Rippen. Yoshihira konnte nicht weit sein. Argwöhnisch suchte ich im Gebüsch, den Bogen gespannt, den Pfeil auf der Sehne. Da entdeckte ich flussabwärts eine Ansammlung von Treibholz. Blitzartig verstand ich, was geschehen war, und die Fußabdrücke im Uferschlamm bestätigten es mir: Yoshihira war in den Fluss gesprungen, hatte schwimmend das vorbeiziehende Treibholz erreicht und sich an einen Stamm festgeklammert. Dass Taka ihn ebenfalls gesehen hatte, zeigte sich in der Art, wie er das Treibholz begleitete, indem er Kreise zog, die immer enger und tiefer wurden.

Während die Strömung den Fliehenden abwärtstrug, überstürzten sich meine Gedanken. Was nun? Fubuki? Unmöglich! Die Böschung wurde immer steiler, weiter unten verengte sich die Schlucht und auf den glitschigen Steinen konnte sich kein Pferd halten. Ich rannte dem Treibholz hinterher, so schnell mich meine Füße tragen konnten. Doch die Stromschnellen schäumten tief zwischen den Felsen, ich kam nicht näher an das Wasser heran. Zu allem Übel zuckte das Licht auf den Wellen hin und her, sodass ich geblendet wurde. Unaufhaltsam vergrößerte sich der Abstand zwischen mir und dem Fliehenden. Ich keuchte vor Wut und vergeblicher Anstrengung. Bald raubte mir das Gebüsch jede Sicht. Am Ende schlug ich mit dem Kopf an einen Ast, der heftige Schmerz ließ mich taumeln. Benommen blieb ich stehen, betastete die Wunde. Das Blut tropfte durch die Haare und klebte an meinen Fingern.

»Du verschlagener Feigling!«, schrie ich aus Leibeskräften. »Du verweigerst den Kampf mit einer Frau, rettest lieber deine unwürdige Haut! Von jetzt an werden wir dir keine Ruhe gönnen. Sei verflucht, zehntausend Jahre lang! Möge dein Kopf auf einem Speer in Sonne und Regen verfaulen!«

In ohnmächtigem Zorn warf ich meinen Bogen in die

Büsche. Zweige krachten, Blätter rieselten herab. Da hörte ich ein Piepsen, schaute hinunter und sah ein Vögelchen, winzig und nackt, das aus einem Nest gefallen war.

»Verzeih mir«, sagte ich demütig. »Du kannst ja nichts dafür.«

Ich rührte das Vögelchen nicht an; haftete mein Geruch an ihm, kam es die Mutter nicht holen. Beschämt wandte ich mich ab, kletterte den Weg zurück. Meine Wangen waren abgekühlt, mein Schweiß getrocknet, doch innerlich kochte ich noch vor Wut.

Auf dem Weg zu Fubuki hatte ich immerhin Zeit, mich zu beruhigen. Fubuki graste bedächtig. Als ich mich näherte, schielte er mich mit bebenden Nüstern von der Seite an, ließ sich jedoch beim Kauen nicht aufhalten. Ich fuhr mit der Hand über sein verschwitztes Fell. Man konnte sehen, dass ihm der scharfe Ritt nicht geschadet hatte. Doch wozu die ganze Strapaze? Für nichts!

Die abtrünnigen Wachposten lebten nicht mehr, was mir eine widerliche Aufgabe ersparte. Schon schwirrten dicke Fliegen um sie herum. Bevor die Toten steif wurden, befreite ich sie aus ihren Rüstungen und nahm ihre aufwendig verzierten Klingen an mich, ebenso wie ihre Helme und ihre Beinschienen. Dann fing ich die verstörten Pferde ein und befestigte meine Beute an ihren Satteltaschen. Inzwischen kamen Geier herangeflogen, große, schwerfällige schwarze Vögel mit kahlem Kopf. Ich scheuchte sie nicht weg. Als sich die Geier zischelnd zur Mahlzeit niederließen, schwang ich mich auf Fubukis Rücken, führte die Pferde an der Leine und ritt zurück ins Lager.

20. Kapitel

Yoshihiras Flucht war ein Schlag gewesen, von dem wir uns nur mühsam erholten. Die Stimmung war gedrückt, die Männer waren gereizt und stritten sich um Kleinigkeiten. Doch es lag in Yoshinakas Natur, dass er unverändert darüber nachdachte, wie er seinen Onkel zu Fall bringen und vor dem Altkaiser Gerechtigkeit fordern konnte. Er dachte umso verbissener daran, weil er seinem Ziel so nahe gewesen war und gemeint hatte, dass ihn in Kyoto Ruhm erwartete. So aber war die Lage unsicher und bedrohlich. Es hieß, dass der Fürst von Kamakura wieder in seiner Provinz Musashi war, wo er sich in ein Kloster zurückgezogen hatte. Dort würde er gewiss nicht ewig bleiben und wir erwarteten Unheil von ihm. Daher sahen wir zunächst davon ab, unseren Weg nach Kyoto fortzusetzen. Stattdessen festigte Yoshinaka seinen Stand in Echigo, in der Provinz, in der wir Yoshihira verloren hatten.

Echigo ist eine harte Gegend und die Menschen dort lebten in bitterer Not. In den Wäldern trieben Räuberbanden ihr Unwesen, plünderten die Dörfer, vergewaltigten die Frauen und stahlen das Vieh. Nicht selten kam es vor, dass sie Kinder entführten und ausbildeten. Die

Bauern waren früher versklavt gewesen; es war noch nicht lange her, dass sie auf ihren eigenen Feldern ernten konnten. Zum Kämpfen waren sie denkbar untauglich. Aus Angst vor den Räubern litten sie lieber Hunger, als in einsamen Gegenden Reis anzulegen oder ihre Kühe fernab der Dörfer weiden zu lassen.

Yoshinaka schickte seine Krieger aus, die Wälder zu säubern. Die Banditen, die nicht getötet oder hingerichtet wurden, liefen davon. Auf diese Weise kehrte Ruhe ein, die Bauern konnten das Land urbar machen, was ihnen zu bescheidenem Wohlstand verhalf. Und weil sie bei Yoshinaka mehr Gerechtigkeit fanden als bei ihren Lehnsherren, hielten sie ihm die Treue.

Yoshinaka zeigte, dass er auch in anderer Weise Ordnung halten konnte. Er gab den Handwerkern Arbeit, erließ Gesetze zum Schutz der Alten und Bedürftigen. Er baute kleine Festungen, in denen auch die Bauern im Notfall Schutz fanden. Einer Anzahl starker Burschen brachten meine Brüder das Kriegshandwerk bei, obwohl die Bauern keine Schwerter tragen durften und im Ruf standen, schlechte Soldaten zu sein. Den Ortsgewaltigen, von denen Yoshinaka Lehnspflicht forderte, missfiel das. Und so kam es immer wieder zu kleineren oder größeren Scharmützeln. Yoshinaka ging stets als Sieger hervor, was den Landadel zunehmend nervöser machte.

Auf einer Anhöhe, von der man das Land weit überblicken konnte, ließ Yoshinaka vor Wintereinbruch seine eigene Festung bauen, die ganz auf Verteidigung ausgerichtet war. Die Räume waren durch enge Gänge verbunden, in denen sich ein Feind nicht verstecken konnte. Das Strohdach war steil, damit es die Schneelast tragen konnte und den Regen schnell ablaufen ließ. Alle Fenster waren schmal und mit dicken Holzstäben versehen. Eine Mauer aus Felsquadern umgab den quadratischen Innenhof, in dem sich die Stallungen und die Offiziersquartiere befanden. Als die ersten Schneefälle einsetzten, waren die Bauarbeiten gerade fertig geworden. Es war höchste Zeit: So dicht und stetig fielen die Flocken, dass in den Dörfern bald nur noch die Giebel der Strohdächer zu sehen waren.

Zu Neujahr erstarrten die Hügel in klirrendem Frost, darüber funkelte der Himmel türkisblau. Yamabuki verfasste ein Wunschgedicht auf grünem Bambuspapier. Beim ersten Strahl der Morgensonne watete sie in hohen Strohstiefeln durch den Schnee zu einem Baum, der mit reinem, unberührtem Schnee bedeckt war, und befestigte das gefaltete Papier an einen niedrigen Ast. Die Tradition lehrte uns, dass der Baum, der in den Himmel wächst, unsere Wünsche zu den Göttern trägt. Und vielleicht wurde Yamabuki erhört, denn bei der Pflaumenblüte, als die Erde noch kahl und trocken war, gestand sie mir, dass sie ein Kind trug. Ich beglückwünschte sie, obgleich ich im Herzen eine Beklemmung verspürte.

»Weiß Yoshinaka es schon?«

Sie wandte die Augen ab.

»Noch nicht. Aber ich werde es ihm sagen.«

Sie hatte nicht die Beschwerden, die andere Frauen heimsuchten. Sie ritt und jagte mit uns wie bisher, webte auch Stoffe für unsere Kleider, färbte Seide und stickte unvergleichlich schöne Muster.

Ich hatte andere Aufgaben, sodass ich nicht viel zum Denken kam. Dass mich die Tiere liebten, hatte sich längst herumgesprochen. Ich verbot Hahnenkämpfe, eine beliebte Dorfbelustigung, und die Bauern murrten, bevor sie sich fügten. Ich verbot auch, dass Füchse gejagt wurden. Ich kam aus einer Gegend, in der die Füchse als Kinder der Sonnengöttin heilig sind. Meine Hauptaufgabe jedoch galt den Pferden. Ich überwachte ihre Nahrung und ihre Streu, entwickelte ihre Fähigkeiten, pflegte sie, wenn sie verletzt waren. Und wenn ein edles Tier schwer verwundet wurde oder an einer unheilbaren Krankheit litt, gab ich ihm mit eigener Hand den Gnadenstoß.

Hayate war zu meiner großen Freude trächtig, der Vater war Fubuki. Als Hayates Fohlen geboren wurde, gab ich ihm den Namen Kaminari – »Donner«. Weil mein Geruch zu seinen ersten Wahrnehmungen gehört hatte, folgte es mir in der ersten Zeit wie ein Welpe.

Damals besaßen nur Adelige ihre eigenen Pferde, auf denen sie in den Krieg ritten. Doch wir brauchten ein starkes berittenes Heer. Bei der Wahl von Pferd und Reiter, die ich einander zuteilte, wog ich die Fähigkeiten beider sorgfältig ab, sodass sie sich ergänzten. Dabei konnte ich auf meine Brüder zählen. Hira und Mitsu lehrten die Krieger, auch wenn sie aus einfachen Häusern kamen, mit Sicherheit und Würde aufzutreten. Auf unser Geheiß brachten ihnen die Handwerker bei, ihre Waffen selbst zu schmieden, wie es in alten Tagen für die Vornehmen Brauch war. Bald saßen unsere Krieger ebenso stolz im Sattel wie geborene Fürsten. Auf diese Weise entstand nach und nach eine beachtliche, an Disziplin gewöhnte Streitmacht.

Das war auch notwendig, denn aus der Hauptstadt kamen inzwischen beunruhigende Nachrichten. Yoshihira hatte seine Provinz Musashi verlassen und zeigte sich wieder bei Hof in Kyoto, wo er sich als Opfer einer perfiden Verschwörung ausgab. Es war gewiss kein Zufall, dass zur gleichen Zeit böse Gerüchte in Umlauf kamen: Yoshinaka verstärke seine Streitmacht mit der Absicht, die Haike-Familie aus der Hauptstadt zu vertreiben und den Clan seiner Mutter, die Minamoto, wieder an die Macht zu bringen, um selbst als »Tai-Shogun« – als Oberster Feldherr – im Namen des Kaisers zu regieren.

Der Haike-Clan wurde unruhig. Sie hatten alle Schlüsselstellungen in den Provinzen mit Gefolgsleuten besetzt. Sie stützten sich dabei fest auf die Grundlage ihrer Herrschaft: die unbedingte militärische Treue der Vasallen. Für Yoshinakas herrenlose Speerträger und bewaffnete Bauern hatten die Befehlshaber bisher nur Verachtung übrig gehabt. Aber so, wie sich die Dinge entwickelten, wollten sie Yoshinaka lieber aus dem Weg räumen. Auch der Landadel, durch Yoshinakas allzu schnellen Siege und seine Beliebtheit bei der Bevölkerung aufgeschreckt, schärfte seine Waffen.

Inzwischen schmiedete der Fürst von Kamakura weiterhin seine Ränke. Sobald Yoshinakas Name fiel, sprach er die schlimmsten Verleumdungen aus. Er blieb dabei glaubhaft, hatte er doch seine heiteren, herzlichen Umgangsformen. Am Kaiserhof galt Yoshinaka also einstweilen als Abtrünniger, als Anführer von Bauernpack, dessen Wort nichts wert war.

Yoshinaka war bisher immer der Meinung gewesen, dass ehrenvolle Handlungen Ehre erzeugen würde. Dafür hatte er gekämpft und geblutet, denn sein Feind besaß ein Stück von seiner Seele, die Ehre seiner Familie, die wiederhergestellt werden musste, ebenso wie die Ehre des Altkaisers. Jetzt fühlte sich Yoshinaka nicht ohne Grund wie ein Mann, dem Unrecht angetan wird, was schwerste Rache verlangte.

»Warte zunächst ab, was geschieht«, meinte gleichmütig Hira. »Die Schande trifft Yoshihiras Namen, den deinen nicht.«

»Und was ist mit meinem Schwert, das ich nicht brauchen kann, wo es gilt?«, fauchte Yoshinaka.

»Du brauchst es zunächst hier, damit es dir dort gelingt«, antwortete Hira ruhig.

Yoshinakas Augen funkelten ihn an.

»Hier draußen ist sie nicht, die Ratte! Wollte die Göttin, ich könnte schon heute Vergeltung fordern!«

Hira erwiderte nichts. Er konnte seine Gedanken bei sich behalten, wenn es nötig war. Mitsu, der Yoshinaka vielleicht noch besser kannte, blinzelte amüsiert. Er spielte mit einer Goldmünze, die er in die Luft warf und wieder auffing. Er hatte sie einem Räuber abgenommen, der ihn um ein Haar erschlagen hatte. Seitdem betrachtete Mitsu die Münze als seinen Talisman.

»Nun, Komao-Maru, dein Arm soll tapfer bleiben! Ich habe Freude, wenn ein Feigling über die eigene Ehre stolpert und in den Mist fällt.«

»Nii-San – älterer Bruder –, dass du ein Raufbold bist, wissen wir alle«, neckte ich ihn, worauf Mitsu lachend seine weißen Zähne zeigte. Yoshinaka aber lachte nicht.

»Yoshihira soll nicht um seine Ehre kämpfen, sondern um sein Leben«, zischte er so grimmig, dass Mitsus Lachen verstummte. Und ich wusste, dass wir bald in den Krieg ziehen würden.

Yoshihiras Plan war also teilweise aufgegangen – Yoshinaka hatte seine Geduld verloren und sah sich gezwungen, die öffentliche Kränkung mit Gewalt zu beantworten. Doch obwohl eine Mehrheit davon überzeugt war, dass Yoshihiras gewalttätiger Vetter die Hauptstadt bedrohte, setzte der oberste Befehlshaber, General Taira no Kiyomori, Angehöriger des Haike-Clans, sein Heer nicht in Alarmbereitschaft. Kiyomori hatte den Fürsten von Kamakura nie leiden können; dass dieser sich eine Schlappe eingeholt hatte, freute ihn mächtig. Minamoto Yoshinaka wollte nach Kyoto kommen? Schön! Auf dem Weg dorthin konnte alles Mögliche geschehen – wirklich alles. Taira no Kiyomori machte sich wenig Sorgen. Die Haike-Familie hatte Berge und Täler mit einer Kette von Festungen überzogen, ihr Heer umfasste viele Tausend Reiter und galt als unbesiegbar. Yoshinaka aber rüstete zum Krieg, um die Ehre des Altkaisers zu verteidigen. Und was dieser in seiner Abgeschiedenheit dachte, wusste keiner.

21. Kapitel

Die Vögel kehrten aus dem Süden zurück, der Frühling kam. Alle Vorbereitungen waren abgeschlossen, unser Heer war zum Aufbruch bereit. Der Tag erwachte klar und kalt; der Wind schnitt wie ein Messer, bis die Hähne krähten und die Sonnengöttin erwachte. Ihr rotgoldener Kriegshelm funkelte über dem letzten Bergschnee. Jeder Felsen und Baum, jeder Reiter und jede Standarte warf tiefe Schatten. Die Männer waren lange untätig gewesen, jetzt hatte sie das Kampffieber gepackt. Alle waren in Hochstimmung. Wenn ich mich auf Fubukis Rücken umdrehte, sah ich das ganze Tal von Kriegern bedeckt, die laut jubelnd ihre Waffen schwenkten. Ich warf einen Blick auf unsere Burg und dann wandte ich mich den grünen Hügelkämmen zu, denn dorthin wiesen unsere Pferde.

Als Yoshinaka das Zeichen gab, setzten sich tausend Reiter gleichzeitig in Bewegung. Fußsoldaten folgten mit den einfachen Waffen der Landbewohner. Sie waren bereit, jede Strapaze zu ertragen, und freuten sich auf Beute. Die Reiter ritten Seite an Seite, jeder Offizier führte eine eigene Truppe an. Wir, die Vier Himmelskönige, ritten mit Yoshinaka in einer einzigen Reihe.

Meine Rüstung hatte ich mit besonderer Sorgfalt ausgewählt. Sie war lavendelblau und an den Hüften violett, darunter trug ich ein scharlachrotes Unterkleid. Meine Schwertscheide zierte, ganz in Gold, das Enzianwappen. Die weißen Standarten blähten sich und knatterten wie Segel. Alle Rüstungen funkelten, die Trommeln dröhnten. Unser Blut sang mit ihnen.

Yoshinaka hielt einen eisernen Kriegsfächer in der Hand. Seine Rüstung war aus Bronze und Leder, goldgemustert und nachtblau bemalt. Sein Gesicht unter dem gehörnten Helm war ruhig. Er war kein unbändiger junger Krieger mehr. Er war ein Befehlshaber und er war ein Rächer. Ich war stolz darauf, mit ihm zu reiten. Ich hatte gelernt, nicht rückwärts zu blicken, wenn die Treue vorwärts zeigte. Den Mann, den ich begehrte, konnte ich nicht haben. Geradeaus mit ihm zu reiten, den Feind zu vernichten, war für mich ein Akt der Liebe, einfach, unmittelbar, zutiefst selbstbewusst. Und so schloss ich allen Gedanken das Tor.

Ich erkannte jedoch in Yamabukis Haltung eine gewisse Unsicherheit. Sie war außergewöhnlich tapfer und zitterte nie im Kampf, doch ich spürte in ihrem Wesen eine Art Riss, wie ein haarfeiner Sprung auf einer kostbaren Vase, der dem bloßen Auge verborgen bleibt. Ich spürte, dass sie in zwei Richtungen hin und her gezerrt wurde. Das war eine schlechte Verfassung für eine Kriegerin und es machte mir Angst. Ich nahm mir vor, so wenig wie möglich von ihrer Seite zu weichen. Doch am Abend, als wir das Lager aufgeschlagen hatten und ich ihr half, ihre Rüstung zu lösen, da fragte ich:

»Was ist mit dir?«

Sie senkte den Kopf, zog langsam den weißen Ärmel ihres Untergewandes über die nackte Schulter und gestand mir, dass sie um ihr ungeborenes Kind bangte.

Ich erschrak.

»Wenn dem so ist, hättest du nicht mit uns reiten sollen.«

Sie lächelte mit einer Art Trotz.

»Wir haben ein Gelübde abgelegt.«

Ich seufzte.

»Und Yoshinaka?«

Sie schüttelte den Kopf.

»Er weiß es nicht.«

Ich starrte sie an.

»Wie! Du hast es ihm immer noch nicht gesagt?«

Auf Yamabukis Gesicht lag jener Eigensinn, der ein Merkmal unserer Familie war.

»Nein. Ich bin keine Frau, die wartet, wenn mein Mann in den Kampf zieht.«

Ich war erschüttert.

»Es wird ihm nicht gefallen, dass du dich in Gefahr bringst. Reite lieber zurück!«

Sie kämmte mit gleichmäßigen Bewegungen ihr Haar.

»Ich muss für mich selbst eintreten.«

»Yoshinaka könnte dir auch befehlen«, sagte ich hart.

Ihr schönes Gesicht erstarrte zur Maske.

»Nee-San, soll ich bereuen, dass ich ein offenes Wort mit dir sprach? Ich bin Yoshinaka bis zum Tod ergeben.«

»Bis zu seinem, ja«, sagte ich, »bis zu deinem nicht!«

Da entspannten sich ihre Züge. Sie lächelte unbeschwert.

»Tomoe, du willst mich offensichtlich missverstehen.

Es wird mir doch wohl möglich sein, mein Leben zu schützen.«

»Du hast jetzt zwei Leben zu schützen. Vergiss das nicht!«

An diesem Abend sprachen wir nicht weiter darüber. Doch später lag ich schlaflos, lauschte beunruhigt auf die Geräusche der Nacht. Alle Nerven waren gespannt, ein warnender sechster Sinn hielt mich wach. Und als ich endlich einschlief, hatte ich einen seltsamen Traum.

Ich kehrte in die Burg meiner Kindheit zurück, fand aber das Haus dunkel und verlassen vor. Viele Jahre mussten vergangen sein. Die Eltern und die Dienstboten waren gestorben, die Stallungen leer, in den verstaubten Räumen wisperten nur Fledermäuse. Vielleicht war ich nun eine Zauberin, denn als ich beide Arme hob, bewegten sich die weiten Ärmel wie Flügel. Die Zeit glitt unter ihnen hinweg und das Haus wurde wieder lebendig. Durch die offenen Schiebetüren flutete Morgenlicht. Im Hof holten die Wachtposten Wasser aus dem Brunnen. Sie wuschen sich mit nacktem Oberkörper, gaben auch den Pferden zu trinken. Hufe schlugen auf die Steine, mischten sich mit Scherzen und Gelächter, mit dem Zwitschern der Schwalben und dem Läuten der fernen Tempelglocken. Dienstboten kamen und gingen, eifrig und mit lustigen Worten.

In der sonnigen Vorhalle empfing Vater einen Pächter, um einen Streit zu schlichten. Mutter saß in ihrem Gemach am Fenster und drehte das Spinnrad. Ich sah Yamabuki in weißem Untergewand neben ihr knien und dachte: »Warum trägt sie nur ihr Unterkleid?« Mutter gab ihr einen Baumwollbüschel in die Hand; ich beobachtete, wie der Faden sich spannte, wie er durch ihre Finger glitt, wenn sie das Rad herumwirbelte. Aus dem Garten klang frohes Kinderlachen. Durch die Schiebetür erblickte ich Hira und Mitsu, die auf Stelzen herumstapften. Sie winkten mir zu, ich solle doch mitspielen. Ich schlüpfte in meine Sandalen, eilte zu ihnen hinaus.

Gerade klemmte ich meine Stelzen unter den Arm, als ich Yamabuki laut schreien hörte. Ich erschrak, denn Yamabuki schrie selten, und niemals mit so viel Angst in der Stimme. Ich ließ die Stelzen fallen, lief zurück in Mutters Gemach. Da sah ich, dass der Faden gerissen war und aus einem Schnitt auf Yamabukis Handfläche dicke Blutstropfen quollen. Sie fielen auf ihr Untergewand, auf Mutters Saum und auf die helle Matte, wo sie breite rote Flecken bildeten. Während ich sie entsetzt anstarrte, flackerte das Licht, die Geräusche entfernten sich. Die Gesichter verloren ihre Konturen, wurden zu blassen Formen und lösten sich Luft auf. Nur die purpurroten Flecken auf der Matte leuchteten, darüber webten Spinnen lautlos ihr Netz.

Da erwachte ich und sah durch die Zeltklappe den Morgenstern leuchten. Pferde wieherten, die Dämmerung nahte und Yamabukis kühle, unversehrte Hand streichelte meine feuchte Stirn.

»Nee-San, du hast unruhig geschlafen, seltsame Worte kamen aus deinem Mund.«

Schlechte Träume sollte man vergessen. Spricht man darüber, verleiht man ihnen Macht. Ich warf mein Haar aus dem Gesicht, drehte es zu einem Knoten zusammen.

»Schläfst du denn nicht?«

»Wie kann ich schlafen, wenn ich schon mein Kind

spüre? Ich spreche mit ihm, bis es ruhig wird. Aber das dauert manchmal sehr lange«, setzte sie verschmitzt hinzu.

Sie war sehr gelassen – wohl hauptsächlich wegen ihres starken Glaubens an Yoshinaka. Ich aber fürchtete mich sehr. Ich war voll böser Vorahnungen und fand auch in den folgenden Nächten wenig Ruhe. Wir erlebten anstrengende Reisetage, die Wege stiegen an, die Berge rückten näher. Abends waren Reiter und Pferde gleichsam zerschlagen. In diesen Nächten schlief auch ich tief. Im Zelt und in meinen Gedanken herrschten Dunkelheit. Und eine Zeit lang ging mein Geist nicht mehr auf Reisen.

22. Kapitel

Yoshinakas Ruf war zwar am Kaiserhof umstritten, aber seine Erfolge in Echigo hatten ihm beim Volk Beliebtheit eingebracht. Die einfachen Leute lobten seinen Mut, seinen noblen Charakter, seine Gerechtigkeit und sein Mitgefühl für die Armen. Wie immer, wenn ein Mensch verehrt wird, wuchsen um seinen Namen Legenden. Es hieß, er sei von übernatürlichen Wesen erzogen worden, die fliegen konnten und ihn die Kampfkunst gelehrt hatten. Und die ihm, zu seinem Schutz, die Tochter eines Drachen zur Seite gestellt hatten. Wenn ihn auch nur vergleichsweise wenig Krieger begleiteten, mochte er nur alleine kommen. Sobald sein Fuß die Kaiserstadt betrat, würde er das Volk hinter sich haben.

Der Ruhm, den Yoshinaka so heiß ersehnte, umgab ihn bereits, ohne dass er davon wusste, und machte dem Haike-Clan immer mehr Angst. Doch besonnen, wie er war, rührte sich General Kiyomori immer noch nicht. Es widerstrebte ihn, Yoshihira in die Hände zu spielen. Letztendlich ging es um einen Familienstreit innerhalb der Minamoto, der ihn nichts anging, und womöglich ließ sich die Sache lösen, ohne dass gleich zwei Heere aufeinanderprallten. Es war nie von Vorteil, das Volk zu verärgern.

Nun aber geschah es, dass der Fürst von Kamakura Verbündete fand, wo er sie vielleicht nicht vermutet hatte. Die Mönche der Tendai-Sekte, die nach eigenen Gesetzen lebten, hatten auf ihrem Tempelberg eine Art Staat im Staate gegründet. Sie waren als rücksichtslose Kämpfer gefürchtet und verteidigten ihre Privilegien notfalls mit Gewalt. Es war schon vorgekommen, dass sie den Kaiser selbst bedrohten. Der Haike-Clan fürchtete die wilden Mönche sehr; man ging auf ihre Forderung nach mehr Spenden und Ländereien zähneknirschend ein.

In den Augen der strengen Tendai-Sekte war Yoshinaka ein schamloser Anbeter der Sonnengöttin, der sich um Buddhas Gebote wenig scherte. Die Mönche, die durch fromme Spenden hohe Einkommen bezogen, sahen mit Unbehagen Yoshinakas Beliebtheit in der Bevölkerung und bangten um ihren Einfluss. Sie verließen in Scharen ihren Tempelberg und hetzten gegen Yoshinaka: Kam der »Mann aus Kiso« – wie sie Yoshinaka unter Missachtung seines Adelstitels nannten –, würde er die Mönche ermorden und alle Tempel niederbrennen.

Somit gelang den wild schreienden Mönchen das, was Yoshihiras Hetzreden nicht erreicht hatten: General Kiyomori sah sich gezwungen, zu handeln, weil die öffentliche Ordnung durch die einflussreichen Mönche bedroht war. Und so verging nur wenig Zeit, bis Späher berichteten, dass uns fünf berittene Abteilungen des Haike-Clans entgegenzogen.

Die Schlacht fand drei Tage später am Ufer des Fuji-Flusses statt. Das Wasser floss dunkel und träge zwischen den Bäumen. Als ich im Morgengrauen im Untergewand die Böschung hinabstieg, um mich zu waschen, beugte ich mich tief über das Wasser und sah zwischen dem Schilf mein blasses Gesicht.

»Vater Drache«, flüsterte ich zu meinem Spiegelbild, »sei gut zu mir und schenke mir deine Kraft! Ich brauche sie heute.«

Der Morgen war klar, doch die Vögel sangen nicht, kein Tier ließ sich blicken. Es war, als ob der Wald den Atem anhielt. Nur das Wasser murmelte und rauschte.

Kurz nach Sonnenaufgang war es soweit. Seltsam und beunruhigend drang ein ungewöhnliches Geräusch aus der Ferne. Fast klang es wie das Rascheln von Seidenraupen. Doch die Muschelhörner ließen bereits ihr dumpfes Dröhnen hören und durch den Morgennebel glitten, wie Gespenster, die dunklen Gestalten der gegnerischen Vorhut. Die roten Banner des Haike-Clans leuchteten wie in Blut getaucht. Die ersten Reiter sprengten durch den Fluss, während die Hauptmacht sie deckte. Die Abteilungen warteten, bis alle versammelt waren, dann griffen die Krieger in geordneten Schlachtreihen von je fünfzehn Reitern an.

Wir hielten ihnen Schild und Speer entgegen, bildeten einen festen Wall in Sichelform, um die Feinde am Flussufer einzukreisen. Jeder Reiter hielt den Kopf gesenkt, um dem Angreifer nicht den ungeschützten Hals zu bieten. Obwohl ich Schlachtfelder bereits kannte, war jede Begegnung mit dem Feind eine neue Herausforderung. Und diesmal war es der kaiserliche Befehlshaber selbst, der uns diese Truppen schickte. Seine Feldherren waren hart und erfahren. Sie kamen auf Streitrössern edelster Zucht, ihre Waffen und Rüstungen waren die besten.

Kein Mensch konnte voraussehen, wie sich das Kräfteverhältnis zwischen den Heeren entwickeln würde, doch ich hatte berechnet, dass beide Heere an der Zahl ungefähr gleich waren.

Neben mir ritt Yamabuki in smaragdgrüner Rüstung. Wie ein schlanker Junge lenkte sie ihren Schilf-Drachen und die wehenden Federn ihres Helms schimmerten in den Farben des Regenbogens. Doch ich sah ihr leicht verzerrtes Antlitz und dachte: Ihr Platz ist nicht hier. Eigentlich hätte ich an Yoshinakas Seite kämpfen müssen, aber Yamabuki trug sein Kind. Ich sah das Ungeborene vor mir; selbst sein Schatten war mir wertvoll. Und so blieb ich auch zu seinem Schutz bei Yamabuki.

Vor meinen Augen huschte jetzt der Schatten meines eigenen Helmschmucks, die bunten, mit Gold geflochtenen Bänder flirrten. Von allen Seiten klangen die erregten Stimmen der Krieger, unbekümmert, rau und wild. Ich roch das nasse Moos, die schwitzenden Pferdeleiber. Fubuki stampfte, schüttelte seine Mähne. Unter seinen unruhigen Hufen schien die Erde zu beben. Ganz plötzlich überkam sie mich wieder, diese seltsame Losgelöstheit, die mich in Augenblicken der Gefahr bisweilen überfiel. Ich entsann mich der Worte unseres Fechtmeisters Soran: »Die am Leben haften, werden sterben, und die den Tod verachten, werden leben.« Ich hielt mein Schwert in der Hand, blickte in starrer Verzückung auf den Feind.

Da bliesen die Muschelhörner zum Angriff. Ein vielstimmiges Geschrei antwortete und beide Heere stürmten aufeinander zu. Es war wie der Zusammenprall zweier Wogen. Das Prasseln der Hufe, das Gellen der Kriegsschreie, das Klirren der Waffen hallte in meinen Ohren. Schon schrien die Verletzten, die ersten Leichen trieben im Wasser. Aus den Augenwinkeln sah ich, dass meine Brüder Yoshinaka mit ihren Schilden deckten, und so blieb ich in Yamabukis Nähe. Auch sie hatte das Kampffieber gepackt. Während ihre Hellebarde die Luft wie Seide durchschnitt, konnte ich ihr manchen Feind vom Leibe halten. Doch sie war meine Schwester, vom gleichen Blut. Und so geschah es, dass sie einem prächtig herausgeputzten feindlichen Hauptmann entgegensprengte und sich den Kriegssitten entsprechend bekannt machte:

»Ich bin Yamabuki Gozen, Tochter des Nakahara Kanetoo, Fürst von Kiso. Ihr Name, Herr?«

Der Hauptmann blickte in ihre wild leuchtenden Augen.

»Ich, Dame, bin Hauptmann Saijo Matsuo, Sohn des Nobuhara Sawada, Fürst von Hitachi.«

Sie salutierten förmlich, preschten in wildem Galopp aufeinander zu und trafen sich in einer Lichtung, in der eine alte Eiche stand. Beide Reiter wirbelten um den Baum, ihre Hellebarden krachten zusammen, trennten sich, bevor sie sich ineinander verhakten. Bald merkte der Hauptmann, dass er gegen Yamabuki nicht ankam. Ihr Schilf-Drache war schneller und gehorchte Signalen, die zwischen Pferd und Reiterin wie eine Geheimsprache war. Als Yamabuki dem Hauptmann mit geschickter Drehung die Hellebarde aus der Hand schlug, griff er nach seinem Bogen, riss einen Pfeil aus dem Köcher und zielte auf das Pferd seiner Gegnerin. Schon schrie Yamabuki, die keinen Bogen hatte, wütend auf.

»Wo bleiben Eure Manieren? Pfeile, wenn ich keine habe!«

Der Pfeil zischte. Yamabuki warf ihr Reittier herum, brachte es hinter dem Baum in Deckung. Sie gab dem Hauptmann keine Zeit, einen zweiten Pfeil an die Sehne zu legen. Ihre Hellebarde zog einen blitzenden Kreis, schnitt den Bogen sauber entzwei. Schon riss Saijo Matsuo mit einem wilden Fluch sein Langschwert aus dem Gürtel. Eisen prallte gegen Eisen, Funken stoben. Beide kämpften erbittert, drehten sich, wirbelten einander entgegen, stürmten wieder auseinander, die Eiche, die sie als Deckung benutzten, immer in ihrer Mitte. Bis sich Yamabukis Hellebarde in den tief hängenden Zweigen verhakte. Yamabuki riss die Waffe los, doch nicht schnell genug. Schon traf sie das Schwert des Hauptmanns unter dem erhobenen Arm.

Alle Geräusche um mich herum verstummten. Ich sah, wie Yamabuki die Hellebarde fallen ließ, aus dem Sattel kippte. Sie schlug seitwärts zu Boden; ich hörte den gedämpften Klang ihres Helms, der sich beim Aufprall löste und ins Gebüsch rollte. Yamabuki stemmte sich hoch, kroch auf Händen und Knien, ihre tastende Hand streckte sich nach der Waffe aus. Schon sprang Saijo Matsuo vom Pferd, rannte auf sie zu, das Schwert zum Schlag erhoben. Doch bevor es niederfuhr, warf ich ihm mein eigenes Schwert ins Gesicht, warf es mit so viel Kraft, dass seine Stirn wie eine Schale zersprang. Saijo Matsuo taumelte zurück, das Schwert entglitt seiner Hand.

Er fiel, rollte die Böschung hinab, bewegte sich nur noch schwach, als ihn das gurgelnde Wasser forttrug.

Yamabuki hatte noch gesehen, wie ich ihren Feind niederschlug. Nun fiel sie wieder zurück, lag keuchend im hohen Gras. Ich kniete neben ihr, ohne auf das Kampfgeschehen zu achten, löste die Bänder ihrer Rüstung. In ihrer Seite klaffte ein tiefer Einschnitt; das Schwert musste die Leber durchbohrt haben. Ich wusste, dass jede Hilfe vergebens war, doch ich wollte es nicht wahrhaben. Als ich sie behutsam aufrichtete, schrie sie vor Schmerz, bevor sie sich hart auf die Lippen biss. Ihre Hand bewegte sich, tastete nach der Wunde. Mit benommenen Augen blickte sie auf ihre blutigen Finger, dann auf mich. Kalt und bedrückend kam mir mein Traum in Erinnerung und meine Nackenhaare stellten sich auf. Sie aber rief leise: »Yoshinaka!«

Mir war, als ob ihre flüsternde Stimme weit durch das Schlachtgetöse trug, denn ich vernahm einen hastigen Atem und ein Schatten fiel auf uns. Ich fuhr auf, die Hand bereits am Schwertgriff, doch es war Yoshinaka, der neben der Sterbenden in die Knie fiel. Sein Gesicht war verzerrt, seine Lippen bleich. Als er Yamabukis Hand fasste, klammerte sie sich daran.

»Es tut mir leid«, stammelte sie. »Es hätte nicht… geschehen sollen.«

Ich hob den Kopf und schrie, meine Augen in Yoshinakas Augen:

»Sie trägt dein Kind!«

Er starrte mich an, als ob auch er seine Todeswunde empfangen hätte, geführt von meiner Hand.

»Wusstest du es?«

Ich wich seinem Blick nicht aus.

»Ja, aber sie hatte mir verboten, es dir zu sagen. Sie wollte kämpfen!«

Verzweiflung klang in Yoshinakas Stimme.

»Aber warum nur? Warum?«

Ein Schauer erfasste Yamabukis Körper. Als sie versuchte zu lächeln, rann ein Blutsfaden aus ihrem Mund.

»Ich habe einen Eid geschworen, erinnerst du dich, Yoshinaka?«

An der Art, wie sie die Worte hervorstieß, erkannte ich, dass es zu Ende ging. Yoshinaka hielt sie in seinen Armen und seine Tränen fielen in den dunklen Glanz ihrer Haare hinab.

»Du musst doch gewusst haben«, sagte er heiser, »dass ich um dich weinen würde!«

Sie schaute zu ihm auf wie ein schläfriges Kind.

»Nein, Yoshinaka, nein! Du darfst nicht weinen. Ich … ich bin nicht wichtig. Du aber wirst ein großer Held werden. Noch in tausend Jahren … werden die Menschen deinen Namen ehren!«

Das Reden hatte ihr die letzten Kräfte genommen. Ihre Arme, die ihn umklammert hielten, fielen schlaff herab.

Um uns herum tobte der Kampf, meine Ohren vernahmen Geschrei und Waffenklirren, doch der Lärm hallte in meinem Kopf wider wie in einer hohlen Muschel. Man hatte meinen Brüdern gemeldet, was geschehen war. Beide kamen, begleitet von ihrer Leibgarde, die einen Wall um uns bildeten. Verzweifelt beugten sich Hira und Mitsu über die sterbende Schwester. Ihnen war nie in den Sinn gekommen, dass wir eines Tages nicht mehr zu viert sein könnten. Seitdem wir das Licht der Welt erblickt hatten, gehörten wir doch zusammen! Waren wir nicht die Himmelskönige, auf ewig unzertrennlich?

Yamabuki aber entglitt uns. Noch atmete sie schwach, doch ihre Augen erloschen bereits. Schmerzen spürte sie offenbar nicht mehr, ihr Antlitz war ruhig und klar. Ein letztes Mal öffnete sie die Lippen, und wir dachten, dass sie sprechen würde. Doch nur ein Todesseufzer entrang sich ihr.

Als Yoshinaka sie sanft auf das Moos bettete, lag sie still da, das schwarze Haar wie ein Fächer ausgebreitet. Auf ihren Lippen lag das halbe Lächeln, das wir so liebten; sie sollte dieses Lächeln für immer behalten. Yoshinaka drückte ihr die Augen zu. Hira legte seinen blau gefütterten Umhang über sie, und Mitsu sagte, als ob sie ihn noch hören könnte, sie sollte sich jetzt ein wenig ausruhen. Yoshinaka aber richtete sich auf, mit unsicheren Bewegungen, wie einer, der aus dem Schlaf erwacht. Im Zwielicht glitzerten seine Augen vor Tränen; er blinzelte sie weg und seine Haltung wurde sicher und fest. Mit einem Mal ließ er einen Schrei hören, der, wie mir schien, den ganzen Lärm der Schlacht übertönte. Er stürzte auf Hayate zu, die unter den Bäumen zitternd auf ihn wartete, schwang sich in den Sattel und stürmte seinen Feinden entgegen. Da riefen auch meine Brüder nach ihren Reittieren, sicherten ihre Helme, rissen die Zügel an sich und stiegen in den Sattel. Über zuckende und tote Leiber hinwegsprengend, schrien sie ihren Kriegsruf und kämpften Seite an Seite mit Yoshinaka, bis die Schlacht – viele Stunden später – vorbei war.

Ob auch ich mich an den Kampf beteiligte? Ich kann

es nicht sagen, denn ich habe fast alle Einzelheiten vergessen. Die Sonne stand tief hinter den Bäumen, und die Schatten wurden länger, als die Muschelhörner der Gegner den Rückzug bliesen. Wer von Taira no Kiyomoris Elitetruppen übrig blieb, floh in das weite Hinterland der Berge. Unsere Krieger verfolgten die Fliehenden, die nicht schnell genug waren, und sorgten dafür, dass nur wenige entkamen. Jene, die darum baten, ihre Toten heimtragen zu dürfen, wurden erhört, gestanden sie ja damit nach dem Gesetz der Waffen ein, dass der Gegner das Feld beherrschte. Ja, es war ein klarer, ein eindeutiger Sieg, und er brachte uns viel Ruhm ein, doch schmeckte er bitter nach Tränen und Blut.

Als das Getöse der Schlacht verhallt war, hielt ich neben meiner Schwester die Totenwache. Sie lag in Hiras Umhang gehüllt, und um sie herum standen Krieger, die ihr schweigend Achtung zollten. Yamabukis Körper war kalt, ihre Glieder erstarrten bereits. Ihr Geist war fern, wehte frei zwischen Gräsern und Bäumen. Ob ich sie, mit nur ein wenig mehr Mühe, vom Kampf hätte abhalten können? Ich glaubte es nicht; es lag in unserer Natur, dass wir nicht anders als ehrenvoll handeln konnten. Doch mit Yamabuki war ein Teil von mir gestorben. Und in meiner Erinnerung sah ich fünf Kinder im Wald, verschwommen und gleichzeitig gläsern klar. Sie liefen und verfolgten einander, stolperten, kamen mühelos wieder auf die Beine. Am Hang duftete es nach Pilzen; glitzernde Libellen schwirrten aus den Herbstgräsern. Dann wurde es Abend, die Stimme der Mutter rief die Kinder heimwärts. Schon kamen die Nebel, eisige Kälte stieg aus dem Boden.

Die Kälte der Nacht, dachte ich erschauernd, die Kälte des Todes. Wozu, dachte ich, wozu eigentlich ein langes Leben, wenn es sich doch eines Tages in einem Atemzug auflöst? Und wozu ein gutes Gedächtnis, wenn nichts wiederkehrt, was einmal war? Die Kinder gab es nicht mehr. Sie lebten nur noch im Dunkel der Erinnerung, auf der anderen Seite der Träume.

23. Kapitel

General Taira no Kiyomori machte böse Zeiten durch. Die Schlappe war beschämend für ihn, der geglaubt hatte, dass seine Streitmacht mit einer Horde dahergelaufener Söldner leicht fertig werden würde. Der Oberbefehlshaber bereute es bitter, dass er Yoshihiras Gejammer über den rachsüchtigen Vetter unterschätzt hatte. Jetzt hatte der berüchtigte Yoshinaka sein gedrilltes Reiterheer niedergemetzelt, die Mönche schrien Alarm und der Sieger wurden von der Landbevölkerung stürmisch gefeiert. Das alles war höchst unerfreulich. Taira no Kiyomori, der eine Anzahl fähiger Männer verloren hatte, machte seinen Generälen deutlich, was ein neuer Misserfolg für sie bedeuten würde, und malte ihnen in düsteren Farben aus, was geschehen würde, wenn sie zuließen, dass die Sonnengöttin ihrem Günstling weiterhin beistand. Worauf sich alle sehr unbehaglich fühlten.

Wir indessen brachten unsere Truppen auf der Handelsstraße nach Kyoto rasch vorwärts und erlebten nicht einen einzigen Zwischenfall. Überall, wo das Heer gemeldet wurde, kamen die Bauern von den Hügeln herunter, verteilten Sake und Reiskleie an die Krieger und jubelten Yoshinaka zu, als wäre ein Gott zu ihnen gekommen. Und es dauerte nicht lange, da erblickten wir am Horizont die Höhenzüge von Kurikara, die die östliche Grenze von Echigo bildeten. Dahinter lag, nur ein paar Tagesritte entfernt, die kaiserliche Hauptstadt Kyoto.

Wir hatten gerade unsere Zelte am Fuß des Gebirges aufgeschlagen, als uns die Nachricht erreichte, dass sich auf der Passhöhe von Kurikara eine große Anzahl Krieger eingefunden hatte. Es gab eine Regel im Krieg: die Geschlagenen so schnell wie möglich zu verfolgen, ihnen keine Zeit zu lassen, ihre Kräfte zu sammeln. Dies hatten wir versäumt und diesmal war Taira no Kiyomori eindeutig der Schnellere. Was man uns über die Stärke der Soldaten berichtete, gefiel uns gar nicht. Ein Späher berichtete, dass sie den Passweg mit Baumstämmen versperrt hatten.

»Wie viele mögen da oben sein?«, fragte mich Yoshinaka.

»Der Späher spricht von dreitausend Mann«, sagte ich.

Yoshinaka machte eine ungläubige Geste.

»Wie viele hat er tatsächlich gesehen?«

»Du kannst ihn ja fragen, Komao-Maru«, erwiderte ich. »Er wartet draußen vor dem Zelt.«

Der Späher hieß Taro. Ich hatte ihn auf die Passhöhe geschickt, weil er die Gegend gut kannte und wir eine Bestätigung der Gerüchte benötigten. Der junge Mann zeigte ein Selbstvertrauen, das mir gefiel. Ich schätzte die Offenheit, mit der er zu mir sprach. Er gehörte zwar dem Bauernstand an, aber seine Familie besaß Ländereien, die sie drei Generationen lang als Pächter verwaltet hatten, bevor diese in ihren Besitz übergingen. Taro kam sofort, als ich ihn rief. Er verneigte sich im Feuerschein und kniete nieder, die rechte Hand auf dem Boden. Seine Manieren waren tadellos. Yoshinaka richtete schroff das Wort an ihn.

»Dreitausend Krieger, hast du gesagt?«

Der junge Späher ließ sich nicht aus der Fassung bringen.

»Mindestens, Herr.«

»Du denkst aber, dass es mehr sind?«

»Ich denke es nicht, Herr. Ich weiß es.«

Yoshinaka blickte ihn grimmig an.

»Kannst du überhaupt zählen?«

»Ja, Herr, es wurde mir beigebracht«, erwiderte Taro schlicht.

»Und was sind ihre Absichten?«

Taro grinste plötzlich jungenhaft.

»Ich nehme an, Herr, dass sie auf Euch warten.«

»Sei nicht vorlaut, Bursche«, antwortete Yoshinaka gereizt.

Seit Yamabukis Tod war das Liebenswerte aus seinem Gesicht verschwunden. Früher war er stets freundlich gewesen, wenn er mit Untergebenen sprach, was ihm viel Zuneigung eingebracht hatte. Jetzt war sein Tonfall scharf und er lächelte kaum noch.

»Wenn es so ist, wie er sagt, sieht es schlecht für uns aus«, meinte er nun.

Wir wechselten finstere Blicke. Es war heiß im Zelt. Hira wischte sich den Schweiß mit dem Ärmel aus dem Gesicht.

»In Friedenszeiten wären wir an einem Tag über den

Pass. Nun lagern dreitausend Männer da oben, die nicht davonlaufen werden. Wir können das Wagnis nicht eingehen, Komao-Maru.«

Mitsu, der mit seiner Goldmünze spielte, nickte lässig dazu.

»Vielleicht warten sie einen geeigneten Zeitpunkt ab, um uns im Dunkeln zu überfallen.«

Taro öffnete den Mund und schloss ihn sofort wieder. Ich nickte ihm zu:

»Sprich!«

»Sie werden es nicht wagen, Herrin«, sagte der junge Mann. »Sie haben zu wenig Verbündete hier. Die Bauern halten wirklich zu uns. Es gibt viele, die die Herrschaft der Haike verfluchen. Die Steuern, die sie über die Dörfer verhängen, schnüren ihnen die Luft ab.«

Mitsu warf seine Goldmünze in die Luft.

»Dann werden sie also ihre Position halten und sich nicht rühren, bis wir sie entweder angreifen oder Kurikara umgehen.«

Wir beschlossen, innerhalb von zwei Tagen weiterzuziehen und den Umweg auf uns zu nehmen. Weil unsere Vorräte knapp wurden, fragte Yoshinaka Taro, ob uns die Bauern mit Reis versorgen könnten.

Der junge Späher nahm kein Blatt vor dem Mund.

»Gewiss, Herr. Aber zahlt Ihr nicht, was sie verlangen, verstecken sie die Vorräte. Die Bauern denken zuerst an sich selbst.«

Yoshinaka gab sich nicht mit solchen Kleinigkeiten ab und veranlasste eilig das Nötige. Mochten die Haike-Krieger auf dem Pass glauben, wir hätten uns in Nichts aufgelöst! In der darauffolgenden Nacht aber verschwand

Taro plötzlich, bevor er am nächsten Morgen todmüde mit dem Bericht zu mir kam, dass sich Reitertruppen aus verschiedenen Richtungen auf uns zubewegten. Es war nicht nur ihr Vorrücken, das mir eine gehörige Portion Schrecken einjagte, sondern auch ihre Zahl. Denn jede Abteilung umfasste fünfhundert Mann.

Ich starrte ihn ungläubig an.

»Woher weißt du das?«

Taro erklärte in seiner schlichten Art, die Bauern hätten von Lichtsignalen gesprochen, die sie fern im Tal beobachtet hatten. Angeblich wimmelte das Land von feindlichen Kriegern. Taro hatte das mit eigenen Augen sehen wollen und sich ein Pferd ausgeliehen.

»Gestern bei Sonnenuntergang ritt ich nach Süden, wo die Bauern Soldaten gesehen hatten.« Taro runzelte die Stirn, als wolle er sich an jeden Schritt seines Pferdes genau erinnern. »Auf dem ganzen Weg ins Tal sah ich nichts. Dann kam die Nacht und ich sah Signalfeuer brennen. Als es hell wurde, sah ich zwei Kriegerabteilungen. Und dann noch vier weitere. Die Luft war klar, man konnte weit sehen. Die Krieger reiten weit auseinander und bilden eine Sichel. In zwei, drei Tagen werden sie hier sein, Herrin.«

Taro war blass vor Müdigkeit. Er hatte sein kleines Pferd beinahe zu Tode gehetzt und sich dann bei ihm entschuldigt und das Pferd mit kühlenden Pflanzen aus dem Bach abgerieben, um es zu beruhigen. Ich bat ihn, sich auszuruhen, und suchte Yoshinaka auf. Eine Schlacht gegen siebentausend Krieger, die einen einkreisten, bedeutete etwas anderes, als wenn wir nur gegen dreitausend Mann zu kämpfen hatten, die auf einem Pass ausharrten.

»Wenn sie uns gleichzeitig einkreisen, dann sind wir bald tot«, meinte Yoshinaka grimmig und leise.

»Wir müssen entkommen, ehe sie uns umzingeln«, sagte Hira. »Und das geht nur über den Pass.«

»Wenn wir eine Chance hätten durchzukommen – dann natürlich.«

»Ja, und was hält uns davon ab?«, fragte Mitsu. Yoshinaka warf ihm einen eisigen Blick zu.

»Die dreitausend Krieger da oben.«

Gaben wir den Feinden Gelegenheit, uns in die Zange zu nehmen, waren wir erledigt. Die Ebene war von kegelförmigen, dicht bewaldeten Hügeln durchzogen, Überreste erloschener Vulkane. Unsere Männer müssten wie verrückt von einer Seite dieser Hügel zur anderen galoppieren; die Haike-Krieger würden sie wie Ziegen auseinandertreiben und einzeln massakrieren. Das Heer würde zersplittern und der Kampf sich in zahlreiche Einzelgefechte auflösen. Der Ausgang stand uns klar vor Augen. Nach sorgfältiger Einschätzung der Lage kamen wir zu dem deprimierenden Ergebnis, dass ein Durchbruch über den Pass das Einzige war, was wir noch tun konnten, bevor wir uns selbst umbrachten, bloß um den Feinden zu zeigen, dass wir uns nicht fürchteten.

Ich hatte mir mit den anderen so lange den Kopf zerbrochen, dass ich mich müde in mein Zelt zurückzog. Traumbilder zogen vorbei, als ob blaues Wasser mir über die Augen rieselte. Da war ein Gefühl in mir, etwas, von dem ich wusste, dass es von großer Bedeutung war. Vielleicht, wenn ich gut nachdachte, würde ich mich entsinnen? Ach, wäre Yamabuki nur bei mir! Ihre Gegenwart hatte stets meinen Geist geklärt. Während ich so dachte, vermeinte ich plötzlich, ihre Stimme zu hören, ein Wispern wie der Wind, der über Sommergräser streicht. »Nee-San, weißt du denn nicht, dass ich bei dir bin?« Ich wandte die Augen in die Richtung, aus der die Stimme kam, und sah Yamabuki im Gegenlicht. Sie schwebte in geringer Höhe über dem Boden, blickte mich an, den Kopf graziös geneigt, und sprach leise, summende Worte zu mir. Während ich sie verwirrt anstarrte, schwankte ihre Gestalt, als ob Zugluft sie erfasste. Sie wurde blass und durchsichtig, und endlich waren nur ihre Umrisse sichtbar, bis auch diese verschwanden. Da kam ich wieder zu mir. Wahrscheinlich hatte ich mir nur eingebildet, dass ich sie sah. Vielleicht hatte ich auch wirklich geschlafen, und Yamabuki war mir im Traum erschienen, denn mit einem Mal wusste ich, was ich zu tun hatte, und schickte nach Taro.

Einen Augenblick später kniete er vor mir, in seiner anmutigen Haltung, die rechte Hand auf den Boden gestützt.

»Hier bin ich, Herrin. Was verlangt Ihr?«

»Taro, verfügen die Bauern über ausreichend Vieh?«

»Ja, Herrin. Die Dörfer sind recht wohlhabend.«

»Besitzen sie Stiere?«

»Oh ja, Herrin. Wir brauchen sie für die Feldarbeit.«

»Gut«, sagte ich. »Lass alle Stiere holen. Solche, die gut ausgewachsene Hörner haben. Die Tiere sollen ins Lager kommen und die Soldaten sollen Reisigbündel sammeln, zwei für jeden Stier. Den Tieren wird kein Leid geschehen. Verliert ein Bulle trotzdem sein Leben, werden wir für den Verlust aufkommen.«

Taro verstand augenblicklich, was ich vorhatte. Seine Augen blitzten vor Begeisterung.

»Ja, Herrin! Und ich werde Arashi bitten, die Herde zu führen.«

»Wer ist Arashi?«, fragte ich.

Der junge Mann zeigte seine schönen Zähne.

»Ach, Ihr kennt ihn nicht? Er ist ein Prachtbulle, der einen Nebenbuhler tötete, bevor er dessen Kühe bestieg und starke Kälber zeugte. Er gehorcht freiwillig oder überhaupt nicht. Kratzt er mit den Hufen den Boden, muss man sich vor ihm hüten. Er ist wild wie die Wolken. Deswegen nennen wir ihn Arashi.«

»Schwarzer Himmel«, murmelte ich mit halbem Lächeln. »Sag, mag er dich?«

»Ja, doch, Herrin. Ich spreche mit ihm.« Taro sagte es ganz unbefangen. Eine leichte Aufregung überkam mich, ein starkes inneres Gefühl, das ich zu verbergen suchte. Ich kniff die Augen zusammen.

»Wie?«

Taro bewegte die gelenkigen Hände.

»Ich spreche mit ihm wie zu Euch, Herrin. Arashi versteht mich und antwortet. Ich höre seine Stimme in meinem Kopf.«

»Ach, und was hat er für eine Stimme?«

»Grollend wie ferner Donner, Herrin.«

»Sprichst du auch mit anderen Tieren?«

Er nickte.

»Ich war immer bei den Tieren, schon als Kind. Außerdem habe ich ihnen niemals etwas Böses getan. Die Tiere wissen das.«

Es war ein aufwühlendes Gefühl, auf ein Wesen zu treffen, dass mir auf seine Art sagte: »Ich bin dir irgendwie gleich!« Weil ich es aber nicht wahrhaben wollte, verschloss ich ihm mein Herz und fragte mit kühler Stimme:

»Würden die Stiere Arashi gehorchen?«

»Wenn ich ihn darum bitte, dann ja.«

»Führe mich zu ihm!«, befahl ich.

Wir fanden Arashi auf der Koppel; er stand auf einer Erhebung und schaute zu dem Ende der Weide, wo die jungen Kühe grasten. Taro ging auf ihn zu, doch als ich ihm folgen wollte, blieb er stehen und sagte:

»Herrin, lasst Euch warnen: Der Bulle ist gefährlich.«

Ich schüttelte den Kopf.

»Mir wird er nichts tun.«

Taro zögerte. Ich stand vor ihm, das Gesicht unbewegt, und als unsere Blicke sich trafen, warf ich den Kopf mit brüsker Bewegung in die Richtung, wo der Stier stand.

»Geh voraus!«

Arashi sah uns kommen. Sein Schwanz peitschte die Flanken, doch ansonsten rührte er sich nicht. Er hatte einen wundervollen Kopf und seine Hörner waren riesig, hell mit schwarzen Spitzen. Sie bogen sich aufwärts, senkten sich im Halbkreis, und dann strebten die Spitzen wieder in die Höhe. Fliegen, die an seinen Flanken klebten, schwirrten brummend empor. Taro trat furchtlos an das gewaltige Tier heran, brachte sein Gesicht ganz nahe an Arashis Maul und sagte, leise und eindringlich:

»Arashi! Wir brauchen dich. Du musst uns helfen.«

Ein Frösteln überlief mich. Er sprach zu Arashi, wie ich zu Fubuki und zu meinem Wanderfalken sprach. Der Stier sah mich von der Seite an. Seine gewölbten Augen hatten einen bläulichen Schimmer. Nicht Taros, sondern meine Bewegungen waren es, die er mit gespannter Aufmerksamkeit beobachtete. Plötzlich bebte das samtene Maul und seine Zähne glänzten sanft.

»Er lächelt!«, staunte Taro. »Wahrhaftig, Herrin, er lächelt Euch an!«

»Ich möchte ihn gerne berühren«, sagte ich.

»Ja, es ist ein guter Augenblick, er ist glücklich.«

Wortlos trat ich näher. Ich spürte, wie der Geist des mächtigen Tieres mich behutsam und forschend umkreiste. Dann senkte er den Kopf. Ich streckte vorsichtig den Arm aus, legte meine Hand zwischen die fleckigen Hörner und kraulte seine Stirnlocken. Dabei bemerkte ich in dem Blick, den der Stier auf mich richtete, Neugier und Gutmütigkeit, Wohlwollen und Großmut.

»Du bist ein schöner, starker Stier«, sprach ich im Geiste zu ihm. »Ich fürchte dich nicht, denn ich bin von deiner Art.«

Mir war, als ob ich seine Stimme hörte, sie war genau so, wie Taro gesagt hatte, grollend und mächtig.

»Das sehe ich wohl, Frau. Ich kenne nicht viele, die mit mir sprechen können. Du darfst mir den Nacken reiben, das habe ich nämlich sehr gerne.«

Ich tat, was er verlangte, fühlte unter meiner Hand die knotigen Muskeln. Der Stier hob den Kopf. Ein Ring war in den nassen, schwärzlichen Nasenlöchern angebracht, die sich jetzt weiteten, als er mich beschnupperte. Er ließ ein freundliches Brummen hören, wobei er halb die Augen schloss. Ich verlangsamte die Bewegung meiner Hand auf seinem Hals, bevor ich sie zurückzog. Ein kurzes Schweigen folgte, das Taro mit einem fröhlichen Auflachen brach.

»Wunderbar! Ihr seid ihr Freunde! Ich habe wirklich große Angst um Euch gehabt, Herrin. Ihr habt mir nicht gesagt, dass Ihr die Macht besitzt.«

Ich wandte mich hochmütig ab; er sollte nicht sehen, wie aufgewühlt ich war.

»Warum sollte ich es dir gesagt haben?«

Sämtliche Dorfbewohner beobachteten uns, flüsterten respektvoll und neugierig. Es würde gewiss möglich sein, sie für mein Vorhaben zu gewinnen.

Ich suchte Yoshinaka in seinem Zelt auf.

»Wollen wir etwas tun, wovon noch unsere fernen Nachkommen erzählen werden?«

Yoshinaka wusste, dass ich Zugang zu einer Welt hatte, die abseits lag von der wirklichen Welt. Früher hatte auch er zwischen diesen Welten wie zwischen Licht und Schatten gestanden, und einst sprachen wir unsere Geheimsprache, die nicht die Sprache der anderen Menschen war. Doch nun, als erwachsener Mann, hatte er die fließenden Grenzen verlassen, hielt sich an die Arbeit der vernünftigen Gedanken. Er wollte die Bürde der Erinnerung nicht mit sich herumtragen, denn das, was er zu tun hatte, nahm ihn vollauf in Anspruch.

Als ich Yoshinaka alles erklärt hatte, nahm er sich Zeit mit seiner Antwort, bevor er mit einem Mal lächelte. Es kam selten, dieses Lächeln, flüchtig und hell wie ein Sommerblitz, der durch dunkle Gewitterwolken scheint.

»Frauen sind wahrlich kluge Wesen.«

»Du wirst nicht enttäuscht werden, Komao-Maru.«

»Wahrscheinlich hast du recht.«

Sein Lächeln verschwand.

»Aber wie steht es mit den Bauern? Werden sie uns die Tiere geben?«

»Sie haben gesehen, wie ich zu Arashi sprach. Es ist ihnen eine Ehre, uns zu helfen.«

Die Stiere wurden in einem großen Pferch zusammengetrieben. Von breiter Brust und lang gehörnt, trotz ihres Gewichtes flink und lebhaft, boten sie einen prachtvollen Anblick. Ihr Fell war schwarz oder dunkelbraun mit einem rötlichen Schimmer. Noch vor hundert Jahren lebten diese Tiere wild; die Erde hatte den Donner ihre Herden nicht vergessen.

»Hör gut zu«, sagte ich zu Arashi, »die Sache ist eigentlich ganz einfach. Die Fackeln werden an euren Hörnern befestigt, sie werden niederbrennen, aber die Hitze wird erträglich sein, weil die Nachtluft feucht ist. Du musst einfach laufen, die anderen werden folgen. Vor dir werden Krieger sein, die Speere schleudern. Kümmere dich nicht darum. Sie werden Angst haben und fliehen. Bist du bereit?«

Der Bulle senkte den Kopf und gab seine Zustimmung. Ich legte die Hand auf seine Stirn und segnete ihn im Namen der Sonnengottheit. Dann ließ ich den Besitzer kommen und sagte:

»Wenn alles vorbei ist, soll dieser Stier ein langes und gutes Leben haben und ausreichend Nahrung bis an sein Ende.«

Der Bauer, der schon alt, aber noch recht schlau war, fragte:

»Was aber, Herrin, wenn mein Tier getötet wird?«

Ich bürgte für Arashi aus meiner eigenen Schatulle. Der Besitzer war zufrieden, und alle Bauern verneigten sich, indem sie scharf die Luft einsogen, was bei einfachen Leuten Bewunderung ausdrückt. Sie vertrauten mir; doch ich musste erst noch einiges in den Wäldern auskundschaften. Ich befahl Taro, mir Bauernkleidung zu besorgen, und brach mit ihm zu einem Erkundungsvorstoß zum Pass auf.

24. Kapitel

Zunächst hatte sich Taro gegen mein Vorhaben so heftig gewehrt, dass ich mich veranlasst sah, ihn daran zu erinnern, wer hier eigentlich das Sagen hatte. Er beruhigte sich ein wenig, als ich ihm erklärte, worum es ging: Wollten wir nicht, dass unsere Stiere gegen die Befestigung der Gegner rannten, mussten wir wissen, wo sie errichtet war und wie wir sie beseitigen konnten. Das leuchtete auch Taro ein.

Für ihn war Kurikara eine vertraute Gegend. Er kannte jeden Pfad, jede Senke, und so begannen wir bald den Aufstieg. Ich hatte auf Waffen verzichtet, trug nur meinen Dolch bei mir. Es war schon heiß, und Heuschrecken begannen, die Luft zu füllen. Auch Mücken lockte unser Schweißgeruch an. Das Klettern war hart, jeder Schritt erforderte eine bewusste Anstrengung, als würden unsere Füße am Boden kleben. Aus meiner Heimat Kiso war ich einen offenen Himmel gewohnt, der sich in die Ferne dehnte. Hier aber standen die alten Bäume so hoch und dicht, dass sie jede Sicht versperrten. Wo sich im Wald Schneisen geöffnet hatten, türmten sich Felsblöcke, mit dunkelgrünem Moos bewachsen. Eine zwielichtige Dämmerung herrschte unter dem dunstigen

Laubwerk. Die Luft war so drückend, dass ich sie wie eine klamme Berührung empfand. Es gab Dinge in der Natur, die im Herzen der Menschen Stille wecken. Und ich fühlte mich erlöst, als auf dem Gelände eindeutig ein Weg zu erkennen war, der im Nichts anzufangen schien und in stetigen Serpentinen höherführte.

»Das ist der alte Passweg«, sagte Taro. »Er wird kaum noch benutzt.«

Wir kletterten weiter. Nach einiger Zeit kreuzte der Weg einen zweiten, der breiter war, wenig später einen dritten. Dann und wann begegneten wir Tieren, Eichhörnchen und Vögeln. Rehe kamen so dicht an uns heran, dass wir in ihre klaren Augen blicken konnten. Sogar eine Fuchsmutter trug ihre Jungen nicht fort, als wir sie beim Spielen überraschten. Sie schienen uns ebenso wenig zu beachten wie die anderen Kreaturen des Waldes.

Taro ging immer voraus. Nachdenklich folgte ich dem geschmeidigen braunen Körper, der sich im Unterholz so lautlos und selbstsicher bewegte.

»Woher hast du die Gabe?«, fragte ich ihn, als wir bei zunehmender Hitze an einer Quelle rasteten.

Er lächelte vor sich hin.

»Ich weiß es nicht, Herrin. Als ich ein Kind war, sagten meine Eltern, dass ich mich wie ein kleines Tier benähme.«

»Leben sie unten im Dorf?«

Sein Lächeln gefror. Schmerz huschte über sein Gesicht. Dann murmelte er:

»Sie sind schon lange tot. Ein böses Fieber. Ich pflegte sie beide und steckte mich an. Aber ich überlebte.«

»Hast du keine Frau? Keine Kinder?«

Er starrte mich überrascht an, bevor er leise und erstickt auflachte.

»Doch, ich habe viele Frauen, und Kinder, die vielleicht schon laufen können.«

Ich fragte verwundert:

»Kennst du deine eigenen Kinder denn nicht?«

»Nicht alle, Herrin, sie gehören ja ihren Müttern. Was hat der Mann zu sagen? Die Mutter trägt das Kind. Ist genug Nahrung da, bestimmt sie, dass es aufwachsen soll. Wenn nicht, gibt es Mittel aus Pflanzen. Das wisst Ihr doch, Herrin.«

Ich betrachtete ihn ernst. Er gebrauchte das alte Wort für »Mutter«, das gleichzeitig auch »fruchtbare Erde« und »Unsterblichkeit« bedeutet. Ich sagte nachdenklich:

»Lässt du deine Kinder aufwachsen wie die wilde Saat im Gebirge? Glaubst du nicht, dass dein Blut es wert ist, weitergegeben zu werden?«

Er sah verdutzt aus wie ein Junge, der nicht weiß, warum er getadelt wird. Er errötete, denn es war ein sehr intimes Gespräch, und erwiderte mit gesenktem Blick:

»Das Bauernvolk denkt anders.«

Ich schämte mich ein wenig und musste doch lächeln. Ich hatte ihn bedrängt, weil er ein Untergebener war. Doch er war stolz und hatte allen Grund, es zu sein. In meinem Geist bewegte sich etwas, bewegte sich vor und rückwärts, wurde aber nicht sichtbar als Form. Ich sagte:

»Ich treibe keine Scherze mit dir und wollte dich auch nicht beleidigen. Es ist nur, weil ich mehr über dich wissen möchte.«

Die Spannung in seinem Gesicht verflog. Er war wieder ganz heiter.

»Das weiß ich doch, Herrin! Ich aber gehöre Euch. Fragt und ich werde antworten.«

Durch meine Kindheit in den Wäldern von Kiso war mein Fuß sicher und meine Sinne geschärft. Taro ging voraus, weil er den Weg kannte, doch ich trat ebenso katzenhaft leicht auf wie er selbst. Lange Zeit stiegen wir zwischen Buschwerk und Geröll hinauf, bis wir aus der Ferne Stimmen und das Schnauben von Pferden vernahmen. Wir hatten die Passhöhe erreicht. Weil die Hitze drückte, schlug uns bald der Gestank von Männern und Pferden wie eine schwere Decke entgegen. Taro gab mir durch Zeichen zu verstehen, dass wir noch höher klettern mussten. Wir duckten uns so flach wie möglich, überquerten schnell den eigentlichen Passweg und stiegen auf der anderen Seite den Hang empor, bis wir knapp unterhalb der Höhe des Kamms ankamen. Dort liefen wir schnell und geduckt entlang, bis wir zwischen den Büschen hinabspähen konnten.

Vor uns lag ein breites Hochtal, das die Natur genau auf der Passhöhe errichtet hatte. Auf der einen Seite stieg der bewaldete Hang fast senkrecht in die Höhe, auf der anderen hatte eine Verschiebung der Erdschichten eine Schlucht voll rissiger Kanten gebildet. Diese Schlucht fiel von Krater zu Krater in schwindelerregende Tiefen. Genau dazwischen, auf dem Schnittpunkt beider Felswände, hielten die Haike-Kämpfer ihre Position. Hier stand die größte Ansammlung von Kriegszelten, die ich jemals gesehen hatte. Weil kein Lüftchen wehte, hingen alle Banner schlaff an den Stangen. Die Wappen zeigten, je nach Sippe, verschiedene Ausführungen des Schmetterlingssymbols sodass die Kämpfer im Schlachtgewühl die Ihren sofort erkennen konnten. Hielt ich mich an die Faustregel des Krieges und rechnete acht Männer auf ein Zelt, deckte sich meine Zahl mit der, die Taro gemeldet hatte. Es war einigermaßen entmutigend.

Immerhin zeigten die zu uns hinaufdrängenden Eindrücke für Auge und Ohr – das Klirren von Metall, das Stampfen von Hufen, das Gelächter und die Gespräche der Soldaten –, dass sie keinen Angriff planten, sondern ihre Stellung hielten, in der Erwartung, dass wir die Geduld verlieren würden und blindlings in ihre Truppen hineinritten. Das Vergnügen würden wir ihnen nicht gönnen. Ich überlegte scharf. Die Befestigung befand sich talabwärts; wir mussten sie zerstören, bevor wir die Stiere schickten. Das ging nur, wenn ein Lockvogel einen Angriff auf das Lager vortäuschte. Ich erklärte das alles Taro und er sagte:

»Ich kenne einen Weg durch die Schlucht.«

»Könnten wir da Männer hinaufschicken?«

»Sie müssten nur über den Schluchtrand klettern und wären mitten im Lager, bevor die Hörner Alarm blasen könnten.«

»Das ist ein verrückter Einfall.«

Er erwiderte meinen Blick. Er hatte einen regen Geist und war sich seiner Sache sehr sicher.

»Ich könnte sie führen. Der Weg verläuft auf halber Höhe der Felswand. Bei Tageslicht gäbe es keine Schwierigkeiten.«

»Und bei Nacht?«

Er grinste mich an.

»Bei Nacht kann man nicht in die Tiefe sehen.«

Es überlief mich kalt. Dieser Mann war mir zu kühn. Ich meinte:

»Überlege es dir jetzt! Ich achte deine Entschlossenheit, aber ich will nicht, dass du kämpfst. Du hast nur deinen Speer.«

Das Gesetz verbot den Bauern, Schwerter zu tragen. Nur der Speer, mit denen sie sich die Räuber vom Leib hielten, war ihnen gestattet.

Er lachte leise vor sich hin.

»Was soll ich mit einem Speer, Herrin? Ich brauche beide Hände, um mich an dem Faden zu halten.«

»Welcher Faden?«, fragte ich verwirrt. »Wovon redest du?«

»Von dem Weg«, erwiderte er. »Wir nennen ihn den Faden, weil er so eng ist. Habt Ihr das nicht gewusst, Herrin?«

Ich wollte antworten, als uns ein dumpfes Grollen aufhorchen ließ. Taro wies auf eine dunkle Wolkenfront, die sich langsam in die Höhe schob.

»Regen!«

»Gehen wir«, sagte ich, »wir haben genug gesehen.«

Der Abstieg war gefährlich, zumal es schnell dunkel wurde. Bald pfiff und heulte der Wind über die Bergflanke. Die Baumkronen begannen zu rauschen und zu stöhnen. Die Äste knarrten wie Schiffe bei starker Dünung. Bald fielen die ersten Tropfen, rieselten von Blatt zu Blatt wie eine Kette von Perlen. Schon fegte der Regen heran, trommelte auf den dampfenden Boden. In wenigen Augenblicken waren wir triefend nass, das Wasser lief uns durch das Haar in den Nacken. Kleine Sturzbäche schwollen an, schäumten aus allen Erdlöchern. Wir stapften durch den Schlamm, stolperten über Wurzeln und losgerissene Zweige. In unseren durchnässten Kleidern froren wir bis aufs Mark.

Auf einmal packte Taro meine Hand, zog mich mit sich. In der Nähe ragte eine Felswand aus dem Dunst und ich sah einen Schatten im Gestein. Zielstrebig kletterte Taro über das nasse Geröll auf diesen Schatten zu. Es war ein kleiner Felseinschnitt, nicht sehr tief, in dem sich etwas Wärme gehalten hatte.

In der Grotte roch es modrig nach Erde und Wurzeln. Taro tastete über den Boden, fand einige Zweige und Kiefernnadeln, die noch trocken waren. Er formte sie mit der Handfläche zu einem kleinen Kegel und schlug zwei Feuersteine, die er, wie alle Bauern, stets bei sich hatte. Eine Zeit lang war die Höhle von Rauch erfüllt, wir husteten und niesten, bis kleine Feuerzungen flackerten und das Holz endlich brannte. Ich war zunächst beunruhigt, denn ich fürchtete die Wachtposten.

»Sie sehen uns nicht«, meinte Taro. »Zu viel Nebel.«

Ich setzte mich vor das Feuer, verschränkte schlotternd die Arme. Die durchweichten Kleider klebten auf meiner Haut wie Eis. Taro zeigte nicht die geringste Hemmung. Unbefangen zog er seine Kleider aus, breitete sie neben dem Feuer zum Trocknen aus. Ich umschlang die Knie mit den Armen und klapperte mit den Zähnen.

»Herrin«, sagte Taro. »Ihr solltet Eure Kleider trocknen.«

Ich zögerte, doch er hatte recht.

»Gut, aber mach die Augen zu!«

»Warum?«, fragte er arglos.

Beim Bauernvolk sind nackte Körper von Frauen oder Männern ein vertrauter Anblick. Sie erledigen auch ihre Notdurft ohne jede Scheu. Taros Einwand war berechtigt: Es war gefährlich, die nassen Kleider anzubehalten. Widerstrebend folgte ich seinem Beispiel, legte meine Kleider neben den seinen auf den warmen Boden.

»Sie werden schnell trocknen«, sagte Taro.

Wir hatten jetzt nur unseren Lendenschurz an. Ich hob die Arme dicht an die Flammen, streckte die Beine aus, um mich zu wärmen, und versuchte gleichzeitig, meine Blöße zu bedecken.

»Warum starrst du mich an?«, fragte ich gereizt.

Seine Antwort war von entwaffnender Offenheit.

»Weil Ihr schön seid, Herrin.«

Ich wies ihn sofort zurecht.

»Solche Dinge darfst du nicht sagen!«

»Warum nicht, Herrin?«

»Warum?«

Ich schluckte; mir fiel keine passende Antwort ein. Die Kälte machte mich benommen. Er zog gelassen die Schultern hoch.

»Ich sage, dieser Baum ist schön, oder diese Blume, dieses Pferd, dieser Vogel ist schön. Die Sonne ist schön, wenn sie aufsteigt, und der Himmel ist schön, wenn sie untergeht. Warum darf ich nicht sagen, diese Frau ist schön?«

Seine Unbefangenheit entwaffnete mich. Ich konnte nicht anders als lächeln.

»Wenn ich jetzt sage, dieser Mann ist schön, da schämst du dich doch auch, nicht wahr?«

Jetzt war Taro in Verlegenheit. Ich sah ihn im Flammenlicht erröten.

»Ja, da schäme ich mich sehr.«

»Warum denn?«

»Weil es nicht die Wahrheit sein kann.«

»Ich sage immer nur die Wahrheit.«

Statt einer Antwort kreuzte er beide Arme vor der Brust. Ich betrachtete sein Gesicht, auf dem die Flammen fliegende Schatten warfen.

»Ist dir kalt?«, fragte ich.

Er nickte.

»Ja, auf dieser Seite des Feuers, da ist es noch kalt.«

»Komm doch zu mir«, sagte ich. »Hier ist es wärmer.«

Er schüttelte den Kopf.

»Das wage ich nicht.«

»Warum denn nicht?«, fragte ich.

»Weil ich Euch berühren könnte, Herrin.«

»Ach, fürchtest du dich vor mir?«

»Nein, Herrin.«

Ich kniff die Augen im Helldunkel zusammen, betrachtete den nackten jungen Mann, der an der Grenze von Licht und Schatten saß.

»Warum kommst du nicht zu mir?«

»Wenn Ihr mir befiehlt, Herrin …«

Unsere Blicke, über das Feuer hinweg, hielten einander fest. Ich sagte:

»Komm zu mir. Ich will es!«

Da zögerte Taro nicht mehr. Er richtete sich auf, und sein Körper bewegte sich rasch durch die Feuersglut, die ihn hell beleuchtete. Im nächsten Atemzug kauerte er dicht vor mir. Sein Oberkörper berührte leicht meine

Brüste. Er starrte mich an, mit bebenden Lippen, die Augen von Nacht und Dunkel erfüllt. Einen Atemzug lang zögerte er, bevor er beide Arme um mich legte. Eng umschlungen sanken wir auf den Boden nieder. Ich streichelte seine Haut, die warme, lebendige Glätte, spürte die harten Muskeln darunter. Das Bild eines anderen Mannes, das ich in mir trug, verblasste. Taros ebenmäßiges, stolzes Gesicht wurde zum Mittelpunkt meiner Wahrnehmung.

Stumm und keuchend pressten wir uns aneinander. Das kleine Feuer spendete nur noch wenig Wärme. Doch wir spürten die Kälte nicht mehr, spürten nur noch die Hitze in uns, aufflackernd und süß, und das gemeinsame Zittern, sein Herz und mein Herz. Solange Atem in mir war, würde ich mich an sein Gesicht und an seine Wärme erinnern. Ich war von dem Verlangen erfüllt, ihn zu halten, ihn ganz zu besitzen. Warum wir zusammengehörten, wusste ich nicht, es war kein vernünftiges Gefühl, lediglich die Empfindung, dass es so sein musste. Als ob eine innere Stimme mir sagte, ich sollte alles vergessen. Wir verloren uns in uns selbst, verstört und aufgeregt, und das Verlangen war so schwindelerregend, dass wir es kaum ertragen konnten, und zusammen hielten wir es so lange am Leben, wie wir vermochten.

Draußen fiel der Regen klatschend vom Himmel, zersplitterte vor der Grotte in wässrige Sterne. Das Rauschen hatte etwas seltsam Endloses an sich, als ob die Wellen des Schicksals die Höhle umbrandeten. Wir aber hielten uns in den Armen, atmeten entspannt und schläfrig. Die Mattigkeit war unendlich wohltuend.

»Wärme mich«, sagte ich.

»Schlaf ein wenig«, sagte er leise, »ich werde aufpassen.«

»Schlaf auch du«, sagte ich.

»Ich kann nicht. Ich bin für Euch da, Herrin.«

In der Höhlenöffnung glitten Nebel vorbei, weiß wie Leichentücher. Später schliefen wir eine Zeit lang, es war ein guter, stärkender Schlaf. Als wir erwachten, hatte der Regen nachgelassen. Die Abendsonne drang schwach durch die Wolken. Wir wussten, dass mit jedem Atemzug die Zeit unaufhaltsam vorrückte; der Zauber war verflogen. Schwerfällig richteten wir uns auf und griffen nach unseren Kleidern. Unsere Gesichter waren ernst und in unseren Augen stand die gleiche Qual. Taro brach als Erster das Schweigen.

»Mein Herz gehört Euch, Herrin.«

Ich streichelte sein Gesicht, die starken, klaren Züge, die runden Wangen, die vollen Lippen.

»Wirst du jeden Abend zu mir kommen?«

»Jeden Abend, Herrin.«

»Wirst du mich niemals verlassen?«

»Niemals, Herrin. Ich werde Euch dienen bis zu meinem Tod.«

25. Kapitel

In der Nacht verlor der Wind an Kraft. Der Tag erwachte mit dem Spiel grüner Schatten auf den Höhen; Vögel flatterten wie Blätter im Wind und im Schreingarten, abseits des Dorfes krähten die heiligen Hähne. Die Erde hatte gierig die Nässe aufgesaugt, jetzt richtete sich das Gras wieder auf und der Boden trocknete schnell. Wir kamen in Yoshinakas Zelt zusammen, um zu beraten, wobei ich darauf bestand, dass auch Taro zugegen war. Es wurde vereinbart, dass wir mit einem Scheingefecht die Feinde ablenken würden, so lange, bis ihre Befestigung zerstört war. Danach würden wir zum Rückzug blasen. Die Feinde sollten glauben, sie hätten den Angriff abgewehrt.

Es war Neumond, die kommende Nacht würde dunkel sein. Wir durften keine Zeit mehr verlieren. Nach Sonnenuntergang machte sich der Ködertrupp bereit. Es waren erfahrene Kämpfer. Sie gehorchten keinem wahnwitzigen Befehl, ohne die Gewissheit zu haben, dass, falls ihnen etwas zustieß, der Lehnsfürst für ihre Familie aufkam. So verlangte es das Gesetz der Ehre. Auch die stärksten Krieger hätten sich niemals ohne bewilligte Sonderzahlung in diese Falle gewagt.

Ich suchte Taro auf; dabei sahen meine Augen seine Anmut, als sähe ich ihn durch die Augen einer anderen. Keine Frau hat einen Mann richtig geliebt, die seine Nähe nicht durch das erregende Gefühl seiner Ausstrahlung gespürt hätte. Alle Gesichter um Taro herum waren wie bleiche Monde. Er selbst war die Sonne.

»Bring dich nicht in Gefahr!«, sagte ich leise zu ihm.

Er erwiderte ruhig meinen Blick.

»Es muss getan werden. Du hast es befohlen.«

»Denk an dein Versprechen!«

»Ich werde es nicht vergessen, Herrin.«

Unsere Blicke hielten einander für kurze Zeit fest. Und da tat er etwas sehr Gewagtes: Er fasste nach meiner Hand und presste sie an seine Stirn. Dann wandte er sich ab und die Dunkelheit verschluckte ihn.

Unter der einfachen Kleidung der Bauernkrieger hatten die Männer nur leichte Harnische aus Bambus an. Sie trugen die Pfeile in ihrem Köcher, der mit dem Bogen über der rechten Schulter hing. Ihre Schwerter hatten sie am Gürtel festgemacht. Als sie den Aufstieg zum Kurikara begannen, machten wir uns auf eine lange Wartezeit gefasst, doch schneller als vermutet, brachte uns der Wind das Alarmsignal der gegnerischen Muschelhörner. Es hörte sich schaurig an, als ob alle Berggeister in den Felsen schluchzend ihre Stimme erhoben. Fast gleichzeitig brach auf der Passhöhe Lärm und Geschrei los.

Wir lauschten in fiebriger Gespanntheit. Die Stiere – über hundert ausgewachsene Tiere – waren versammelt, die Reisigbündel waren bereits an ihren Hörnern befestigt. Man hatte allen Tieren das Maul zugebunden, damit ihr Brüllen den Feind nicht in Argwohn versetzte.

Schlachtgetöse war ich längst gewohnt, doch mein Herz schlug voller Unruhe und Furcht. Ach, solche Gefühle durfte ich nicht zulassen, sie waren meiner unwürdig. Doch konnte ich ihnen keinen Einhalt gebieten.

Es war eine Nacht voller Schrecken; schwarze Schwingen schienen in der Dunkelheit zu kreisen. Ich spürte ihre zornige, flatternde Nähe, als ob sie mir ins Gesicht schlugen. Die Angst erfasste auch die Pferde, so eigenwillig und tapfer sie auch waren. Ich streichelte Fubuki, der nervös atmete, und sprach leise zu ihm. Wieder verging Zeit; sehr lange diesmal, bis der ferne Kampfeslärm endlich erstarb und tiefe Stille sich über Kurikara senkte.

Das bange Warten nahm kein Ende. Entweder waren die Krieger tot, oder – zumindest eine Anzahl von ihnen – erfolgreich entkommen. Ich wartete, an Fubukis Flanke gepresst, schöpfte Trost aus seiner atmenden Wärme. Ich versuchte, die Angst in mir zu ersticken, sie gar nicht erst aufkommen zu lassen, doch mir schien, dass mein Blut zu Wasser wurde und meine Kraft sich mit jedem Atemzug ins Dunkle verlor. Und als die ersten gedämpften Schritte, die ersten erschöpften Rufe die Ankunft der Überlebenden ankündigten, da trat ich leise beiseite und musste mich neben Fubuki übergeben.

Danach fühlte ich mich etwas besser. Ich nahm ein wenig Wasser aus dem Trog, spülte mir den Mund aus und zog mein Haar unter der Kriegshaube straff. Den erbärmlichen Anblick meiner Furcht wollte ich den Männern ersparen. Da kamen sie auch schon, schwankten, taumelten und stolperten wie Nachtwandler. Die Wächter, die den Palisadenzaun unseres Feldquartiers bewachten, liefen ihnen entgegen und stützten sie. Die Männer waren überall mit Wunden bedeckt, die Füße waren schlammverkrustet und das Blut verklumpte zwischen ihren Fingern. Einige schleppten Verwundete mit sich, die humpelten oder sich den zerschundenen Leib hielten. Wie viele waren gefallen? Die Männer konnten die Frage nicht beantworten. Viele, sagte sie, und das war alles. Sie ließen sich gehen, jetzt, da ihre Arbeit getan war. Ihre müden Augen dachten kaum noch an das, was sie gesehen hatten, oder an jene, die irgendwo in den Wäldern den Raubtieren als Nahrung dienten. Die Befestigung sei zerstört, meldeten sie. Wir mussten sofort handeln, bevor sie dazukamen, die Palisade wieder aufzurichten.

Ich hörte die tapferen, nichtssagenden Worte, mit denen Yoshinaka die Krieger beglückwünschte. Ich wusste, ihnen gebührte die Ehre, wenn unser Plan gelang, aber sie erwarteten nicht, dass ihnen diese Ehre je zugesprochen würde. Sie schienen sich nicht einmal zu freuen, mit dem Leben davongekommen zu sein. Sie empfanden höchstens Genugtuung, ihre Aufgabe erfüllt zu haben.

In jedem Dorf gab es Menschen, die wussten, wie man Blut stillt und offene Wunden pflegt. Sie waren schon da und kümmerten sich um die Verletzten. Doch die Nacht war noch nicht vorbei für mich.

Ich ging von einem Krieger zum anderen und fragte: »Wo ist Taro?«

Die Männer antworteten teilnahmslos. Ach so, der junge Bauer, der sie durch die Schlucht geführt hatte? Wahrscheinlich war er geflohen.

»Ich brauche ihn!«, rief ich. »Er muss die Stiere leiten.«

Ein Verletzter, der mit zerfetzem Oberschenkel an einen Baum gelehnt lag, winkte mich zu sich.

»Er ist noch auf dem Weg, Herrin. Er versucht, Hiroya ins Lager zu bringen.«

Mein Herz schlug stürmisch.

»Hiroya?«, murmelte ich. »Ja, was ist mit ihm?«

»Er hat keinen Fuß mehr. Ein Schwerthieb.«

Während er sprach, hielt der Verletzte beide Hände über seine furchtbare Wunde, als ob er sie vor mir verbergen wollte.

»Taro trägt ihn auf dem Rücken, Herrin. Er kennt die Wälder gut. Er sagte, dass er es schaffen würde.«

Hiroya war ein junger Söldner, den ich schätzte, und es ehrte Taro bestimmt, dass er ihn in Sicherheit brachte, aber das war mir jetzt egal.

»Ja, was soll ich denn mit den Stieren machen?«

Ich hatte gesprochen, als ob ich laut nachdachte, aber in Wahrheit konnte ich keinen klaren Gedanken fassen. Ich zitterte am ganzen Körper und spürte den Hauch der Furcht, wie man den Atem von etwas Lebendigem spürt. Ich mochte die Tochter des Drachen sein, aber jetzt löste sich meine ganze Tapferkeit auf. Ich biss die Zähne zusammen, bis mein Kiefer schmerzte. Das ging doch nicht, das durfte nicht sein!

Der Verletzte zu meinen Füßen atmete schwer. Er hatte viel Blut verloren, seine Kräfte schwanden. Doch er gab mir ein Zeichen, näher zu kommen. Ich beugte mich zu ihm und er flüsterte:

»Herrin, er konnte Hiroya nicht da oben lassen. Die Gefangenen werden zu Tode gefoltert.«

Da kam schon der Kräutermann, ein Alter mit krummem Rücken. Er kauerte sich neben den Verwundeten nieder und kümmerte sich um die Wunde. Ich wandte mich ab; es war, als ob ein Teil meines Verstandes von selbst dachte.

»Komm jetzt!«, sprach ich im Geist zu Taro. »Lass mich nicht warten! Du weißt doch, dass ich dich brauche!«

Da war mir, als ob ich Taros Stimme hörte, so fest und klar, als stünde er neben mir.

»Ihr braucht mich nicht wirklich, Herrin. Sprecht mit Arashi und alles wird gut!«

Schon schlug der Gong das Zeichen zum Sammeln. Die Krieger ordneten sich in zwei Reihen, zu je hundert Mann. Ihre Rüstungen und Helme leuchteten, ihre Gesichter sahen grimmig und entschlossen aus. Die aufgeregten Pferde wieherten, ihr Zaumzeug rasselte und klirrte. Der Lärm war gewaltig. Unmöglich, dachte ich, dass Taro zu mir gesprochen hat! Aber die Worte waren in mir, selbstständig und unzerstörbar, wie Schriftzeichen, die das Feuer hell erleuchtete. Irgendwie musste ich meine vier Sinne zusammenhalten, musste das tun, was von mir erwartet wurde, obwohl meine Schläfen pochten und ich am ganzen Körper schwitzte und fror.

Die Stiere standen bereit, die Männer hielten sie an ihren Ketten. Die Pechfackeln, die ihre Hörner wie verzweigtes Geweih verlängerten, gaben ihnen das gespenstische Aussehen von Fabeltieren, halb Stier, halb Hirsch. Die Stiere bockten, scharten mit den Hufen, schnaubten wild. Brüllen konnten sie ja nicht, weil sie geknebelt waren. Sie versuchten, die Fackeln loszuwerden, indem sie ihre Nacken am Zaun rieben und mit den Hörnern an das Holz stießen und daran rüttelten. Der warme Blutgeruch, das ungewohnte Gewicht, das sie zu tragen hatten, verwirrten und erzürnten sie. Ihr schon normalerweise böses Temperament war zu wilder Wut entflammt. Junge Bauern, verschrammt und erschöpft, bemühten sich nach Kräften, die Tiere zu beruhigen.

»Lasst mich durch!«, befahl ich.

Die Bauern sahen mich an, als sei ich wahnsinnig geworden, und gehorchten nur aus Gewohnheit. Unter größter Gefahr, verletzt zu werden, trat ich ganz nahe an den Leitbullen heran.

»Arashi!«

Er spitzte die Ohren, setzte die Vorderfüße fest auf. In seinen blanken Augen schimmerte das Gewölbe des Sternenhimmels. Er rührte sich nicht, als ich ihn von seinem Knebel befreite. Ein seltsam saurer Geruch stieg aus seinem Maul auf. Ich kraulte seine klebrigen Stirnlocken und sprach zu ihm, wie ein Mensch, der im Schlaf spricht.

»Wir müssen warten, Arashi. Taro ist noch nicht da.«

»Denke nicht an ihn«, sagte der Leitbulle. »Gib endlich das Zeichen.«

»Wer soll dich denn führen?«

»Du selbst, Frau.«

Vielleicht hörte ich seine Stimme nicht wirklich. Vielleicht bildete ich mir nur ein, dass er zu mir sprach. Aber das hatte jetzt keine Bedeutung mehr. Unsere Verbindung entstand im Bereich dessen, was nicht zu den Worten gehört. Und so packte ich die Kette, die an seinem Nasenring befestigt war.

»Soll es jetzt sein?«

Er hob den massigen Kopf, dehnte den mächtigen Brustkorb. Sein Brüllen erfüllte die Nacht, wie das Dröhnen von tausend Muschelhörnern, und es war, als ob die Erde unter meinen Füßen erschauerte und schwankte.

»Worauf wartest du, Frau?«

Ich gab den Befehl:

»Steckt die Fackeln in Brand!«

26. Kapitel

Über den Köpfen der Stiere loderte rote Glut, als die Männer die Fackeln anzündeten. Ein gewaltiges Muhen, Brüllen und Stampfen stieg aus der Herde. Die Bauern schwangen Stöcke, trieben die Tiere an. Ich ging voraus und führte Arashi an der Kette. Die Feuerkrone, die er trug, schien ihm nichts auszumachen. Weil der Leitbulle ganz unbeirrt ging, folgten ihm die anderen. Als der Wind die Flammen seitwärts drückte, blinzelte ich im Funkenregen und spürte die Wärme des Feuers auf meinem Gesicht. Dann und wann fiel brennender Reisig herunter, entzündete kleine Stichflammen, die im feuchten Gras rasch wieder erloschen. Yoshinaka, bereits zu Pferd, sammelte seine Offiziere um sich, gab die letzten Anweisungen. Die Herde bewegte sich an ihm vorbei wie ein Fluss, der brennendes Wasser führt.

Da hob Yoshinaka seinen Saihai, einen Befehlsstock mit herunterhängenden weißen Votivbändern, den schon seine Vorfahren getragen hatten, um ihre Krieger zu führen. Er schwang den Saihai leicht rückwärts und vorwärts, eine edle, anmutige Huldigung. Ich erwiderte seinen Gruß, und da war es, als ob auch Arashi den riesigen Kopf senkte; die Flammen streiften mein Haar, sodass mir der Geruch der Pechfackel in die Nase stieg.

Zwischen Reihen von Kriegern gingen wir den Hang empor, bis zur Gabelung des Weges, der in vielen Schleifen zur Passhöhe führte. Hier warf ich die Kette, an der ich den Bullen führte, über seinen Rücken. Als alle Bauern es mir gleichgetan hatten, trat ich zurück und streckte den Arm aus.

»Los!«

Ein paar Atemzüge lang geschah nichts; der große Bulle stand schwerfällig da und schien den Befehl nicht vernommen zu haben. Doch hinter ihm gab es ein Drängen und Schnauben, weil die Tiere die Hitze der Flammen spürten und die Angst sie packte. Da erschütterte ein dumpfes Brummen Arashis Nacken und Rippen, das allen das Blut zu Eis erstarren ließ. Er warf den flammengekrönten Kopf zurück, schnaubte und spannte die Muskeln. Reflexartig lehnte ich mich an den Stamm eines Baumes. Schon jagte Arashi an mir vorbei und den Passweg empor. Getöse schwoll an, als sich die Herde hinter ihm in Bewegung setzte. Die Stiere stürmten über die Bergflanke, und während sie mit voller Geschwindigkeit durch den Wald rasten, huschten ihre Flammenkronen unter den Bäumen vorbei. Dann und wann fingen die unteren Äste Feuer, sodass sich über ihren Köpfen brennende Wolken formten.

Bald war ihr Ansturm nur noch als auf und ab schwenkende Flammenspur sichtbar, dem Feuerfluss eines Vulkans ähnlich, der aber, statt talabwärts zu strömen, sich bergauf wälzte, der Passhöhe entgegen. Das Stampfen und Schlagen der Hufe klang wie fernes Donnern, das gleichzeitig aus dem Berg und aus den Wolken brach. Schon bliesen die Vorposten auf dem Kurikara Alarm. Im sicheren Glauben, den Überfall auf ihr Lager vereitelt zu haben, hatten die Feinde in dieser Nacht mit keinem weiteren Angriff gerechnet. Ich stellte mir vor, wie sie aufgeschreckt aus den Zelten stürzten, der flackernden Feuerlinie ratlos entgegensahen, bis das Chaos ihnen riesenhafte Tiergestalten brachte, mit Flammen und Rauch umgeben, die übernatürlichen Monstern ähnelten. Monstern, die Zelte aufschlitzten und Männer zu Brei zerstampften und mit einer Berührung Büsche und Bäume in Brand setzten.

Die Krieger, zunächst noch beherzt, suchten hinter ihren Schildern Deckung, warfen die Speere, schwangen ihre Schwerter. Doch vergeblich; die Ungeheuer fegten durch das Zeltlager, hoben Männer, ja sogar Pferde auf ihre brennenden Hörner, schüttelten sie wieder ab und zerstampften sie. Auf der Flucht vor den Feuermonstern liefen viele der Krieger auf die Schlucht zu und sahen zu spät, wohin ihre Füße sie getragen hatten. Schreiende Menschen und brennende Stiere stürzten in den Abgrund, zerschellten an den Felsen. Die Flammen, die den Fall der Stiere begleiteten, entzündeten kleine Brände an den senkrechten Wänden, bevor Dunkelheit einkehrte. Hoch oben auf dem Pass entfernte sich das Donnern der Hufe. Die Stiere rasten weiter, der anderen Talseite entgegen, während hinter ihnen im Zeltlager die Feuer loderten, die Flammen an den Bäumen hochsprangen und die Schmetterlingsbanner auf absurde Weise ein letztes Mal flatterten, bevor sie zu Asche wurden. Die Stiere aber stürmten weiter kopflos vorwärts, solange Kampffieber und Panik sie trieben.

Bei Tagesanbruch, als alle Fackeln erloschen, verharrten sie still, schaumbedeckt, blutend und auf zitternden Beinen. Arashi jedoch, von Rauchschwaden umgeben, hob den Kopf und schnupperte den Geruch von frischem Gras und kühlendem Tau. Als sich die Sonne aus den Hügeln löste, schien er die rote Scheibe zwischen den Hörnern zu tragen, und in seinen Augen spiegelte sich der neue Morgen.

Hinter den Stieren aber stürmten unsere Reiter den Hang hinauf. Zunächst blieben wir auf Distanz, begnügten uns damit, mit Pfeilen zu schießen. Dann, mit knarrenden Rüstungen und klirrenden Waffen, sprengten wir in das brennende Lager. Die verbliebenen Haike-Krieger schlugen sich tapfer, aber die Verteidigung brach rasch zusammen. Ich war mitten unter den Kämpfern. Die Hellebarde in meiner Hand war scharf. Während ich rund um mich schlug und das Blut an meiner Waffe tropfte, spürte ich, ohne zu wissen, warum, dass der Kampf an diesem Morgen meinem Bedürfnis entsprach.

Genug, viele starben. Es gab zahlreiche Gefangene; die anderen flohen. Unsere Männer plünderten, was vom Lager übrig blieb, und nahmen sich die Beute, die ihnen zustand. Verwundeten Pferden und schwer verbrannten Stieren gaben wir den Gnadenstoß, und auch für manche Krieger war es besser, dass wir sie von ihrer Qual erlösten. Als es allmählich ruhiger wurde, hörte ich seltsame Geräusche und ferne Schreie, die aus dem Abgrund kamen. Ich ritt bis an den Rand der Schlucht und blickte hinab. Unten war alles noch in stahlblaue Dunkelheit getaucht. Während ich Ausschau hielt, trat hinter rosigem Gewölk die Sonne hervor. Mit einem Schlag erleuchtete das starke, helle Licht die Felsen, noch einen und noch einen, in fast senkrechter Linie. Mein Blick glitt tiefer und schweifte über den Grund, der durch den Druck des Gebirges fest zusammengepresst war.

Ein Schauer überlief mich. Denn jetzt war die Schlucht statt mit Steinen mit Toten übersät, Menschen und Tiere. Ein Leichenfeld, wie ich es noch nie gesehen hatte. Noch stöhnten die Verwundeten, noch schrien sie nach Wasser oder riefen zu Buddha. Angesichts dieses Blutbades dachte ich, dass aus der Zukunft nichts Gutes entstehen konnte. Da hörte ich einen leichten Hufschlag, der Schatten eines Reiters fiel neben mir auf die Steine. Mit verschlossenem Gesicht starrte Yoshinaka hinab in die Schlucht. Nach einer Weile hob er den Blick zum Himmel, zur Sonne empor. Ich tat es ihm nach. Mit dem Licht waren auch die Geier gekommen, kreisten über der Schlucht und würden sich bald holen, was ihnen gebührte.

Wir wandten uns ab, ritten langsam den Weg abwärts. Schließlich brach Yoshinaka mit kehliger Stimme das Schweigen.

»Du hast dein Versprechen gehalten.«

Meine Hände, die Fubukis Zügel hielten, fühlten sich kalt und schwer an, wie Stein. Ich sagte:

»Ich bin die Tochter des Drachen.«

Er schaute in mein Gesicht, bevor er langsam nickte.

»Du bist eine Magierin.«

Ich schüttelte ein wenig den Kopf, als wollte ich meine Gedanken klären.

»Vielleicht habe ich etwas Unseliges getan?«

»Nein«, entgegnete er. »Du hast einen Schwur geleistet.«

Unsere Augen trafen sich. Ich wollte schlucken, aber mein Mund war wie ausgetrocknet. Nach kurzem Schweigen begann ich wieder:

»Es war eine lange Nacht.«

»Komm«, sagte er ruhig, »ein neuer Tag ist da.« Aus der Schlucht drangen noch immer die Schreie herauf, jetzt aber aus größerer Entfernung. Ich sagte mit dumpfer Endgültigkeit:

»Zu viele sind es, die ihn nicht mehr erleben.«

Er nickte kaum wahrnehmbar, wobei er zugleich seine Stute antrieb. Geistesabwesend sah ich ihm nach, wie er davontrabte. Es wurde Zeit, diesen schrecklichen Ort zu verlassen. Der Krieg ist nur ehrenvoll, wenn ein Mensch bereit ist, sein eigenes Blut zu vergießen und sein eigenes Leben zu wagen. Ich – ich hatte unschuldige Tiere für mich kämpfen lassen. Ich hoffte, dass die Stiere mir ihr Blut vergeben würden.

Wir verließen das Hochtal. Überall lagen Tote, manche bereits verbrannt. Die Verwundeten, die wir verschonten, halfen einander auf. Manche schleppten sich auf den Ellbogen vorwärts, schleiften die Beine hinter sich her. Gerade ritt ich an einer zerstörten Befestigung vorbei, als ich aus nächster Nähe ein Stöhnen hörte. Obgleich der Wald von Stimmengewirr und Waffenklirren widerhallte, drang eben dieses Stöhnen an mein Ohr. Ich sah mich um und entdeckte eine Hand, die sich unter den Büschen im Schlamm bewegte. Ich sprang aus dem Sattel und schob die Zweige auseinander.

Es war Taro. Da lag er, noch halb bei Bewusstsein, und

aus dem offenen Mund floss rotes Blut. An seinen zahlreichen Verletzungen erkannte ich, dass sie ihn gefoltert hatten. Doch er hatte unseren Plan nicht verraten, sonst wäre unsere List nicht gelungen. Er war nur ein Bauernsohn, aber er hatte das Herz eines Edelmannes, und ich hatte ihn geliebt. Als er den Mund öffnete und ich Wasser in seine Kehle goss, sah ich, dass ihm die Zunge herausgeschnitten worden war. Er konnte mich nicht sehen, denn man hatte ihm die Augen ausgestochen, doch er spürte die Wärme meiner Umarmung. Sein Blut färbte den Goldbrokat meiner Ärmel und meine Tränen fielen auf das klebrige Gewirr seiner Haare. Es gab nur eines, was ich für ihn tun konnte. Ich flüsterte:

»Brauchst du das Messer?«

Er schüttelte den Kopf. Mit jedem Atemzug, der seine Lunge zerriss, versuchte er sein Leben zu verlängern, um noch für eine kurze Zeitspanne in meinen Armen zu liegen. Als ich sah, dass es mit ihm zu Ende ging, bedeckte ich seine Lippen mit meinem Mund – da fühlte ich, wie sie zuckten und ein Lächeln andeuteten. Mir entging der genaue Augenblick seines Todes, ich spürte nur, wie er allmählich unter mir erkaltete, und auch ich wurde zu Eis und Stein, bis ich nicht den geringsten Unterschied mehr zwischen dem Toten und mir finden konnte, nicht den geringsten.

Ich konnte nicht sagen, wie es kam, aber von diesem Augenblick an wusste ich, dass er mir gehörte. Und da kamen mir jene Worte in den Sinn, die Hieda no Maroko einst zu mir gesprochen hatte. Die Priesterin hatte das Orakel befragt und mein Schicksal in den verbrannten Knochen geschaut. Taro würde immer bei mir sein, in mir, dicht unter meinem Herzen. Wir würden uns nie mehr verlassen.

Erst als ein Reiter näher kam und sein Pferd vor mir anhielt, löste ich mich stufenweise aus meiner Erstarrung. Die Gestalt des Reiters zeichnete sich im Gegenlicht ab. Zunächst suchte ich vergeblich nach einem Gesicht; ich sah nur das Glitzern der Augen, das Glänzen der blutbefleckten Rüstung, den dunklen Schimmer des gehörnten Helms. Während ich mich langsam aufrichtete, erkannte ich endlich sein Gesicht. Es war mein Bruder Mitsu.

»Wer ist das?«, fragte er gleichmütig.

Mein Magen drehte sich um. Ich kämpfte gegen Übelkeit an. »Taro«, flüsterte ich.

Er runzelte die schön geschwungenen Brauen.

»Wer?«

Ich versuchte zu sprechen. Meine Stimme kam mir wie die einer Fremden vor, so heiser, leise und fern.

»Taro, du weißt doch, unser Späher …«

»Hat er uns verraten?«

In meinem Kopf war kein Gedanke mehr, kein Gefühl, nur noch pulsierende Hitze. Ich musste ihn seltsam angestarrt haben, denn er wartete nicht ab, dass ich antwortete, sondern riss sein Pferd herum und entfernte sich in schnellem Trab. Da erst merkte ich, dass mein Pfeil bereits am Bogen lag und die scharfe Sehne mir den Finger einschnitt. Ich holte tief Luft, ließ den Bogen erschlaffen. Der Pfeil glitt ab und fiel in den Schlamm. Ich warf den Bogen über meine Schulter, ging zu Fubuki und schwang mich in den Sattel.

Später humpelte Hiroya, auf einen Stock gestützt, ins

Lager. Sein Fuß war nur noch ein blutiger Klumpen. Er erzählte, dass Taro ihn im Buschwerk versteckt hatte, während er seine Verfolger auf die falsche Fährte lockte. Doch sie hatten Speere nach ihm geworfen und ihn in den Schenkel getroffen, sodass sie ihn einfangen konnten.

Ein Krieger konnte Hiroya nicht mehr sein. Weil Taro sein Leben für ihn geopfert hatte, gab ich ihm so viel Geld, dass er sich ein kleines Stück Land kaufen konnte. Auf diese Weise war für seine Zukunft gesorgt. Ich ordnete an, dass Taros Leiche geborgen und eingeäschert wurde, und ließ auf der Passhöhe eine Gedenkstätte für ihn errichten. Die Männer taten, was ich ihnen befahl, und ein Priester sprach die erforderlichen Gebete. Dort ruht er noch heute, von einem moosbewachsenen Grabstein bewacht. Die Jahreszeiten gehen vorbei und im Frühling bauen die Vögel ihre Nester in den Bäumen. Ich habe mir sagen lassen, dass seine Grabstätte von Frauen aufgesucht wird, denn wo ein schöner junger Mann gestorben ist, spricht sich schnell herum. Und noch später erzählte man sich wundersame Dinge, dass nämlich jene Frauen noch im gleichen Jahr einen guten Mann oder einen treuen Liebhaber fänden. Aber das sind Gerüchte, wie sie häufig entstehen. Ob sie wahr sind, kann ich nicht sagen. Auf ihre Art sind sie vielleicht wahr.

KYOTO

27. Kapitel

UND DANACH DIE RUHE – die Ruhe vor dem Sturm. Während wir unsere Kräfte sammelten, erfüllten Kyoto Ungewissheit und Angst. Der »Mann aus Kiso« rückte näher; sein Heer war bisher nur ein fernes Grollen gewesen, jetzt gewann das Grollen an Stärke. Yoshinakas Cousin Minamoto Yoritomo wurde zunehmend nervöser. Er hatte seine Macht in seiner angestammten Provinz Musashi und in den umliegenden Gebieten fest gesichert; doch jetzt beunruhigte ihn, dass ein junger Emporkömmling aus einer fast ausgelöschten Erblinie plötzlich mit seinem Heer gen Westen nach Kyoto zog! Sicherheitshalber begab sich Yoritomo nach Kyoto; dabei wurde er von seinen Brüdern Noriyori und Yoshitsune begleitet: Noriyori, der sich wenig für militärische Pläne interessierte, dafür aber schwerreich war, und der junge Yoshitsune, ein eitler, hochbegabter Schwertkämpfer. Die Fürsten brachten ihre schlagkräftigen und disziplinierten Truppen mit.

General Taira no Kiyomori war froh über die Verstärkung, konnte er doch jetzt einen Teil der Verantwortung für das, was sich anbahnte, auf jemand anderen abwälzen. Yoshinakas stürmische Offensive, getragen von einem glühenden und zugleich nüchternen Siegeswillen, verwirrte bei Hofe sehr. Wenn es nach Kiyomori gegangen wäre, hätte man Yoshinakas Krieger jetzt wie lästige Stechmücken erschlagen müssen. Doch taktische Unternehmungen solchen Umfangs mussten dem Altkaiser vorher zur Kenntnis gebracht werden. Go-Shirakawa zeigte jedoch eine weiche, undeutliche Haltung, als ob er zu keiner Entschlusskraft mehr fähig war. Auf Kiyomoris Drängen wies er darauf hin, dass man über Yoshinakas Absichten doch eigentlich recht wenig im Bilde war. Den Großteil seines Lebens hatte dieser in den Bergen verbracht und nun sollte er eine Armee führen? Wie, er hatte Stiere im Kampf eingesetzt? Seine Majestät geruhte, sich belustigt zu zeigen. War das nicht der Beweis, wie lächerlich unbedeutend sein Heer im Grunde doch war? Man nahm den jungen Feldherrn vielleicht ernster, als er sich selbst nahm. Bitte abwarten, gebot der Altkaiser.

Kiyomori, rot vor Wut, war entlassen. Verbissen verlangte er die Beschleunigung der Befestigungen; hektische Aktivität setzte ein, während der Fürst von Kamakura, höchst befriedigt über den Verlauf der Dinge, zwischen den Haike und den Minamoto seine Giftfäden zog. Ach, man müsse seinen jungen Cousin verstehen, sei er doch unter Barbaren aufgewachsen! Yoshinaka habe verlernt, wie ein zivilisierter Mensch zu sprechen, und beleidige jeden, der sich ihm in den Weg stellte. Er, Yoshihira, habe sein Leben der Zucht und der Waffenkunst geweiht. In der Vergangenheit wurden gewiss Fehler gemacht, aber ihnen allen oblag jetzt die Pflicht, einen entschlossenen Schritt in die Zukunft zu tun. Sollte es denn nicht möglich sein, dass zwei so tapfere Familien, die seinem Herzen gleich nahestanden, die beide nur das Beste wollten, sich miteinander einigten? Yoshinaka brachte Schande über die Ahnen der Minamoto und besudelte die Familienehre. So sprach Yoshihira, und man hörte auf ihn, obgleich ausreichend bekannt war, mit wem man es zu tun hatte. Im Augenblick zählte nur eins: Dem jungen Ehrgeizigen aus Kiso musste Einhalt geboten werden. Die Haike und die Minamoto beschlossen eine gemeinsame Verteidigung.

Yoshinakas bunt zusammengewürfelte Kriegerschar umgab noch der schützende Ring der Wälder und Hügel. Jetzt würde Yoshinaka sie ins Unbekannte schicken, nach Kyoto. Die Hauptstadt führte ein Eigenleben von gewaltiger Kraft. Hier betete der Kaiser von göttlicher Abstammung zu den Geistern der Ahnen. Sie war nach chinesischem Vorbild schachbrettartig angelegt, mit geraden Straßen, die sich rechtwinklig kreuzten. Eine derart gebaute Stadt ließ sich wirksam verteidigen. Der Gegner musste jedes Viertel einzeln erobern. Die Männer waren Yoshinaka bis zu diesem Zeitpunkt bedingungslos gefolgt wie Räuber ihrem Hauptmann, jetzt aber war ihnen nicht wohl bei der Sache.

»Wer das Heer verlassen will, soll gehen«, sagte Yoshinaka gereizt. »Ich will keine Feiglinge um mich haben.«

Es war ein Wettrennen gegen die Zeit. Tag und Nacht wurden die Befestigungen ausgebaut und verstärkt. Aus allen Provinzen trafen Krieger ein, die Kyoto gegen den Emporkömmling verteidigen wollten. Etwas musste geschehen. Ich suchte Yoshinaka in seinem Gemach auf. Im Nebenraum waren Offiziere versammelt. Man vernahm Stimmen und Gelächter und das Schleifen von

Schiebetüren, gefolgt von einem leichten Knall, wenn die Türen wieder zurückglitten. Yoshinaka ließ Reiswein bringen. Er selbst war bereits etwas angetrunken. Ich sagte zu ihm:

»Will man eine Stadt erobern, muss man sie kennen. Ich habe mit den Bauern gesprochen, die ihre Lebensmittel auf die Märkte bringen. Sie erzählen, dass vor jedem der vier Stadttore eine Zollstation mit einem Wachtturm steht. Die Straße liefert keinerlei Deckung, während man vom Turm aus leicht unter Beschuss genommen werden kann. Jeder, der in die Stadt will, muss einen Passierschein vorweisen.«

Yoshinaka hob die Brauen.

»Ach, wirklich jeder?«

Ich lächelte flüchtig. Der Reiswein machte ihm nichts aus. Sein Verstand arbeitete klar und scharf.

»Alle nicht, nein. Mönche und Nonnen kommen überall durch.«

Er blinzelte mir zu. Einen Rest von Humor schien er sich erhalten zu haben. Nach alldem, was geschehen war, sah ich dies mit Hoffnung.

»Ach, bist du plötzlich berufen worden?«

»Ja«, erwiderte ich. »Und Hira und Mitsu auch.«

»So so«, murmelte er. »Sogar Mitsu!«

Wir lachten, ich weniger als er, bevor wir wieder ernst wurden. Folglich wurde beschlossen, dass meine Brüder und ich als Wandermönche verkleidet Kyoto erkunden würden. Auf diese Weise konnten wir uns die Befestigungen einprägen und vielleicht auch erfahren, was sich in der Hauptstadt zusammenbraute.

Als Mönche konnten wir keine Pferde benutzen, wir

mussten zu Fuß gehen. Unsere Kleider hatten mehrere Schichten, sodass wir sie in der Nacht auch als Decke gebrauchen konnten. Als Kopfbedeckung diente uns der übliche Reisehut aus Stroh mit der herabgezogenen Krempe. Unser langes, im Nacken verknotetes Haar zeichnete uns als Novizen aus.

Wir hatten nur das Nötigste bei uns: Wandermönche werden von der Bevölkerung verpflegt und natürlich mussten wir auf Waffen verzichten. Die Nacht verbrachten wir entweder in kleinen Tempeln oder in Herbergen, wo wir jederzeit eine Schlafmatte fanden. War keine Unterkunft in der Nähe, schliefen wir unter freiem Himmel. Während wir uns der Hauptstadt näherten, brauchte ich nur den Blick zu heben und sah über den Bäumen ein bewegliches schwarzes Schriftzeichen: Taka, mein schöner Falke, lebte sein Leben für sich, schrieb aber das Wort »Treue« in den weiten Himmel.

Ich war in dieser Zeit sehr still und verschlossen. Ich war nie jemand gewesen, der viele Worte verlor, nun aber mochten meine Brüder etwa Hartes zwischen uns spüren, etwas wie Groll. Ich allein wusste, dass es an Taro lag und an jener Wunde, die in meinem Inneren blutete. Seit seinem Tod waren keine neunundvierzig Tage vergangen, er bewegte sich noch in der Schattenwelt meiner Wahrnehmung. Hira und Mitsu hätten das nicht verstanden.

Geschwisterliebe, sagt man, schützt vor Gefahren. Ich achtete nach wie vor meine Brüder, unterschied zwischen dem besonnenen Hira, der nie zuließ, dass seine Gefühle zu vernichtendem Feuer wurden, und Mitsu, der ebenso leichtsinnig wie schön war, der seine Eigenliebe für Selbstzucht hielt und die Schwachen verachtete. Ich aber hatte bereits den Zustand mysteriöser Veränderungen erreicht, der auch aus Geschwistern Feinde machen konnte. Doch so tief wollten meine Gedanken nicht gehen. Ich gab ihnen keinen Einlass in mein Herz. Was nach einem Kampf getan oder gesagt worden war, darüber sollte man nicht nachsinnen, denn der Mensch ist dann nicht mehr er selbst. Ich hatte Zeit gehabt zu lernen, dass alles vorübergeht.

Nach einigen Tagen endlich glitzerte Kyoto, von sommerlichen Hügeln umgeben, vor unseren Augen wie ein ausgebreiteter Kimonostoff, durchzogen vom hellen Wasserband des Flusses. Hohe Bäume schienen sich dort in einer Zeremonie stummer Verehrung zusammengefunden zu haben. Mächtig dehnten sich hinter ihnen die Reisfelder, die alles in schimmernde Helligkeit tauchten.

Doch das friedliche Bild täuschte. Berittene Krieger in schwerer Feldrüstung waren in den Dörfern unterwegs, wo die Bewohner eingeschüchtert und misstrauisch ihrer Arbeit nachgingen und uns abweisend anstarrten. Doch sobald wir im Namen Buddhas unsere leere Schüssel zeigten, verpflegten uns die Leute großzügig. Auf unserem Weg durch die Dörfer konnten wir manches in Erfahrung bringen. Ein wahrhaft beunruhigendes Gerücht betraf den Altkaiser selbst und war so unglaublich, dass wir zunächst unseren Ohren nicht trauten: Seine Majestät sei aus seinem Palast verschwunden. Keiner wusste, wohin er sich begeben hatte. Einige sagten, Go-Shirakawa sei schwer erkrankt. Noch nie war es vorgekommen, dass der Herrscher sein Volk in bösen Zeiten verließ.

Ein alter Zimmermann bat uns in seine schlichte Behausung und erzählte angstvoll von dem, was die Leute bedrückte.

»Das Orakel von Kumano hat geweissagt, dass morgen die Barbaren aus dem Land Kiso in Kyoto einfallen. Sie sehen wie Menschen aus, aber tatsächlich sind sie böse Geister.«

»Sie reiten auf wilden Stieren, die Feuer spucken«, fügte seine weißhaarige Frau, die uns gesalzenen Fisch und Rettich vorsetzte, hinzu. »Viele Soldaten treffen ein, aber ach, sie kämpfen vergeblich! Die Geister trinken das Blut der Besiegten. Sie werden dadurch unsterblich, habt ihr das nicht gewusst?«

Wir starrten auf den eingelegten Rettich und schüttelten stumm den Kopf. Nein, das hörten wir zum ersten Mal. Unser greiser Gastgeber bestätigte mit zittriger Stimme jedes Wort.

»Ja, und womöglich haben sie den Altkaiser bereits in ihr finsteres Schattenreich entführt? Ach, ihr lieben, verehrten Gäste! Betet zum Heiligen Buddha, dass er Seine Majestät und die Stadt beschütze!«

Solche und ähnliche Märchen bekamen wir oft zu hören. Die düstere Stimmung nahm zu, je näher wir der Hauptstadt kamen. Vor den Zollschranken fassten Wachtposten die Reisenden gründlich ins Auge, forderten ihre Passierscheine, durchsuchten ihr Gepäck nach Waffen. Vor uns aber beugten sie das Haupt, erbaten unseren Segen.

Inzwischen standen Bauern und Händler murrend Schlange. Das ginge schon seit Tagen so, erzählte eine aufgebrachte Fischverkäuferin. Den hohen Herren, die die Sperre verhängt hatten, sei es offenbar egal, dass es allmählich an Lebensmittel fehlte. Und der Altkaiser?, fragten wir.

Die Frau zog die Schultern hoch. Sie war die Erste, die wenig Verehrung für den Tenno zeigte. Ja, der sei nicht mehr in der Stadt. Getreue hätten ihn in Sicherheit gebracht.

Dass über Kyoto eine dunkle Wolke hing, merkten wir bald. Werkstätten und Teehäuser waren geschlossen. Die Straßen waren leer, abgesehen von einer großen Anzahl eiliger Sänftenträger. Adelige Damen und Herren, für die Reise gekleidet, waren von Dienstboten umgeben. Aufgeregte Kinder zerrten an ihren Kimonoärmeln. Ochsen schleppten Wagen voller Gepäck. Jene, die es sich leisten konnten, suchten ihre Landsitze auf, wo sie sich sicherer fühlten. Überall hatte man Befestigungen errichtet, voll ausgerüstet und mit mehreren Kriegern bemannt.

Das alles verhieß nichts Gutes für uns. Auf dem Pass hatten wir die Feinde besiegt; hier waren unsere Gegner eindeutig stärker. Rund um den Kaiserpalast waren alle Straßen gesperrt. Auf den Palisaden standen Speerträger und Bogenschützen so dicht wie Grashalme. Außer den vielen Priestern sahen wir auch eine Anzahl schwer bewaffneter Mönchssoldaten. Sie waren, so wurde uns gesagt, zum Schutz des Tempels aufgeboten worden, wusste doch jeder, dass Yoshinaka und seine barbarischen Krieger sich an Priestern vergriffen und die Heiligtümer plünderten.

Weil auch die Herbergen geschlossen waren, suchten wir in den Klöstern eine Unterkunft für die Nacht. Doch sobald wir um Einlass baten, wurde uns – was sehr unüblich war – die Tür vor der Nase zugeschlagen. Müde schleppten wir uns von einem Kloster zum nächsten; überall erhielten wir eine Abfuhr. Es war schon dunkel, als wir eine Tempelanlage am Südhang eines waldigen

Hügels erreichten. Das Tor neben der großen Steinlaterne war schon geschlossen. Auf unser Klopfen öffnete die Tür sich einen Spaltbreit und jemand spähte heraus.

»Wer seid ihr? Was wollt ihr?«, fragte der wachhabende Mönch, unfreundlich wie alle, die wir heute zu Gesicht bekommen hatten. Wir verneigten uns, nannten unsere Novizennamen und fragten, ob wir im Mönchshaus die Nacht verbringen konnten.

»Schert euch fort!«, lautete die barsche Antwort. »Wir haben keinen Platz mehr!«

Wir waren müde, hungrig und am Ende unserer Geduld. Sogar Hira, der bei jeder Gelegenheit Höflichkeit bewahrte, wurde es zu viel. Wie das denn möglich sei, widersprach er, befänden sich doch hier, über den ganzen Berghang verstreut, eine beachtliche Anzahl von Tempelbauten.

»Alle Räume sind beschlagnahmt oder nur den Priestern zugänglich«, entgegnete mürrisch der Torwächter. »Ich habe den Befehl, Unbekannte abzuweisen.«

Da schlurfte ein Schritt, die Tür öffnete sich ein wenig mehr. Aus dem Halbdunkel trat die Gestalt eines Priesters. Wir hatten seine Anwesenheit nicht bemerkt, er musste uns aber schon eine Zeit lang beobachtet haben. Nun gab er ein Zeichen, und der Torwächter zog die Tür auf, sodass wir hindurchschlüpfen konnten. Wir dankten dem Priester mit tiefer Verbeugung. Dieser neigte nur kurz den Kopf.

»In der Tat haben wir zahlreiche Gäste. Doch bevor ihr weiterzieht, wird man euch in der Küche etwas zu essen geben.«

Wir folgten dem Priester eine Steintreppe hinauf

und dann in einen Tempel hinein, den wir durchqueren mussten. Vor einer Statue Buddhas, die alt und sehr schön war, brannten Opferlichter. Mönche waren bei der Andacht, ich hörte das Schlagen der weich tönenden Gebetstrommeln und das rhythmische Brummen ihrer tiefen Stimmen. Überall standen prachtvoll geschmückte Altäre aus vergoldetem Lack, dunkel vom Alter und dem Weihrauch. Auch hier waren Krieger anwesend, knieten jedoch ehrerbietig im Hintergrund.

Ich hatte ein waches Auge und sah sofort, dass sie nicht zu den Mönchskämpfern gehörten, die oft zur Verteidigung der Tempel aufgeboten wurden. Diese Krieger waren durchaus weltlich und sahen eher wie Leibwächter aus. Der Tempel beherbergte also hohe Gäste, was das seltsame Verhalten des Torwächters erklären mochte. Alle Krieger saßen mit gesenktem Kopf in andächtiger Stille, doch die Spannung war greifbar. Was um alles in der Welt geht hier vor?, dachte ich, während wir den Tempel durch einen Nebeneingang verließen.

Wir betraten einen Ziergarten mit alten Bäumen und Sträuchern, der zu einem schlichten Gemüsegarten führte. Gleich dahinter, neben einem Lagerhaus aus feuerfestem Gips, befand sich die Klosterküche. Als wir unsere Sandalen vor dem Eingang lösten, sahen wir den Priester zum ersten Mal deutlicher. Er war hochgewachsen und überaus kräftig gebaut. Sein Gesicht war breit und dunkel, mit hohen Wangenknochen. Seine rechte Braue wies eine Besonderheit auf: Weißer Flaum zog sich wie bei einem Schwalbenflügel quer durch das Schwarz. Ganz sicher hatte ich diesen Mann schon früher gesehen. Aber wo und wann?

Inzwischen nickte uns der Priester wohlwollend zu: »Stärkt euch und ruht euch aus!«

An der Wand stand ein Wasserbottich mit einem Schöpflöffel aus Bambus. Nachdem wir Hände und Füße gewaschen hatten, schlüpften wir in die bereitgestellten Haussandalen, die ausgetreten, aber sauber waren. Ein paar Schritte weiter lag der Gemeinschaftsraum, der den Mönchen gleichzeitig als Küche diente. Die eine Hälfte des Bodens war mit Matten bedeckt, die andere bestand aus Lehm. In der Mitte war die Herdstelle in den Boden eingelassen, daneben stand ein großer Korb mit Feuerholz. In der Küche ging es lärmend und ziemlich hektisch zu. In einem großen Kessel kochte Misosuppe. Junge Mönche mahlten Reis, schnitten Rettich klein, trennten dunkle Bohnen von weißen. Sie grüßten eilig, ohne ihre Arbeit zu unterbrechen, und wiesen uns einen Platz an der Feuerstelle zu.

Wir nahmen unsere Reisehüte ab und warteten bescheiden, bis ein Mönch uns Reis und Gemüse in hölzernen Schüsseln brachte. Weil ich wie ein junger Bursche aussah, bekam ich mein Essen als Letzte. Wir waren hungrig und langten kräftig zu. Die Portionen waren großzügig bemessen, worüber wir uns wunderten, waren die Mönche doch als Geizkragen verschrien. Beim Essen fragte ich leise meine Brüder, ob ihnen der Priester bekannt vorkam. Beide nickten. Wir zerbrachen uns den Kopf darüber, wer er sein konnte, doch vergeblich.

Nachdem wir zum Schluss der Mahlzeit unsere Suppe getrunken hatten, brachte ich das Geschirr zurück. Der Mönch nahm mir die Schüsseln aus der Hand mit den Worten:

»Möchtet ihr noch etwas?«

Ich fragte, ob er uns in dem Küchenraum eine kleine Schlafstelle überlassen konnte. Er verneinte entschieden.

»Nein, ihr müsst fort! Ihr seid schon viel zu lange hier!«

In seinem abweisenden Gesicht vermeinte ich einen Ausdruck von Angst zu erkennen. Ich fragte nicht weiter, sondern verbeugte mich zum Abschied. Mit steifen Bewegungen kamen wir wieder auf die Beine, setzten unsere Reisehüte auf und verknoteten das Band unter dem Kinn. Immerhin fühlten wir uns nach dem Essen wieder besser. Doch gerade als wir vor dem Eingang in unsere Sandalen schlüpften, knarrte eine Schiebetür, und der rätselhafte Priester tauchte wieder auf.

»Nun, seid ihr satt geworden?«

Erst jetzt wurde mir die besondere Art bewusst, in der der Priester sprach. Der Mann gebrauchte seine Stimme in der Weise von Menschen, die nur wenig von sich preisgeben wollen. Eine Stimme ohne Schwingungen, dumpf, gleichmäßig und verschlossen. Wie gerne hätte ich gewusst, woher wir ihn kannten! Aber keiner von uns hätte gewagt, ihn danach zu fragen. Und so verneigten wir uns lediglich und dankten für seine Gastfreundschaft. Der Priester hielt die Arme verschränkt und blickte ausdruckslos auf uns herab.

»Kommt mit!«, befahl er dann in seinem sparsamen Tonfall. Schon drehte er sich auf dem Absatz um, sein Schatten, riesenhaft verlängert, flackerte über die polierten Holzwände. Wir nahmen unsere Kopfbedeckungen wieder ab, warfen uns schweigend Blicke zu und setzten uns hinter ihm in Bewegung.

28. Kapitel

Der Priester ging mit kräftigen und gleichzeitig lautlosen Schritten voran und drehte sich nicht ein einziges Mal nach uns um. Keine Menschenseele begegnete uns. Wir durchschritten ein Tor und erreichten einen Hof, an dem ein Wohnhaus lag. Auch hier war alles vollkommen still. Wir betraten das Haus, und der Priester führte uns durch einen schmalen Gang in ein Zimmer, das von einer Öllampe erleuchtet wurde. Das Zimmer war schlicht eingerichtet, ohne Schirmwand oder Blumenschmuck. Neben dem niedrigen Tisch stapelten sich jede Menge Schriftrollen, manche auf Chinesisch abgefasst. Der Priester gab ein Zeichen, dass wir uns setzen sollten, und ließ einen Augenblick verstreichen, bevor er das Schweigen brach.

»Es stimmt, was man euch gesagt hat. Eigentlich dürfen Gäste nicht mehr in den Tempelbezirk. Doch Buddhas Barmherzigkeit verlangt, dass ich Wanderer nicht ohne eine warme Mahlzeit wieder auf den Weg schicke.«

Hira erwiderte, dass wir seine Güte nicht vergessen würden. Wie sollten wir ihm jemals danken? Dabei bediente sich Hira einer feierlichen Ausdrucksweise, die zusammen mit unserem lispelnden Kiso-Akzent in den

Ohren der Hauptstadtbewohner recht absonderlich klingen musste, denn im Gesicht des Priesters zuckte es verdächtig. Er presste leicht die Lippen zusammen, als ob er sich ein Lächeln verbiss:

»Ich muss zugeben, dass Kanetoos wilde Kinder als Mönchsschüler recht glaubhaft auftreten!«

Wir starrten ihn an. Mir wurde sehr unbehaglich zumute und Mitsu platzte unvorsichtig heraus:

»Ihr habt uns also erkannt?«

Der Priester schien seinen argwöhnischen Tonfall nicht wahrzunehmen, sondern lachte in sich hinein.

»Wieso denn nicht? Die Vier Himmelskönige würde ich überall erkennen ...«

»Wir sind nur noch zu dritt«, erwiderte ich bitter.

Das Lächeln des Priesters verschwand.

»Ja, mir wurde davon berichtet. Das Schicksal eines Menschen, ob Mann oder Frau, bleibt immer das Gleiche: Treue dem Fürsten, Tapferkeit in der Verteidigung der eigenen Ehre. Das gibt unserem Leben einen Sinn.«

In dem melancholischen Nachklang seiner Worte war mir, als ob eine Gegenwart, zart wie Blüten im Mondschein, durch den Raum wehte. Ich rührte mich nicht, doch meine Poren zogen sich fröstelnd zusammen. Der Priester indessen fuhr fort.

»Wie ich bemerke, beschäftigt Euch die Frage, wo wir einander begegnet sein könnten. Ich will Euch aufklären: Mein Name ist Dankan, und vor vielen Jahren hatte ich die Ehre, den jungen Fürsten Nakahara Kanetoo – Euren ehrwürdigen Vater – in Buddhas Heilige Schriften zu unterweisen, eine Stellung, die ich so lange einnahm, bis mein Schützling anderer Lehrer bedurfte. Als ich in späteren Jahren als Wandermönch umherzog, fand ich stets eine offene Tür bei ihm. Damals wart Ihr noch in der Obhut Eurer Kinderfrau …«

Plötzlich wusste ich, wer dieser Mann war; unwillkürlich erinnerte ich mich an den Spitznamen, den Yamabuki ihm früher gegeben hatte.

»Meister Schwalbe!«, rief ich.

Er deutete scherzhaft eine Verbeugung an.

»Ich habe darauf gewartet, dass Ihr Euch erinnert. Vergessen steht Eurem Alter schlecht an.«

Wir lachten ein wenig verlegen. Der Priester lächelte auch, bevor sein Gesicht wieder ernst wurde.

»Die Vergangenheit ist wie eine Last, die wir ablegen, wenn wir an einer Feuerstelle ruhen. Nun, es war in jener Zeit, dass Fürst Nakahara einen kleinen Jungen in sein Haus aufnahm und somit eine politische Haltung bekundete, deren Auswirkungen sich heute noch zeigen. Ich weiß auch, dass die Pflicht Euch mit einer besonderen Aufgabe hierhergeführt hat. Seid Ihr bereit, will ich Euch ein Geheimnis verraten. Doch überlegt gut: Es ist ein sehr gefährliches Geheimnis, das Euch das Leben kosten könnte.«

»Ehrwürdiger Meister«, sagte ich. »Ihr spracht von Treue. Wir haben einen Eid geleistet. Wir sind bereit!«

Er nickte langsam.

»Ja, das sehe ich wohl. Jetzt hört gut zu. Vor zwölf Nächten wurde Seine Majestät Go-Shirakawa aus seinem heiligen und friedlichen Palast verschleppt und im Archivgebäude unter militärischer Überwachung festgehalten. Unter dem Vorwand, seine eigene Sicherheit zu gewährleisten, wurde er zwei Tage später in unser Kloster überführt.«

Dankan verbarg die Hände in den weiten Ärmeln seiner Robe. Ich hielt den Atem an und starrte ihn an; neben mir waren Hira und Mitsu aufgefahren. Dankans dumpfe Stimme sank zu einem Flüstern herab.

»Wie es dazu kam? Kurz zuvor hatte Minamoto Yoshihira den Altkaiser mit der dreisten Bitte bedrängt, die von Hungersnot bedrohte Stadt zu verlassen. Seine Majestät hatte sein Anliegen mit tadelnden Worten zurückgewiesen und der Fürst von Kamakura nahm die Abfuhr anscheinend gelassen hin. Doch der Oberste Befehlshaber Kiyomori, der weiß, dass seine Stellung bei Hof von einem raschen Sieg gegen Yoshinaka abhängig ist, empfand Seine Majestät dabei als Hindernis. Yoshihira und Kiyomori berieten also gemeinsam, was man tun könne. Die zwei Männer lieben einander zwar nicht, doch die Angst, bei dem am Hofe regierenden Haike-Clan in Ungnade zu fallen, war stärker. Sie bereiteten die Tat gemeinsam vor und ließen den Altkaiser entführen.«

Ich konnte kaum glauben, was wir da hörten. Nur ein kühner Freitod hätte Yoshihiras Ehre noch retten können.

»Und der junge Prinz?«, fragte Mitsu. »Konnte er Seine Majestät nicht beschützen?«

Dankan zuckte kaum merklich die Achseln.

»Mochihito verweilt augenblicklich sanft plaudernd im Kreise seiner Freunde. Nein, keiner stellt sich Taira no Kiyomori in den Weg… Überflüssig zu erwähnen, dass Seine Majestät Go-Shirakawa Kiyomoris Bevormundung gründlich satthat. Auch den Haike-Clan liebt er nicht. Ihre instabile Regierung ist Gift für das Land. Dass Yoshinaka diese Leute fortjagt, entspricht den geheimen Absichten Seiner Majestät. Yoshinakas Ahnen sind durch Gewalt umgekommen, aber sie waren ein starkes Geschlecht, das zu neuem Leben erweckt werden kann. Aus diesem Grund wäre es wünschenswert, dass Seine Majestät über Yoshinakas genaue Absichten Kenntnis erhält. Natürlich kann eine solche Unterredung nur unter vier Augen stattfinden. Doch der Altkaiser darf keine Besucher empfangen, ohne dass genau nachgeprüft wird, wer sie sind und worin ihr Anliegen besteht. Wir müssen einen anderen Weg wählen. Deswegen«, fuhr er an mich gerichtet fort, »wende ich mich an Euch, Edle Dame.«

Ich erwiderte seinen Blick.

»Ehrwürdiger Meister, sagt, was Ihr von mir erwartet.«

Dankan neigte leicht den Kopf.

»Bevor Seine Majestät den Palast verließ, bat er um die Gesellschaft seiner jüngsten Tochter Tokiko, an der sein Herz besonders hängt. Hier im Kloster steht der Prinzessin eine Unterkunft mit eigenem Garten zur Verfügung. Man wird ihr eine Nachricht überbringen.«

Er erhob sich mit weicher, fließender Bewegung und setzte hinzu:

»Ihr könnt in diesem Raum schlafen. Ruht euch gut aus und sammelt eure Kräfte! Sobald die Glocke zur Morgenandacht ruft, werden mich die jungen Herren zum Tempel begleiten. Euch aber, Edle Dame, wird jemand holen kommen.« Damit verließ Dankan den Raum und überließ uns unseren überschlagenden Gedanken.

29. Kapitel

Unser Schlaf war unruhig und viel zu kurz. Wir hatten noch bis spät in die Nacht hinein erörtert, was es bedeuten könnte, wenn der Altkaiser höchstpersönlich Yoshinaka unterstützen würde. Jetzt weckten uns schon vor Sonnenaufgang schleifende Geräusche: Junge Mönche rutschten auf ihren Knien umher und putzten die Gänge. Dann wurde der Himmel gelb, die Hähne krähten und die Glocke rief zur Morgenandacht. Hira und Mitsu, die sich draußen gewaschen hatten, machten sich auf den Weg zum Tempel.

Ich blieb abwartend zurück, doch nur für kurze Zeit. Kaum verstummte die Glocke, als ich ein höfliches Kratzen an der Tür hörte; eine weibliche Stimme bat um Einlass. Auf meine Antwort »Bitte, tretet ein!« schob die kniende Besucherin die Tür zurück. Es war eine Frau mit einem klugen, gutmütigen Gesicht – die Frau des Klostergärtners, wie sie mir sagte. Sie schlüpfte in den Raum, bat mich freundlich und eilig, mein Mönchsgewand mit den mitgebrachten Frauenkleidern zu tauschen. Die Sachen waren einfach, aber aus bester Baumwolle, und knisterten frisch, als ich sie überzog.

Die Frau half mir, meine Schärpe zu knoten und mein

Haar zu kämmen, wobei wir uns nicht lange aufhielten. Wir mussten die Zeit nutzen, während die Mönche beteten. Die Frau führte mich eilig durch verschiedene Gänge in einen mit Strohmatten ausgelegten Raum. Durch eine Schiebetür aus leichten Holzlatten blickte man in einen Garten, der im zunehmenden Morgenlicht in allen Schattierungen von Grün leuchtete. Sträucher und Bäume waren sauber geschnitten, eine Anzahl Trittsteine führten zu einem Teich mit Seerosen. Die Frau brachte mir eine Schale Tee und Reis in einer Schale.

»Wartet hier, bis im Tempel die Glocke wieder läutet«, sagte sie. »Dann geht in den Garten und säubert die Moose von Unkraut und losen Blättern. Die Werkzeuge liegen bereit.«

Sie verneigte sich etwas atemlos und verließ den Raum. Ich setzte mich, den Blick zum Garten gewandt, der im Morgenwind erwachte. Der Tee war von jener körnigen, herben Sorte, der mich von jeder Müdigkeit befreite. Als der Glockenton summend über die Bäume strich, öffnete ich die Schiebetür und stellte meine Sandalen nach draußen. Auf den Stufen stand ein Korb mit verschiedenen Geräten und einem Kopftuch. Ich band das Kopftuch um, wählte eine kleine Harke und begann mit der Arbeit. Eine Weile verging; dann vernahm ich das Schleifen einer sich öffnenden Schiebetür und eine weibliche Stimme sprach:

»Bist du die Tochter des Gärtners?«

Eingehüllt in ein leichtes Morgengewand saß eine junge Frau anmutig im Sonnenlicht. Sie war nicht eigentlich hübsch, dafür war ihr Antlitz zu schmal, das Kinn zu knochig. Doch geschminkt und zurechtgemacht wie sie war, zeigte sie so viel Eleganz in Haltung und Stimme, dass sie es mit jeder Schönheit aufnehmen konnte.

»Nein, Hoheit«, erwiderte ich mit einer tiefen Verbeugung. »Aber die Leute sollen glauben, dass ich es bin.«

Die Prinzessin neigte den Kopf. Die Antwort schien ihr zu gefallen. Sie hatte etwas gleichsam Verschmitztes und Verschlagenes an sich.

»Wie heißt du?«

»Mein Name ist Tomoe.«

»Ja«, erwiderte sie. »Dieser Name wurde mir genannt. Und ich habe mir sagen lassen, dass du etwas von Tieren verstehst.«

»Von Tieren, Hoheit?« Ich war überrascht. »Nun, in meiner Kindheit war ich viel im Wald, und es ist tatsächlich so, dass mir die Tiere vertrauen.«

Sie strich mit den Fingern über die prachtvolle Stickerei am Ärmel ihres Gewandes.

»Mein Vater liebt Vögel. Ich nicht. Ich – ich mag ihr Zwitschern nicht. Sie wecken mich vor Sonnenaufgang. Und sie machen auch viel Schmutz. Ich spiele gerne Laute. Außerdem zwitschern sie bisweilen so schrill, dass ich falsch spiele. Das ist sehr ärgerlich ...«

Sie sprach halb scherzhaft, halb im Ernst und sah mich dabei von der Seite an. Da ich nicht wusste, was ich von diesem seltsamen Bekenntnis halten sollte, verneigte ich mich lediglich stumm. Sie ließ einen kleinen Seufzer hören.

»Mein Vater fühlt sich abgeschlossen von der Außenwelt. Vor dem Tor stehen Wächter. Seine Gefolgsleute sind ihm genommen worden. An ihrer Stelle sorgen ungebildete Mönche für seine Wünsche. Die Bücher, die man ihm zu lesen gibt, sind alte Werke, die kein Wort über das gegenwärtige Leben enthalten. Am Ende jedes eintönigen Tages legt er seinen Kopf auf das Kissen und quält sich mit vielen Fragen.« Sie zerrte geistesabwesend an einem goldenen Faden. »Ich werde ihn wissen lassen, dass dir vieles über Vögel bekannt ist. Vielleicht bringt es Abwechslung in sein eintöniges Leben. Warte hier.«

Ich machte abermals eine tiefe Verbeugung; sie entfernte sich mit kleinen, gezierten Schritten. Die Schleppe ihres Gewandes glitt über die Matten wie ein langer Blütenzweig. Mein Herz schlug schnell, während ich mich, als sei nichts geschehen, wieder an die Arbeit machte. Nach kurzer Zeit hörte ich wieder ein schleifendes Geräusch. Eine ältere Frau verneigte sich an der Schiebetür. Sie trug einen dunkelblauen Sommerkimono mit einem schlichten, aber eleganten Weißdornmuster.

»Kommt, Ihr werdet erwartet. Aber nehmt zunächst das Tuch ab und wascht Euch Hände und Füße.«

Sie sprach nicht wie eine Dienerin, eher wie die Leiterin eines großen Haushalts. Ihr Tonfall war zuvorkommend und gleichzeitig befehlsgewohnt. Schweigend tat ich wie geheißen, entfernte das blau-weiße Kopftuch und wusch mich. Die Frau wartete geduldig, reichte mir dann ein paar baumwollene Pantoffeln in makellosem Weiß, mit denen ich die Vorhalle betrat. Sie ließ mich zehn Schritte hinter sich gehen und schob sich rasch und lautlos durch schiefe, sich windende Gänge und Räume verschiedener Größe. Alles war friedlich – eine Insel der Stille, fernab der wirklichen Welt.

Schließlich blieb die Frau stehen, kniete nieder und

kratzte mit der Fingerspitze an eine Tür. Eine Stimme antwortete. Die Frau verneigte sich ehrerbietig, schob behutsam die milchweiße Schiebetür zur Seite.

Ich sah einen Mann in schlichtem, nebelgrauen Gewand, der sich auf eine Armstütze lehnte. Er drehte mir den Rücken zu und blickte zum Garten. Er hatte Körner in der Hand, mit denen er versuchte, Vögel herbeizulocken. Doch die Vögel kamen nicht näher. Als ein Rotkehlchen die Körner verschmähte und wie ein pfirsichfarbiger Faltfächer die Flügel schlug, holte der Mann hörbar Atem. Ich indessen kniete im Türrahmen und rührte mich nicht. Der Mann, den ich vor mir sah, war der Altkaiser Go-Shirakawa. Er schien meine Anwesenheit nicht zu beachten, bis er endlich die Stimme erhob. Sie klang leise, ohne Schwingung, und doch trug sie weit, wie ein Glöckchen in der Hand eines Priesters.

»Ich mag Vögel sehr und in diesem alten Garten gibt es viele. Kannst du mir vielleicht sagen, warum sie nicht zu mir kommen?«

Die Frage kam so unerwartet, dass ich zunächst dachte, er habe zu sich selbst gesprochen. Erst als er mir das Profil zuwandte, wurde mir bewusst, dass seine Worte mir galten.

Ich neigte meine Stirn bis zur Matte.

»Ich weiß es nicht, Majestät.«

»Kommen die Vögel zu dir, wenn du sie herbeirufst?«

»Doch, Majestät. Das tun sie wohl.«

»Dann komm und ruf sie!«

Er hielt mir das kleine weiße Säckchen mit den Körnern hin. Ich zögerte nur den Bruchteil eines Atemzuges, bevor ich mich ihm ehrfürchtig näherte. Ich empfing das Säckchen in meiner hohlen Hand und beugte mich leicht aus der offenen Schiebetür. Ich spürte, dass der Altkaiser mich aufmerksam musterte, während ich die Vögel beobachtete, die im Sonnenlicht schwirrten, und mein Gehör auf ihr Zwitschern und Rufen einstellte. Dann spitzte ich die Lippen und rief die Vögel in ihrer eigenen Sprache.

Sie kamen von allen Seiten, versammelten sich vor der Schiebetür und pickten die Körner auf, die ich ihnen zuwarf. Als ich die Hand ausstreckte, setzte sich eine Meise auf meinen Arm, und ich brachte sie ganz nahe an mein Gesicht. Ich dankte ihr, dass sie gekommen war, bevor ich wieder lächelnd den Arm ausstreckte und sie davonflog.

Während der ganzen Zeit hatte mich der Altkaiser nicht aus den Augen gelassen. Jetzt fragte er:

»Wie bringst du das fertig?«

Endlich wagte ich, meinen Blick zu ihm zu erheben. Ich sah einen klein gewachsenen Mann, der in seiner zweiten Lebenshälfte stand. Das bereits ergraute Haar war lang und seidig, das Antlitz breit, wie abgeflacht. Seine Haut war übersät mit Altersflecken und hatte eine mattbraune Farbe. Seine Augen waren hell und in Falten gebettet, die Lippen blass und ausdruckslos. Das verfärbte Weiß seiner Erscheinung erweckte den Eindruck einer seltsamen Abwesenheit, als ob die Seele dieses Menschen nicht in seinem Körper wohnte. Und gleichwohl war spürbar, dass dieser Mann einst die Geisteskraft des Landes in den Händen gehalten hatte und womöglich – trotz seiner Gefangenschaft – noch immer hielt. Er galt als Heiliger, als Nachkomme der Sonnengöttin, die einst das Leben hervorbrachte, doch eine unbestimmte Ahnung riet mir zur Vorsicht. All diese Gedanken tauchten im Bruchteil eines Atemzuges in mir auf, bevor ich höflich die Augen niederschlug.

»Nun, Majestät, jede Tiergattung hat ihre eigene Tonlage. Ich erkannte dies schon als Kind und vermochte sie nachzuahmen. Hören die Tiere die vertrauten Laute, nähern sie sich furchtlos den Menschen.«

»Dann verstehst du also ihre Sprache?«

»Manche sagen, Tiere hätten weder Gedanken noch Gefühle.«

»Erachtest du das als unwahr?«

»Ja, Majestät. Unsere Beziehung zu den Tieren verbindet uns mit der Schöpfung. Jede unserer Handlungen hat Auswirkungen auf alles, was lebt. Wir sind miteinander verwandt. Dass die Tiere einst unsere Lehrer waren, haben viele vergessen. Fubuki, mein Pferd, spürt, was ich denke, und handelt im richtigen Augenblick. Ich spreche auch mit meinem Wanderfalken Taka.«

»Gehorcht er dir?«

»Oh ja, Majestät. Rufe ich ihn, fliegt er sofort zu mir und setzt sich auf meine Hand.«

Seine Majestät ließ eine Art Glucksen hören. Offenbar bereitete ihm die Unterhaltung Vergnügen.

»Mir kam zu Ohren, dass auf dem Kurikara Stiere ein mächtiges Heer geschlagen haben. Das finde ich bemerkenswert. Wer gab den Befehl dazu? Weißt du es?«

Ich neigte den Kopf. Die Erinnerung an Taro durchzuckte mich schmerzhaft.

»Nun, Majestät, es war Arashi, der Leitbulle.«

»Hast du dich zuvor mit ihm unterhalten?«

»Ja, Majestät, das habe ich.«

Er bewegte leicht die Lippen, als ob er lächelte.

»Dann hattest du ihm einen Auftrag erteilt? Und bist du bereit zu schwören, dass all das wahr ist?«

Ich deutete eine Verbeugung an.

»Wenn es dem Wunsch Seiner Majestät entspricht …«

Er zeigte wieder diese seltsame Lippenbewegung.

»Du brauchst nicht zu schwören. Der Fürst von Kiso hat bemerkenswerte Nachkommen. Und obwohl er selbst genügend Kinder hat, zog er einen Kuckuck in seinem Nest groß. Jetzt ist der Junge erwachsen und zieht Kyoto entgegen. Er hat Feinde. Aber lassen wir das. Ich finde es lästig, aber bisweilen fühle ich mich verpflichtet, zugunsten derer zu entscheiden, die mir besser dienen. Ich habe darüber nachgedacht. Seine Feinde mögen auch meine Feinde sein. Du verstehst, was ich meine?«

Ich verbeugte mich mit beschleunigtem Pulsschlag.

»Vollkommen, Majestät.«

Er zog die Lider zusammen, zupfte an seinem Ärmel.

»Die Stadt ist auf die Belagerung vorbereitet. Die Straßen strotzen nur so vor Eisenstangen und Steinblöcken. Abertausende Krieger stehen bereit. Man hat klug geplant, doch man übersah dabei, dass wir einen trockenen Sommer haben. Zwischen den flachen Böschungen führt unser Fluss nur Schwemmsand. Durch das Flussbett, unter Brückenwölbungen hindurch, könnte ein Angreifer in das Herz der Stadt eindringen. Das ist eine Sache, die nicht bedacht wurde. Jedoch, es könnte bald regnen …«

Mein Herz schlug so laut, dass ich befürchtete, er

könnte es hören. Der Altkaiser redete wie im Selbstgespräch, mit leichter, melodischer Stimme, und ließ dann die Worte in der Luft hängen.

Ich schluckte und sagte:

»Ja, Majestät. Der Zeitpunkt ist wichtig.«

»Jeder Augenblick zählt«, meinte Go-Shirakawa.

»Ja, Majestät. Ich verstehe.«

Ein Schweigen trat ein. Dann murmelte der Altkaiser:

»Die Vögel sind nicht mehr da. Wo mögen sie wohl sein?«

Ich sagte kühn:

»Sie werden wiederkommen.«

Er lehnte sich auf seine Armstütze zurück, schloss schläfrig die Augen und gähnte.

»Weißt du, ob sie den Regen fühlen?«

Ich lächelte ein wenig.

»Noch nicht, Majestät …«

Er hob leicht die Hand, blass und durchscheinend im Frühlicht. Ich war entlassen. Rückwärts kroch ich zur Tür, machte im Rahmen meine Abschiedsverbeugung, die der Altkaiser kaum zur Kenntnis zu nehmen schien. Weit hinten im Gang kniete wartend die Frau im dunkelblauen Kimono. Sie erhob sich, gab mir einen Wink. Während sie mich, immer den Garten entlang, durch die Gänge und Räume führte, die ich bereits durchschritten hatte, erklang irgendwo aus der Ferne das einsame Spiel einer Laute.

30. Kapitel

Wir sahen Dankan nicht mehr wieder: Ein junger Mönch richtete uns in seinem Namen aus, er sei zu dringenden Gesprächen abberufen und wir sollten nicht auf ihn warten. Die Botschaft war eindeutig: Dankan hatte gewusst, was der Altkaiser von uns erwartete, und drängte zur Eile.

»Das übersteigt unsere kühnsten Träume!«, meinte Mitsu mit einer Spur Hysterie. »Wenn wir unser Heer durch das trockene Flussbett jagen, haben wir ein leichtes Spiel!«

Hira antwortete nüchtern:

»Ich will in dieser Sache gerne alles Nötige tun, wenn nur sicher ist, dass sie gelingt. Aber wer weiß, was dahintersteckt.«

»Vermutest du eine Falle?«, zische Mitsu aufbrausend.

»Ich habe mit den Mönchen gesprochen«, antwortete Hira langsam, nachdenklich. »Sie nennen Go-Shirakawa ›Die Schlange im Winterschlaf‹.«

»Aber –«, wollte Mitsu einwenden.

»Lass es mich klarer ausdrücken: Man sagt, er sei ein Meister der Verstellung.«

»Meinst du, er sei nicht vertrauenswürdig?«, entgegnete Mitsu empört. »Wie kann ich das glauben? Was für ein Mensch wäre das, wenn er uns ins Verderben zöge?«

»Möglich, dass ich mich irre«, gab Hira ausweichend zu.

Ja, was für ein Mensch war Go-Shirakawa? Ich empfand für diesen Mann, die Verkörperung der Sonnengöttin auf Erden, nachdenkliche Verwunderung.

»Er will den Haike-Clan schwächen, das weiß ich aus sicherer Quelle. Siegt Yoshinaka, wird das Volk jubeln, und das entspricht genau dem, was der Altkaiser will. Deswegen nehme ich an, dass er auf unserer Seite steht.«

Mitsu wandte seinem Bruder seine scharfen schwarzen Augen zu, in denen klar zu lesen stand: »Da siehst du, wie recht ich habe!«

»Dennoch ...«

»Dennoch, dennoch!«, rief Mitsu ungeduldig. »Würde Seine Majestät einen tapferen, ihm bedingungslos ergebenen Feldherrn für einen opfern, der gegen Seine Heilige Person frevelhaft die Hand erhob? Ich frage nur«, setzte er unschuldig hinzu.

»Lassen wir das!«, sagte ich. »Die Zeit läuft uns davon.«

Wir traten ins Freie, und ich blickte suchend über die Baumkronen, bis ich oben am Himmel im flimmernden Blau Takas ausgebreitete Flügel erspähte. Der Falke wusste, wo ich mich befand, und hatte auf mich gewartet. Ich hob den Arm, stieß einen scharfen Pfiff aus, und Taka kreiste tiefer, bevor er im Gleitflug hinabstürzte. Mit wehenden Federn setzte er sich auf meine behandschuhte Faust und zischelte freundlich. Die winzigen Glöckchen an seinen Krallen klingelten, als ich seinen Rücken streichelte, der unter dem flaumigen Federkleid warm war.

»Du bist wirklich ein prachtvoller Vogel«, sagte ich leise zu ihm, »und ein tapferer Kämpfer!«

Während ich zu ihm sprach, richtete Taka seine Augen auf mich. Ich hatte ein Gedicht für ihn verfasst. Es war nicht so gut wie jene Gedichte, die Yamabuki erfunden hatte, aber Taka gab sich damit zufrieden. Ich sagte es leise auf:

»Ein fliegender Bote,
Weht von den Wolken
Leuchtend wie sein Federkleid
Schimmert der Wald.«

Taka machte einen kleinen Schütteltanz und suchte eine bequemere Haltung, bevor er sich entspannt putzte. Ich wandte mich an Hira, der stets ein winziges Tuschkästchen und einen Pinsel bei sich trug.

»Schreibe Yoshinaka: ›Das Flussbett ist trocken, der Weg bereit. Eile! Fällt Regen, ist alles verloren.‹«

Hira benetzte den Pinsel an einem kleinen Wasserlauf und schrieb die Worte auf ein winziges Papierröllchen, das ich behutsam in ein Beutelchen schob und mit einem Seidenfaden um Takas Fuß knüpfte.

»Yoshinaka wartet auf dich!«, sagte ich zu ihm. »Schnell, verliere keine Zeit!«

Dann warf ich den Falken in die Luft. Taka schlug heftig mit den Flügeln und kletterte in die Höhe. Ich wusste, dass der Falke, immer wenn er eine Nachricht trug, pflichtschuldig seinem Ziel entgegenflog; ich hatte ihn darauf abgerichtet. Taka breitete seine Schwingen aus, flog über unsere Köpfe hinweg und kreiste so lange, bis er eine aufsteigende Luftsäule fand. Er überließ sich der Strömung und erreichte mühelos eine große Höhe. Dann wurde er kleiner und kleiner, bis er nur noch ein schwarzer Punkt war, der in einen Lichtschleier tauchte und verschwand.

Als ich mich später an die Eroberung Kyotos erinnerte, sah ich immer wieder bestimmte Bilder vor mir, verborgen in meiner Erinnerung wie Silberadern in einem alten Berg. Taka hatte Yoshinaka die Botschaft überbracht; keiner schlief in dieser Nacht. Als Yoshinaka das Zeichen zum Aufbruch gab, war es noch dunkel. Die Reiter bewegten sich vorwärts, schweigende Gestalten in blitzenden Rüstungen, die im klirrenden Trab durch den Frühnebel zogen.

Der Tag brach rosig und grau an, als Yoshinaka seine müde schnaubende Stute zügelte und im Schutz der Bäume die Hauptstadt betrachtete. Noch war die Sonne nicht aufgegangen. Bambus bewegte sich mit seidig weichem Geräusch im Wind. Eingebettet in den Hügeln, lag Kyoto noch im Schlaf, geschmückt mit Bäumen und blühenden Gärten. Und als die Sonne aufging, wurden an den waldigen Höhenzügen Türme und Tempel sichtbar, in denen die Mönche und Nonnen lebten.

Auch meine Brüder und ich hatten neben Yoshinaka unsere Reittiere zum Stehen gebracht. Um Mitternacht waren wir auf die Vorhut gestoßen; wir hatten uns nur kurz Zeit genommen, Rüstungen über unsere Mönchsgewänder anzulegen und unsere Waffen an uns zu nehmen.

In knappen Worten berichteten wir nun Yoshinaka, wie die Straßen in Kyoto angelegt waren, so nämlich, dass bei einem Feuer die Flammen nicht von einem Stadtteil auf den nächsten übergreifen konnten. Außerdem überragten hohe Militärtürme die Stadt. Es waren Gerüste aus übereinandergezimmerten Bretterböden, die die Wachen durch Leitern erreichten. Sobald die Wachen etwas Verdächtiges bemerkten, schlugen sie mit einem gewaltigen Hammer auf eine am Dach befestigte Eisenglocke. Sie würden das Heer sehen, sobald es aus dem Wald hervorbrach.

Yoshinaka wusste, er durfte ihnen keine Zeit lassen, sondern musste sofort zum Sturmangriff übergehen. Jetzt hob er den eisernen Kriegsfächer und die Muschelhörner dröhnten. Schon rollte das Donnern der Pferdehufe wie ein Trommelwirbel durch das Tal. In atemberaubendem Galopp jagten wir der Hauptstadt entgegen. Die weißen Banner mit dem Emblem der Enzianblüte leuchteten über den Köpfen der Männer, die schon ihr Schwert gezogen hatten, bereit, sich in einer einzigen Bewegung zum tödlichen Hieb zu ducken. Von den Wachttürmen aus sahen die Verteidiger das Heer heranbrausen wie eine Flutwelle, die Kyoto zu überschwemmen drohte.

Die Bewohner duckten sich ängstlich in ihren Häusern, vertrauten jedoch den Befestigungsanlagen. Alle Stadttore waren geschlossen. Die Verteidiger standen, Schulter an Schulter, auf den Stadtmauern, ihre Schilde wie die Schuppen einer Riesenschildkröte geschlossen. Alle waren bereit, jeder wusste, was er zu tun hatte. Doch da geschah etwas Unerhörtes: Statt in geschlossenen Reihen die Tore anzugreifen, schwenkten wir plötzlich seitwärts ab, ritten in einem weiten Bogen um die Stadtmauer und erreichten den träge dahinfließenden Wasserlauf.

Ehe sich die Verteidiger von ihrer Verblüffung erholt hatten, sprengten wir schon die Böschung hinab, mitten in das Flussbett. Den Verteidigern blieb keine Zeit, eine wirksame Umgruppierung vorzunehmen, schon hatten wir alle Hindernisse überwunden, waren mitten in der Stadt, ritten wie eine aufwallende Flutwelle über Steine und Sträucher. In fliegender Hast wurden Befehle erteilt, Krieger sammelten sich zu beiden Seiten der Böschung. Wolken von Pfeilen prasselten auf uns nieder, hemmten für kurze Zeit unseren Ansturm, weil Reiter und Pferde stürzten und sich überschlugen. Doch nachdrängende Kämpfer füllten sofort die gelichteten Reihen, sinkende Banner wurden noch im gleichen Atemzug von zupackenden Händen übernommen und mit wildem Geschrei aufwärtsgeschwungen. Nichts vermochte uns zu bremsen, weder die Speere noch die Pfeile und Steinblöcke, die von den Brücken aus Lücken in die Masse der Reiter rissen.

Es war, als ob das Wasser die Reiter nicht nur trug, sondern vor ihnen zurückwich, als ob dieses breite und schnurgerade Flussbett ein eigens für uns angelegter Weg war, der unter den geschwungenen Brücken hindurch geradewegs in das Herz der Hauptstadt führte. Schon stießen die Herolde in die Muschelhörner, schon verkündete das dumpfe, weit schwingende Dröhnen den Sieg. Alle Menschen in Kyoto vernahmen diesen dumpfen Ton, der an den Nerven zerrte. Für die Bewohner der Hauptstadt war dieses Echo die Stimme ihrer Niederlage. Was die Sieger erreicht hatten, war das

Unglaubliche, das Unmögliche, und doch hatten sie es getan.

Rückblickend mochte mir das alles wie das Werk weniger Augenblicke erscheinen, in Wirklichkeit aber war der halbe Tag bereits vergangen, und die Sonne stand hoch. Auf der steinernen Anhöhe, vor den Stufen der Treppe, die zum geheiligten Palast führte, warf Yoshinaka einem Stallknecht Hayates Zügel zu. Über der Stute hing der Schweiß wie eine feuchte Dunstglocke. Ihre Flanken unter dem nassen Fell schlugen heftig, aus ihrem Maul tropfte Schaum. Yoshinaka liebkoste dankend das müde Pferd. Er befahl dem Stallknecht, es zu tränken und mit frischen Kräutern abzureiben. Dann erst wandte er sich der Treppe zu, auf der verschreckte Palastbeamte und Hofdamen zusammenliefen und niederkniend um Erbarmen flehten.

Yoshinaka beachtete sie nicht. Mit leichten, geschmeidigen Schritten stieg er die Stufen empor; wir, die Himmelskönige, schritten an seiner Seite. Die Vorhalle wurde von runden, mächtigen Säulen getragen, die im reinsten, klarsten Scharlach flammten. Die schimmernde Leere der Vorhalle führte unter einem lackierten Dach aus Zedernholz zu dem, was die Seele des Landes war: die große Audienzhalle im Inneren des Palastes.

Doch auch für diese Pracht und die vielen Kostbarkeiten hatte Yoshinaka nicht einen Blick übrig. Fast sah er schüchtern aus, wie ein Halbwüchsiger, der zum ersten Mal ein Heiligtum betritt. Die leichte Verwirrung, die aus seinem Gesicht sprach, verriet seinen bedingungslosen Glauben an etwas, das umso erhabener war, als es nicht vollständig vom Verstand erfasst wurde. Er neigte den Kopf und murmelte ein unhörbares Dankgebet, bevor er seine Offiziere kommen ließ. Und als alle versammelt waren, wischte er sich die Stirn und gab mit ruhiger, freundlicher Stimme seine Befehle.

31. Kapitel

Es war Abend geworden und erstickend heiß. Yoshinaka hatte den Befehl gegeben, die besiegten Fürsten in die Audienzhalle bringen zu lassen. Unter ihnen waren auch Yoshinakas Cousin Yoritomo Minamoto und seine beiden Brüder Noriyori und Yoshitsune. Alle drei musterten den jungen Sieger mit düsterer, verblüffter Miene, bewunderten sie doch trotz ihres Misserfolges und der unvermeidlich peinlichen Folgen die Raffinesse des taktischen Vorgehens. Yoshinaka hatte seine Verwandten höflich begrüßt, ihnen dabei versichert, dass sie nicht seine Gefangenen, sondern seine geehrten Gäste sein würden.

»Nicht Ihr seid meine Feinde. Tut, wie es Euch beliebt, wie Eure Ehre es Euch gebietet. Ich will Euch nicht demütigen, und ich will auch nicht, dass Ihr meinetwillen in Ungnade fallt, denn wir sind vom gleichen Blut.«

Die Fürsten dankten kühl, mit Worten und Gebärden, die die Schicklichkeit erforderte. Ihre Ehre verlangte, dem anderen an Höflichkeit zumindest nicht nachzustehen, auch wenn es sich um einen Verwandten handelte, der ihnen gerade eine haarsträubende Niederlage beschert hatte. Die Zukunft würde ja zeigen, auf wessen

Seite Yoshinaka sich schlug, und inzwischen war es klüger, ihn nicht unnötig zu reizen.

Taira no Kiyomori jedoch beherrschte nur mit Mühe seine Wut, immer noch erbost darüber, dass Yoshinaka, statt ihn unverzüglich in Ketten zu legen, sich mit unerwarteter Verbindlichkeit vor ihm verbeugt hatte.

»Euch Trost zu spenden, wäre kränkend. Lasst Euch sagen, dass ich Euch als Verteidiger ehre. Die Niederlage ist ein Los, das uns alle treffen kann. Und niemand braucht sich deswegen zu schämen.«

Kiyomori, blass vor Müdigkeit und Zorn, erwiderte, der Sieger möge mit ihm verfahren, wie es ihm beliebe.

Yoshinaka sprach daraufhin:

»Wer wäre ich denn, wenn ich beim Gegner Tapferkeit nicht zu schätzen wüsste? Ihr tatet nur Eure Pflicht. Über Euer Geschick zu entscheiden, steht mir nicht zu.«

Der Einzige, der angekettet wurde, war Yoshihira. Yoshinaka hatte ihn bisher weder eines Wortes noch eines Blickes gewürdigt. Yoshihiras Haut war blass, auf seiner Stirn glänzten Schweißtropfen. Er hatte kein Erbarmen mit Verlierern gekannt und jetzt hatte er selbst verloren. Als Yoshinaka einen Wink gab, rissen Wächter den Fürsten von Kamakura hoch, zerrten ihn vor den jungen Sieger und stießen ihn auf die Knie. Da lag er nun, eine Eisenkette um den Hals, mit wild blickenden Augen, aus denen Panik sprach. Auf ein Zeichen von Yoshinaka trat ich näher, immer noch in Rüstung, und brachte das Kästchen aus Sandelholz mit der Schriftrolle, die Yamabuki und ich aus der Schatzkammer geborgen hatten. Yoshinaka nahm das Kästchen mit beiden Händen an sich, hob es in Stirnhöhe, damit der Gefangene es sehen konnte, und fragte eisig:

»Fürst von Kamakura, erkennst du dieses Kästchen?«

Yoshihira antwortete mit unartikulierter Stimme:

»Ja, ich erkenne es.«

»Und weißt du auch, welches Schreiben das Kästchen enthält?«

Der Fürst von Kamakura schluckte würgend und nickte.

»Und kannst du uns sagen, welches Siegel es trägt?«

Yoshihira bewegte den Mund, doch kein Ton kam hervor.

Yoshinakas Stimme nahm eine drohende Schärfe an.

»Sag es laut, damit alle es hören!«

»Es trägt das heilige Siegel der Kaiserlichen Autorität«, stammelte Yoshihira mit aschfahlen Lippen.

Yoshinaka lächelte hart.

»Bekundet diese Urkunde ihr Heiliges Wort, den Ausdruck ihres Willens und ihrer Allmacht?«

Yoshihiras Augenlider flatterten und sanken wieder herab.

»Sie bekundet es.«

»Und befürwortet dieses Heilige Wort eine Bluttat, die du vor zwanzig Jahren begangen hast?«

Yoshihira zitterte zunehmend stärker.

»Nein«, stieß er hervor, »es befürwortet sie nicht.«

»Gut«, sagte Yoshinaka und lehnte sich leicht zurück.

Da wurde die atemlose Stille durch ein fernes Geräusch von sich nähernden eiligen Schritten unterbrochen. Schon seit einiger Zeit hatte sich der Himmel bezogen, und als klatschend die ersten Tropfen fielen, bewegten sich drei Sänften heran, von Trägern in kaiserlicher Livree auf den Schultern getragen. Wie goldene Riesenblumen schaukelten die Sänften durch den Regen, umgeben von Herolden, Standartenträgern und Priestern in weißer Robe. Krieger mit blitzend gezogenen Klingen bildeten das Geleit.

Der Zug bewegte sich langsam und feierlich über den Vorplatz, zog sich in seiner ganzen Länge über die Treppen, erklomm Stufe um Stufe, bis alle die Stirn beugten. Auch Yoshinaka kniete nieder, waffenlos und barhäuptig; jeder Anwesende tat es ihm nach, die Blicke ehrfürchtig auf den polierten Boden gesenkt. Nun wurden die Sänften behutsam niedergesetzt, die goldenen Vorhänge glitten zur Seite. Go-Shirakawa, weiß gekleidet, den Kopf verhüllt, entstieg recht beschwingt dem Reisebett. Gleich nach ihm erschien der junge Prinz Mochihito, prachtvoll gekleidet und mit einem Fächer in der Hand. Aus der dritten Sänfte trat, ohne die geringste Unordnung in ihrer Kleidung, Prinzessin Tokiko. Sie trug ein Gewand mit einem rosa Muster aus Phäonien. Ohne den Blick zu senken, hob sie mit einer kaum merklichen Bewegung den Saum ihres Kleides. Sie bewegte sich, als ob sie schwebte, mit einem etwas verkniffenen Ausdruck im Gesicht. Inmitten gebeugter Rücken schritten alle drei im fahlen Abendlicht durch die Vorhalle und nahmen in großer Feierlichkeit auf Brokatkissen Platz.

Der Regen prasselte, klatschend und hart. Es roch nach nasser Erde, nach staubigen Blättern. Es war ein guter, belebender Geruch, als ob alle Götter die Wolken zurückgehalten hätten, bis wir unser Ziel erreicht und unsere Pflicht erfüllt hatten. Eine Weile herrschte ein fast andächtiges Schweigen, nur der Regen war zu hören, bis Go-Shirakawa die Stille mit gedämpfter Stimme brach.

»Der Regen bringt Feuchtigkeit. Mein ermatteter Körper spürt das Alter und fand im Tempel wohltuende Ruhe. Doch Herz und Sinn dachten unentwegt an eine Fülle von Dingen. Denn inzwischen hast du, Taira no Kiyomori, Verordnungen getroffen, als ob sie ein mir gefälliges Werk wären. Vieles hat sich dadurch verändert. Ich möchte, dass du dich – soweit du es vermagst – dafür rechtfertigst.«

Kiyomori, der kniend und auf beide Händen gestützt vor ihm lag, hob ein wenig sein Gesicht, das rot angelaufen war.

»Majestät, zu meiner Verteidigung habe ich nichts vorzubringen. Ich wollte Euch lediglich in Sicherheit wissen ...«

»Ja? Ich muss sagen, du hast wirklich Nerven – zu solch einem Zeitpunkt!«

»Majestät ...« Kiyomori schluckte. »Ich habe so wenig meine Pflicht getan, dass ich tief beschämt um die Gnade ersuche, meinem Leben selbst ein Ende zu bereiten.«

»Diese Gnade wird dir verwehrt.« Ein Ausdruck flüchtiger Gereiztheit trat auf Go-Shirakawas Gesicht. »Ich kann mit dir nichts anfangen, wenn du tot bist!«

Taira no Kiyomori presste die Lippen zusammen und verneigte sich tief, während Go-Shirakawa sich bereits von ihm abwandte.

»Minamoto Yoshinaka, du bist als Sieger in diese Stadt gekommen. Viele treue Krieger mussten deinetwegen sterben. Weil ich den Frieden liebe, bin ich betrübt. Treibst du ein falsches Spiel, werde ich meine Sinne von dir abkehren. Doch das Leben lässt sich nicht begreifen aus einem einzigen Gedanken und einer einzelnen Erfahrung. Hast du nicht angesichts des Buddhas gesagt, das heilige Chrysanthemenwappen sei für eine böse Sache missbraucht worden?«

Yoshinaka verbeugte sich langsam und anmutig. In seiner ganzen Bewegung lag eine tiefe Erleichterung, die ihn, mit seiner langjährigen Empörung verbunden, glaubhaft machte.

»Majestät, ich sprach die Wahrheit.«

»Die Wahrheit sprechen, heißt nicht immer, das Richtige tun«, erwiderte der Altkaiser. »Ich kann und will nicht glauben, dass es falscher Mittel bedarf, um die Ehre der Chrysantheme zu wahren.«

Yoshinaka errötete. Go-Shirakawas Spitzfindigkeiten war er nicht gewachsen. Jeder konnte sehen, dass er nicht bei Hofe erzogen worden war. Doch vielleicht war er klug genug, um auch dieses zu spüren, denn er antwortete schlicht:

»Majestät, mein Herz gehört Euch und mein reines Schwert steht einzig in Eurem Dienste.«

Offenbar gefiel dem Altkaiser diese Antwort. Er nickte kaum merklich.

»Du scheinst ein ehrlicher Mann zu sein. Darum erlaube ich dir, dein Anliegen vorzubringen. Sprich ohne Furcht! Und ich werde entscheiden.«

Yoshinaka holte tief Luft.

»Es dürfte Eurer Majestät nicht unbekannt sein, dass einst ein böser Mensch einen unbescholtenen Vater tötete, eine Mutter beschämte und einem Kleinkind nach dem Leben trachtete. Die Familie sollte ausgelöscht werden. Der Mörder aber verbreitete die Lüge, Ihre Majestät habe den Mord in einem Schreiben gutgeheißen.«

Go-Shirakawa schien zu versuchen, sich zu erinnern. »Das hört sich in meinen Ohren recht sonderbar an. Wo befindet sich denn ein solches Schreiben?«

Yoshinaka rutschte auf den Knien vorwärts, das Kästchen aus Sandelholz hielt er vor seinem Herzen. Er löste behutsam die Seidenschnur, rollte das Schreiben auf. Und in der gespannten Stille zeigte Yoshinaka seine ganze Fähigkeit zur Größe. In ernster, bescheidener Ruhe und umgeben von allen Zeichen des Sieges, sprach er:

»Dieses Schreiben kommt vom Himmel, denn es trägt sein allmächtiges Zeichen, das Chrysanthemensiegel. Minamoto Yoshihira bewahrte es in einer geheimen Kammer auf, ließ es von starken Kriegern bewachen, während er draußen seine Lügen verbreitete.«

»Und was steht in diesem Schreiben?«, fragte Go-Shirakawa. »Lies vor, damit ich mich entsinne!«

Yoshinaka tat, was der Altkaiser verlangte. Seine Stimme klang deutlich und klar, als wäre jedes Wort eine Münze, die er uns vorzählte. Dann, während alle den Atem anhielten, rollte er die Schrift ehrfürchtig wieder zusammen und berührte mit der Stirn die Matte zu Füßen des Altkaisers.

»Im Namen Eurer weisen Gerechtigkeit appelliere ich an Euer Urteil.«

Und danach – Stille. Nur das Geräusch von tropfendem Wasser war zu hören. Alle starrten auf den jungen Feldherrn, fast mit einer Art entsetzter Bewunderung, denn er spielte ein gewagtes Spiel. Der Fürst von Kamakura jedoch war weiß bis auf die Lippen geworden.

Seine Züge hatten alle Selbstherrlichkeit und Sicherheit verloren und zeigten nur noch nackte Angst. Das musste Yoshinaka für alle ausgestandenen Erniedrigungen belohnen – weit über seine Erwartungen.

Inzwischen rutschte der Altkaiser ein wenig hin und her, suchte eine bequemere Haltung. Schließlich lächelte er, mit einem fast kindlichen Ausdruck im Gesicht.

»Die Wahrheit erkenne ich wohl, wenn ich sie sehe. Ja, dein Herz und dein Schwert sind rein. Ich sage es und jeder soll es hören, du hast für meine Ehre gut gekämpft.«

Ein Raunen ging durch die Anwesenden, ein Raunen, das sofort erstarb, als sich der Altkaiser nun Yoshihira zuwandte. Jeder konnte sehen, wie der Gefangene am ganzen Körper zitterte, ja selbst sein schweres Gewand zitterte mit ihm. Und da, ohne Übergang, erlosch das kaiserliche Lächeln und die sanfte Stimme nahm eine drohende Härte an.

»Minamoto Yoshihira, du hast aus persönlichem Ehrgeiz gemordet. Du hast schändliche Feigheit gezeigt, die einen gekauft, die anderen eingeschüchtert. Du hast einen Eid gefälscht, vor Buddhas Altar gelogen und das Heilige Symbol der Chrysantheme entweiht …«

Go-Shirakawa machte erneut eine Pause, atmete langsam und gleichmäßig durch den Mund. Unvermittelt drehte er die Augen seitwärts, richtete sie auf den Erben Mochihito, der seinen Fächer bewegte und bisher kein Wort gesagt hatte.

»Ich stehe zwischen der Göttin und dem Volk und bitte sie bei schwierigen Entscheidungen um Hilfe. Doch der Prinz ist im Alter, da er selbst mit der Ahnen-

Gottheit Zwiesprache hält. Ich fühle ihr Urteil im Herzen, aber es ist mein Sohn, der es aussprechen wird.«

Und Mochihito, der sich offensichtlich zu Tode langweilte, aber genau wusste, was sein Vater hören wollte, öffnete zum ersten Mal den Mund. Seine Stimme war schön, dunkel im Ton, aber so übertrieben beherrscht, dass sie fast entstellt klang.

»Minamoto Yoshihira, weil du die Pflichten deines Standes verletzt hast, wirst du deiner Ehre sowie deiner Länder, Güter und Würden verlustig erklärt. Wir befehlen, dass du, ein Lügner und Verbrecher, noch in dieser Stunde unter dem Schwert des kaiserlichen Scharfrichters sterben sollst.«

Obwohl Yoshihira bis zum Schluss darum bat, sich mit eigener Hand zu richten, verweigerte man ihm diesen Ehrentod. Jeder verstand die Gerechtigkeit dieses Urteils. Er wurde geköpft und um Mitternacht begraben, ohne Totendienst, wie dies bei gemeinen Verbrechern üblich ist. Seine Familie wurde mit Schmach und Schande aus Kyoto verbannt. Yoshihiras Witwe verbot seinen Nachkommen für immer, in der Familie jemanden nach ihm zu benennen. Die Kinder, von ihrem verräterischen Vater ihres Geburtsrechts beraubt, schickte sie weit fort, damit sie in einer anderen Familie großgezogen wurden. Sie selbst verteilte ihre persönlichen Güter und verbrachte ihre letzten Lebensjahre in einem Kloster.

32. Kapitel

Go-Shirakawa handelte berechnend und geduldig; wusste er doch, dass die mächtigen Familien des Landes den Keim ihres Untergang bereits in sich trugen. Noch immer hatte das Land zwei Zentren der Macht: Kyoto und Kamakura in der Provinz Musashi. Kyoto wurde von den Beamten der Haike-Sippe verwaltet, die am Altkaiser vorbeiregierten und nur an ihre Vorteile dachten, während in der Provinz Musashi die Militärfürsten aus dem Minamoto-Geschlecht selbstherrlich herrschten.

Go-Shirakawa waren die beiden Clans schon länger ein Dorn im Auge gewesen, er selbst wollte die Fäden in seinen bleichen Händen halten. Als Kaiser hatte er nichts zu sagen gehabt, als Altkaiser nahezu alles, deswegen war er ja zurückgetreten. Der junge Erbe Mochihito war lediglich ein Symbol, eine prächtig herausgeputzte Puppe, exzentrisch im Wesen, der seine eigenen Parfüme mischte und sich mit unfähigen, aber hübschen Beamten und anrüchigen Hofdamen vergnügte. Er machte Go-Shirakawa keine Freude, war ihm aber auch nicht im Weg.

Yoshinaka dagegen hatte Go-Shirakawas Wohlwollen erlangt, indem er sich loyal verhalten hatte. Nach und nach wurde mir klar, dass der Altkaiser auf so einen Mann schon lange gewartet hatte: jung, ehrgeizig und nicht unfähig wie seine eigenen Kinder. Dass Yoshinaka, obwohl adelig, bei Hof als ungeschliffen und grob galt, mochte dem Altkaiser sogar angenehm sein. Ihm schwebte, wie ich bald herausfand, eine neue Regierung vor, die Ordnung ins Land brachte. Da der Altkaiser nicht einmal über ein eigenes Heer verfügte, passte es ihm gut, dass er einen Mann begünstigte, der Soldaten zu führen wusste und der ihm selbst treu ergeben war.

Auch dessen Ziehbrüder konnten ihm nützlich sein, ebenso wie die Schwester, dachte ich, nicht ohne Ironie, mit ihren schätzenswerten, unter Umständen beunruhigenden Fähigkeiten. Seine Majestät schien noch zu überlegen, ob er mir trauen konnte oder nicht. Natürlich musste die wilde Brut aus dem Hinterland zunächst gezähmt werden.

Der Altkaiser nahm sich Zeit. Nachdem Taira no Kiyomori reichlich Abbitte getan hatte, war ihm milde vergeben worden. Allerdings entzog ihm Go-Shirakawa die militärische Befehlsgewalt und machte ihn zu seinem Statthalter, was einer Ohrfeige gleichkam. Die Staatsgeschäfte übertrug er Yoshinakas Vetter Yoritomo Minamoto. Schlau und ehrgeizig wie dieser war, würde er widerspruchslos alles tun, was der Altkaiser von ihm verlangte. Auf diese Weise hatte der Haike-Clan in Kyoto keine Entscheidungsgewalt mehr und war fürs Erste geschwächt. Später würde man weitersehen.

Der Sommer ging seinem Ende entgegen. Unter dem tiefblauen Himmel glichen die bewaldeten Hügelkuppen weichen grünen Kissen. Wir bewohnten ein Haus mit großen, luftigen Räumen in der Nähe der kaiserlichen Reitschule. Diese befand sich an der dritten Oststraße, inmitten einer Gartenlandschaft mit köstlich verschlungenen Pfaden, zierlichen Steinbrücken und mit Lotosblüten bedeckten Teichen. Auf einer mit Sand bestreuten, rechteckigen Fläche trafen sich die Krieger der kaiserlichen Militärakademie zu Wettkämpfen. Hier fanden Pferderennen statt und Bogenschützen bewiesen ihre Treffsicherheit. In diesem Jahr zeichnete sich ein kaiserlicher Hauptmann namens Ieyoshi Uchida besonders aus, doch ich beglückwünschte ihn nicht, denn mir missfiel, wie er mit seinen Reittieren umsprang.

Auch waghalsige junge Damen beteiligten sich an diesen Spielen. Die Reiter setzten all ihr Können ein, die Pferde zeigten ihre Schnelligkeit und die Luft war vom Donnern der Hufe, vom Lachen und dem fröhlichen Geschrei der Zuschauer erfüllt. Nach den Wettkämpfen wurden in den Gärten ausgesuchte Gerichte aufgetragen, Kinder fochten mit leuchtend bemalten Papierdrachen aufregende Schlachten in der Luft.

Mein Leben in meiner Heimat Kiso war recht einfach gewesen und so blickte ich jetzt mit neugierigen Augen um mich. Ich empfand körperliche Bequemlichkeit als etwas Überflüssiges und bestaunte das vornehme Benehmen der Stadtbewohner, ihre prunkvolle Kleidung, die Art, wie sie sich zurechtmachten, sich schminkten, und wie sie dem Leben in jeder Hinsicht die schönsten Seiten abgewinnen konnten.

Doch meine Aufmerksamkeit war die meiste Zeit nach innen gerichtet. Ich hatte längst bemerkt, wie mein

Körper sich veränderte, und erlebte diese Vorgänge mit Ergriffenheit und Freude. Im Herbst begann mein Leib sich zu wölben und meine Brüste wurden schwer. Ich wusste, dass dieses Leben, das auf geheimnisvolle Weise in mir heranreifte, mein und Taros Kind war. Was ich damals für ihn empfunden hatte, schien mir jetzt nicht mehr seltsam, sondern fast heilig. Ich erinnerte mich an die Priesterin, die mich einst ermahnt hatte, seinen Namen in Ehren zu halten. Was immer auch geschehen würde, Taro lebte in mir, in diesem Kind.

Heiter ging ich meinen gewohnten Beschäftigungen nach, kümmerte mich um die Pferde. Allerdings ritt ich nicht mehr auf Fubuki; ein junger Stallknecht, der sanft und geschickt war, bekam den Auftrag, ihn täglich zu bewegen.

Zu Beginn des Winters wurde ich schwerfälliger, doch die weiten Hofgewänder verbargen meinen Zustand; ich hatte mit niemanden darüber gesprochen. Bevor der erste Schnee fiel, umwickelten die Gärtner alle empfindlichen Bäume und Ziersträucher mit Stroh. Die Straßen wurden überdacht und mit Bretterwänden umgeben, sodass sie aussahen wie lange Korridore, in denen die Leute auch bei Schneesturm durch die ganze Stadt gehen konnten.

An einem Abend, als ich vor der Wärmekiste saß, eingehüllt in ein wattiertes Wintergewand, meldete eine Dienerin Yoshinakas Besuch. In Kyoto waren die Gemächer in den Häusern der Adelsklasse nach Frauen und Männern getrennt; Yoshinaka und meine Brüder waren oft bei den Soldaten und ich sah sie nicht jeden Tag.

»Ich glaube, der Altkaiser liebt mich«, sagte Yoshinaka

unvermittelt, als ich die Dienerin fortgeschickt hatte. Er bediente sich immer noch der einfachen Ausdrucksweise aus Kiso. Nach allem, was geschehen war, freute ich mich darüber.

»Er liebt dich? Wie kommst du denn darauf, Komao-Maru?«

Yoshinaka runzelte die Brauen. Der spöttische Unterton meiner Frage missfiel ihm.

»Er sagt, ich gleiche dem Sohn, den er immer haben wollte.«

»Ach, und du hast ihm geglaubt?«

Er antwortete mit einer gewissen Schärfe:

»Warum nicht? Das Blut der kaiserlichen Linie sei geschwächt, meinte er. Er fragte mich, ob ich ihm wirklich so ergeben sei, wie ich behaupte.«

»Wie konnte er das fragen?«

Yoshinaka lächelte hinterhältig – ein Lächeln, in dem viel Selbstgefälligkeit war.

»Er ist mir dankbar, weil ich ihm Yoshihira vom Leib geschafft habe. ›Bist du bereit‹, fragte er mich, ›alles auszuführen, was ich dir befehlen werde? Wirst du immer tapfer und zuverlässig sein, blind im Gehorsam und umsichtig in deinem Tun?‹ Ich erwiderte, dass ich manche Winkelzüge nicht vorausahnen könne, da ich ja nicht am Kaiserhof erzogen worden war. Der Altkaiser hat nur gelächelt und gesagt: ›Du brauchst nicht schlauer zu sein, als ich selbst es bin. Ich werde dich lehren, wie du dich zu verhalten hast.‹ Ich schwor ihm meine Treue. Und da sagte er, dass er mich zum ›Tai-Shogun‹, zum Obersten General, ernennen und ich in seinem Namen kämpfen würde. ›Wann?‹, fragte ich. Und er sagte: ›Bald!‹«

Der Schnee füllte den Raum mit bleicher, dämmriger Helle. Ich lag auf der Seite, die Wange in meine Hand gestützt. Mein Körper, dem Feuer zugekehrt, war warm, doch mein Nacken fühlte sich kalt an.

»Wer weiß«, murmelte ich, »was er im Schilde führt?«

Yoshinaka antwortete nicht sogleich. Er lag dicht neben mir, das Gesicht auf seinem Arm, als sei er müde. Schließlich seufzte er.

»Er sagte etwas Seltsames.«

»Was denn?«

»Er sagte: ›Es liegt in meiner Natur, dass ich Menschen, die mir nicht mehr nützlich sind, aus dem Weg schaffe. Selbst treue Hunde, an denen ich sehr hänge.‹ Was meinte er wohl damit?«

Mir war plötzlich, als wären wir alle – Yoshinaka und ich und meine Brüder – in einem großen Spinnennetz gefangen. Ich holte tief Luft, bevor ich nachdenklich fragte:

»Was ist dein Ziel, Komao-Maru?«

Mit triumphierender Freude sah er mich an.

»Ich will Tai-Shogun Seiner Majestät werden!«

Mich überfiel eine unbekannte Furcht.

»Das könnte eine schwere Bürde sein.«

»Ich werde sie tragen.«

Yoshinakas Stimme hatte jenen metallischen Klang, der seinen Eigensinn zeigte. Nach einer Weile meinte ich:

»Es gibt ein Sprichwort: Man soll den schlafenden Tiger nicht wecken. Wenn du diesen Pfad gehen willst, dann gehorche dem Altkaiser, Komao-Maru. Du tust klug daran, dir keinen Widerspruch zu erlauben. Was du denkst, muss unter uns bleiben.«

»Ach«, murmelte er bitter«, das klingt wie Hohn.«

»Nein«, erwiderte ich, »das klingt wie Vorsicht!«

Seine Augen wurden schmal.

»Was meinst du damit?«

Ich schüttelte leicht den Kopf.

»Frage nicht!«

»Ich soll nicht fragen?« Er starrte mich an. »Du redest doch von Seiner Majestät?«

Ich seufzte.

»Es steht mir kein Urteil zu. Er gab viel Macht in deine Hände.«

»Misstraust du ihm?«

Ich nickte wortlos. Er ließ mich nicht aus den Augen.

»Hast du einen bestimmten Grund?«

»Die Vögel fürchten sich vor ihm.«

Er wusste, dass ich mir meinen sechsten Sinn erhalten hatte. Und der war so ausgeprägt wie bei einem Tier.

»Sprechen sie noch zu dir?«, fragte er mit nahezu leiser Stimme.

Ich antwortete ebenso leise.

»Sie warnen mich. Seine Majestät wird gut zu dir sein. Solange du ihm nützlich bist. Dann aber …«

Ich sprach nicht weiter. Doch er hatte verstanden. Yoshinaka war kein Dummkopf. Möglich, dass auch er schon Dinge bemerkt hatte, die er nicht sehen wollte.

Sein Gesicht war plötzlich verwandelt. Es leuchtete jetzt in jener Zärtlichkeit, die er nur selten zeigte.

»Tomoe, dein Herz ist weise und du hast mir nie etwas Falsches gesagt.«

»Wie könnte ich?«, antwortete ich schlicht.

Er blickte mich an, doch er sah mich nicht wirklich.

Seine Pupillen schwankten leicht, als ob sie in der milchigen Helle einen Schatten entdeckten, der sich bewegte. Als er sprach, klang seine Stimme rau.

»Seit Yamabuki nicht mehr ist, bin ich ein Mann, der sie überall sucht. In der Form eines Blattes erkenne ich ihre Brauen, in Blütenblättern ihr Antlitz. Im Wind, der über die Gräser streicht, sehe ich sie tanzen…«

Ich konnte fast nicht antworten. Unsere Liebe lebte nur, weil eine andere tot war. Das galt für ihn wie für mich. Langsam und ernst streckten wir uns die Hände entgegen. Unsere kalten Finger umschlossen sich und hielten sich fest. Und so, seine Hände in meinen, das Gewicht seines Körpers auf mir, der so stark und doch so tief verwundet war und so empfindsam, begriff ich, dass wir uns nicht mehr einmauern konnten, dass Liebe nicht nur nehmen, sondern auch geben bedeutete. Denn ich war reicher als Yoshinaka, weil mein Kind in mir wuchs und Yamabuki das ihre in den Tod genommen hatte. Und weil unsere Gefühle jetzt durchsichtige Wände hatten, stellte ich ihm die Frage, die mich belastete, damit sie zu Wissen wurde und ich sie endlich ohne Scheu betrachten konnte.

»Siehst du sie auch in meinem Gesicht?«

Seine weit geöffneten Augen schimmerten weich und dunkel.

»Sehe ich dein Gesicht, sehe ich auch ihr Gesicht.«

Eine lange Stille senkte sich nieder. Draußen fegte der Wind Schneegarben an die Schiebetüren. Yoshinaka sah mich unverwandt an. Mit fast flehender Stimme sprach er meinen Namen aus:

»Tomoe!«

Und plötzlich war alle Spannung, alle Härte gelöst. Die Gegenwart verschwand, nur unsere Herzen sprachen zueinander, von Liebe, von Einsamkeit und von der verlorenen Kindheit. Mit beiden Armen hielt ich ihn umfangen, mein Gesicht lag an seinem Haar, das wie das Haar eines Kriegers nach Kamelienöl und Weihrauch duftete. Ich atmete den Geruch tief ein; unsere Umarmung trug uns fort, fort aus diesem Leben.

Unsere Körper waren einander vertraut. In all diesen Jahren hatten wir uns oft unbekleidet gesehen. Trotzdem durchfuhr es mich wie ein glühender Stoß, als sich seine harten Hüften auf die meinen legten. Begierde, Sehnsucht und Schmerz, alles vermischte sich, es gab keine Vorbehalte mehr, keine Hemmungen. Dass Begehren so schwindelerregend, so stark sein konnte, hatte ich fast verlernt. Ich sah ganz nahe vor meinem Gesicht Yoshinakas goldbraune Pupillen, fühlte, wie das Blut in seiner Schlagader pochte. Ich legte beide Beine um seine Hüften, hörte seine schweren Atemzüge. Seine warme Haut schien mit der meinen verwachsen. Wir überließen uns diesem Gefühl, es trug uns weit fort. Das war es wohl, was uns verband: die mitfühlende Gegenwart der Toten, die stets in unserer Nähe waren und uns, den Lebenden, Schwingen verliehen, eine Kraft, uralt und zeitlos. Dieser Gedanke war eine Befreiung.

Später, als wir ruhig atmend dalagen, da streichelte er meinen Leib und fragte:

»Wessen Kind ist dies?«

Die Muskeln in meinem Innern spannten sich, schmerzvoll und süß. Ich zog die Knie ein wenig an.

»Lass es mein Geheimnis sein.«

Meine Antwort schien ihn zu verstören und gleichzeitig auch zu beschämen, weil er sich so schlecht beherrschen konnte. Doch eine Frau gehört nur sich selbst und weitere Fragen wären ungezogen gewesen. Ich spürte, wie er leicht zitterte, setzte mich hoch, zog sein Gewand über seine nackten Schultern.

»Dir ist kalt.«

Er schaute zu mir auf. Ich sah das dumpfe Elend auf seinem Gesicht, den Schatten des Schmerzes, der seine Augen verdunkelte.

»Tomoe, ich brauche dich. Lass mich nicht im Stich.«

Ich streichelte sein Haar, sehr zärtlich, strich es aus seiner Stirn zurück.

»Ich werde immer bei dir sein.«

In den ersten Frühlingstagen begannen meine Wehen. Ich schickte nach der Hebamme und meinte, es würde schnell vorübergehen. Doch ich plagte mich vergeblich und so lange, bis die Hebamme ein besorgtes Gesicht machte. Da ich eine Kämpferin war und viel geritten hatte, waren meine Sehnen zu stark, um sich zu strecken, und ich litt große Schmerzen. Doch die Hebamme wusste Rat: Sie band ein Seidentuch um meinen Leib und presste auf diese Weise meinen Sohn aus meinem Körper hinaus. Ich empfand große Ermattung und tiefe Freude, als ich ihn endlich in den Armen hielt: Der Kleine war gesund und so vollkommen in seiner Kinderschönheit, dass ich weinen musste. Seine Haut hatte die Farbe reifer Aprikosen, dunkler als meine, ein Merkmal seines Vaters. Und kaum war er geboren, da trat Yoshinaka an mein Lager, beglückwünschte mich, die Augen unverwandt auf das Neugeborene gerichtet. Mühsam formten seine Lippen die Worte:

»Ich bin glücklich für dich. Ich … ich hatte nicht diesen Trost.«

Ich wandte mein müdes Gesicht von ihm ab.

»Auch sein Vater ist tot.«

Er machte eine Bewegung, so leicht wie ein Hauch, bevor er sich tief verbeugte. Dann entfernte er sich und ich stillte meinen kleinen Sohn zum ersten Mal. Später kamen auch meine Brüder, brachten Geschenke und sprachen formelle Glückwünsche aus.

Da sie aber begriffen hatten, wer der Vater war, zeigten sie wenig Interesse an dem Kind. Der unbequemen Wahrheit gingen sie lieber aus dem Weg. Sie vergnügten sich mit Hofdamen, nahmen an Wettkämpfen und Reiterspielen teil, genossen die angenehmen Seite ihres neuen Lebens. Ich indessen nährte meinen Sohn, bis ich eine Amme fand, der ich vertrauen konnte. Ich gab ihm den Namen Nakahara Kanetomo, weil das Erstgeborene meiner Eltern so hieß, das sie im Säuglingsalter verloren hatten. Dann brachte ich den Kleinen zum Schrein, damit ihn die Ahnengeister willkommen hießen. Damals bestand noch der Brauch, dass der Ausdruck »Eltern« nur die Mutter bezeichnete; sie war es auch, die die Abstammung bestimmte.

Mein Schwert übergab ich der Priesterin, die die Klinge als Schutzwaffe für das Neugeborene im Namen der Sonnengöttin segnete. Sein Vater war niedrig geboren und als unbekannter Held gestorben. Er war in das Land der Urmutter zurückgekehrt, hatte eine Zeit in ihrem Schoß verbracht und war jetzt im Jenseits wiedergeboren. Und genauso hatte ich seinen Sohn in meinem Leib geformt, mit meinem Blut genährt, bis er voll ausgebildet war. Ich, die Fürstentochter, hatte Kanetomos Abstammung bestimmt. Er würde fortan das Enzianwappen tragen und mein Erbe sein.

33. Kapitel

Fast ein Jahr war seit der Geburt meines Sohnes vergangen. Yoshinaka war zum Tai-Shogun ernannt worden; sein Cousin Yoritomo hingegen hatte in den vergangenen Monaten die Staatsgeschäfte vorzüglich geleitet. Dabei war es ihm gelungen, sich die Gunst Go-Shirakawas zu erhalten, indem er fast nichts tat, ohne ihn vorher zu fragen. Doch schließlich hatte Yoritomo die Bevormundung satt und begann, eigene Entscheidungen zu treffen. Da überhäufte ihn der Altkaiser mit Ehren und schickte ihn als seinen persönlichen Stellvertreter nach Kamakura in die von den Minamoto regierte Provinz Musashi zurück. Yoshinaka jedoch behielt er in Kyoto. Go-Shirakawa verlangte von den Lehnsfürsten unbedingte Treue, und Yoshinaka, der nicht berechnend genug war, um eigene politische Ambitionen zu entwickeln, war genau der Richtige, um sein schwertführender rechter Arm zu sein. Der Altkaiser schenkte ihm Ländereien und ein Schloss in Musashi, das Yoshinaka seiner Mutter überließ.

In dieser Zeit ereignete sich etwas Folgenschweres. Seit langer Zeit bestand Feindschaft zwischen dem Hiei-Kloster und dem Rokuhara-Kloster, die sich beide nahe der Hauptstadt befanden. Hiei und Rokuhara hassten einander umso unversöhnlicher, als die Mönche von Rokuhara die Niederlage des Haike-Clans durch den General Taira no Kiyomori als Demütigung empfanden, entstammten sie ja selbst diesem Geschlecht. Ausgerechnet jetzt kamen Gerüchte in Umlauf, denen zufolge das Hiei-Kloster am Hof in Ungnade gefallen war und Rokuhara vom Kaiser bevorzugt wurde. Für das Hiei-Kloster bedeutete das den Wegfall der kaiserlichen Unterstützung, Armut und den Spott der anderen Klöster.

Auf dem heiligen Berg des Hiei-Klosters wurde unverzüglich gehandelt; zweitausend zornentbrannte Mönche griffen Rokuhara an. Doch die Mönchskrieger von Rokuhara, berüchtigt für ihre Gewaltbereitschaft, schlugen ihre Angreifer zurück und setzten als Vergeltung den Tempel von Kiyomizu in Kyoto in Brand, der unter der Schirmherrschaft des Hiei-Klosters stand. Die Flammen wüteten die ganze Nacht. Als bei Tagesanbruch ein starker Regen das Feuer löschte, war es bereits zu spät. Von den honigglänzenden Wänden, dem wundervollen Schnitzwerk, waren nur noch verkohlte Balken und rauchende Asche übrig. Die Angreifer aus Rokuhara hatten sich zurückgezogen. Nur die Gläubigen fanden sich ein, um in dieser Verwüstung zu beten.

Auch ich ging zum Kiyomizu-Tempel und mein Herz wurde schwer. Während ich vor den rauchenden Trümmern stand, fiel mir ein Mann in Mönchsrobe auf, der in stiller Trauer betete. Der Schmerz auf seinem Gesicht rührte mich. Als er sein Gebet beendet hatte, verneigte ich mich vor ihm und sprach:

»Ehrwürdiger Meister, seid Ihr der Abt dieses Tempels?«

Er richtete seine ruhigen Augen auf mich.

»Nein, ich bin aus Rokuhara.«

Ich blickte ihn betroffen an.

»Ihr seid unbewaffnet! Die Leute sind sehr aufgebracht. Ihr könntet in Bedrängnis geraten.«

Er schüttelte den Kopf.

»Ich komme vom Berg Kurodani. Jene, die den Frieden suchen, ziehen sich dorthin zurück. Sie sind nicht hart gegen ihre Feinde, denn sie haben keine. Sie sind nur hart zu sich selbst.«

Ich wusste, dass solche Mönche sich unter eisige Wasserfälle stellten, auf glühenden Kohlen liefen oder fasteten, bis sich der Tod ankündigte.

»Dazu müssen sie berufen sein.«

Er nickte.

»Viele Menschen zieht es in die Heiligen Berge.«

Ich dachte: Ja, und sie haben ihr Waffenhandwerk gut gelernt.

Der Abt schien meine Gedanken zu lesen.

»Edle Dame, für die Weisen sind die Befehle längst verklungen. Der Meister, zu dem ich mich bekenne, ist bereits auf dem Weg der Erleuchtung. Er hat sein altes Leben abgelegt, wie die Schlange, die sich im Frühling häutet. Weil er die eigenen Schwächen besiegt hat, kann er stark sein für andere. Er hat auch mich stark gemacht.«

Ich fragte:

»Wie lautet der Name dieses Meisters?«

»Sein Name ist Soran.«

»Soran?«, rief ich mit klopfendem Herzen. »So hieß auch der Schwertmeister, der mich und meine Geschwister in Kiso als Kämpfer ausbildete.«

Der Abt machte ein zustimmendes Zeichen.

»Das war einst, in seinem früheren Leben.«

»Kämpft er denn nicht mehr?«

»Er nicht, nein. Selbst dann nicht, wenn der Altkaiser ihn rufen würde.«

»Aber wäre es dann nicht Sorans Pflicht, Seiner Majestät zu gehorchen?«

Der Mönch schüttelte leicht den Kopf. Auf seinem Gesicht lag ein Ausdruck von Gewissheit und Resignation.

»Seine Majestät verfolgt seine eigenen Ziele. Dazu gehört auch, dass Hiei schwach wird und Rokuhara stark. Wir Mönche können den Griff Seiner Majestät nur lockern, indem wir den Kampf verweigern. Doch die meisten Mönchskrieger haben nur ihren eigenen Vorteil im Kopf und begrüßen den Kampf.«

Ein Seufzer hob seine magere Brust. Unter dem Strohhut blickten seine Augen seltsam umwölkt.

»Nun, wir alle sind todgeweiht. Nur das Wissen, dass die göttliche Gegenwart in jedem Staubkorn lebt, mag uns Trost schenken.«

Er streckte die Hand aus, eine flüchtige Geste des Segens. Dann wandte er sich ab und entfernte sich, ein weißer, fast körperloser Schatten.

Ich suchte Yoshinaka auf.

»Erinnerst du dich?«, fragte ich.

Ich öffnete die Hand. Darin lag ein kleines Säckchen aus verblichenem Brokat, in dem ein Täfelchen aus Weißholz mit dem geheiligten Namen Buddhas steckte. Es war jener Talisman, den uns Soran beim Abschied überreicht hatte. Mir war es zur Gewohnheit geworden, ihn bei mir zu tragen, auch wenn er mir nur noch wenig bedeutete.

»Ach, der Talisman!« Yoshinaka zuckte mit den Schultern. »Er sollte uns im Kampf beschützen, oder? Soran wollte, dass wir das glaubten. Yamabuki hat ihren vergeblich getragen.«

Ich war an Yoshinakas heftige Stimmungswechsel gewöhnt, trotzdem ließ mich der Kummer nicht unberührt, den sein Gesicht mit einem Schlag zeigte. »Alle Mönche sind Lügner. Wir bitten um ihren Rat wie Kinder, sie aber nehmen unsere Almosen, um ihre Tempel zu vergolden, und nähren sich von unserer Gutgläubigkeit.«

»Hast du deinen Talisman noch?«

»Nein, schon lange nicht mehr. Ich warf ihn zu Yamabukis Asche in die Flammen.«

Ich wusste, dass Hira und Mitsu die ihren noch trugen, erwähnte es aber nicht, sondern sagte stattdessen:

»Ich hörte, dass Soran als Einsiedler in Kurodani lebt.«

Yoshinaka verzog bösartig die Lippen.

»Schön. Jetzt wissen wir, wer die Rokuhara-Mönche aufwiegelt.«

»Soran hat aber gelobt, nie mehr zu kämpfen.«

Yoshinaka lachte kurz und bitter auf.

»Das glaube ich nicht. Alle Mönche sprechen mit falscher Zunge. Und mir will scheinen, dass Seine Majestät für keines der beiden Kloster Partei nimmt. Nun, was immer auch geschieht, auf meine Treue kann er zählen.«

Unbehagen überfiel mich und ich sagte leise:

»Gesetzt den Fall, es wäre so, wie man es mir zu verstehen gab, nämlich dass der Altkaiser selbst die beiden Klöster gegeneinander aufwiegelt …«

Er fuhr herum und betrachtete mich aus schmalen Augen.

»Dann würde ich mir selbst zuwider werden, stände ich im Dienst eines solchen Herrschers.«

Ich wich seinem Blick nicht aus.

»Komao-Maru, du weißt, dass ich für dich sterben würde.«

Sein verzerrtes Gesicht glättete sich.

»Und dein kleiner Sohn?«

Ich erwiderte stolz:

»Mein Sohn ist ein Fürst, denn er trägt meinen Namen. Das Andenken seines Vaters bewahre ich in meinem Herzen.«

Ein weicher Schimmer trat in seine Augen. Er sagte mit der rauen Stimme, die ich so liebte:

»Du fürchtest dich also nicht?«

»Ich fürchte, dich zu verlieren.«

Ein flüchtiges Lächeln glitt über seine Lippen.

»So danke ich dir, Gefährtin auf dem Weg.«

Ich erwiderte sein Lächeln.

»Lass mich auch du nicht zurück.«

Für einen Augenblick durchzuckte sein Gesicht eine Rührung, die er zu verbergen suchte.

»Wohin geht unser Weg? Kannst du es mir sagen?«

Ich seufzte tief und antwortete:

»In ein dunkles Land, Komao-Maru. Mehr weiß ich nicht.«

Ich ging in mein Haus und zu meinem kleinen Jungen, der unter der Pflege seiner guten Amme prächtig gedieh. Ich nahm ihn in die Arme und überlegte. Mein Herz war voll böser Vorahnungen. Es musste schnell etwas geschehen. Auf die Amme war Verlass und sie war eine resolute Frau. Ich gab ihr den Auftrag, Kanetomo zu meinen Eltern nach Kiso zu bringen. Außerdem gab ich das Schwert in ihre Obhut, das die Priesterin für den Kleinen als Schutzwaffe gesegnet hatte. Die Amme nahm das Schwert ehrfürchtig an sich, fest entschlossen, die Waffe zum Schutz des Kindes zu gebrauchen. Ich fand für sie ein Reittier, das stark und sanft war.

Kanetomo hatte vor Pferden keine Angst. Noch bevor er gehen konnte, hatte ich ihn auf Fubuki gesetzt und war mit ihm im vollen Galopp geritten, bis er vor Vergnügen schrie. Ich versorgte die Amme mit allem, was sie für die Reise benötigte. Ein letztes Mal liebkoste ich meinen kleinen Jungen. Weil er beunruhigt war, sagte ich zu ihm:

»Sei nicht traurig! Dein Großvater wird mit dir auf die Weide gehen und das schnellste und schönste Pferd für dich aussuchen. Einen Schilf-Drachen, der nur dir gehört!«

Nun freute sich Kanetomo auf die Reise und konnte kaum abwarten, dass sie begann. Und so bestieg die Amme ihre Stute, nahm den Kleinen vor sich auf den Hals des Pferdes und machte sich, umgeben von bewaffneten Dienern, auf den Weg.

34. Kapitel

Meine Vorahnung hatte mich nicht getäuscht. Es dauerte nicht lange, da meldeten sich zwei kaiserliche Gesandte bei Yoshinaka. Sie verbeugten sich feierlich und gleichzeitig gebieterisch und baten Yoshinaka und seine Vertrauten zu einer Audienz bei Seiner Majestät dem Altkaiser. Man würde uns eine Sänfte schicken. Diese Audienz sei geheim, mahnten die Boten. Und Mitternacht sei die Stunde, die Seine Majestät gewählt hätte.

Die Sänften kamen zur angekündigten Zeit. Die Träger waren in unauffälliges Schwarz gekleidet. Nur eine kleine Fackel wies ihnen in dieser Frühlingsnacht den Weg. Die Träger liefen, ohne dass wir die geringste Erschütterung spürten. Sie brachten uns in den Kaiserpalast, wo uns ein alter Kämmerer in den Garten geleitete. Die Kirschblüten standen wie weiße Wolken in der Dunkelheit und ich hörte die perlenden Töne einer Nachtigall. Kein Mensch war weit und breit zu sehen. Ein gewundener Steinweg führte zu einem schlichten Teehaus. Weil es noch kühl war, schimmerten die Flämmchen in den Wärmekisten durch die Pergamentwände des Teehauses.

Mit einer Verbeugung bat uns der Kämmerer einzutreten. Wir tauschten das Dunkel der Nacht gegen eine Mischung aus Licht und Schatten, das von leichten Farben durchsetzt war. Ich sah, dass die Einrichtung im Teehaus absichtlich karg gehalten war. Der einzige Schmuck bestand aus einem Rollbild mit dem Gedicht eines alten Künstlers. Seine Majestät Go-Shirakawa saß vor einem kleinen Schreibpult aus schlichtem Pappelholz und hielt einen Pinsel in der Hand. Wir knieten im Türrahmen, verneigten uns tief. Das leichte Prasseln der Flammen betonte die andächtige Stille. Einzig die Hand des Altkaisers bewegte sich, während der Pinsel, ohne Hast, ohne Zögern, Schriftzeichen von vollendeter Schönheit formte. Go-Shirakawas Hand war so geübt und sicher, dass er wie beiläufig sprach, während er schrieb.

»Wunsch und Neigung meines Herzens streben nach Ruhe. Doch habe ich für so viele Dinge in der Welt zu sorgen, dass es mir schwerfällt, einen Augenblick der Erholung zu finden. Wann immer ich die Zeit dafür aufbringe, ziehe ich mich hierhin zurück.«

Er wandte uns mit leichter Bewegung sein ausdrucksloses Gesicht zu.

»Kommt näher, tapfere Krieger, die ich ohne Furcht wähne.«

Wir bewegten uns respektvoll vorwärts; ich verharrte im Hintergrund und überließ Yoshinaka und meinen Brüdern die Ehrenplätze. Ich achtete darauf, dass mein Gesicht im Schatten lag; bei meiner letzten Begegnung mit dem Altkaiser hatte er meine Gedanken allzu gut lesen können.

Go-Shirakawas kleine, in Falten gebettete Augen streiften mich kurz, bevor sie sich auf Yoshinaka richteten.

»Minamoto Yoshinaka, mir ist zu Ohren gekommen, dass die Klöster Hiei und Rokuhara in bösen Streit geraten sind. Noch gibt es Menschen, die das Licht suchen, um dieses Licht mit jenen zu teilen, die leiden. Ich aber sah von meinem Garten aus den altehrwürdigen Tempel von Kiyomizu in Flammen aufgehen und mein Herz war voller Kummer. Doch meine Höflinge sprechen mit vielen Zungen. Unter allerlei Gerüchten kam mir zu Ohren, dass ich den Befehl gegeben hätte, den Kiyomizu-Tempel zu zerstören und die guten Mönche zu vertreiben. Diese abscheuliche Lüge raubt mir den Schlaf. Sag mir eines, sag es mir mit Worten, die verständlich sind, denn ich bin müde: Was erzählt man sich in der Stadt?«

Yoshinaka verneigte sich und sprach:

»In der Tat, Majestät, solche Gerüchte sind im Umlauf.«

»Und wie denkst du darüber, mein Sohn?«

»Majestät, bei uns in Kiso sagt man, die Wahrheit käme aus dem Munde des Volkes.«

Go-Shirakawa deutete ein Lächeln an.

»Ein weiser Gedanke, fürwahr. Nun, was sagt das Volk?«

»Das Volk fürchtet sich sehr. Die Hiei-Mönche haben Verstärkung aus Nara angefordert.«

Go-Shirakawa nickte vor sich hin.

»Ja, der Hiei-Orden hat zahlreiche und starke Niederlassungen.«

»Es könnte zu schweren Ausschreitungen kommen.«

»Dann stecken wir ernstlich in Schwierigkeiten!« Der

Kaiser legte behutsam den Pinsel beiseite und sprach wie zu sich selbst. »Es war vielleicht ein übereilter Entschluss, Yoritomo zurück nach Kamakura zu schicken. Doch weil er darum bat, wollte ich ihm den Wunsch nicht abschlagen. Es gibt eine Dame dort, an dem sein Herz hängt.« Der Altkaiser seufzte gerührt. »Und Taira no Kiyomori – gewiss ein Mann guten Willens – hat bewiesen, dass er in der Stunde der Not versagt. Der früher so tapfere Haike-Clan ist heute verweichlicht und dauerhaft geschwächt. Einst waren ihre Krieger die Zähne und Klauen des Kaiserhofes. Das ist längst vorbei. Ich habe zugunsten meines Erben abgedankt. Meine Macht ist unbedeutend. Doch der junge Prinz ist seiner Aufgabe noch nicht gewachsen. Er ist unerfahren und ich gebe ihm keine Schuld. Das Land zerfleischt sich in Kämpfen. Ich glaube, Hiei und Rokuhara werden schlimmen Schaden anrichten …«

Ein kleiner Augenblick des Schweigens trat ein, in dem sich keiner von uns rührte. Go-Shirakawa schien blass und müde. Doch als sich seine unergründlichen Augen auf Yoshinaka richteten, spürte ich, wie mein Widerwille gegen ihn wuchs.

»Ich bin ein alter Mann und du ein wenig jung für deine Stellung. Aber das macht nichts. Willst du meine Klauen und Zähne sein?«

Yoshinaka verbeugte sich, steif und gemessen.

»Mein Herz und mein Schwert gehören Euch, Majestät.«

»Ach ja.« Go-Shirakawa ließ ein seltsames Geräusch hören. Es klang, als ob er lachte, aber er lachte nicht. »Du kamst mit einem guten Schwert, ich weiß.«

»Es ist das Schwert meines Vaters.«

Der Altkaiser nickte versonnen.

»Das Schwert eines Vaters ist kostbar, das Schwert eines Kaisers aber ist heilig.«

Er beugte sich leicht vor, öffnete mit geschickten Griffen einen mit Seidenschnüren versehenen Schwertkasten.

Ein prachtvolles Langschwert kam zum Vorschein, von der Art, die ein Krieger über den Rücken trägt. Das Schwert war vollendet geschmiedet, der Griff aus schwerem Gold. Auch die lederne Scheide war mit goldenen Mustern geschmückt.

»Das Land ist in Gefahr. Ich vertraue dir dieses Schwert an. Kämpfe gegen Verrat! Vernichte jene, die das Kaiserhaus bedrohen und das Volk in Angst versetzen.«

Yoshinaka verbeugte sich tief und ernst.

»Sehr wohl, Majestät.«

Der Altkaiser ließ einen Atemzug verstreichen.

»Hast du keine Fragen?«

»Nein, Majestät. Ihr habt mit befohlen zu handeln.«

Jetzt deutete der alte Mann ein Lächeln an.

»Solch ein reines Herz«, murmelte er, »und all das für mich!«

Mit einer Flinkheit, die ich ihm nicht zugetraut hätte, hob er das Schwert und überreichte es Yoshinaka.

»Trage es in meinem Namen. Sei edler, besser als die Menschen sind. Kämpfe treu und du wirst belohnt werden.«

»Wann soll ich kämpfen?«

»Sobald du bereit bist.«

»Ich bin bereit.«

Der Altkaiser wandte sich meinen Brüdern zu.

»Und ihr, meine Kinder, seid ihr bereit?«

Hira verneigte sich.

»Wir werden bis zum letzten Atemzug kämpfen.«

Mitsu tat es ihm nach und fügte gleich hinzu:

»Wir werden, wenn es sein muss, mit frohem Herzen sterben.«

Go-Shirakawas Antwort hörte sich ein wenig gelangweilt an.

»Zu solcher Hast ist kein Anlass. Ich brauche lebendige Krieger, keine toten. Die habe ich bereits im Überfluss.«

Yoshinaka nahm das Schwert mit einer tiefen Verbeugung und wir alle neigten die Stirn bis zum Boden und verharrten in dieser Stellung. Ein längeres Schweigen folgte, bis die nachdenkliche, gedämpfte Stimme des Altkaisers es endlich brach.

»Ich liebe die Natur, ihre wechselnden Kleider im Verlauf der Jahreszeiten. Doch leider spreche ich nicht zu den Vögeln, wie die hier anwesende Dame sich gewiss entsinnt ...«

Ich richtete mich langsam auf. Er nickte mir ausdruckslos zu. Es war eine Aufforderung zum Sprechen.

»Die Vögel wohnen auf den Wipfeln der Bäume, wo sie ihre Nester bauen, Majestät. Sie sehen uns aus großer Höhe und aus weiter Ferne.«

»Und was sagen die Vögel, Tomoe Gozen?«

Mich überlief es kalt. Ob er mich davor warnte, mich einzumischen?

»Sie preisen die Namen der Toten.«

»Tatsächlich?«

»Ja, Majestät. Die Toten sind heilig.«

»Auch unsere Feinde?«

»Unsere Feinde auch, Majestät. Denn sie sind nicht mehr in ihrem Körper eingeschlossen und erkennen den verborgenen Sinn aller Dinge. Die Vögel wissen darum.«

»Dann sind sie weiser als wir.« Go-Shirakawa seufzte. »Wir, wir streben danach, die Namen unserer Feinde zu vergessen.«

Er bedachte mich mit einer leichten Kopfneigung, die ich mit einer tiefen Verbeugung erwiderte. Er saß eine Weile, scheinbar in Gedanken versunken. Dann straffte er sich ein wenig.

»Nun, meine Kinder, ihr habt mein Alleinsein getröstet. Mein Schlaf war entflohen. Doch seht! Die Morgenröte färbt bereits den Himmel. Die Vögel rufen die Toten, die noch kommen. Ich aber werde schlafen.«

Er wandte sich von uns ab. Rückwärts bewegten wir uns auf die Schiebetür zu, die unsichtbare Hände geöffnet hatten. Als wir hinter dem Kämmerer in den nächtlichen Garten traten, sahen wir, dass nicht die Morgenröte den Himmel golden färbte, sondern ein Feuer, das im Norden der Stadt brannte. Einen Atemzug lang fiel es in sich zusammen, dann schlug es plötzlich wieder hoch. Flammen wehten empor, beleuchteten die untere Seite der Wolken, die diesige Nachtluft ringsum schimmerte orange und rosa. Es war, als zögen sich die Flammen auf einer waagerechten Bahn den Horizont entlang. Die Träger, die vor den Sänften warteten, starrten wie gebannt zu dem Feuer hin.

»Was gibt's denn jetzt schon wieder? Was ist das?«

Yoshinakas gebieterische Stimme riss die Männer aus

ihrem fassungslosen Starren. Der ranghöchste Träger, ein grauhaariger alter Mann, brachte vor Aufregung zunächst kein Wort über die Lippen.

»Antworte! Und zwar rasch!«, befahl Yoshinaka.

»Herr, das ist hier in Kyoto!«, stammelte der alte Träger.

»Glaubst du, ich sehe das nicht? Was brennt dort?«

»Herr, es ist die kaiserliche Reitschule!«

»Die Reitschule? Das kann nicht sein!«

»Ach, Herr«, jammerte der Träger, »Rokuhara hatte Rache geschworen …«

Danach herrschte für ein paar Augenblicke beklommene Stille.

35. Kapitel

Zuerst der Tempel, dachte ich, jetzt die Reitschule! Und neben der Reitschule lag das Sanjusangen-Heiligtum, mit seinen lebensgroßen Statuen aus Zedernholz, wundervoll bemalt und vergoldet und von den Jahren geschwärzt. Begnadete Schnitzer hatten jede Statue mit liebevoller Hingabe ersonnen und nun drohten die Flammen, ihre Kunstwerke zu vernichten!

»Diese glattköpfigen Schildkröten werde ich in Stücke hacken!« Yoshinaka bebte vor Wut.

»Die Mönche verachten uns wie den Staub unter ihren Sohlen.«

Die Bemerkung kam von Mitsu. Hira nickte nur kurz: »Wir werden mit ihnen schon fertig werden.«

Ihrem Zorn hatte ich wenig entgegenzusetzen, außer meinem Gefühl, dass wir aus freiem Willen auf eine unausweichliche Katastrophe zusteuerten, wenn wir uns in den Streit zwischen Rokuhara und Hiei einmischten.

»Komao-Maru!«, versuchte ich, ihn zu Vernunft zu bringen. »Die Klöster streiten sich, seit es sie gibt. Die meisten Mönche sind einfache Leute, die glauben, Buddha gehöre nur ihnen. Hetzt man sie auf, werden sie tollwütig.«

Er fuhr mich zornig an.

»Bin ich heute kein Mann, sondern nur ein Kind? Soll ich nicht für den Altkaiser eintreten? Du sprichst beschämende Worte!«

»Nicht beschämender als jene, die du ausgespuckt hast!«

Mitsu, der nervös mit seiner Goldmünze spielte, mischte sich aufgebracht dazwischen.

»Bezichtigst du den Altkaiser der Lüge?«

Ich bebte vor Zorn. Mitsu sollte lieber seine Zunge hüten, solange die Diener um uns herumstanden. Ich antwortete kalt:

»Bruder, wir alle haben Treue geschworen. Sucht uns das Schicksal, findet es auch mich.«

»Genug, genug!« Hira sah es nicht gerne, wenn wir stritten. »Wir haben noch manches vorzubereiten!«

Die Sterne waren verblasst. Das erregte Wiehern und Stampfen der Pferde, die Rufe der Männer, die sich in aller Eile versammelt hatten, weckten Krähen, die schreiend aus den umliegenden Wäldern hervorbrachen. Yoshinaka riss sein neues Schwert aus der Scheide, hielt es vor sich hoch, sodass es in der Sonne blinkte, und die Reiter riefen in einem Atemzug seinen Namen und den Namen des Altkaisers. Ich ritt an Yoshinakas Seite, stellte mich dem Schicksal, obwohl über unseren Köpfen die Krähen wie dunkle Schatten flogen und ihre Warnung vergeblich in den Wind kreischten.

Als wir dem Tumult nahe der kaiserlichen Reitschule entgegenstürmten, behinderte uns zunächst kaum jemand. Die Bevölkerung hatte ihre Häuser verlassen oder alles verriegelt. Die Rokuhara-Mönche stutzten bei unserem unerwarteten Erscheinen. Doch bald stürmten sie mit gewaltigen Sprüngen und markerschütterndem Kampfgeschrei vorwärts. Es wäre ihnen womöglich gelungen, uns zurückzuschlagen, wenn nicht die Mönche vom Hiei-Kloster plötzlich aus dem Wald hervorgebrochen wären. Sie riefen in Sprechchören ihre heiligen Sutras und spielten mit ihren Waffen wie Gaukler.

Augenblicklich wandten sich die Rokuhara-Kämpfer von uns ab und rannten schreiend ihren Rivalen entgegen. Wilde Kämpfe brachen aus. Schon gab es zahlreiche Tote, Schwerverletzte wälzten sich im Staub, die Mönche stürmten achtlos über sie hinweg. Rauch staute sich über der Stadt; Gärten und Hügel flimmerten in der aufsteigenden heißen Luft. Über dem zornigen Geschrei und dem Klirren der Waffen hinweg loderten die Flammen.

Die Mönche von Rokuhara waren mit einem gewaltigen Tragschrein gekommen, den sie als Wahrzeichen ihres Glaubens hoch über ihre Köpfe hoben. Unter den safrangelben, heftig wippenden Vorhängen verbarg sich ein Standbild Buddhas. An allen vier Kanten funkelte ein vergoldeter Phönix. Unentwegt schrien die Mönche den Namen Buddhas und Verwünschungen. Wir bildeten eine feste Reiterfront, Steigbügel an Steigbügel, trennten die Kämpfenden, trieben sie auseinander. Irgendwann gelang es uns, mitten in sie hineinzupreschen, sodass die Mönche beider Parteien zurückwichen und sich eine Bresche in der Menge auftat.

Auf einmal tauchte aus dem Getümmel ein einzelner Mönch auf, ein Riese von einem Mann, mit einem derben, braun gebrannten Gesicht. Hayate bäumte sich in wütender Überraschung auf, als der Mönch ihre Zügel packte, und Yoshinaka riss die Stute zurück. Schon reckte der Mönch den Arm himmelwärts, ließ die Hellebarde über den geschorenen Kopf kreisen, so mühelos, als sei sie aus Bambus.

»Du vergoldeter Geck! Wer ist der Herrscher, dem du dienst? Unser Herrscher allein ist wahr.«

Yoshinaka hielt dem Mönch sein Langschwert entgegen. Ein Wolfslächeln verzerrte seine Züge.

»Ruft dich dein Herrscher zum Krieg? Ist es Buddhas Wille, wenn du kämpfst? Es ist dein Wille allein, du Heuchler!«

Die Antwort löste wilde Zornesausbrüche aus. Die Mönchskrieger um uns herum heulten, schrien Beleidigungen, rasselten mit ihren Gebetsketten und Waffen. Beide Orden, die sich eben noch gegenseitig umgebracht hatten, entdeckten plötzlich einen neuen, gemeinsamen Feind: den Tai-Shogun und seine kaiserliche Garnison.

Doch der Anführer hob die Hand und alle schwiegen.

»Du eitler Zwerg, du Schoßhündchen! Ehrst du Buddha, dann geh dem Tragschrein aus dem Weg! Wenn nicht, in den Graben mit dir!«

Yoshinaka lachte höhnisch auf.

»Was ist denn so Heiliges in dem Tragschrein? Gar nichts, nur ein Götzenbild!«

»Frevler!«, schrie der Mönch. »Weißt du denn nicht, dass Buddha in diesem Tragschrein wohnt?«

Seine Worte gingen in einem Tumult unter. Die Mönchskrieger skandierten laut ihre Gebete und verursachten dabei ein Brummen, das sogar die Pferde unter ihren Hufen spüren mussten. Der Brummton kam von allen Seiten, drang in unser Blut, unsere Schädel, unsere Eingeweide. Es war, als ob der Tod selbst zu uns sang. Koste es, was es wolle, Yoshinaka musste dem Lärm ein Ende bereiten. Er rief Mitsu einen Befehl zu. Dieser riss einen Pfeil aus dem Köcher, legte ihn an die Sehne, bis der Bogen sich spannte. Der Pfeil summte wie eine Hornisse, fuhr mitten durch den Tragschrein und bohrte sich mit lautem Klatschen in die hölzerne Statue.

Schlagartig erlosch der Lärm. Die Mönche standen wie erstarrt, als hätte ein Zauber sie gelähmt. Ich vernahm nur noch das Pochen meines Blutes, das mir betäubend in den Ohren dröhnte. In diese Stille hinein rief Yoshinaka mit beißendem Hohn:

»Nun, ihr Narren, wo mag Buddha wohl sein? Gewiss nicht im Tragschrein, sonst wäre der Götze unversehrt!«

Eine Kränkung ohnegleichen waren die Worte Yoshinakas, eine Verspottung des Glaubens. Ein ungeheurer Aufruhr erhob sich.

Hasserfüllt packten die Mönche ihre Waffen, als ein einzelner Mann sich durch die Menge bahnte und dicht an uns herantrat. Es war ein alter, sehr dünner Mann, mit dunklem Gesicht und struppigem Kinnbart. Seine Hände, die nur einen Wanderstab hielten, waren verkrümmt wie das Holz eines verwitterten Baumes. Doch seine Stimme besaß eine eigentümliche Kraft, denn sie brachte augenblicklich das Geschrei zum Verstummen.

»Mordgierige Mönche und ihr, gottvergessene Krieger, schweigt! Wo ist eure Vernunft? Es muss doch noch Menschen geben, die ihre Sache austragen können, ohne Buddha zu beleidigen und ihre Würde zu verlieren!«

Yoshinakas Augen funkelten ihn an.

»Wer bist du, alter Teufel? Geh mir aus dem Weg!«

Der alte Mann blickte gelassen zu ihm empor. Auf den gelben Staub, der ihn in dichten Wolken umhüllte, achtete er nicht.

Mitsu beugte sich über den Hals seines Pferdes.

»Alter, bist du taub?«

»Oder blind?«, fragte Hira.

Und da der Mönch noch immer keine Bewegung machte, schob ihm Yoshinaka drohend sein Pferd entgegen.

»Stehst du noch hier, wenn ich meine zehn Finger gezählt habe, wirst du blutspuckend sterben.«

Da lachte der alte Mann auf.

»Komao-Maru, du warst schon immer vorlaut. Jetzt bist du dazu noch anmaßend!«

Yoshinaka Augen verengten sich zu schmalen Schlitzen. Ich sah, wie sich seine Kieferknochen zusammenzogen. Er duldete es nicht, wenn Fremde seinen Kindernamen benutzten. Doch etwas in seinem Ausdruck war wachsam geworden.

»Einst gab es einen von uns verehrten Lehrer, der mich so nennen durfte.«

Der Mönch lächelte; sein Lächeln war scharf und hell und nicht ohne Hochmut.

»Seitdem sind Jahre vergangen. Wo aber ist der gehorsame Schüler? Zeige ihn mir, damit ich ihn erkennen kann!«

Yoshinaka beherrschte sich mit gewaltiger Anstrengung.

»Ihr Mönche nehmt, was Euch nicht zusteht. Ihr beleidigt Seine Majestät und schenkt ihm böse Träume. Seht Ihr dieses Schwert, Soran? Es ist der Altkaiser selbst, der es in meine Hände legte!«

Der alte Fechtmeister lachte kurz auf, doch es war ein bitteres Lachen.

»Einst hast du deinem Lehrer vertraut. Heute vertraust du dem Altkaiser. Nun, vielleicht wärst du klüger, wieder auf deinen Lehrer zu hören, statt solche zu bekämpfen, die von jenem gerufen wurden, dessen Schwert du trägst.«

Yoshinaka fuhr unmerklich zusammen. Ich sah, wie sein Gesicht unter dem Helm zur Maske erstarrte. In die jähe Stille hinein waren sie gefallen, klar und unmissverständlich, die furchtbaren Worte. Dann, mit einem Schrei, der rau und verzweifelt klang, presste Yoshinaka beide Knie in die Flanken seiner Stute.

»Du falsche Schlange! Mögest du an deinen Lügen ersticken!«

Ich warf Fubuki mit einem Sprung gegen ihn, doch zu spät. Yoshinakas Langschwert zerriss mit einem Schwirren die Luft. Sorans linker Arm, vom Körper abgetrennt, fiel zu Boden. Blutüberströmt brach der alte Mann zusammen. Ich glitt aus dem Sattel, warf mich über ihn, wehrte mit meinem eigenen Schwert Yoshinakas zweiten Hieb ab, der nach Sorans Hals zielte.

»Nein!«, schrie ich. »Nein!«

Soran lag am Boden, das Blut pumpte stoßweise aus der schrecklichen Wunde. Es war offensichtlich, dass er nicht mehr lange leben würde. Trotzdem bewegten sich die blutigen Lippen, und es war, als ob er lächelte.

»Meine Kinder … ihr kämpft … hervorragend!«

Ich zog meinen Dolch, schnitt in fliegender Hast den Ärmel meines Untergewandes in Streifen, wickelte den Stoff um die Wunde, um das Blut zu stillen. Es gibt Augenblicke, ich hatte sie bereits zu Genüge erlebt, in denen um uns herum der Kampf tobt, wir selbst uns aber in einer gläsernen Hülle bewegen, in der wir allein sind. Wild hob ich den Kopf, suchte Yoshinaka mit den Blicken. Er sprang vom Pferd und kam auf uns zu; der Schweiß der Erregung an ihm war erkaltet. Ich sah, wie betroffen er war, und schrie ihn an:

»Er hat uns geliebt! Schämst du dich nicht?«

Yoshinakas Gesicht antwortete für ihn. Er wurde bleich und die Muskeln um den zusammengepressten Mund zuckten. Er war für gewöhnlich kein Mann, der seine Taten bereute. Diesmal war es anders, das sah ich. Doch bevor er sprechen konnte, kam Soran ihm zuvor.

»Gräme dich nicht, mein Sohn. Ich … bin fast hundert Jahre alt. Besser, als Kämpfer zu sterben, als langsam … zu vertrocknen … wie ein alter Baum.«

Endlich sprach Yoshinaka. Seine Stimme klang seltsam heiser.

»Einst wart Ihr unser hochverehrter Meister. Habt Ihr uns nicht Ehre gelehrt und das Gesetz der Waffen? Wir wissen, was eine Lüge ist. Wärt Ihr nicht so alt gewesen, ich hätte Euch den Kopf abgeschlagen!«

Sorans leichtes Lachen klang noch einmal auf. Es hörte sich eigentümlich an, dieses Lachen, weil der tödlich Verletzte gleichzeitig dabei stöhnte. Spucke, mit Blut vermischt, rann aus seinem Mund. Ich trocknete behutsam sein Gesicht.

»Du hast mein Alter geschont … ich danke dir! Tapferkeit und Ehre hast du im Überfluss. Die Wahrheit … hätte ich dir gerne erspart. Aber … aber es gibt Dinge, die ein Feldherr nicht unwissend tun sollte.«

»Was wollt Ihr damit sagen?«, zischte Yoshinaka. Wieder brach der Zorn aus ihm hervor. Ich fragte mich, was ich tun sollte, wenn er den Einsiedler jetzt ins Gesicht schlüge. Doch Soran flüsterte:

»Ein frommer Mann stirbt nicht … mit einer Lüge auf den Lippen. Merke dir das, Komao-Maru. Das ist … meine letzte Lektion.«

Ich stützte ihn, doch er hatte schon so viel Blut verloren, und es ging rasch mit ihm zu Ende.

»Meister«, flüstere ich rau, »wenn Ihr es nicht wärt, aus dessen Mund …«

Sorans Stimme wurde immer schwächer. Sein Gesicht hatte eine fast bläulich weiße Färbung angenommen.

»Meine Zunge möge mir im Munde verdorren … wenn nicht jedes Wort wahr ist!«

Yoshinaka schluckte, bevor er stockend fragte:

»Dann muss sich also … der Sinn dessen gewandelt haben … der uns schickte?«

Der Einsiedler bewegte leicht den Kopf. Sein Atem rasselte.

»Er spricht nie die Wahrheit. Nicht zu Euch, meine Kinder, und auch nicht zu den Mönchen, die er zum Kampf aufhetzt. Er schürt Unordnung, weil sie seinen Zwecken dient. So oder so, ob du zu viel oder zu wenig tust … musst du an seiner Arglist sterben.«

Seine bereits trüben Augen wandten sich ein letztes Mal Yoshinaka zu:

»Mein Sohn, er gab dir sein Schwert… eine fragwürdige Gunst! Trage das Schwert deines Vaters! Nicht du hast mich getötet… Der Altkaiser selbst hat dein Schwert gelenkt.«

Soran sprach nicht weiter. Blut floss stoßweise aus seinem Mund. Ein Zittern rann durch seinen Körper. Seine Augen wurden matt, als verdunkelte sie ein Schatten. Ich hielt ihn umfasst und er lehnte sich an mich. Sein Körper entspannte sich, bevor er sich heftig verkrampfte. Dann hörte das Blut auf zu fließen.

Um uns herum kämpften die Mönche in verzückter Todesverachtung. Hätten sich unsere Krieger in kleine Gruppen aufgelöst, wäre die Sache schlimm für uns ausgegangen. Doch sie schoben den Mönchen einen Wall aus geharnischten Pferden entgegen, drei Reihen hintereinander. Zwar vermochten die Mönchskrieger ein paar Mal Lücken in die Reiterfront zu reißen, doch bald vernahm mein geschultes Ohr, wie die Mönche zurückwichen. Unsere Reiter hatten sie in die Flucht geschlagen.

Eine kleine Gruppe schleppte den halb verbrannten Tragschrein auf ihren Schultern. Befehl war gegeben worden, sie nicht zu verfolgen. Ich hörte das müde Tappen ihrer Füße, das Ächzen der Verwundeten und das Keuchen jener, die die Toten schleppten. Auch diese Mönche, dachte ich bitter, hat der Altkaiser getötet. Sie haben ihren ganzen Willen dem barmherzigen Buddha zugewandt und nicht erkannt, womit sie es zu tun haben.

Bald verkündeten die Muschelhörner den endgültigen Sieg. Yoshinaka hörte es genauso wie wir. Doch er stand wie erstarrt, den Blick auf den alten Mann gerichtet, den er umgebracht hatte. Sein Gesicht war grau vor Verzweiflung und Schmerz. Er konnte nicht länger der Wahrheit ausweichen, der Wahrheit, was für einem Menschen er wirklich diente.

Später kamen Mönche vom Berg Kurodani und wickelten Sorans Leichnam in ein weißes Tuch. Sie legten ihn auf die mitgebrachte Bahre und schleppten ihn auf ihren Schultern den Wäldern entgegen, genauso wie ihre Glaubensbrüder zuvor den heiligen Schrein getragen hatten.

36. Kapitel

Der Aufstand war zerschlagen worden und fürs Erste verhielten sich die Mönche friedlich. Die Äbte beider Klosterschulen fanden zu Gesprächen zusammen. Sie waren sehr aufgebracht, weil Mitsu den Tragschrein entweiht hatte. Daraufhin verurteilte ihn der kaiserliche Rat zu einer milden Buße, die er in Kupfermünzen zahlte, und die Äbte waren zufrieden. Der Kaiserhof gab die Garantie, dass kein Orden bevorzugt würde, und die Mönche ihrerseits versprachen, sich fortan nur noch der Erleuchtung zu widmen. Tatsache aber war, dass das Volk den Rokuhara-Mönchen nicht vergab, dass sie den Kiyomizu-Tempel angezündet hatten. Die allgemeine Empörung darüber trug entscheidend dazu bei, dass der Haike-Clan, der mit den Rokuhara-Mönchen verbunden war, weiter in Ungnade fiel, was von Anfang an Go-Shirakawas Absicht gewesen sein musste.

Yoshinaka hingegen wollte der Kaiser eine Auszeichnung zukommen lassen. Zur Siegerehrung kam der ganze Hofstaat. Der lang gestreckte Festsaal war mit Wandschirmen, Rollbildern und kostbare Vasen geschmückt. Die Schiebewände waren der ganzen Länge nach zur Seite gerückt worden, sodass die Zierbüsche und Blumen im Garten wie ein lebendiges Gemälde miteinbezogen wurden. Ich stand mit meinen Brüdern am Eingang zum Saal und sah, wie der junge Prinz Mochihito den Ehrenplatz auf einem erhöhten Kissen zwischen scharlachroten Lacksäulen einnahm. Mochihitos dunkelblaues Gewand zeigte ein aufwendiges Muster aus silbernen Wellen, das bei jedem Atemzug flimmerte.

Der Altkaiser saß leicht hinter ihm, ein schmaler, grau gekleideter alter Mann mit sanftem Gesichtsausdruck. Auch andere Prinzen und Prinzessinnen waren anwesend, das Haar mit Kämmen, Schmucknadeln und Blumen geschmückt. Prinzessin Tokiko nahm inmitten ihrer Hofdamen den Ehrenplatz ein. Sie war azurblau gekleidet und ihr Gewand breitete sich wie ein Fächer aus. Auf ihrer Gürtelschärpe leuchtete eine Stickerei vielfarbiger Azaleen. Die offene Haarfülle, mit Goldpuder bestreut, schillerte im wechselnden Lichtspiel wie ein schönes Gefieder.

Mit seinen leichten, kräftigen Schritten durchquerte Yoshinaka jetzt den Raum. Purpurne und lila Borten verliehen seiner schwarz lackierten Galarüstung Farbe. Das Langschwert, das er auf dem Rücken trug, ragte hoch über seinem Kopf. Unter dem aufgesteckten Haar zeigte sein Gesicht mit dem starken Kinn, der harten geraden Nase, den großen Augen und den vollen Lippen die Schönheit eines Traums und den Hochmut einer Maske.

Feierlich traten meine Brüder und ich hinter ihm ein, knieten neben ihm nieder und berührten mit der Stirn den Boden. Auch Hira und Mitsu trugen leichte Rüstungen, deren Schuppen mit bunten Seidenschnüren verknotet waren. Ich hatte mein Haar gelöst und mein

Gesicht gepudert und ich trug Frauenkleider, was selten vorkam. Mein Gewand wies die Farben der Bienen auf, braun und gelb. Auch das Unterkleid war gelb und die zinnoberrote Schärpe war mit grünen und kupferfarbenen Stickereien verziert.

Die üblichen zeremoniellen Begrüßungen wurden ausgetauscht. Dann beglückwünschte der junge Prinz Mochihito Yoshinaka zu seinem Sieg. Er sprach wohlwollend, aber so, als hätte er die Worte auswendig gelernt. Als Go-Shirakawa dann in seiner schlichten, milden Art das Wort ergriff, wandte Mochihito ihm leicht den Kopf zu.

»Gespenster muss man verscheuchen«, sagte der Altkaiser. »Ich schickte einen jungen Feldherrn, der sie in ihre Tempel zurückbefahl. Donnert der Himmel und bebt die Erde, ist es gut zu wissen, dass tapfere Menschen unser Haus beschützen.«

Er streifte Mochihito mit einem Blick, und dieser verzog freundlich die Lippen und sagte:

»Minamoto Yoshinaka, du bist ein treuer und tapferer Mensch. Als Belohnung will ich dich zum ›Asahi-Shogun‹ machen, zum General der aufgehende Sonne.«

Yoshinaka kniete immer noch wie ein Standbild, hielt die Lider gesenkt und die Hände auf den Schenkeln. In diesem Augenblick verirrte sich eine junge Schwalbe in den Saal. Einen Ausweg suchend, schoss sie unter den geschnitzten Deckenbalken blitzschnell hin und her. Die Anwesenden verfolgten sie mit den Augen. Sie zwitscherte erschrocken, als riefe sie mir eine Warnung zu, bevor sie den Weg in die Freiheit fand und sich unter den Bäumen verlor.

Da endlich rührte sich Yoshinaka und verbeugte sich tief. Er richtete seine Worte an den Erben, doch war es der Altkaiser, dem seine Antwort galt.

»Majestät, ich habe von Euch tausendmal mehr Güte bekommen, als ich verdiene. Ja, ich liebe mein Land, wie ich meine Gattin lieben würde. Hingabe fällt dem Liebenden leicht. Möge das Schicksal mir Erfolg bescheren, damit ich Euch weiterhin dienen kann! Doch das kaiserliche Schwert ist zu heilig und rein, um mit Blut besudelt zu werden. Ich gebe es in Eure heilige Obhut zurück. Fortan will ich, wie einst, nur das Schwert meines Vaters tragen.«

Er streifte mit anmutiger Bewegung die Seidenkordel von seinem Rücken, bewegte sich auf den Knien vorwärts, wobei er das Langschwert in Brusthöhe hielt, und legte es dann vor Mochihito nieder.

Ein leichtes Raunen ging durch die Anwesenden. Mochihito hingegen zeigte kein Gefühl. Der Altkaiser indessen musterte Yoshinaka nachdenklich. Nie war es geschehen, dass einer seiner Getreuen einen Gunstbeweis von sich wies; Go-Shirakawa mochte unschlüssig sein, wie er Yoshinakas Verhalten zu bewerten hatte. Ich sah, wie die Höflinge sich in atemloser Stille mit Blicken verständigten, die alle die gleiche Betroffenheit ausdrückten. Yoshinaka hingegen kniete furchtlos und entschlossen, aber in tiefer Verehrung vor dem Altkaiser, dessen blasse Lippen plötzlich ein Lächeln zeigten:

»Dein Sieg beweist, dass du eine schwierige Sache sicher zu Ende bringen kannst. Du hast eine große Sorge von uns genommen. Mit wessen Schwert du kämpfst, bleibt dir überlassen.«

Und der junge Prinz, offenbar sehr erleichtert, dass ihm sein Vater die angemessene Antwort lieferte, sprach ihm die Worte gehorsam nach:

»Es sei dir überlassen.«

Yoshinaka verneigte sich, wobei seine Stirn den Boden berührte. Hira, Mitsu und ich taten es ihm nach. Der beklemmende Bann hatte sich gelöst sich. Alle sogen die Luft zwischen den Zähnen ein, bevor sie sich ebenfalls verbeugten. Noch war über Yoshinaka kein Urteil verhängt. Aber sein Widerstand gegen die Heimtücke des Altkaisers missfiel. Ich, die alles im Hintergrund beobachtete, spürte ein dunkles Frösteln. Aus der Vielfalt meiner Gefühle und Gedanken formte sich die Gewissheit, dass Yoshinaka nur unterliegen konnte in diesem Spiel, dessen Regeln er so leichtherzig brach.

AWASU

37. Kapitel

Es folgte ein ruhiger Sommer. Der Reis stand prächtig und die Felder waren grün. Nach wie vor genoss Yoshinaka kaiserliches Wohlwollen. Bei Hofe begegnete man ihm respektvoll und wartete ab, bis er seine ersten Fehler machte, doch im Moment war alles friedlich. Yoshinaka hatte Geldmittel freigemacht, sodass die von den Mönchen zerstörten Dörfer nahe Kyoto wieder aufgebaut werden konnten. Die Dorfvorsteher besuchten Yoshinaka, um ihm ihre Aufwartung zu machen und ihm zu danken. Yoshinaka versprach, sie vor Banditen zu schützen und vor Ungerechtigkeiten zu verteidigen.

Als die Ernte vorbei war, wurde in allen Dörfern gefeiert. Die Priesterinnen führten zum Klang von Flöten und Trommeln ihre heiligen Tänze auf, Männer und Frauen betranken sich mit Reiswein und gaben sich Ausschweifungen hin. Yoshinaka nahm an den Festen teil und machte den Bewohnern klar, dass es nicht seine, sondern ihre Kraft gewesen war, die seinen Sieg ermöglicht hatte:

»Eure Söldner haben für mich von Anfang an gekämpft. Sie waren für mich da und ich konnte mich auf sie verlassen. Und so könnt auch ihr euch auf mich verlassen. In Zeiten der Not werde ich euch beistehen.«

Die Rede gefiel zwar in den Dörfern, aber weniger in der Stadt, denn die Bauern weigerten sich fortan, die Steuern ohne Murren zu bezahlen. Die städtischen Beamten waren gewohnt, sich zu bereichern, ohne dass es dem Kaiserhaus zu Ohren kam. Jetzt erlebten sie, wie die Dorfbewohner ihnen mit Kriegsspeeren zu Leibe rückten und die Frauen sie mit Hundekot bewarfen.

Yoshinaka schlichtete Streit zwischen den Händlern und jagte Gesindel aus den Teehäusern. Er machte sich für Gerechtigkeit stark, schlichtete alte Blutfehden und erlöste Bittsteller von ihren Gläubigern. Im Volk brachte ihm das große Sympathie ein, während er einflussreiche Leute zunehmend brüskierte. Die Beamten, die um ihre Vorteile bangten, taten nun alles dafür, um Yoshinakas Führung zu untergraben.

Während ich mich um die Pferde kümmerte und täglich viele Stunden in den Reitställen verbrachte, erlagen Mitsu und Hira immer mehr ihrer Neigung nach einem angenehmen Leben und verkehrten häufig in Teehäusern, wo sie bald einen einschlägigen Ruf erlangten. Yoshinaka ging leichtherzig darüber hinweg. Ich aber machte mir Sorgen. Ihr Betragen mochte unseren Feinden zweckdienlich sein. Zwar bekleideten die Angehörigen des Haike-Clans nur noch wenige wichtige Ämter in der Hauptstadt, doch in den Nordprovinzen kämpften sie erfolgreich gegen die wilden Völker der Ainu-Utari. Sie hatten inzwischen riesige Güter zusammengerafft und bauten Festungen.

Der Haike-Clan hatte zudem noch Verbündete am Kaiserhof, mit denen Yoshinaka sich zerstritt. Die Haike am Hof waren erfahren und intrigant; Yoshinaka war ihnen darin nicht gewachsen. Wetteifer verstand er, aber mit Heimtücke kam er nicht zurecht. Jene, die seine Redlichkeit zu schätzen wussten, waren ihm treu ergeben, die anderen aber sahen in ihm einen Barbaren, der nicht für die Aufgabe taugte, die ihm anvertraut worden war. Ein umsichtigerer Mensch hätte sich rechtzeitig ein sicheres Netz aus Beziehungen geschaffen, doch Yoshinaka hatte nur wenige ehrliche Freunde; zu viele Emporkömmlinge erteilten ihm schlechte Ratschläge, während er sich immer mehr Feinde machte. Kyoto verkam dabei zur Garnisonsstadt und das Chaos griff unaufhaltsam um sich.

Im Gegensatz dazu verwaltete Yoritomo Minamoto die Provinz Musashi vortrefflich. Er machte Kamakura zu einer Hauptstadt, deren Glanz Kyoto bald übertraf; er ließ die fähigsten Offiziere kommen, die besten Architekten und Künstler, all diejenigen, die Yoshinakas raues Verhalten vor den Kopf stieß.

Ich selbst spielte immer häufiger mit dem Gedanken, nach Kiso zurückzukehren. Ich hatte Sehnsucht nach meinem kleinen Sohn, der bei den Großeltern aufwuchs und – wie ich erfahren hatte – von ihnen über alle Maßen verwöhnt wurde. Doch ginge ich fort, hätte ich meinen Eid gebrochen. Es würde sein, als ob Yamabuki zum zweiten Mal starb. Ich war Yoshinakas Stütze und der einzige Mensch, auf dessen Meinung er etwas gab. Ich durfte ihn nicht verlassen.

Schon bald erreichte uns eine Nachricht, die jeden Gedanken an Kiso in mir verscheuchte. Die Fürsten, die entlang der Küste wohnten, warnten uns, dass die

Generäle der Haike mit dem Bau einer großen Flotte begonnen hatten. Wir schickten Späher, um zu erfahren, was sich dort zusammenbraute. Die Gefahr war echt; die Haike hatten die Ainu endgültig vertrieben und vertrauten erneut ihrer Stärke.

Yoshinaka ließ Yoritomo eine Botschaft zukommen, doch dieser schien die Warnung auf die leichte Schulter zu nehmen. Yoshinaka konnte ihm kaum einen Vorwurf daraus machen, dass Yoritomo ihn nicht unterstützte; allerdings war schwer festzustellen, was dieser nun eigentlich dachte. Je länger ich mit Yoshinaka darüber stritt, desto klarer wurde mir, dass irgendetwas nicht stimmte, doch Yoshinaka tat meine Befürchtungen lächelnd ab. Ich wurde unruhig.

Eines Abends, im Herbst, saß ich am Rande des Seerosenteiches, entlockte meiner Flöte sehnsuchtsvolle Klänge und dachte Gedanken, die nur mir gehörten. Die Schallwellen riefen die Zierkarpfen herbei. Ich warf ihnen Futter zu, streichelte mit den Fingerspitzen ihre kalten, weichen Mäuler, als meine Zofe mit der Meldung kam, eine Dame wünsche mich zu sprechen.

»Wer ist sie?«, fragte ich.

»Die Dame wollte ihren Namen nicht nennen«, antwortete die Zofe. »Sie hat ihr Gesicht verborgen; ich kann sie nicht erkennen. Sie sagte aber, ihre Sache dulde keinen Aufschub.«

Ich ließ ausrichten, dass ich sie empfangen würde. Weil es im Garten kühl wurde, setzte ich mich in die Vorhalle. Kurz darauf erschien, geführt von der Zofe, eine schmale, verhüllte Gestalt. Die Besucherin trug über ihre

Gewänder jenen Schleier, mit dem reisende Damen sich vor Sonne und Staub schützten. Ich bat sie, Platz zu nehmen, bot ihr Tee und Süßigkeiten an. Sie dankte mit leiser, wohlklingender Stimme und fügte hinzu, sie habe meine Flöte gehört und spüre Traurigkeit im Herzen. Ich dankte mit einem Lächeln. Die Dame wartete, bis die Zofe sich entfernt hatte. Dann erst schlug sie ihren Schleier zurück. An der Art, wie sie frisiert und geschminkt war, erkannte ich eine Dame aus der »Welt der Blumen und Weiden«, eine Kurtisane also, aber der ersten Kategorie. Der Mode entsprechend, trug sie mehrfarbige Gewänder übereinander, in perfekt abgestimmten Tönen von Violett über Blau bis Purpur und Lila. Ihr schimmerndes Haar rahmte schmal die zarten Wangen ein. Ihr geschwungener Mund, der mit einem Ausdruck von Schwermut nach unten gezogen war, hatte die Farbe von Wildkirschen. Ihre langen, schrägen Augen waren mit schweren Lidern bedeckt, als wollte sie ihren Ausdruck vor zu forschenden Blicke schützen.

Mir war, als ob sich ein prachtvoller Schmetterling mit sanft schaukelnden Flügeln neben mir niedergelassen hatte. Doch ich spürte Unbehagen. Ich spürte auch, dass sie Angst hatte.

Ich nahm das Gespräch wieder auf:

»Gewiss ist es nicht mein dürftiges Flötenspiel, das Euch zu mir führt …«

Sie wandte leicht das Gesicht ab.

»Nein. Ich suche Euch in einer sehr ernsten Angelegenheit auf. Man nennt Euch die ›Goldene Kriegerin‹. Ihr seid Minamoto Yoshinakas Ziehschwester, die Einzige, auf deren Rat er hört.«

»Wer sagte Euch das?«

Sie antwortete, den Blick abwärtsgeneigt.

»Der Asahi-Shogun selbst, edle Dame. Vielleicht sollte ich zunächst erklären, dass ich nicht in einer Strohhütte geboren wurde. Mein Name ist Kaede. Meine Mutter war eine kaiserliche Hofdame, doch raffte eine Krankheit sie bald nach meiner Geburt dahin. Mein junger, leichtsinniger Vater verprasste seine Erbschaft und starb bei einem Duell. Seine Schwester verschaffte sich Geld, um seine Schulden zu tilgen, indem sie mich an ein Teehaus verkaufte. Dort erlernte ich alle Künste, mit denen eine Frau einen Mann zu erfreuen vermag. So kam es, dass der Asahi-Shogun mich wiederholt mit seinem Besuch beehrte ...«

Ich starrte an ihr vorbei und sagte nichts. Dass Yoshinaka Kurtisanen aufsuchte, hatte nichts zu bedeuten. Und doch gab es eine Art Stolz in mir, der jetzt gekränkt war. Es war zu viel, von mir zu verlangen, dass ich mich beherrschte und diese Frau nicht unverzüglich vor die Tür setzte. Doch etwas in mir bewirkte, dass ich ruhig und sachlich blieb und mich bezwang, obwohl ich am ganzen Körper zitterte. Ich musste erfahren, warum diese Frau mich aufgesucht hatte. Hart befahl ich:

»Sprecht weiter!«

Sie beugte sich leicht vor, um ihre Gewissheit noch besser auf mich zu übertragen.

»Herrin, ich bin in großer Not. Ich ... ich habe Dinge erfahren, die mich erschrecken. Minamoto Yoshinaka ist in Gefahr. Ich habe versucht, ihn zu warnen. Er aber schlägt meine Warnungen in den Wind.«

»Ja«, sagte ich kalt, »er pflegt der Gefahr zu spotten.«

»Dann ist er verloren«, meinte sie. »Ich weiß, dass ich bei ihm nichts ausrichten kann. Bitte, nehmt Anteil an meinem Geschick!«

Ich holte tief Luft.

»Was kann ich für Euch tun?«

Kaede knetete ihre feingliedrigen Hände.

»Es ist eine schwerwiegende Sache. Ich muss offen zu Euch sprechen können.«

Ich wusste, dass die Mädchen im Teehaus ihre Schönheit sehr bewusst einsetzten. Nicht selten kam es vor, dass Kunden beim Reiswein wichtige Geheimnisse preisgaben. Für gewöhnlich waren die Mädchen verschwiegen. Sie plauderten nicht aus, was die Kunden ihnen anvertrauten; es hätte ihren Ruf und den Ruf des Teehauses bald ruiniert.

»Seid gewiss«, erwiderte ich, »dass kein Wort von dem, was hier gesprochen wird, an unbefugte Ohren dringen wird.«

Sie gab sich Mühe, gefasst zu wirken, doch ihre Lider zitterten.

»Euch dürfte bekannt sein, dass Minamoto Yoshinaka von Feinden umgeben ist.«

»Ich weiß. Der Haike-Clan sammelt seine Verbündeten.«

Sie schaute auf ihre Hände.

»Ist Euch bekannt, edle Dame, dass sie diesmal einen Angriff von See aus planen?«

Ich hatte mich nicht getäuscht, etwas stimmte nicht an dieser Sache.

»Es ist uns bekannt.«

»Sie bauen Schiffe in großer Zahl.«

Ich nickte.

Sie fuhr sich mit der Zungenspitze über die Lippen.

»Es sollen über tausend sein.«

Ich zuckte leicht zusammen.

»Unmöglich!«

»Das hat man mir gesagt...«

Ihre Augenlieder flatterten und sie sprach jetzt rascher.

»Sie... sie bauen diese Schiffe an der Küste der Insel Sanuki im Norden. Ganze Wälder wurden gefällt, um Holz zu gewinnen. Die Schiffe sind so gebaut, dass sie Pferde tragen können.«

Meine Unruhe nahm bei jedem ihrer Worte zu.

»Sprecht weiter! Habt Ihr Beweise?«

Sie duckte sich leicht, als ob ich gegen sie die Hand erhoben hätte.

»Edle Dame, ich bin nicht sehr klug. Ich weiß jedoch, dass das Schwert erst in der Hand dessen lebendig wird, der es mit Siegerwillen packt. Minamoto Yoshinaka besitzt diesen Siegerwillen im Übermaß. Deswegen soll er aus dem Weg geräumt werden. Seinetwegen bin ich gekommen – wegen dem, was ich weiß. Für ihn wage ich gerne mein Leben. Nein, hört mir jetzt zu, ich muss Euch etwas erzählen. Es war im Teehaus. Einer meiner Kunden war Ieyoshi Uchida, ein Offizier der Leibgarde seiner Majestät. Ein hochgestellter Mann aus kaiserlichem Geblüt, an dessen Ehre niemand zu zweifeln wagt...«

Atemnot hinderte sie daran weiterzusprechen. Ich bat sie, etwas Tee zu trinken.

Ich konnte ihre Angst gut nachfühlen. Uchida war ein breitschultriger Mann, größer als die übrigen, und trug einen kurz gestutzten Bart. Er war der beste Bogenschütze

Kyotos und ein Akrobat beim Reiten; es war jener Mann, der sich im Sommer bei den Wettkämpfen ausgezeichnet hatte. Schwerreich wie er war, erwarb er stets die schönsten und teuersten Pferde, die er ohne Erbarmen peitschte und quälte, bis ihre Kräfte versagten. Die Tiere hassten ihn deswegen und feinfühligen Menschen war seine Grausamkeit zuwider. Man schätzte ihn zwar als Kämpfer, aber nur wenige schlossen Freundschaft mit ihm. Mir gegenüber musste er Argwohn empfinden, denn er duldete nie, dass ich mich seinen Pferden näherte, auch wenn sie entzündete Wunden hatten. Er war nicht schlecht beraten, sich auch weiterhin daran zu halten, wenn er nicht erleben wollte, wie ich meine guten Manieren vergaß.

Dame Kaede stellte behutsam die Teeschale ab.

»Wir hatten zusammen viel Reiswein getrunken. Ich hatte ihn erfreut und bald wurde er gesprächig. Er sagte, der Altkaiser hätte ihn unlängst nach Kamakura entsandt, mit einer geheimen Botschaft an den Fürsten Minamoto Yoritomo. Die Botschaft lautete: ›Sei bereit! Yoshinaka wird nicht mehr siegen.‹«

Mein Herz klopfte stürmisch. Ich fragte, äußerlich beherrscht:

»Ist das alles?«

»Nein. Der Asahi-Shogun soll umgebracht werden. Der Tod, der ihm zugedacht wurde, wird ihn aus den eigenen Schlachtreihen treffen.«

Ich schauderte vor Abscheu.

»Ihr seid deutlich. Und wer wird gegen ihn sein Schwert erheben?«

Sie wischte sich die Tränen aus den lang bewimperten Augen.

»Edle Dame, das wollte er mir nicht sagen. Ich goss ihm mehr Reiswein ein. Sein Geist wurde träge dabei, aber er gab nichts mehr preis. Am nächsten Morgen, als er wieder nüchtern war, sagte er zu mir: ›Vergiss alles, was ich dir anvertraut habe, oder ich erwürge dich mit eigener Hand!‹«

Ich sah, dass sie die Wahrheit sagte. Ich wusste auch, dass Ieyoshi Uchida nicht zögern würde, seine Drohung wahr zu machen. Ich holte tief Atem. Nun war also geschehen, was ich schon lange befürchtet hatte. Go-Shirakawa hatte beschlossen, dass ihm Yoshinaka als Staatsmann nicht mehr nützlich war. Da das Volk Yoshinaka jedoch liebte, sollte er unauffällig aus dem Weg geschafft werden – in einer Schlacht kam es oft vor, dass ein Feldherr sein Leben ließ.

Mein Zorn war verflogen, mich packte die Angst; der Mut dieser Frau war bewundernswert. Ich sagte aus ehrlichem Herzen:

»Dame Kaede, ich danke Euch. Ihr habt viel auf Euch genommen. Tragt Sorge um Euch! Nur jener, der in Gefahr ist, soll von Euren Worten erfahren.«

In ihren Wangen zeigten sich zwei Grübchen. Sie lächelte wehmütig.

»Nun, auf Euch hört er ja ...«

Sie verbeugte sich so tief, dass ihr Tuch den Boden streifte. Ihre Silberspange zitterte im Licht, als sie sich behutsam aufrichtete und den weißen Schleier über ihr Antlitz zog. Langsam, atemberaubend traurig, entfernte sie sich, begleitet von ihrem Schatten. Ihre Schleppe zog eine dunkelrote Spur.

38. Kapitel

Noch am gleichen Abend begab ich mich zu Yoshinaka. Ich fand ihn, wie so oft, von Günstlingen umgeben; eine Frau schlug die Laute, und ich erkannte an den Schatten, die über die Wände huschten, dass drinnen Mädchen tanzten. Gesang und Gelächter schlugen mir entgegen. Ich bat den Kämmerer, der sich im Rahmen der Schiebetür verneigte, Yoshinaka zu holen. Einige Augenblicke später kam er, bereits reichlich angetrunken, mit geröteten Wangen. Nie ließ er mich warten; er wusste, dass ich ihn selten ohne Grund aufsuchte. Bei seiner Erscheinung stockte mir der Atem. Wunderschön sah er aus in seinem prächtigen Gewand. Sein blauschwarzes Haar war gelöst und fiel in üppigen Wellen über seine Schultern. Doch ich verschloss mich den Gefühlen, die sein Anblick in mir weckte, und sagte scharf:

»Du scheinst dich ja in bester Gesellschaft zu befinden. Schön, du willst es so.«

Er grinste und streckte mir die Hand entgegen.

»Ach, warum so streng? Komm, Tomoe! Geruhe, mit uns zu feiern!«

»Zum Feiern besteht kein Anlass.«

Er runzelte die Stirn. Sein Lächeln schwand.

»Was ist geschehen?«

»Oh, etwas ziemlich Interessantes.«

»Erzähle!«

»Nicht hier«, erwiderte ich.

Er folgte mir widerwillig und auf schwerfälligen Füßen in ein Zimmer, das karg und nüchtern genug war, um einen Mönch zu beherbergen. Yoshinaka schlief hier am Vorabend einer Schlacht, wenn er seine Kräfte sammelte. Eine kleine Lampe brannte in einer Tonschale. Ich vergewisserte mich, dass niemand hinter den Schiebewänden lauschen konnte. Dann setzte ich mich dicht neben ihn auf die Matte und erzählte im Flüsterton von dem Besuch der Kurtisane. Yoshinaka hörte zu, schlagartig wieder nüchtern. Er wusste, ich sah zehn Dinge, wo er nur ein einziges sah.

Als ich auf die Zahl der Schiffe zu sprechen kam, starrte er mich ungläubig an.

»Tausend Schiffe? Das kann nicht sein! Die Küste von Sanuki ist felsig und vom offenen Meer umgeben. Sie haben nur wenig frisches Wasser. Meine Späher berichten von hundert Schiffen.«

Ich spürte ein Erschauern in mir.

»Vermag jedes Schiff zehn Pferde zu tragen, müssen wir mit tausend Reitern rechnen. Mehr als zehn Pferde gehen nicht, das Schiff würde das Gewicht nicht tragen. Was aber, wenn sie die Zahl der Schiffe verdoppeln?«

Sein Mund bekam einen harten Zug.

»Selbst wenn. Wir werden uns darauf einstellen.«

Ich ließ nicht locker.

»Und was wäre mit tausend Schiffen?«

Er sah mich vorwurfsvoll an, als ob ich ihm ein Märchen erzählte.

»Tausend Schiffe, das wäre das Ende der Welt …«

Ich antwortete halblaut:

»Du weißt selbst, dass alles möglich ist … wirklich alles!«

Die Art, wie ich es sagte, machte ihn hellhörig.

»Gibt es noch etwas, was ich wissen sollte? Rede!«

Ich seufzte. Was ich ihm jetzt sagen musste, war das Schwierigste.

»Komao-Maru, sie wollen dich ermorden.«

Er verzog höhnisch den Mund.

»Es wäre nicht der erste Versuch! Ich habe sie jedes Mal kommen hören.«

»Diesmal wirst du sie nicht hören. Es soll während der Schlacht geschehen.«

Ich erzählte. Seine Lippen wurden weiß, als er sie hart zusammenpresste.

»Schwerter in meinem Rücken, ja? Ich muss blind gewesen sein, dass ich dem Altkaiser jemals vertraute. Schande über ihn, der sich hinter den Verschwörern duckt! Ich werde Uchida stellen. Den Namen des Mörders soll er erbrechen!«

»Das wäre nicht klug«, sagte ich. »Der Altkaiser ist ein vorsichtiger Mann, der den Wind und die Nacht belauscht und alles in Erfahrung bringt. Findest du den Verräter und beseitigst ihn, werden andere seine schmutzige Arbeit übernehmen. Und dich unvorbereitet treffen.«

»Und was soll ich jetzt tun?«, fragte er bitter. »Warten, bis der Mörder aus dem Dunkeln kriecht?«

Ich streichelte sanft sein Haar. Yoshinaka litt, weil er das Gute liebte und noch immer danach suchte. Allein das war Grund genug, nicht von seiner Seite zu weichen.

»Du kannst den Altkaiser nicht zur Rechenschaft ziehen für das, was er tut. Kämpfe für ihn und siege. Sei für ihn unentbehrlich und wird er dich schonen.«

Er antwortete traurig:

»Ach, Tomoe, wer wird den Pfeil abschießen, der auf mich zielt?«

»Sorge dich nicht allzu sehr«, sagte ich. »Drei Himmelskönige stehen dir zur Seite!«

Da endlich lächelte er.

»Wie kann ich Schaden erleiden, bei solchen Beschützern.«

Ich schluckte. Etwas Warmes, Vertrautes zerriss in mir. Ich neigte den Kopf, sodass mein Haar über sein Gesicht fiel, streichelte seine weiche Haut im Ausschnitt seines Gewandes. Er streckte sich auf der Matte aus, umfasste mich mit beiden Armen. Ich legte meinen Kopf auf seine Brust, fühlte sein Herz unter meinen Lippen schlagen. Auch wenn es andere Frauen gab, die ihn mir streitig machten, fürchtete ich ihren Zauber nicht. Ich fürchtete nur den Zauber einer Toten. Denn obwohl Yoshinaka mich anblickte, sah er mich nicht wirklich. Ich sah mich selbst, wie ich Yoshinaka liebte; er aber liebte eine Tote in meiner Gestalt. Doch jetzt, da ich Yoshinaka umarmte, meine Hände über sein Gewand wandern ließ und ich die gebräunte Haut zwischen der Seide sah, diese weiche und geschmeidige und beinahe zarte Haut, da wollte ich, dass er nicht an Yamabuki dachte, ebenso wenig wie ich an jenen Toten dachte, den ich im Herzen trug.

Yoshinakas Geist war schon müde, sein Körper aber noch vollkommen jugendlich, stark und biegsam, mit schmalen Gelenken. Die Biegung seines Halses rührte mich, und ich stellte mir erschauernd vor, wie ein Pfeil die Halsader durchschnitt. Wir bewegten uns beide, als ob es in der Welt keine andere Sprache gab als diese Liebe. Ich fasste nach Yoshinakas Handgelenken, hielt seine Hände fest, beugte mich über ihn. Weich und zärtlich drangen seine Finger auf meiner Haut vorwärts, öffneten mein Gewand. Einige schnelle Bewegungen: Ich ließ die Seide von meinen Schultern gleiten.

Und so liebten wir uns, aufgelöst, getragen von der Kraft der Erinnerung. Nie war unsere Liebe so offen, so rückhaltlos gewesen, und ich konnte später, während er leise atmend dalag, zwischen Schlaf und Traum den Gedanken nicht von mir weisen, dass wir einander gehörten, weil wir es hingenommen hatten, dass wir in unserem Herzen die Toten liebten. Mehr durften wir nicht verlangen. Das war das Schicksal, das uns beschieden war. Es war das Maß der Liebe, das die Götter uns gönnten, die Grenze, die wir nicht überschreiten durften …

Als ich erwachte, schien die Morgensonne. Die Schatten der Ziergräser bewegten sich hinter den Schiebewänden. Vogelschwärme lärmten in den Büschen. Yoshinaka war fort.

39. Kapitel

Der Winter setzte früh und kalt ein, als uns die Kunde erreichte, dass die feindliche Flotte der Haike nach Süden zog. Die Zeit drängte für unsere Gegner. Setzten Stürme ein, drohten die Naturgewalten die Schiffe an den Riffen zu zerschmettern. Für uns aber lag die Gefahr woanders: Wir waren Bergbewohner, die Haike jedoch, seit jeher an den Küsten angesiedelt, waren vortreffliche Kenner der See. Daher wollten wir abwarten, bis die Haike ihre Krieger an Land setzten.

Im Herbst hatten unsere Spione gemeldet, dass die Haike annähernd dreihundert Schiffe gebaut hatten, was uns fast genauso fantastisch vorkam wie die tausend Schiffe, von der die Dame Kaede geprochen hatte. Aber wir waren vorbereitet: Unsere sechstausend Krieger schienen uns ausreichend, um unsere Gegner zu besiegen. Die feindlichen Schiffe steuerten die flache, zugängliche Bucht von Mizushima an. Die Bucht war ein günstiger Ort für die Haike, um ihre Pferde an Land zu bringen. Wir waren rechtzeitig gewarnt worden und so stand unser Heer verborgen in den Wäldern bereit.

Winterliche Wolken verhüllten die Sterne, ein starker Nordwind blies, der sich bei Tagesanbruch legte. Die

Krieger froren sehr, weil das Verbot, Feuer zu machen, streng eingehalten werden musste. Als der Himmel heller wurde, formten sich aus dem Frühnebel die Umrisse der Schiffe. Wir sahen die weißen Wimpel der Haike an den Masten flattern und warteten, bis die Feinde ihre Schiffe in die Bucht gerudert hatten. Es war ein unheimlicher Anblick, denn zur selben Zeit ging die Sonne auf und überzog das Meer mit blutroten Farben. Sobald die Schiffe in Strandnähe kamen, taten sich ihre Flanken auf; hölzerne Plattformen wurden hinausgeschoben, über die die Krieger ihre Pferde an Land führten. Dort sprangen sie in den Sattel und ritten auf die Wälder zu.

Nun galt es, die Kämpfer abzufangen, bevor sie mehr Truppen an Land brachten. Unsere Muschelhörner verkündeten den Angriff. Wir brachen aus den Wäldern hervor und preschten über den Sand, den Feinden entgegen. Weil die Schiffe so nahe an Land gegangen waren, schossen wir brennende Pfeile auf sie ab. Die Segel gingen in Flammen auf und sprühten Funken wie Kometenschweife. Die Schreie der Kämpfenden, das Wiehern der Pferde, das wilde Trommeln der Hufe hallten zwischen Hügeln und Klippen wider. Die Haike hatten bereits viele Schiffe verloren, ich sah sie brennen und sinken. Schon bald trugen die Wellen verkohlte Trümmer und Leichen an den Strand. Mich beunruhigte jedoch, dass immer mehr Schiffe kamen. Das ganze Meer schien von ihnen übersät.

Doch ich hatte keine Zeit, mich darum zu sorgen. Inmitten rasender Pferde und kämpfender Reiter gelang es meinen Brüdern und mir nur mit Mühe, an Yoshinakas Seite zu bleiben. Für ihn kam die Gefahr nicht nur vom

Feind, sondern auch aus den eigenen Reihen. Wir bildeten einen Schutzwall um ihn, schlugen mit Schwert und Hellebarden alle Angriffe zurück, die ihm galten, immer auf der Hut, doch bisher hatte sich der Verräter noch nicht gezeigt.

Inzwischen wurde der Seegang stärker. Viele Krieger waren bereits an Land und kämpften sich in geraden Linien vorwärts. Eine Zeit lang waren wir nahe daran gewesen, die Angreifer zurückzuschlagen, jetzt merkten wir, dass sie eindeutig in der Überzahl waren. Immer mehr weiße Banner erschienen am Horizont, die Schiffe stiegen auf den Wogen empor, um gleich danach schaukelnd nach unten zu tauchen. Doch sie waren da, mehr, noch mehr. Pfeilwolken schossen mit der Unerbittlichkeit von Naturgewalten aus den schwarzen Gewässern.

Mit einem Mal schien mir, dass Yoshinakas Zuversicht ins Wanken geriet; vielleicht war es der Glaube an sich selbst, die Gewissheit, dass kühne Taten durch Gerechtigkeit belohnt werden, die schwanden. Ich aber wurde von steigender Unruhe erfasst. Gab es die Verschwörung überhaupt? Konnte es sein, dass die Kurtisane gelogen hatte? Dass man sie zu mir geschickt hatte mit dem einzigen Zweck, Yoshinakas starkes Herz in der Hitze der Schlacht mit dem Gift des Zweifels zu schwächen? Ich ließ ihn nicht aus den Augen; auch Hira und Mitsu blieben wachsam an seiner Seite.

Dann kam der Augenblick, da die Krieger zum ersten Mal zauderten und Yoshinaka, hoch aufgerichtet im Sattel, ihnen Mut zuschrie, sie anspornte, ja sie anflehte, weiterzukämpfen. Er hatte, um besser zu befehlen, seinen Kriegshelm zurückgeschoben; es war einer der wenigen Augenblick, da er sich ungeschützt zeigte. Während meine nervös umherspähenden Augen sich auf ihn richteten, entdeckte ich auf einmal Ieyoshi Uchida. Er ritt in kurzer Entfernung hinter Yoshinaka und lenkte seinen Schimmel allein mit den Schenkeln. Im Bruchteil eines Atemzuges legte er den Pfeil an die Bogensehne und richtete ihn auf Yoshinaka.

Der Himmel stürzte auf mich herab: Ich hatte den Attentäter erkannt. Schon schnellte der Pfeil los. Mit einem Warnschrei warf ich mich vor Yoshinaka. Mein Schwert, das ich mit beiden Händen hielt, wehrte den Pfeil ab. Doch Uchida wollte seinen Auftrag zu Ende bringen. In einem einzigen, blitzschnellen Bewegungsablauf gelang es ihm, nacheinander fünf weitere Pfeile abzuschießen. Mitsu und Hira wehrten jedoch jeden Pfeil ab, der Yoshinakas Schultern hätte durchbohren sollen. Der letzte Pfeil aber traf Hira unter dem erhobenen Schwertarm, dort, wo die Metallösen dem Krieger Bewegungsfreiheit verschaffen.

Ich sah den Pfeil aus seiner Seite ragen und das Blut, das sein braunes Hanfgewand dunkel färbte. Er kippte rückwärts aus dem Sattel, schlug in den Sand, und die Streitrosse donnerten an ihm vorbei. Sein Helm mit dem kupfernen Schmuck wurde unter ihren Hufen fortgetragen. Schon war Mitsu aus dem Sattel gesprungen, kniete neben ihm, richtete ihn auf, ermutigte ihn mit Flüchen und Koseworten; ich war ebenso schnell an seiner Seite. Hira knirschte mit den Zähnen, als Mitsu den Pfeil mit beiden Händen packte und aus der Wunde riss. Ein scharlachroter Blutstrahl schoss empor. Hiras Atem rasselte, blutiger Speichel rann aus seinem Mund. Er stützte sich mühsam auf den Ellbogen, sprechen konnte er nicht mehr, doch ich sah in seinen Augen, was er von mir forderte.

Meine Hände packten sicher und fest die Hellebarde. Ich sprang auf, blinzelte die Tränen weg und überflog mit meinen Augen in suchender Hast das Gewühl. Doch Uchida war fort, untergetaucht in der schreienden, kämpfenden Menge. Nicht nur ein Verräter war er, sondern auch ein Feigling. Ich kauerte mich wieder neben Hira, während rings um uns die Schlacht tobte.

»Ich finde ihn!«, schrie ich. »Ich werde dich rächen!«

Doch Hira gab keine Antwort. Still lag er da und sein Blick war gebrochen. Mitsu und ich sahen uns an, verständnislos, wie betäubt. Hira war tot. Ein weiterer Himmelskönig ließ uns allein. Doch wir konnten uns nicht dem Schmerz überlassen: Wir mussten Yoshinaka beschützen. Ich packte Mitsu an der Schulter, und gemeinsam bestiegen wir unsere Pferde, die die Offiziere gehalten hatten.

Kaum waren wir im Sattel, verriet nichts mehr an uns den Sturm, der in uns tobte. Unsere Aufgabe war, den Verräter zu töten. Doch nicht heute, nicht jetzt. Wir scharten uns eng um Yoshinaka. Er sah, dass wir nur noch zu zweit waren, und sein Gesicht wurde aschfahl. Wir blickten einander an wie Krieger in einer Schlacht, die wissen, was alle anderen denken. Zum ersten Mal zitterte das Schwert in Yoshinakas Hand, und der Schrei, der aus seinen Lippen drang, schien den ganzen Lärm des Kampfes zu übertönen. Doch es war ein Schrei des Schmerzes, kein Kampfruf mehr, der seine Männer mitgerissen hätte.

Genug, wir verloren die Schlacht. Es war das erste Mal. Bisher hatte Yoshinaka stets zeigen können, wie siegreich er alle Hindernisse überwinden konnte. Doch nun waren wir in eine Falle geraten. Man hatte unsere Spione gekauft, sie hatten uns Falschmeldungen erstattet und die Zahl der Schiffe heruntergespielt. Dreihundert sollten es nach ihrer Auskunft gewesen sein, in Wirklichkeit waren es über tausend; wir hätten auf die Warnung der Dame Kaede hören sollen. Der Altkaiser hatte uns hintergangen.

Yoshinaka war zwar am Leben geblieben, doch die Niederlage wirkte sich niederschmetternd auf den Kampfwillen unserer Truppen aus. Wir hatten Tausende von Männern verloren. Der Strand war von Toten und Verwundeten übersät. Die Haike hatten zahlreiche Gefangene gemacht, die fortan als Sklaven für sie arbeiten mussten. Nach erfolgreicher Schlacht hatten sie die Flotte sofort klargemacht und waren nach Nordwesten davongesegelt. Es konnte nicht lange dauern, bis sie versuchen würden, die Hauptstadt von Yoshinaka zurückzuerobern.

Noch war es nicht so weit. Yoshinaka kehrte als Besiegter nach Kyoto zurück, aber noch war er der Asahi-Shogun. Noch verfügte er über die Allmacht, die ihm dieser Titel verlieh. Doch wollte er nicht als Versager dastehen, musste er jetzt selbst eine Falle stellen.

40. Kapitel

Drei Tage später stattete Yoshinaka Go-Shirakawa einen Besuch ab. Höflinge und Offiziere verbeugten sich mit eisigen Gesichtern, als Yoshinaka den Altkaiser in seinen Privatgemächern aufsuchte. Yoshinaka hatte seinen Männern den Auftrag erteilt, in der Vorhalle auf seinen Befehl zu warten. Einzig Mitsu und ich waren an seiner Seite. Mitsu nahm Hiras Tod schwer, verlor sich in finsterem Brüten und hatte die letzten Tage über die Maßen getrunken. Seine Haut war aschfahl, seine Augen glasig. Er war weder gekämmt noch rasiert, ja selbst seine Gewänder waren derart in Unordnung, dass ich sie ihm zurechtzupfen musste. Betrunken wie er war, nahm er nicht einmal das zur Kenntnis.

Ich selbst ließ es nicht zu, dass mein Gesicht irgendein Gefühl ausdrückte, weder Zorn noch Erregung noch Schmerz. Denn Yoshinaka hatte die Wahrheit gesprochen: Das Ende der Welt war gekommen, und ich wohnte diesem Untergang bei, mit der geheimnisvollen Stärke derer, die sich als Überlebende fühlen.

Go-Shirakawas Privatgemächer waren geräumig, hell und von der Gartenveranda durch Schiebetüren getrennt. Leibwächter bekamen wir nicht zu Gesicht, sie hielten sich in den Nebenräumen auf. Go-Shirakawas Gemächer waren schlicht eingerichtet. Ein kleines Feuer flackerte in einer Wärmekiste. Über einer erlesenen Silberschale kräuselte sich Weihrauch. Auf einem Pult aus Pappelholz stapelten sich Schriftrollen und an einer Seite stand ein Altar aus vergoldetem Lack. Einige Vertraute befanden sich in dem Raum, ältere Männer und Hofdamen, die Stimmung schien recht ungezwungen. Ich spürte, wie Yoshinaka neben mir vor Wut zitterte, als er den Altkaiser ansah.

Wie stets trug Go-Shirakawa seine graue Mönchskleidung. Die fließenden Gewänder lagen in geraden, würdevollen Linien um seine Knie. In dem entspannten Gesicht schimmerten die samtenen Augen unergründlich. Prinzessin Tokiko war auch anwesend und hielt ein Kätzchen mit einem roten Halsband auf dem Schoß. Wir berührten mit unserer Stirn den Boden. Nachdem wir uns aufgerichtet hatten, ruhten die Augen des Altkaisers in sinnender Trauer auf Yoshinakas verkrampftem Gesicht, während er im gewohnt vertraulichen Ton zu ihm sprach.

Fast hatte ich den Eindruck, als ob er die katastrophale Schlacht auf die leichte Schulter nahm. Ach, er wollte dem Asahi-Shogun deswegen seine Gunst nicht entziehen. Die vielen Toten? Der mildtätige Buddha sei ihnen barmherzig! Eine Tragödie, jedoch unvermeidlich. Die Niederlage war gewiss furchtbar, unbedeutend aber im Zusammenhang mit dem großen Ganzen für all die, die ein wenig weiter in die Zukunft blickten. Er sprach leise und lächelte milde dabei. Ich sah aus den Augenwinkeln, wie Yoshinaka voller Abscheu den Kopf senkte, um dem

Altkaiser die blitzenden Augen zu verbergen, die zu viel von seinem Zorn verrieten. Doch Go-Shirakawa hielt noch eine weitere Überraschung für Yoshinaka bereit. Unvermittelt fragte er ihn in herzlichem Ton, ob er seine Tochter Tokiko zur Gemahlin wünsche.

»Die junge Dame vertraute mir an, sie sei von deiner Tapferkeit sehr eingenommen. Den ganzen gestrigen Tag lag sie mir in den Ohren, sie möchte bei unserem Gespräch zugegen sein, um ihren Helden von der Nähe aus bewundern zu können.«

Yoshinaka erbleichte, denn jetzt musste er vor allen Anwesenden bekunden, er fühle sich als Geschlagener einer solche Ehre unwürdig; dieses öffentliche Geständnis kam einer weiteren Beleidigung gleich. Doch was bezweckte Go-Shirakawa wirklich? Yoshinaka noch enger an sich zu binden, bis er nur noch das tat, was der Altkaiser wollte, und wieder siegen durfte? Oder Yoshinakas Misstrauen einzuschläfern, bevor er eine neue Mordgelegenheit fand, ohne dass auf ihn, den Schwiegervater, auch nur der geringste Verdacht fiel?

Yoshinaka antwortete mit zusammengebissenen Zähnen. Dass er nicht als Sieger, sondern als Geschlagener der Ehrwürdigen Prinzessin seine Aufwartung mache, dürfte ihr gewiss nicht entgangen sein.

Bei diesen Worten bewegte Tokiko leicht verneinend den Kopf, und ihr Vater meinte lächelnd, noch wisse er es nicht genau, doch sei es möglich, dass seine Tochter ihm die Niederlage wohl vergeben würde.

Yoshinaka hatte für Diplomatie wenig übrig. Er antwortete mit einer Stimme voller Wut:

»Ich bitte Eure Majestät, Eure Aufmerksamkeit auf

ernstere Dinge lenken zu dürfen. Jetzt ist kaum die Zeit, eine Hochzeit zu planen, während am Strand von Hunagami Tausende verwesen.« Und es sei ja auch nicht weiter verwunderlich, dass ein Feldherr, von Verrätern bedroht, in einer Schlacht unterlag.

Jetzt lachte Go-Shirakawa nicht mehr. Seine verschwommenen Augen weiteten sich vor gespieltem Erstaunen.

»Was ist geschehen, mein Sohn? Sprich! Ich höre dir zu!«

Yoshinaka ballte die Fäuste.

»Muss ich einen Namen aussprechen?«

Go-Shirakawa nickte feierlich.

»Ja, mein Sohn, das erwarte ich von dir.«

»Nun, dann mögen Eure Majestät zur Kenntnis nehmen, dass Euer Hauptmann Ieyoshi Uchida in rascher Folge sechs Pfeile auf mich abschoss!«

Go-Shirakawa zeigte ein empörtes Gesicht.

»Was für ein schändlicher Verräter! Dafür soll er zahlen.«

Yoshinaka knirschte mit den Zähnen.

»Der letzte Pfeil traf meinen Ziehbruder Kanehira.«

»Wir hoffen, er ist noch am Leben.«

»Nein«, zischte Yoshinaka. »Er ist tot.«

»Höchst bedauerlich …«, murmelte der Altkaiser.

Ein gepresster Atemzug hob Yoshinakas Brust.

»Wie Ihre Majestät sagt!«

»Und was wurde aus dem Verräter?«

»Der Verräter entkam. Er konnte auch später nicht festgenommen werden. Sein Haus ist leer, die Familie verschwunden.«

»Unglaublich!«, murmelte kopfschüttelnd der Altkaiser.

»In der Tat. Und ebenso unglaublich mag sein, dass jene Person, die uns eine Warnung überbrachte, vor zwei Tagen tot in ihrer Kammer aufgefunden wurde.«

»Wer war diese Person?«

»Ihr Name war Kaede. Sie war eine Dame aus der Halbwelt. Eurer Majestät dürfte bekannt sein, dass solche Damen die Geheimnisse ihrer geschätzten Kunden zu hüten wissen. Kaede aber brach ihre Schweigepflicht, weil ihr Verrat zuwider war.«

In der folgenden Stille sagte Prinzessin Tokiko, leise und kalt:

»Mir kam zu Ohren, dass dieses Mädchen eine Lügnerin war.«

Da zog ich wortlos einen Brief aus meinem Gewand, überreichte ihn Yoshinaka, der die kleine Schriftrolle langsam aufrollte. Statt vorzulesen, wie alle erwarteten, schlug er unvermittelt mit der Faust auf die Schrift.

»Dame Kaede wusste … dass ihre Tage gezählt waren. Sie zog es vor, sich selbst das Leben zu nehmen.«

Er schluckte mühsam. Vorlesen konnte er nicht. Zorn und Schmerz verwandelten seine Stimme in ein heiseres Flüstern. Ich nahm ihm mit ruhiger Geste den Brief aus der Hand und verbeugte mich tief, bevor ich die letzte Botschaft einer Dame vorlas, die für die Wahrheit und die Liebe gestorben war.

»Ich, Soseka Kaede, schwöre im Namen des heiligen Buddhas, dass Seine Majestät der Altkaiser seinem Leibwächter, Hauptmann Ieyoshi Uchida, den Auftrag erteilte, Minamoto Yoshinaka in der Schlacht von Mizushima zu ermorden. Ich schwöre ferner, dass die Späher von Seiner Majestät den Auftrag hatten, dem Asahi-Shogun die wahre Stärke der feindlichen Flotte zu verheimlichen. Ich schwöre, dass jedes Wort der Wahrheit entspricht, und bezeuge diesen schändlichen Verrat mit meinem Tod.«

Atemlose Stille. Keiner rührte sich. Als ich den Kopf hob, sah ich, wie die Prinzessin das Kätzchen mit nahezu erschrockener Geste an sich drückte. Der Altkaiser zeigte kaum noch Farbe im Gesicht. Offensichtlich hatte er nicht erwartet, dass Yoshinaka so weit gehen würde. Seine Stimme, nicht sonderlich erregt, brach endlich das lastende Schweigen.

»Glaubst du nicht auch, mein Sohn, dass die Verstorbene noch andere Gründe haben könnte, ihr Leben zu beenden?«

Yoshinaka schien zu Eis zu erstarren.

»Sind dies, Majestät, Eure endgültigen Worte?«

Go-Shirakawa deutete eine beschwichtigende Geste an.

»Nein, nein! Diese unselige Sache muss geklärt werden. Meine Leute werden Hauptmann Uchida suchen, ihn unverzüglich festnehmen und überführen, damit du ihn verhören kannst. Gesteht er seine schändliche Tat, strafe ihn.«

Yoshinakas Mund verzog sich zu einem ironischen Lächeln.

»Die Eile, mit welcher Eure Majestät geruht, den Schuldigen zur Verantwortung zu ziehen, beweist mir, dass Eure Majestät dem Verbrechen fernstehen. Ich werde den Verräter zum Geständnis zwingen. Leider genügt meine Überzeugung nicht, den Verdacht meiner Krieger zu beseitigen. Aus Rücksicht auf die böse Stimmung möchte ich an Eure Majestät das Ersuchen richten: Eure Majestät möge sich bis zu Uchidas Gefangenschaft in das Rokuhara-Kloster begeben.«

Go-Shirakawa starrte Yoshinaka an, als ob er seinen Ohren nicht traute, und hob unwillkürlich die Hand zu einem kleinen Gong, der neben ihm stand. Yoshinaka fuhr mit heftiger Bewegung dazwischen. Die bleiche Hand fiel zurück. Schon rief Yoshinaka einen lauten Befehl. Draußen in der Vorhalle wurden Stimmen und polternde Schritte laut. Die Leibgarden des Altkaisers machten Anstalten, sich auf die Wachen Yoshinakas zu stürzen, doch sie kamen nicht weit. Unsere Männer starrten ihnen mit gezückter Waffe aus den offenen Schiebetüren entgegen, vor denen sie sich aufgebaut hatten. Speere hielten um Haaresbreite vor ihrer Kehle inne. Die Leibwächter wichen zurück, Yoshinakas Krieger rückten ihnen nach, die Hellebarden weiterhin stoßbereit erhoben. Go-Shirakawas Vertraute schrien und jammerten. Eine Hofdame umklammerte schützend Tokiko, die nicht die Ruhe verlor, sondern lediglich das erregt um sich schlagende Kätzchen hielt und behutsam die feinen Krallen löste, die sich in der Seide ihres Gewandes festgehakt hatten. Mitsu starrte wild um sich, als ob er das Ganze nicht verstand, und brach schließlich in hektisches Gelächter aus. Ich legte eine Hand auf seinen Arm; er zuckte zusammen und wurde ruhig. Yoshinaka indessen kniete immer noch gelassen vor dem Altkaiser. Als sich der Aufruhr gelegt hatte, meinte er:

»Nach wie vor bin ich der treue Diener Eurer Majestät. Ich gebe Euch meine Zusicherung als Edelmann, dass Ihr Euch im Kloster frei bewegen könnt. Nichts soll unterlassen werden, den Aufenthalt Eurer Majestät im heiligen Bezirk so angenehm wie möglich zu gestalten.«

Go-Shirakawa, der bisher die Augen gesenkt hatte, als ob ihn die ganze Sache nichts anging, hob jetzt langsam den Blick und machte eine Geste, die die wimmernden Höflinge sofort verstummen ließ. In der wieder einkehrenden Stille war sein Seufzer deutlich zu hören. Er wirkte wie ein Mensch, der Frieden mit seinem Schicksal schließt.

»Ach, wie ungestüm ist heutzutage die Jugend! Aber du siehst sehr wohl, und alle sehen es, dass ich ein alter Mann bin. Höre und ich will dir ein Geheimnis verraten: Dein Wunsch kommt meinem Wunsch nach Ruhe entgegen. Ich sehne mich nach einem Ort des Friedens, wo ich meine Zeit mit Beten verbringen kann. Prinz Mochihito, mein Erbe, wird mir die Bürde abnehmen, derer ich längst überdrüssig bin. Diene ihm treu, wie du auch mir gedient hast, stärke ihn mit deiner Erfahrung.«

Er richtete sich auf, wie stets überraschend flink und behände, und hielt Tokiko seine hagere Hand entgegen. Sie kam auf ihn zu, streckte den Arm aus, damit er die Hand darauflegen konnte.

»Weine nicht, Tokiko, vertraue der Zukunft! Die Zeit bringt alles zur Reife, und die Liebe ist wie ein Baum, der nur langsam wächst. Komm, mein Kind! Wir werden jetzt diese Welt der grausamen Taten für eine Weile verlassen, bis die Kirschblüten auf den Bergen ihre weiße Pracht entfalten.«

Mit diesen Worten verließ der Altkaiser den Raum. Yoshinaka gab sofort den Befehl, alle nötigen Vorbereitungen für die Reise zu veranlassen, und zwei Stunden später trat der kaiserliche Wagen den Weg noch Rokuhara an.

41. Kapitel

DAS ENDE KAM SCHNELL. So scheint es mir heute. Der Winter schritt voran; Dunst und weißer Frost bedeckten die Berge, alle Bäche erstarrten unter einer dichten Eiskruste, bevor der Schnee schmolz und die Pflaumenbäume das erste zarte Grün zeigten. Yoshinaka versuchte, den Frieden zu erhalten, doch eine Hungersnot setzte ein, und das Volk murrte. Zwar wurde Go-Shirakawas Verbannung vom Volk gutgeheißen, aber Yoshinaka hatte als Besiegter viel Vertrauen eingebüßt. Zu früh war die Macht in seine Hände gelangt. Er war nur ein Eroberer, der sich lediglich dessen bemächtigen konnte, was andere geschaffen hatten, seine Position jedoch nicht zu bewahren wusste. Die Mönche hassten ihn, weil er sie geschlagen hatte und ihren Glauben missachtete. Nur Prinz Mochihito, freundlich und undurchschaubar, schien zu Yoshinaka zu halten. Vielleicht weil dieser ihn von der belastenden Gegenwart seines Vaters befreit hatte. Doch Mochihito entschied nie irgendetwas allein, sondern unterschrieb bereitwillig die Dekrete seiner Günstlinge, die er nicht einmal selbst gelesen hatte. Die Staatskassen waren leer, die Verteidigung hatte alle Mittel verschlungen; die ganze Provinz stand am Rande des Chaos.

Bald wurde bekannt, dass die Haike ihre Flotte weiter ausbauten und im Frühling einen neuen Großangriff planten. Yoshinakas Krieger aber desertierten unterdessen in Scharen. Viele Truppenführer hatte die Niederlage gegen die Haike in die Armut getrieben. Einzig das Prinzip der Treue verhinderte, dass ein Aufstand losbrach. Doch die Unzufriedenheit des Schwertadels wuchs, und das einfache Volk munkelte, dass die Sonnengöttin ihr Antlitz von Yoshinaka abgewandt hatte, weil er die Bauern in eine Hungersnot stürzte und nichts gegen seine Soldaten unternahm, wenn sie Kornspeicher plünderten.

Ich versuchte, Ruhe zu bewahren und Yoshinaka dazu zu bewegen, etwas gegen die Lage zu unternehmen. Auf Mitsu war kein Verlass mehr. Er verbrachte seine meiste Zeit in Teehäusern, wo er sich mit Freudenmädchen betrank. Wie stets zog ich mich zu den Pferden zurück, die einzigen Wesen auf dieser Welt, die mich niemals enttäuschen würden. Nur die Nachrichten aus Kiso trösteten mich: Mein kleiner Sohn hatte schon sein eigenes Pferd und zeigte sich für die Ruhe seiner Großeltern gar zu wagemutig. Ich aber blieb bei Yoshinaka und wartete geduldig. Es gab einen Schwur, den ich zu erfüllen hatte. Der Drache schläft tief im Wasser unter den Steinen, hatte mir meine Mutter einst erzählt. Erwacht er eines Tages und öffnet die Augen, wird die Erde erzittern.

Ja, das Ende kam schnell. Ich glaube nicht, dass Yoshinaka die Heimtücke des Altkaisers unterschätzt hatte. Er wusste genau, dass er den Kampf mit starrköpfigem Instinkt provozierte, und er unternahm nichts, als der Altkaiser Yoritomo Minamoto um Hilfe rief und ihn bat, die Staatsgeschäfte in seine Hand zu nehmen.

Und so brach Yoritomo mit einem gewaltigen Heer und seinen Brüdern Yoshitsune und Noriyori nach Kyoto auf, wohl wissend, dass eine große Belohnung auf ihn wartete. Er hasste Yoshinaka mit beharrlichem Zorn, denn er hielt ihn für einen Mann, der alles bekommen und nie sein Bestes dafür getan hatte. Jetzt kam die Stunde der Abrechnung.

Eines Morgens, im fahlen Licht eines klammen Vorfrühlingstages, standen sich unsere Heere nahe Awasu gegenüber. Die rote Sonne zitterte hinter den Nebelschwaden und gab den Blick frei auf eine weite, spärlich bewachsene Ebene am Waldrand. Ein Sumpf hatte sich hier gebildet, von schwachen unterirdischen Quellen gespeist. Die Sonne stieg, und das Unterholz wurde zu einem Goldgeflecht, aus dem sich Tausende von feindlichen Reiterkriegern lösten und über das nasse Gras dem Wasser entgegenritten. Andere Krieger, die Muschelhörner bliesen, durchzogen in großer Zahl die Hochwälder, das dumpfe Pochen der Trommeln verkündete den bevorstehenden Angriff. Wir, die sie im Tal auf einer leichten Anhöhe erwarteten, hätten die Hänge hinaufsprengen müssen, um die Gegner direkt zu stellen, was die Kräfte der Pferde schnell verbraucht hätte. Doch vorerst blieben die Feinde außer Reichweite und zeigten uns nur, dass sie da waren.

Während meine Augen die Gegner erfassten, war eine seltsame Losgelöstheit in mir, als ob ich mich von außen betrachtete. Mitsu saß neben mir im Sattel und trug Hiras Helm mit dem roten Korallenschmuck. Er war gebadet und sauber rasiert, das lange Haar hatte er mit Kamelienöl eingerieben. Mein Herz zog sich bei diesem Anblick zusammen.

Ich sagte zu ihm:

»Hira ist nicht mehr. Doch da wir ihn in deiner Gestalt unter uns haben, scheint er am Leben geblieben.«

Er antwortete ruhig und stolz:

»Ich will, dass er mir seine Kraft schenkt, für die letzte Schlacht.«

»Du spricht wahr, Bruder«, erwiderte ich. »Und es ist Yamabukis blutiger Schal, den ich nahe am Herzen trage.«

Ein merkwürdig starres Lächeln verzog seine Mundwinkel.

»Nun denn, Schwester. Dann sind wir wieder zu viert und werden siegen.«

Yoshinaka hatte gehört, was wir sagten. Schroff wandte er sich uns zu. Sein Gesicht, von dem Helm mit dem Hirschgeweih eng umschlossen, glich dem Antlitz jener Gottheiten, die unter der Pinselführung der Maler entstehen.

Er sagte mit harter Stimme:

»Ich hasse die Sieger und liebe die Besiegten!«

»Komao-Maru«, erwiderte ich gelassen, »nur das Schicksal entscheidet hier, wer leben oder sterben wird.«

Sein Ausdruck veränderte sich.

»Ich bin ja schon gestorben«, entgegnete er mit müdem Spott. »Ich, selbst ein Toter, herrsche über die Toten.«

»Denke immer daran«, erwiderte ich, »dass die Toten leben.«

Ein feuchter Schimmer überzog Yoshinakas Augen. Seine Stimme zitterte unmerklich.

»Rette dich, Tomoe! Sie sollen nicht jenen preisen können, der dir das Leben nahm.«

Ich sah ihn hochmütig an:

»Ach, glaubst du, ich bin als Frau zu gering, um dein Schicksal zu teilen?«

Da lächelte er; und wie er lächelte, ich bewahrte dieses Lächeln in meinem Herzen, denn es war das Letzte, das ich auf seinen Lippen sah.

»Nein, Tomoe, nein! Eine verlorene Schlacht ist deiner nicht würdig. Rette mein Andenken! Denn alle werden mich verschmähen und meine Stimme wird schweigen. Im Lehm und im kalten Wasser ruhen, was gibt es Besseres für einen Mann, den die Sonnengottheit verwarf?«

Ich senkte den Kopf, bevor ich leise zur Antwort gab:

»Das Licht der Sonne dringt auch unter Wasser …«

»Ach!«, sagte er, ebenso leise. »Wie sehne ich mich nach diesem Licht!«

Es waren nicht mehr die Worte eines Feldherrn, auch nicht die eines Bruders oder die eines Liebhabers. Es waren die Worte eines Sehenden, der sein Schicksal in den Stimmen der Trommeln vernahm, die Trommeln, die zu den Toten sprachen. Und die Worte riefen mir einen Traum ins Gedächtnis, den ich einst gehabt hatte, und diese Erinnerung brach mir fast das Herz. Das Einzige, was ich sagen konnte, war:

»Wir haben Treue geschworen!«

Doch er schüttelte den Kopf.

»Versprich mir, dass du, wenn ich falle, dein Leben rettest. Ich brauche dein Versprechen, um tapfer zu sein.«

Und weil seine Stimme flehte, erwiderte ich:

»Nun, so soll es sein.«

Noch einmal trafen sich unsere Augen. Dann wandten wir uns ab, denn wir hörten bereits ein dumpfes Brausen – es klang wie das Prasseln von Regentropfen auf Steinen, das Trommeln von tausend Pferdehufen. Und da kamen sie schon, preschten aus den Wäldern hinab in das Tal. Ihre Rüstungen schillerten wie prachtvolles Vogelgefieder. Über den fliegenden Mähnen der Streitrösser zeigten sich starre Gesichter, mit Augen ohne Gefühl. Ich wusste, dass unsere Gesichter den gleichen Ausdruck trugen. Ich hatte keine Angst; dafür blieb keine Zeit mehr. Bar jeglichen Gefühls verwandelte ich die heranbrausenden Krieger in meiner Vorstellung zu unbedeutenden Phantomen, die ich vom Sattel zu stoßen hatte, bis sie meine Überlegenheit anerkannten und zu Schatten wurden.

Ich aber war die Goldene Kriegerin, ich betete zu niemandem und ich dachte auch nicht mehr. Das Brausen wuchs, unsichtbare Wellen machten meinen Körper leicht, meinen Arm treffsicher und mein Schwert nass von Blut. Ich sah Yoshinaka, der in all seinem Mut und seiner Schönheit neben mir kämpfte. Und selbst der Mann, der mir auf dieser Welt am nächsten stand, schien jenseits der kristallklaren Wellen zu reiten, die mich – und mich allein – trugen. Meine Ohren waren voll vom Schreien und Stampfen und Wiehern und darunter und darüber dröhnten die Trommeln in mächtigen Schwingungen. Behelmte Gesichter drängten auf mich zu, grinsend, schmähend, vor Wut verzerrt. Fubuki brauste wie der Sturmwind, jede Gefahr missachtend, bis ich mit einem Mal unter den schemenhaften Gesichtern ein Antlitz erkannte, flackernd im Sonnenlicht: Uchida, den Mörder meines Bruders. Er ritt seinen prachtvollen Schimmel, leuchtend wie der blanke Mond.

Ich versuchte, an ihn heranzukommen, erfüllt von dem einzigen Bedürfnis, diesen Mann zu stellen und seinem Leben ein Ende zu setzen. Doch seine Offiziere mussten den Befehl erhalten haben, ihn zu schützen. Alles war gegen mich: die Zahl der Feinde, unsere Verluste, die ich aus den Augenwinkeln wahrnahm. Doch ich kämpfte weiter und mitten im blutigsten Gefecht musste ich Yoshinaka bewundern. Er war überall, er ritt und kämpfte, bereits aus vielen Wunden blutend, und Mitsu war stets an seiner Seite.

Wie viel Zeit verging auf diese furchtbare Weise? Die Schlacht, so entsann ich mich später, hatte einen halben Tag gedauert – und bei sinkender Sonne war unsere Niederlage besiegelt. Irgendwann trat eine kurze Stille ein: Das siegreiche Heer hatte sich wieder an den Waldrand zurückgezogen, wir standen wieder auf der Anhöhe, von der aus wir den Angriff versucht hatten. Zwischen uns war die Ebene von Verstümmelten und leblosen Gefallenen bedeckt. Mit knapp tausend Mann waren wir aufgebrochen. Nun waren noch etwa hundert bei uns. Viele waren getötet oder verletzt worden, doch ebenso viele waren geflohen. Jene, die sich um uns scharten, waren aus Treue geblieben. Mitsu und ich ritten wieder Seite an Seite. Hinter uns hielten die Standartenträger die Banner hoch, zum Zeichen, dass wir noch kämpfen würden. Yoshinakas Anblick musste jeden Krieger mit Ehrfurcht erfüllen. Schulter und Brust waren blutüberströmt. Auch Hayate hatte tiefe Schnittwunden erlitten.

Wir berieten uns, doch kein Wort mehr als nötig wurde verschwendet.

»Können wir uns halten?«, fragte Yoshinaka.

»Nein.« Mitsu sprach ungerührt. »Yoritomo wartet, weil sein Bruder Yoshitsune gleich über die andere Bergflanke kommt.«

»Wie nahe ist er?«

»Er ist schon da. Hörst du die Trommeln?«

Als wir einige Stunden vorher am Wald vorbeigeritten waren, war es dort still gewesen wie in einem Grab. Jetzt dröhnte der Boden.

»Woher kommt er?«

»Von Nordwesten.«

»Wer ist hinter uns?«

»Noriyori und seine Reiter!«

Yoshinaka presste die fahlen Lippen zusammen.

»Und dort drüben?«

Er deutete nach Osten.

»Da liegt das Moor.«

»Könnten wir sie dorthin locken?«

Mitsu nickte ohne Gefühl.

»Gewiss.«

Yoshinaka atmete schwer. Mitleid stieg in meiner Kehle hoch, weil alles verloren war und er trotzdem noch nach einem Ausweg suchte.

»Gut«, sagte er. »Wir reiten um die Felsen herum und halten auf das Moor zu. Kann man das Moor überqueren? Gibt es Wege?«

Er richtete die Worte an seine Offiziere. Ein Mann trat vor, das Gesicht weiß vor Erschöpfung.

»Ja, Herr. Ich kenne sie. Ich habe hier oft gefischt.«

»So führe uns!«

Der Offizier schwang sich in den Sattel. Wir ritten hinter ihm die Bergflanke entlang. Wären wir rechtzeitig beim Moor angelangt, dann wäre Yoshinakas Plan vielleicht aufgegangen. Doch die feindlichen Späher an den Waldhängen hatten unsere Truppenbewegung längst beobachtet und gemeldet. Auch die Befehlshaber auf der anderen Bergseite spornten ihre Reiter zur höchsten Eile an. Die Bergkuppe war plötzlich von Feinden übersät, die sich sammelten, um sich mit dem Gros des Heeres auf der Seite gegenüber zu vereinigen.

Hätten wir die Fährten gekannt, wären wir vielleicht durch den Sumpf entkommen. Doch ein Pfeil fällte den Mann, der uns führte. Yoshinaka schrie, ein anderer solle uns die Fährten angeben, doch keiner war mehr da, der sie kannte. Die Feinde rückten jetzt von drei Seiten an. Es war offensichtlich, dass sie uns in das Moor drängten, wo wir ohne einen Führer versinken mussten.

In diesem Augenblick entdeckte ich Uchida. Er ritt jetzt dicht an Yoritomos Seite. Ich sah, wie er unentwegt näher rückte, während die drei Abteilungen gemeinsam heranschwärmten. Pfeile prasselten von allen Seiten. Ständig mussten unsere Reittiere den Gefallenen vor uns ausweichen, während wir unaufhaltsam zum Moor abgedrängt wurden. Innerhalb kürzester Zeit hatte sich die Zahl unserer Krieger halbiert. Die wenigen, die noch beritten waren, stürmten hinter uns her, die anderen folgten zu Fuß oder versuchten, sich in Sicherheit zu bringen.

Als uns das Moor endgültig den Weg abschnitt, griffen Yoshitsune und Noriyori von beiden Flanken an. Sie waren nicht aufzuhalten. Yoshinaka hatte seine Krieger noch soweit in der Hand, dass sie für uns eine Gasse schufen. Wir waren fast beim Moor, als wieder ein schrecklicher Pfeilhagel einsetzte. Es gab kein Entkommen mehr. Der einzige offene Weg war das Moor mit seinen tückischen Gefahren.

»Vorwärts!«, brüllte Yoshinaka. »Habt ihr verstanden?«

Doch wir kamen nicht weit, denn Yoritomo war – in dieser Schlacht – der bessere Befehlshaber. Hoch oben auf dem Hügel hob er seinen Kriegsfächer, die Trommel wechselte den Takt. Dreihundert Krieger jagten den Hang herunter, drohten, uns den Weg abzuschneiden. An ihrer Spitze ritt Uchida.

»Bleibt zusammen, Männer!«, schrie Yoshinaka. »Geht nicht auseinander! Wir kommen durch! Sie werden einsinken!«

Nur noch eine kurze Entfernung trennte ihn von den dunklen Ufern des Moors. Die sinkende Sonne flimmerte auf seiner flüssigen Oberfläche in purpurnen Wellen. Und in dieser Luftspiegelung sah ich Yoshinaka, der sein Pferd, wie ein Schattenbild, immer näher an das Moor herantrieb, während die feindlichen Krieger immer dichter heranrückten. Plötzlich nahmen meine wild hin und her spähenden Augen wahr, wie Uchida ganz ruhig einen Pfeil an die Sehne legte. Doch Mitsu hatte ihn vor mir gesehen.

»Komao-Maru! Dreh den Kopf nicht!«, schrie er aus voller Kehle.

Schon jagte er sein Pferd in voller Geschwindigkeit dem Verräter entgegen. Doch Yoshinaka missachtete die Warnung und drehte den Kopf. Uchidas Pfeil nahm seinen Lauf, traf ihn mit voller Wucht in den Hals, gerade als Hayate ihre Hufe in das Moor setzte. Rote Blasen stiegen empor, Blasen mit Blut getränkt, dem Blut der Sonne und Yoshinakas Blut. Ich sah, wie Yoshinaka vornüberfiel. Das Schwert entglitt seinen Händen. Fast liebevoll neigte sich Yoshinaka über die Stute, umklammerte ihren Hals, als ob er sie umarmte. Der Schlamm saugte bereits an ihr, zog beide – den Reiter und sein Pferd – in seine kalte, erstickende Umarmung.

Ein furchtbarer Schmerz durchschnitt meine Brust, als ob ich selbst von einem Pfeil getroffen worden war. Doch ich durfte nicht die Beherrschung verlieren, noch nicht. So zu sterben, dachte ich, ist eine Gnade. Doch so geliebt zu werden, wie ich Yoshinaka geliebt hatte, ist ein Geschenk. Und mit diesem Geschenk lohnt sich der Tod. Nicht mehr um Sieg und Niederlage ging es jetzt, sondern um den letzten Beweis unserer Ehre.

Die Sonne strömte über das Moor, färbte es golden und rot, schwebte brennend über den Wäldern. Das siegreiche Heer wurde von ihrem Schein geblendet. In dem flimmernden Lichtschleier mochten die Krieger nun einen einzelnen Reiter erkennen, einen Reiter mit rotem Helmschmuck, der ihnen in Todesverachtung entgegendonnerte. Im gestreckten Galopp jagte Mitsu auf Uchida zu. Der Verräter legte einen Pfeil an die Sehne, spannte den Bogen. Der Pfeil surrte, doch Uchida hatte das Sonnenlicht im Auge und verfehlte sein Ziel. Und da – über den Tumult hinweg – vernahm ich Mitsus Stimme, hell wie die Stimme eines Falkens:

»Verräter, Abtrünniger! Ich, Nakahara Kanemitsu,

Sohn des Nakahara Kanetoo, Fürst von Kiso, zeige dir, wie ein Edelmann zu sterben weiß.«

Im vollen Galopp riss er sein Schwert empor und steckte sich die Klinge in den Mund. Hoch aufgerichtet, ein Bild der Schönheit und des Schreckens, breitete er beide Arme aus, wie ein schwebender Vogel seine Flügel, und ließ sich dann aus dem Sattel fallen, ins nasse Gras. Das Schwert durchbohrte seinen Leib. Er war sofort tot.

42. Kapitel

Ich aber stand am Ufer des Moores und sah Yoshinakas Kopf, der neben Hayates Kopf aus dem Wasser ragte. Die Mähne der Stute floss über den gehörnten Helm des Mannes, bevor beide wie ein einziges Wesen im schwarzen Sumpf versanken. Als sie verschwunden waren, holte ich ein paarmal tief Atem. Die Luft, die nach Pflanzen und Wurzeln und modrigem Wasser roch, füllte meine Lungen, und mein Geist wurde wieder klar. Ich wandte Fubuki dem feindlichen Heer entgegen. Keiner stellte sich mir in den Weg, als ich über die Ebene ritt. In kurzer Entfernung vor den siegreichen Befehlshabern zügelte ich Fubuki. Ich hob das Visier meines Helmes, verbeugte mich knapp und rief laut:

»Ich bin Tomoe Gozen, Tochter des Nakahara Kanetoo, dem Herrn von Kiso. Ich habe meinem Lehnsfürsten Treue geschworen. Ihr aber habt unter euch einen Mann, der einen Eid weder kennt noch beachtet. Wo ist dieser Mann?«

Die Befehlshaber verharrten in eisigem Schweigen. Nur in den hinteren Reihen gab es einige Krieger, die flüsternd ihre Köpfe zusammensteckten. Dann erstarb auch dieses Gemurmel, und ich konnte spüren, wie die Männer das erste Frösteln der Nacht fühlten. Yoritomo und seine Söhne standen still wie Statuen. Doch ihre Blicke fanden sich kurz, bevor sie sich auf Ieyoshi Uchida richteten, der sich unruhig im Sattel bewegte. Dem Hauptmann entging nicht ein Wimpernzucken dieses stummen Austausches. Zwar war Minamoto Yoritomo über die Aufgabe des Hauptmanns genau unterrichtet worden, als ihn der Altkaiser schickte. Doch so wie Yoritomo den Hauptmann jetzt ansah, würde er ihn nicht schützen. Der Ausdruck von Hochmut und Triumph wich aus Uchidas Gesicht. Die Herausforderung galt ihm, er musste sich ihr vor den versammelten Kriegern stellen. Und so verließ er den Kreis der Offiziere und ritt mir im langsamen Trab entgegen. In kurzer Entfernung vor mir brachte er seinen müden Schimmel zum Stehen und rief:

»Deine Worte galten mir, ich hörte sie. Ich bin Ieyoshi Uchida, Sohn des Uchida Mitsumasa, Fürst der Provinz Omi, der dreißig Lehnsgüter sein Eigen nannte. Es ist mir eine Ehre, mit dir zu kämpfen, obwohl du nur eine Frau bist. Wenn ich siege und du lebst, sollst du meine Dienerin sein.«

Ich antwortete, den Kopf hoch erhoben.

»Es ist mir keine Ehre, mit dir zu kämpfen. Und auf meine Dienstboten muss Verlass sein. Wenn ich siege, bist du tot.«

Diesmal kamen keine Rufe aus den hinteren Reihen der Krieger. Uchidas Gesicht lief dunkelrot an.

»Diese Beleidigung wirst du teuer bezahlen!«

Ich machte eine gleichgültige Bewegung.

»Die Wahl der Waffe hast du.«

Uchida runzelte die Stirn; seine Wut kühlte etwas ab und er überlegte kurz.

»Ein Krieger kämpft mit dem Schwert. Du aber trägst eine Hellebarde, was dir einen Vorteil sichert. Weil du eine Frau bist, gewähre ich dir diese Gunst.«

Ich hob den Arm, warf mit heftigem Schwung die Hellebarde von mir und riss mein Schwert aus der Scheide.

»Auf deine Gunst verzichte ich. Ich werde kämpfen, Schwert gegen Schwert und Ehre gegen Verrat. Komm, fang an, solange es hell ist. Ich will dein Gesicht sehen, wenn du stirbst!«

Er zögerte – doch nur, um seinen Kettenpanzer zu schließen. In der Totenstille ringsum spornte er seinen Schimmel zur vollen Geschwindigkeit an. Wir jagten unsere Pferde aufeinander zu, umkreisten uns im Kampf. Uchida war ein gefährlicher Gegner, ein Mann von großer Kraft, mit lauernden und schnellen Bewegungen. Seine Hiebe waren von entsetzlicher Wucht. Ich aber ritt Fubuki und Fubuki brauchte keine Anweisungen von mir. So lange war der Hengst mein Gefährte gewesen, dass er jede Drehung, jede Wendung vorausahnte, und wir auf diese Weise Uchidas brutalen Hieben immer wieder entgehen konnten. Sowohl sein Arm als auch sein Schwert waren länger; unzählige Male zischte die Klinge haarscharf an mir vorbei. Uchidas Pferd war ebenso gut geschult wie meines, ein Schenkeldruck genügte und es wechselte die Richtung. Doch die Sporen hatten seine Flanken wund gescheuert und es gehorchte aus Angst, nicht aus Zuneigung. Eine Zeit lang war ich entschlossen, den Schimmel zu Fall zu bringen, aber es widerstrebte mir zutiefst, dem edlen Tier, das unter seinem

Reiter Qualen litt, etwas Böses zu tun. Nicht das Pferd, sondern sein Reiter war der Verräter, auf den ich es abgesehen hatte.

Uchidas Finten, die jeden unerfahrenen Krieger aus dem Sattel gestreckt hätten, gelangen ihm bei mir nicht. Klar und ungerührt wehrte ich seine Schläge ab. Ich hatte gemerkt, dass er irgendeine Falle im Sinn hatte. Er war ein Mensch, der von Grund aus unehrlich war; solche Krieger richten in jedem Kampf Unheil an. Bald wurde unser Atem lauter als der aufkommende Abendwind. Und plötzlich, als ich ihm beim Angriff meine Flanke bot, spürte ich, dass er nur auf diesen Augenblick gewartet hatte, um mich zu hintergehen. Mit blitzschnellem Griff packte er meinen langen, im Rücken hängenden Haarzopf und versuchte, mich aus dem Sattel zu zerren. Ich wandte mich um und warf mein Schwert nach hinten; dicht an seiner Hand durchschnitt ich mein Haar, entwich seinem Griff und brachte Fubuki in kurzer Entfernung zum Stehen.

Uchida wirbelte seinen Schimmel herum, brüllte aus voller Kehle seinen Kampfschrei und jagte mir entgegen. Doch weit kam er nicht. Ich stieß mit heftigem Schwung mein Schwert in die Scheide zurück, verschränkte beide Arme und erwartete unbeweglich den tödlichen Stoß. Da lief – obwohl sich die Fürsten nicht rührten – eine Bewegung wie eine Welle durch die dicht gedrängten Reihen der Krieger. Diese missbilligende Bewegung veranlasste Uchida dazu, seinen Angriff nicht zu Ende zu führen, sondern sein Pferd dicht vor dem meinen zum Stehen zu bringen. Wütend sah er mich an. Ich roch seinen Schweiß, der wie klebriges Öl über sein Gesicht lief; es war der Geruch der Angst.

»Ieyoshi Uchida«, sprach ich so laut, dass alle es hörten, »hast du in der Fechtschule nicht gelernt, das Haar des Gegners sei unantastbar? Nicht nur ein Verräter bist du, sondern ein Feigling. Mein reines Schwert rostet, trinkt es dein Blut! Ich werde jetzt mit meinem Messer gegen dein Schwert kämpfen!«

Die Krieger wurden unruhig. Vereinzelte Schmährufe stiegen auf. Uchidas ehrloses Verhalten stieß selbst bei seinen eigenen Freunden und Kampfgefährten auf Ablehnung. Waffen klirrten, die Pferde scharrten mit den Hufen. Doch Yoritomo hob die Hand und sofort trat Ruhe ein.

Uchida musste spüren, dass er zu weit gegangen war. Sein Schwert konnte er jetzt nicht mehr gegen mich einsetzen. Bebend vor Zorn, blieb ihm nichts anderes übrig, als ebenfalls auf die Klinge zu verzichten. Als er sein Messer zog, senkte sich eine unwillige Stille auf die Menge. Von allen Nahkämpfen war dieser der gefährlichste. Meine Finger schlossen sich fest um den Messergriff. Doch Uchida stürmte bereits los und war so schnell bei mir, dass ich kaum wusste, wie ich ihm ausweichen sollte. Es sind solche Augenblicke, in denen alles, was am Leben des Körpers teilhat, seine ganze Kraft gegen den Feind richtet, um sich zu verteidigen. Das rötlich funkelnde Messer schien von allen Seiten gleichzeitig auf mich einzustechen. Immer wieder erwartete ich den tödlichen Stoß, doch immer wieder war ich die Schnellere. Ich fühlte kaum den heißen Biss des Schmerzes, wenn sein Messer meinen Arm oder meinen Schenkel streifte. Jeden Angriffsschwung fing ich mit einer geschickten Wendung auf, obwohl meine Augen, klebrig vor Schweiß, mir kaum noch die volle Sicht gewährten. Langsam spürte ich, wie ich ermüdete, und Uchida spürte es auch, drehte sein Pferd in der uralten, abwartenden Umkreisungstaktik, das Reittier abwechselnd nach rechts und nach links reißend.

Bald erkannte ich den Grund meiner Verletzbarkeit. Ich litt unter Messerangst, denn das Messer war nicht meine gewohnte Waffe. Plötzlich fiel mir ein kleiner Trick ein, den mir Soran vor vielen Jahren beigebracht hatte. Ich griff mit gesenktem Arm an, sodass Uchida sich duckte und wie erwartet nach meiner linken Seite stieß. Dabei machte ich eine blitzschnelle Drehung und wechselte meine Klinge in die Linke. Dann stieß ich zu. Gut ausgeführt musste dieser Stich in die Lunge gehen. Doch Uchidas Körpergewicht hatte ihn so zur Seite geworfen, dass ich ihn im Rückenmuskel traf. Er konnte ausweichen, aber der Hieb war tief eingedrungen, sodass er unwillkürlich schwankte.

Ich wirbelte herum, entging so seinem Gegenstoß und konnte seinen Messerarm festhalten, während ich ihm gleichzeitig mit einem Schnitt das Handgelenk bis auf den Knochen aufriss. Uchida versuchte, mich mit seinem ganzen Gewicht nach hinten zu drücken. Statt ihm auszuweichen, tat ich genau das Gegenteil, riss ihn mit dem Oberkörper vor mich auf den Sattel, sodass er ein paar Atemzüge lang auf beiden Pferden zu liegen kam. Ich presste mit ganzer Kraft auf seinen ungeschützten Nacken, drückte ihm den Kopf gegen den Sattelknauf und schwang das Messer. Doch bevor ich ein zweites Mal zustechen konnte, geschah etwas Unerwartetes: Der Schimmel sprang zur Seite. Der gewaltige Schwung riss den Reiter, der noch im Sattel hing, mit sich. Sein Kopf aber, der vor mir auf dem Sattelknauf lag, kam nicht rechtzeitig hoch. Der Halswirbel brach. Das Geräusch des berstenden Knochens ging mir durch Mark und Bein. Einen Augenblick hing Uchida in der Luft, dann fiel der schwere Körper mit einem dumpfen Klirren aus dem Sattel, zuckte ein paarmal und lag dann still.

Ein gedehnter Laut stieg aus den Reihen der Krieger, wie das knurrende Atemholen eines erschöpften Hundes, der des Bellens müde ist. Ich aber atmete keuchend, das Messer in der Hand, das Schwert am Gürtel. Wer hatte Uchida besiegt? Ich selbst oder sein Reittier? Wichtig war, dass wir beide, der Schimmel und ich, uns zur Wehr gesetzt und unsere Ehre wiederhergestellt hatten.

Ich steckte das Messer in den Gürtel und ritt in tiefem Schweigen den Befehlshabern entgegen. Ich zügelte Fubuki in einigen Schritten Entfernung und sprach:

»Alle, die hier anwesend sind, waren Zeuge, wie ein Verräter starb. Mein Wille war es, ihn zu töten, niemand hat mir dazu den Befehl gegeben. So nehme ich die Verantwortung auf mich für seinen Tod und bitte Euch, mich dafür zu richten.«

Im siegreichen Heer rührte sich zunächst keiner. Viele tausend Krieger standen wie erstarrt, zollten mir schweigend Respekt, bis Minamoto Yoritomo höflich und gelassen Antwort gab.

»Tomoe Gozen, es gibt hier keinen, der Euch richten wird. Euer Kampf war gerecht. Ihr sollt in Frieden gehen.«

Ich neigte dankend den Kopf. Dann aber sprach ich:

»Dem Asahi-Shogun wurde die Wasserbestattung zuteil. Das ist ehrenhaft und richtig und entsprach seinem letzten Wunsch. Ich aber, Tomoe Gozen, die man die Goldene Kriegerin nannte, habe heute zum letzten Mal gekämpft. Von diesem Tag an werde ich nur noch trauern. Gestattet mir jedoch, eine Bitte auszusprechen.«

Yoritomo deutete eine Verbeugung an. Jetzt kamen mir die Worte nur mühsam. Doch ich sagte:

»Mein Herz wäre unruhig, würde mein Bruder Nakahara Kanemitsu den Raubvögeln überlassen. Ich ersuche um die Gnade, ihn in allen Ehren bestatten zu dürfen.«

Yoritomo erwiderte fest und voll meinen Blick.

»Die Gnade sei Euch gewährt.«

Ich machte eine Dankesverbeugung und rief meine Offiziere, die etwas abseits still auf ihren Pferden warteten. Es waren tapfere Männer, die bis zum Letzten gekämpft hatten, und keiner war geflohen. Mit ruhiger Stimme gab ich meine Anweisungen. Eine Bahre wurde gebracht, auf die sie Mitsu legten. Ich blickte ihn nicht an, das ging über meine Kräfte.

Wieder wandte ich mich Yoritomo zu. Er war ein Mann mit ernstem, braunen Gesicht; ein Ehrenmann. Unsere Blicke trafen sich wie die Blicke von Menschen, die füreinander Achtung empfinden und eine Zuneigung, die sie nie in Worten kleiden würden. Und seine Stimme, die mich wie durch dumpfe Wasserschichten erreichte, war eine gute Stimme. Sie schien mich wieder mit mir zu vereinen.

»Tomoe Gozen, gibt es noch etwas, was wir für Euch tun können?«

Unsere Augen sprachen zueinander, bis ich müde den Kopf schüttelte. Und auch für diese Müdigkeit hatte Yoritomo Verständnis und Mitgefühl.

»Sonst nichts mehr, Hoheit. Ich danke Euch.«

Es gab nichts mehr zu sagen. Wir grüßten uns gegenseitig schweigend und alle verbeugten sich tief. Ich lenkte Fubuki auf die Seite. Vor den Augen des Heeres ritt ich den Hügel hinunter, auf das Moor zu. Es leuchtete tiefviolett im Schatten dürrer Bäume. Der Himmel war klar und kalt und die ersten Sterne leuchteten. Mir war, als ob sie an einer Stelle im Moor ein Lichtkreis bildeten, wie die Flammen stiller Kerzen im Wasser. Ein Licht, das vom Himmel kam und gleichsam aus der Tiefe. Meine Kehle wurde eng. Nur mit äußerster Willenskraft hielt ich die Tränen zurück. Still erbot ich dem Toten meinen Abschiedsgruß und dachte an die vielen einsamen Tage, die vor mir lagen.

»Schlafe in Frieden, Komao-Maru«, sagte ich leise zu ihm. »Warte auf mich! Bald sehen wir uns wieder.«

Ich wusste, eine Zeit würde kommen, da die Himmelskönige hoch über den Wolken die Stimme hören würden, die sie wieder zusammenrief. Sie würden einander die Hände reichen, Yoshinaka in der Mitte, und ihren Schwur für die Ewigkeit erneuern. Und ich wusste, dass dann noch ein anderer zu ihnen treten würde, unbefangen und mit lächelnden Augen. Und sie würden seine Hände ergreifen und festhalten und ihn in ihren magischen Kreis ziehen. Denn auch er gehörte dazu.

Ich wendete Fubuki, ritt den dunklen Wäldern entgegen, zurück zu der unablässig neu erträumten Vergangenheit, zu den wilden Pferden und den spielenden Kindern, die meinen Namen riefen. Ihr Lachen und ihre vertrauten Stimmen hörte ich bald sehr deutlich.

ENDE

ANHANG

Glossar

Amida Nyorai – Sonnenbuddha

Asahi-Shogun – General der aufgehenden Sonne

Fudo – Buddhistische Gottheit

Kogai – Kleiner Wurfdolch

Miko – Schreindienerin

Naginata – Waffe, die üblicherweise von Frauen geführt wird

»Namu Amida Butsu« – Gepriesen sei der große Buddha

»Nee-San« – Ältere Schwester

»Nii-San« – Älterer Bruder

Omoya – Mutterhaus, das Haus, in dem sich das Familienleben abspielt

Saihai – Ein Befehlsstock

Sake – Reiswein

Tai-Shogun – Oberster Befehlshaber

Tenno – Kaiser

145
IAPON
DE
Laicheu
Tauxem
40
XAN TON.
COREA INSVLA.
Luicheu
35
NANQV IN.
OCCIDENS.
Corij
Illas dos ladrones
Vuoqui
Nagato
Suro
Firando
P. Bom
Duco
Ogoto
Fugen
GO.
Chicugo
Finga
Osumi
S. Clara
Suichna
Sucuan
Suan
Ancheo
Olepeyo
30
Varella
Cumbor
Illa do Fogo
Lequeo grande
Ciambo
Huncheu
145

INSVLAE
IPTIO.
Teisera
rore.
Cum Imperatorio, Regio, et Brabantiæ
privilegio decennali.
1595.
155
40
35
30
ORIENS.
Bacasa
Sando
Sisime
Canga
Novi
Hiechigeu
Deva
Villoxu
Tango
Inaba
Tagina
Minasaca
Vacasa
Tamba
MEACO.
PO
N I A.
Hietchu
Villuony
Finda
Hiechigo
Xinocciuqe
Fitachi
Misaxi
Rinano
Cay
Mino
Hinga
Hixe
Segemy
Simotusa
Nasima
Hitchu
Farima
Sacay
Cavachi
Villoari
Hizu
Surunga
Iorowi
Ava
Toy
Ilha dos ladrones
Gisima
Tonsa
Ava
TONSA.
C. dos Cestos
Misfuquum
Iasima
Ensima
Pechi Ionoxima
Scala milliarium Aequinoctialium.
10
20
30
40
50
60
70
ES.
155

Federica de Cesco bei BLANVALET

»De Cescos Frauenfiguren sind eigenständig und kraftvoll.«
NEUE ZÜRCHER ZEITUNG
»Große Frauenunterhaltung – brillant und mystisch!«
JOY

FEUERFRAU

Seit ihrer Kindheit ist Ariana vom Feuer wie verzaubert. Immer auf der Suche nach dem extremen Abenteuer, fühlt sich die Vulkanforscherin stark und völlig furchtlos. Ihre Unabhängigkeit und Sinnlichkeit faszinieren zwei höchst unterschiedliche Männer. Als in Italien der Ätna ausbricht, glaubt sich Ariana, die »Feuerfrau«, auf ungewöhnliche Weise herausgefordert – und steht schließlich vor der dramatischsten Entscheidung ihres Lebens ...

MUSCHELSEIDE

Als Beata von Francesca einen Schal aus kostbarer Muschelseide entgegennimmt, ist ihre Neugier geweckt. Sie ahnt, dass das tragische Schicksal ihrer Großmutter Cecilia damit verwoben ist. Beata begeistert sich spontan für das einzigartige Seidengewebe, das in den Tiefen des Meeres nur noch selten aufzuspüren ist. Mit Kazuo, einem japanischen Journalisten, begibt sie sich auf die Suche nach den seltenen Muscheln. Doch nur widerwillig gibt das Meer der Erinnerungen seine sorgsam verborgenen Geheimnisse frei. Und Beata erkennt, dass der Zauber der Muschelseide bis heute – und bis nach Japan wirkt ...

WÜSTENMOND

Als die junge Dokumentarfilmerin Tamara für einen Auftrag in die Sahara aufbricht, ahnt sie nicht, wie dramatisch ihre eigene Familiengeschichte sie einholen wird. Ihr verstorbener Vater gehörte dem Nomadenvolk der Tuareg an, und Tamara selbst ist in der Wüste geboren, doch aufgewachsen ist sie in der »Zivilisation«. Während Elias, ein unerschrockener Freiheitskämpfer der Tuareg, ihr die Traditionen, aber auch die Schwierigkeiten des stolzen und unbeugsamen Wüstenvolkes nahebringt, erweckt er in Tamara nicht nur die Liebe zu ihrem Volk – plötzlich muss sie sich entscheiden, wo sie ihre Heimat sieht.